温儒敏

著

温儒敏序跋集

增订本

（上册）

团结出版社

© 团结出版社，2024 年

图书在版编目（CIP）数据

温儒敏序跋集 / 温儒敏著 . -- 增订本 . -- 北京 :
团结出版社 , 2024.10. -- ISBN 978-7-5234-1162-9

Ⅰ . I267

中国国家版本馆 CIP 数据核字第 20245R5B45 号

策　　划：张振胜
责任编辑：王　哲
封面插图：岳　琪
封面设计：阳洪燕

出　版：团结出版社
　　　　（北京市东城区东皇城根南街 84 号　邮编：100006）
电　话：（010）65228880　65244790（出版社）
　　　　（010）65238766　85113874　65133603（发行部）
　　　　（010）65133603（邮购）
网　址：http://www.tjpress.com
E-mail：zb65244790@vip.163.com
经　销：全国新华书店
印　装：三河市东方印刷有限公司

开　本：130mm×210mm　　32 开
印　张：17.5　　　　　　　字　数：364 千字
版　次：2024 年 10 月　第 1 版　　印　次：2024 年 10 月　第 1 次印刷

书　号：978-7-5234-1162-9
定　价：78.00 元（上下册）
　　　　（版权所属，盗版必究）

初版前记（附增订版补记）

收在这个集子里的，是从 1982 年到现在，30 多年来笔者陆续写下的序、跋。能找到并收到集子中的一共 74 篇，其中 26 篇是"自序"，为自己编著的书而写的，另外 48 篇"他序"，则是为学界同仁的书，或者其他的书写的。

这些不同时期写下的序跋，文字有些芜杂，但都在围绕书来说话，叙说和评判各种书的内容。个别篇札长一些，大部分都是短制。"说书"之余难免信马由缰，或批评现实，或品藻学界，或议论人生，多少带点杂感的味道。其实，我是更乐意把这些序跋看作杂感，而不是一本正经的文章的。

我这几十年在北大主要工作是教书和写书，当过讲师、副教授、教授和系主任，其间还做过一段北大出版社的总编辑，总要与书打交道；近年又去"敲边鼓"，参与课改，主持中小学语文教材的编制，主编《现代文学丛刊》，以及受聘山大教职，与书全都脱不了干系。可以说，每一天我都以书为伴，一日无书便浑身不自在，读书已成为我顽固的生活方式。内子文英开我的玩笑曰，"书虫"啃过那么多书，何不回头列个清单，也可见几十年"蛀书"（著书）的踪迹？这玩笑居然就引发我来编这本序跋集了。

编法简单，就是缀录旧稿，仍依原钞，添加题目，然后大致按所评说的书之内容分为四辑。第一辑包括现当代文学、文学史研究；第二辑文学理论、比较文学与文学教育；第三辑语文教育，亦涉及基础教育、课程改革等方面；第四辑论及大学传统，包括北大及北大中文系的历史与现状，等等。

每辑大致按各篇写作的年份先后排序。排在前边发表较早的那些"少作"，现在看来是有些幼稚的，也不失年轻时的天真，就照鲁迅所说，对那些"出屁股，衔手指的照相"，愧则有之，悔却不必。这也是我不改"少作"，将自己写的所有序跋和盘托出的原因。

编这本集子是在马年春节假期。北京苦于雾霾，春节鞭炮放得少了；有了短信，登门拜年也不多了，喧闹的城市难得有几天闲静。大过节的，我翻箱倒柜，拣寻旧稿，缀录成集。我自知这些文章其实"意思"不大，但毕竟是学术生命的存留，或有一孔之见，那就不病荒陋，作野芹之献吧。

若哪些读者花时间省览拙集，有所郢正，略有会心，那我在此预先作揖吉拜，深表谢忱了。

2014 年 2 月 10 日夜记。8 月 29 日改定

增订版补记

　　《温儒敏序跋集》原由江苏凤凰教育出版社 2014 年出版。快十年过去，又写了一些序跋，现得团结出版社垂爱，决定增订再版。初版收序跋 74 篇，增订本新增 33 篇，全书共 107 篇，其中"自序" 47 篇。感谢促成本书增订出版的舒晋瑜女士和张振胜先生。不会忘记江苏凤凰教育出版社的章俊第先生和吴文昊女士，他们曾为这本小书的初版付出过辛劳。

2023 年 12 月 5 日

目　录

一辑　现代文学史研究

二辑　文学理论、比较文学与文学教育

一辑

现代文学史研究

《新文学现实主义的流变》① 新版自序

> 那时现实主义已被人们谈得很腻，是个老旧话题，但又很少有学理性的探讨，甚至还没有一本系统的现实主义研究的专史，而我专门要拣这颗"酸果子"来啃。

这本书是我的博士论文，成稿于1987年，当年通过答辩后，1988年由北大出版社出版，转眼十多年过去了。现在要重版，出版社的编辑问我是否要做些修订。回头看这篇少作，自然感到有不少肤浅之处，但我不想做什么改动了，它毕竟记录了自己曾经走过的学术途程，也带有那个时代思维的特点，还是保留它原来的面目吧。

想当初选择这个题目，也真是有些"大胆"。那时现实主义已经被人们谈得很腻，是个老旧的话题，但又很少有学理性的探讨，甚至还没有一本系统的现实主义研究的专史，而我专

---

① 《新文学现实主义的流变》，北京大学出版社1988年出版，2007年第2版。初版曾有"小引"和"后记"，再版时删去了"后记"，增补了自序。

门要拣这颗"酸果子"来啃，当然就有点"吃力不讨好"。记得论文答辩时，答辩委员吴组缃先生就给我当头一炮，说现实主义问题纠缠太多，很难说得清。他是作家，写作也从来不会考虑什么"主义"之类。弄得导师王瑶先生也有些"紧张"，我更是胆战心惊。担任答辩委员的还有樊骏、钱中文、吕德申等几位先生，好在"有惊无险"，诸位老师"批判从严，处理从宽"，让论文通过了，还给了较高的评价。回想起来，吴组缃先生的批评真是一语中的。不是这个题目不值得做，而是以我等能力，的确很难做好。论文出版后，虽然得到许多好评，引用率很高，被海内外一些大学指定为本专业研究生必读书，甚至还得过奖，但我心里越来越清楚，拙著其实还是有"做文章"的痕迹，毛病不少，之所以被重视，多少也是占了"出道"较早的便宜。不敢说这本小书已足以称"史"，它顶多只是做了"清理地基"的工作：大致梳理了有关现实主义思潮方面的资料，粗略地勾勒了新文学现实主义流变的轮廓，并试图初步总结其历史特征与得失经验。如果这些"清理地基"工作能为后来的研究提供某些材料，或者引发对某些问题的思索，那就是笔者的安慰了。考虑到这一点，我乐于重版这部旧作。

现实主义是个包容性非常广的概念，从思潮、流派、创作方法或者其他各个角度，都可以介入"现实主义"。本书主要谈的是现代中国新文学中的现实主义思潮，虽然也必然会涉及文学社团、流派、创作、批评和论争，等等，但都是从思潮角度去讨论。其实这是一种思潮史的研究，中心线索很明确，但涵盖的范围可能又比较宽。在本书初版的"小引"中我曾经提到，本书采取的办法是"史述"为主，从繁复的文学历史现象中选借一些最突出的"点"，去把握五四文学革命以后30多年间现实主义作为一种文学思潮发生、发展与变化的轨迹，考察它与其他思潮流派的关系，它之所以成为"主潮"的原因，它对整个新文学所起的推进或者制约的作用，以及它在世界文学发展背景下所表现出来的某些特色。写这本书时，我除了查阅大量史料外，也还尽量了解中外关于现实主义的各种理论。我不想预先命定所谓本质意义的现实主义，但又确实有意在做一些中外的比较，看某些西方的或者东方的现实主义理论与创作进入中国之后，产生了什么样的影响和变形。也许就是这个缘故，本书除了受到现当代文学领域学者的关注外，也曾被看作是当时比较文学界的一项收获。

本书初版时有过一篇后记，这次再版删去了，但其中有这么一段话我还想抄录在这里，也是对过去岁月的一种纪念吧：

"北大中文系我们那一届博士研究生只有陈平原与我两人，平时不怎么上课，王瑶先生不时把我们找去他家里坐一坐，通常又还有一些教员和文学界的专家以及研究生在座。这就是'文学沙龙'吧。每回大致也有一个中心话题，可是并不拘束，大家随便发表意见，交换文学研究的信息。对我们来说，这就等于上课。在轻松的气氛中，先生总是一边抽着烟斗，一边古今中外天南海北地'闲聊'。我的许多思路正是在这种'闲聊'中酝酿形成的。初稿出来后，王瑶先生又花了半个多月，逐字逐句地认真审阅，提出许多修改意见。这本书得以通过答辩并出版，又使我有幸获得文学博士学位，恩师的扶掖是感铭不忘的。除了王瑶导师之外，严家炎、乐黛云、孙玉石等老师也曾给我许多指教，有些观点形成又曾在与学兄钱理群、吴福辉等的讨论中受益。对于师友们真诚的支持和具体的帮助，我在此表示敬意。"

当然还要感谢北大出版社，感谢本书初版时的责任编辑张文定先生，他们帮助这本书面世，还把它列入当时颇有影响的"北大青年学者文库"。我生命中值得忆念的美好的一部分，也就和这本书以及催促它诞生的师友们联系在一起了。

2005 年 5 月 8 日于京西蓝旗营

《梁实秋文学美学论集》^① 前言

> 梁实秋所独立支持的新人文主义文学观，是自成体系的，在现代文学史上充当了"反主题"的角色。

梁实秋是现代文学史上有特色而又较复杂的理论批评家，是有建树有影响的人物，研究文学史和文学批评，不能忽略了这样一位著名的人物。梁实秋去世后，台湾九歌出版社出过一本《秋之颂》，是纪念梁氏的文集，其中也收进一些研究论作，还有关于梁氏生平的一些回忆文字。另外，台湾还出版过一本《梁实秋论文学》（台湾时报文化出版公司 1981 年版），也收集

---

① 1988 年，笔者曾经编过《梁实秋年谱简编》和一本《梁实秋文学美学论集》，年谱发表在《文教资料简报》（1990 年第 2 期），论集则交给一家出版社准备出版。当时（1988 年前后）笔者正在开一门现代文学批评史的课，自然也讲到梁实秋，就根据讲课稿写了一篇文章，作为那本论集的前言，曾在《博览群书》上刊出。那时出版梁实秋的书还是有些麻烦的，加上版权等方面难以交涉，最终所编的论集没有能够面世。至于笔者对梁实秋批评理论更系统认真的研究，可以参见拙著《中国现代文学批评史》（1993 年北大版）中有关的专章。

了梁氏一些代表性论著。这些书可以找来看。

研究一位作家批评家，看他的论作最好还是有些系统性，可以按照他的发表先后来看，或者大致有一个专题分类。我建议大家先看看梁氏 20 世纪 20 年代写的一些文章，寻找他的批评思想的起点。这些文章大都收在两本书中，即《浪漫的与古典的》①与《文学的纪律》②。其中最重要的一篇文章，也是梁实秋的"成名作"，就是《现代中国文学之浪漫的趋势》。通过这篇文章，我们可以了解新人文主义批评理论在中国试行的情况。这篇文章写于 1925 年底，在第二年 2 月 15 日《晨报副刊》上发表，当时影响并不大，但从批评史角度看，有重要的地位。这篇文章是"反主题"的，也就是说，对居于主导位置的文学观点采取独立的批判的立场，是有点"异端"的声音。当时的"主题"是什么？是五四新文学，虽然那时高潮已经过去，但也还是备受推崇的"主题"，肯定的声音始终比较多。1928 年之后政治风尚转变，创造社等一班人提倡"革命文学"，开始拿五四开刀。那是另外一种新起的政治性的潮流，是另立"主题"，影响极大。梁实秋对此也是持反对态度。下面还会论及。而在 1926 年前后，还极少有批评家是认真从学理层面反思五四新文学的。梁实秋初生牛犊不怕虎，敢于出来对新文学提出尖锐的批评与反思。当然，从五四开始，就有各种反对和质疑新文学运动的意见，不过都不够理性和系统，往往还带着某种情绪。而梁实秋可以说是头一个试图从学理上来批评分析

---

① 1927 年 6 月新月书店出版。
② 1928 年 3 月新月书店出版。

五四新文学运动的。

《现代中国文学之浪漫的趋势》这篇文章对五四新文学运动作了整体性的否定，认为这个运动极端地接受外来影响，推崇感情，贬斥理性，标举自由与独创，风行印象主义批评，等等，都表现为"一场浪漫的混乱"。在梁氏看来，五四文学总的并不成功，原因在于"反乎人性，反乎理性"。梁实秋立论是有片面性的，但他确实又较早看出新文学运动的某些历史特征与问题。梁氏以新文学阵营成员的身份，借助系统的西方理论学说，对新文学运动作了有一定理论深度的总体性批评，其片面却又不无某些深刻性的论述，起码可以引发人们对五四新文学得失的某些思考。

同学们看梁实秋这些早期论作，会发现他持论的出发点和方法，与二三十年代大多数作家、理论家明显不同。他是从新人文主义角度观察文学现象，议论文学问题的。读一读梁实秋的著作，看他是如何引进、如何阐释这种西方思潮的，这是一个有意思的课题。

在梁实秋早期论作中，《文学的纪律》这本小册子也很重要，其中就集中体现了他所推崇的新人文主义的文学观。梁氏在该书中提出一个核心观点，后来成了他毕生维护的一杆理论旗帜，那就是人性论的文学观。梁实秋认为，"文学发于人性，基于人性，亦止于人性"。这是从人性角度解释文学的本质。那么，文学应当达到怎样的功能？他还是从人性角度切入，认为人性有善有恶，普通人性总是善恶交织，要以理性来"指导"，尽量抑制恶的方面，才能达到"健康"的"标准"的"常态"；文学应当起到抑恶扬善的效能。也只有在"标准"之下所创造的常态的文学，才能起到这种作用，是"有永久价值的文学"。由此梁氏又主张"文学的效用不在激发读者的热狂，而在引起读者的情绪之后，予以和平的宁静的沉思的一种舒适的感觉"，梁氏认为这才有利于"人生的指导"与"人性的完善"。显然，梁实秋这种观点倾向于古典主义，他所主张的文学创作或欣赏都遵循"纯正的古典"原则，即注重理性，注重标准与节制。他提出一个概念，就是所谓"文学的纪律"，也就是所谓规矩、原则，要用这种"纪律"来抑制浪漫态度，反对感情决溃，否定描写变态。我们应当注意梁实秋所向往的这种"古典"的精神，这是他的立足点，他和新古典主义有着非常紧密的联系。

关于这种理论渊源，可以看看梁氏另一篇题为《文学批评辩》[1]的文章。文中这样提出，批评的"灵魂乃是品位，不是创作，其任务乃是判断，而非鉴赏"；批评家要有"超然的精神"，但批评"不是科学"，不该满足于"事实的归纳"，而要着力于"伦理的选择"与"价值的估定"。在其他一些文章中，梁实秋就都这样力主批判是判断的观点，强调"纯正之'人性'乃文学批评唯一标准"。抓住这一点，就能理解梁实秋整个批评思想。

这里有必要对新人文主义的背景做一些简要的介绍。梁实秋 1924 年在美国留学时，非常崇拜当时在哈佛的新人文主义者白璧德（I.Babbitt），选修了他的课，从此为白璧德的思想所

---

[1]　作于 1927 年。

吸引，从一个浪漫的文学青年变为新人文主义信徒。白璧德这个人和中国有些关联，他的父亲是在宁波长大的，所以他对中国文化特别是儒家学说有一份欣赏，他的新人文主义到底和中国传统文化有哪些契合点，是值得研究的。事实上，在当时的欧美，一战的浩劫造成了社会危机与精神危机，艾略特笔下的那种恐怖的荒诞感（如《荒原》）正反映了这种社会心理。所以出现像白璧德这样迷恋传统的知识分子，渴望从传统道德规范中重建社会秩序。而白璧德的思想赢得了一批中国留美学生的倾慕，则是因为这些知识分子担心社会变动带来传统的崩坏，他们不能理解五四文化转型的意义，而充当了传统的卫道者。新人文主义所以在五四时期出现，并以此为旗帜形成了思想守成的"学衡派"，不是偶然的。梁实秋1927年回国后先是到了"学衡派"的大本营东南大学，和学衡的骨干梅光迪、胡先骕等一班人有许多合作，又翻译过白璧德的著述。[①] 他们这个圈子都比较趋向于守成，跟白璧德的影响直接有关。

白璧德是以"人性论"作为他全部理论架构基础的。需要提醒的是，我们通常对"人性论"的理解比较笼统，也比较政治化。其实"人性论"有许多不同派别，不同的层面。白璧德用于支撑新人文主义的"人性论"不同于我们一般了解的近代资产阶级人道主义的"人性论"；一般说的"人性论"是"自然人性论"，主张人的感情欲求与自然本性的合理善良性，要求突破传统道德习俗、不合理社会制度与虚矫文明的压制束

---

① 1929年底与吴宓翻译出版译著《白璧德与人文主义》，并作长序，新月书店出版。

缚，使自然、纯朴、善良的人性得到全面的发展。19 世纪西方浪漫主义就基于人性善的"自然人性论"。后来遭到我们不断批判的人性论，大致就是所谓资产阶级人性论。而白璧德的"人性论"是有其特别含义的，是善恶二元的"人性论"。白璧德认为人性包括欲念与理智、善与恶、变态与常态的二元对立，两方面的冲突与生俱来，如"窟穴里的内战"；浪漫主义与自然主义放纵"欲念"，表现丑恶与变态，是不利于健全人性发展，因而也有碍于健全人生的；真正于人生有实际价值的文学创作，必须基于表现健全常态的人生，因此要有"理性的节制"。白璧德指出"人生"含三种境界，一是自然的，二是人性的，三是宗教的。自然的生活是人所不能缺少的，不去过分扩展人性的生活，才是应该时刻努力保持的；宗教的生活当然是最高尚的，但亦不可勉强企求。白璧德希望通过新人文主义的提倡，复活古代的人文精神，以挽救西方社会整体性的危机，以"人的法则"和理性力量克服现代社会生活的人欲横流、道德沦丧。

梁实秋师从白璧德，人生观与学术思想受白璧德很大的影响，他承认自己接受了白璧德理论的"挑战"之后，终于倾向于新人文主义，文学观也就"从极端的浪漫主义，……转到了近于古典主义的立场"。① 梁氏的思想是趋于保守稳健的，他本来对儒家的中庸颇为赞赏。而白璧德的父亲在中国宁波长大这种家庭背景使白璧德对中国传统文化自有一份偏爱。西方文学

_____

① 《梁实秋论文学·序》，台湾时报文化出版公司 1981 年版。

的理性自制精神，孔子的中庸与克己复礼，加上佛教的内反省的妙谛，铸成了白氏的新人文主义人生观和文学观。梁氏认为白璧德的这一套思想主张暗合中国传统精神，所以一经接触，就甚为倾倒。

现代文学史上写过批评文章的人很多，但专注于批评、以批评为职志的并不多。梁实秋是难得的一位，可以说是"科班出身"的专业批评家。研究梁实秋的新人文主义立场，不能不注意他的一些批评理论论作，特别是他早年所写的一些阐释西方文论的著作。同学们可以着重看这几篇：《卡赖尔的文学批评观》《亚里士多德的诗学》《新古典主义批评》与《近代的批评》。这些论作跟梁氏当年在大学讲课的需要有关，但也是他有意要建立一套以新人文主义为核心的批评理论。他系统研习西方批评史，是要重新"解释"批评史，这种学术研究本身灌注了他所推崇的新人文主义精神与理性精神。大家阅读他这些论文时，不能止于了解西方文论传入的轨迹，更要寻找传入中的"过滤"与"变形"。例如，梁实秋解释亚里士多德的著名的"模仿"说，就认为其意味着以"普遍的永久的真的理想的人生与自然"为现象，一方面不同于"写实主义"，因其所模仿者"乃理想而非现实，乃普遍之真理而非特殊之事迹"；另一方面又不同于"浪漫主义"，"因其想象乃重理智的而非感情的，乃有约束的而非扩展的"。这种解释其实并不符合亚里士多德原意，有梁实秋自己的借题发挥。梁氏的目标是张扬新人文主义的"理性与节制"精神。这种"古典"精神从梁氏对近代各种不同批评流派的评估中也明显可见。

在梁实秋介绍和解释西方批评流派的著述中，《近代的批评》是一篇比较完整的论作，应当注意他是如何选择和过滤西方的文论，并突出他所关注的那些"亮点"的。梁实秋把近代西方有影响的批评分为六大家，认为各家各有长短得失：泰纳（Taine）为代表的"科学的批评"使文学研究趋于精确，却不能代替价值判断这一文学批评的主要目标；佛朗士（Anatole France）所代表的印象派批评注重批评主体的审美感觉，却使批评家的地位降低到一般鉴赏者；卡赖尔（Carlyle）所提倡的解说、传记与历史的批评手法着重批评之社会的功用，却将批评的功能局限于为作品当注解；王尔德（Oscar Wilde）的唯美主义批评弊在把艺术与人生隔离；托尔斯泰（Tolstoi）的批评则过于看重文学的平民性与社会功利价值。看来梁实秋对批评史上几大流派都不怎么满意，在他的心目中，唯有阿诺德（Arnold）的新古典主义批评最有可能获得"成绩"，因为其既注重文学的人生价值，又持理性的、节制的立场。梁氏自称是在"历史透视"的基础上，选择和提倡新人文主义的。他的文学目标是要借鉴新古典主义批评，建立一种可用之于中国文学的平实、稳健的批评。

另外有些论文虽然重点并非研究批评史，而是讨论某种文学美学现象，但也脱不了他的中心意图。如《诗与图画》探讨创作中的"想象"与"升华"的涵义，《与自然同化》探讨作家与自然的关系，两文运用比较文学的手法评介了在这些问题上中西观念的契合点，最终还是落脚到新人文主义的理论基点上。

接下来谈谈梁实秋30年代批评观点的变化。我们知道，梁实秋成名不算早，1926年他写《现代中国文学之浪漫的趋

势》时，也还是名不见经传的人物。后来暴得大名，原来是与
鲁迅有关系。鲁迅一批梁实秋，这位"文学青年"反而就出了
大名。发生在 30 年代的这场论争，梁实秋被鲁迅批判，斥为
"资本家的走狗"，主要是用阶级论批评"人性论"。关于这段
"公案"，以往大家看鲁迅的东西比较多，梁实秋到底是如何发
言的，在什么语境中发生这样一场论战，不一定很了解。梁实
秋当年的论战文字大都发表在一些报纸刊物上，现在找来不容
易，大家可以看看梁实秋自选的集子《偏见集》①。

　　这个集子的文章多写于 1928—1934 年，依性质分两类。
一类是与鲁迅、左翼作家论争的，有《文学与革命》《文学是
有阶级性的吗？》《辛克莱尔的〈拜金艺术〉》《人性与阶级性》
等，其主旨都是反对文学的"阶级论"，反对"革命文学"运
动。从政治的角度看，代表了当时文坛的自由主义思潮，与当
时左翼文学运动背道而驰。而鲁迅和左翼作家批评梁实秋，主
要针对其"人性论"。那么这所谓"人性论"到底怎么回事？
梁氏这一时期更力主文学表现"人性"，然而其"人性"的涵
义仍是新人文主义所谓"常态的"人性、理性制约下的"健全"
的人性，如前所述，这和一般资产阶级的"人性论"是有很大
区别的。可是当初乃至后来凡批评梁实秋的"人性论"，似乎
都将它与一般资产阶级人道主义"人性论"捆在一起批，其实
并未能击中要害。倒是梁氏自己感到，他所起用的白壁德的思
想武器有点力不胜任了。白壁德的新人文主义主要是用以抨击

---

① 1934 年中正书局出版。

浪漫主义以降西方文艺思潮的。20年代末遭受经济危机的袭击之后，新人文主义在美国曾一度流行，白璧德企图以此作为救治西方社会整体性危机的灵丹妙药。而梁实秋却用于对付无产阶级文学，多少有点"文不对题"。因此梁氏不得不对自己的理论作了一些修正。上述几篇文章除了仍讲"普遍人性"之外，又吸收了英国后期浪漫派批评家卡赖尔（Carlyle）在《英雄与英雄崇拜》中提出的"天才"统治论与贵族化的文学论（在此之前梁氏是否定卡赖尔的，见《卡赖尔的文学批评观》），认为文学与革命都只能是天才的作为，文学既然是天才个人的精神活动，就只能是少数人的；大多数人的作为（如革命运动）并不能产生真正的文学。在急进的时代潮流面前，梁实秋推崇新人文主义文学观显然势单力薄，也暴露出一些难以弥补的漏洞；尽管梁氏极力维护，但作为一种思潮，新人文主义到30年代中期终于一蹶不振了。

不过今天重读梁实秋这些文章，多少也还可以发现他作为独立的批评家毕竟有敏锐的目光。他对"革命文学"左的弊害的批评，有的就切中肯綮。30年代左的机械论与庸俗社会学在文学领域广为流行，如美国作家辛克莱尔机械论味浓重的《拜金艺术》就为许多左翼作家理论家所推赞。另一方面现代主义所推崇的某些美学观念与创作、批评方法，如心理分析说也有相当影响。梁氏把这些学说主张一概视为异端谬论。他所作《辛克莱尔的〈拜金艺术〉》一文，对庸俗社会学的文学观与心理分析派的批评，就是左右开弓。梁氏指出："心理分析派以对付病态心理的手段施于一切文艺，以性欲为一切文艺的中心，是武断的。辛克莱尔这一派以经济解释文艺也是想以一部分的现象概括全部，同样失之武断。这两个'谎'号称为'科学的艺术论'实在是不科学的。因为它的方法是演绎的，是以一个原则施之于各个对象，不是从许多材料中归纳出来的真理。"这些话，今天读来仍不无启发。如果将梁实秋这些文章与当时批判他的文章放在一起来读，也许是更有意思的，这样，不光对梁氏的理论得失会有较客观的了解，对这一段的文学思潮及论争的认识，大概也会更有"立体感"。

比如这些年从国外引进许多理论方法，给文学研究与批评带来一些新气象；但我们渐渐发现有许多理论脱离了其既定背景，生硬地植入一个不一定适合的土壤，效果值得怀疑。那种丢弃了文学的情感性和艺术个性的批评，把文学当作僵死的东西而大动手术的理论剖析，确实有"科学主义"的弊病。对此我们是越来越不满了。类似的对"科学主义"的批评，我们在梁实秋几十年前写的《偏见集》中也听到了回响。该书第二辑的其余几篇文章，是属于批评理论与美学探讨及文学评论的。《科学时代中之文学心理》指出文学与科学的分工只在"方法与观点"上，而不在"领域"上，现代科学的发达不可能促成文学的衰退消亡。文学批评与创作也不属同一层面，批评是关于文学的思想见解，必须条理清楚，逻辑严紧；而创作则是感性的摸索与雕琢。梁实秋对于30年代较常见的那种追求"科学性"而趋于晦涩，或追求"印象式"而陷入含糊的批评作风，都作了理论上的否定。30年代他很少再讲新人文主义或新古典主义了，但其理论基点仍然没有多少变化。他孜孜以求建树的仍是那种稳健的批评。《现代文学论》则再次对五四以来新文学作鸟瞰式的历史总评。值得注意的是，30年代的梁实秋仍是坚持"为人生"的口号的。不过梁氏的"为人生"与重功利重宣传的"为人生"大异其趣。他主张文学基于人生体验，坚持文学是人生的反映。这也是他品衡整个新文学得失的主要标准。从这些文章的具体论述中，也可以看到梁氏那种不同于五四以来的现实主义、浪漫主义，又不同于现代主义或"革命文学"的批评理论品格。

《偏见集》第三辑所收一些文字比较杂，从写作时间看，横跨40年代至60年代。这些文章内容以批评理论、鉴赏理论及美学的探讨为多。在《文学的美》中梁氏认为，文学里有美，但不太重要，因为文学以文字为媒介，本身也没有太多的音乐的美与图画的美。文学中所表现的东西才是重要之所在。该文指出："'教训主义'与'唯美主义'都是极端，一个是不太理会人生与艺术的关系，一个是太看重于道德的实效。文学是美的，但不仅仅是美；文学是道德的，但不注重宣传道德。凡是伟大的文学必须是美的，而同时也必须是道德的。"当年梁实秋曾就文学中的美的问题与朱光潜开展过一次讨论，周杨也曾参加这次讨论，并撰文指出梁氏将文学的美局限于形式以及对美与道德二元看法的谬误，同时又肯定支持了梁氏坚持文学现实性与功利性的正确一面。梁氏《文学的美》是当年引起美的问题讨论的文章。《文学讲话》则是到台湾之后写的类似"文学概论"的长文，分文体部类加以论说，涉及文学观念、文体特征、创作方法、批评方法，等等。论题很广，但深入浅出，系统而又圆熟地发挥他持之以恒的文学观与美学观，在一些比较具体的命题的论述上，不乏精彩脱俗的见解。梁实秋是莎士比亚研究的权威，这方面的论作较多，大家如果有兴趣，可以选《莎士比亚的思想》一篇，窥斑见豹，略窥梁氏"莎学"造诣之精到。

梁实秋所独立支持的新人文主义文学观，是自成体系的，在现代文学史上充当了"反主题"的角色。由于现代中国特定的历史条件，梁氏的文学观与美学观注定得不到文坛的响应，且终于被现代文学主潮的发展所抛弃。然而梁实秋毕竟又是一位有理论个性的批评家和美学家，他对一些具体的批评理论与美学课题的探求有失也有得，无论得失，都已经在文学史上留下了它特有的痕迹。通观梁实秋有关文学美学的论著，领略其独异的批评风格和某些睿智的探求，还可以从他那理论得失在新文学发展过程所留下的印迹中，引发某些历史感。

写于 1988 年，2005 年 8 月略作整理

《中国现代文学批评史》^① 自序

> 文学的历史发展是由各种不同导向的力所构
> 成的合力所支配，没有理由否认某些通常被看作
> "支流"或"逆流"的批评，也可能起到制衡作用。

本书的目标不是全景式地扫描中国现代文学批评史的详细"地貌"，而是集中展示批评史上一些最为重要的"景点"，有选择地论评 14 位最有代表性的批评家及相关的批评流派，以此概览现代批评史的轮廓。

这 14 位批评家的选择是颇费一番斟酌的。现代涉足批评的人很多，可是绝大部分都并非纯粹意义上的批评家，他们或者写过许多书评去解释作品，或者发表各种意见参与论争，却大都视批评为创作的附庸或论争的工具，真正把批评当成一项严肃的事业、一种相对独立的理论创造的，是极少数。

在选论这 14 位批评家时，我最注重他们的理论个性与批

---

① 《中国现代文学批评史》，温儒敏著，北京大学出版社 1993 年版。

评特色，还有他们对文学运动与创作所产生的实际影响，同时也考虑其对某种批评倾向的代表性。有些批评流派可能有众多批评家，如果彼此的理论观点和批评角度比较一致，就只选其中最有代表性的一家以窥斑见豹。例如，在作为主流派的马克思主义批评流派中，就选论了冯雪峰、周扬等数家。另一些独立的批评家是难以划入某个批评流派的，或者是跨流派的，他们的理论批评个性往往更突出，书中也以专章选论，如王国维、周作人、朱光潜，等等。考虑批评的实际影响并不同于只注重"轰动效应"，有些曾红极一时的知名度很高的批评家，书中却并未专题选论；而有些确有学理建树，但在当时可能比较孤寂，其后又长期不被文学史编写者所重视的批评家，也有专章论评，发掘其对文学批评的新方法、新境界的创见。

批评史不等同于文学史，也不等同于思想史，虽然彼此有关联，批评史应有自己的研究视角，它所关注的是对文学的认知活动与历程，是对文学本质、文学发展、文学创作的不断阐释与探讨。所以选论现代 14 位批评家时，也格外注意各家对文学的认知活动与历程。

选论 14 家，可能同时考虑全局，考虑这 14 家的周围的几十家、上百家，这就有一个定"点"的问题。书中每分论一家都兼顾其在整个批评格局中的"方位"，他到底处于批评史的哪个环节，与其他批评倾向和流派有什么关系，等等。读者可能会注意到，本书所论列的各家批评并不是按照严格的历史进程排列，但大体还是看得清整个批评史的流脉，特别是各派批评的得失及彼此间的对立、互补、循环等结构关系。例如，五四时期的批评承受多元的外来影响，形成了众多不同倾向和流派，如作比较简单的分类，则有"为人生"的现实主义批评、"表现论"的浪漫主义批评、印象式的批评、心理分析批评以及古典主义的批评，等等。一般文学史容易将这多元竞争、互补共存的状况简化为二元对立，只注意文学研究会的"为人生"与创造社的"为艺术"两大批评派系的区别与争论。事实上不是二元对立，而是多元竞存互补。因此在论评周作人时，笔者就特别注意到这位原属"为人生"派的批评家在短短几年时间内批评观的变迁，注意到他后来对"为人生"与"为艺术"两派的综合与超越。同样，在持"表现论"的浪漫派批评家成仿吾身上，也看到其对文学社会性、功利性标准的吸纳。例如梁实秋几乎全盘否定了五四新文学，他的新人文主义观点可以说与浪漫派针锋相对，他那保守而带有清教色彩的批评又始终是"反主潮"的。他的许多批评结论并不一定正确，但又时常歪打正着地指出了主潮派文学的某些偏弊。

书中注意到这种现象，从整个批评史格局去考察，特别指出不同派系的批评之间的冲突又有某种制衡和互补的作用。明显的情形还可以在三四十年代发现，当众口一词赞赏社会—历史的批评，大多数批评家都极为看重文学的现代性、现实性，而忽视审美批评的时候，像李健吾（刘西渭）、沈从文、朱光潜等的重直觉、重审美也就起到一种制衡、互补的作用。

通常人们在评价文学历史现象时容易性急地突出主流，贬抑支流，批判所谓逆流，然后评定主流、支流、逆流对文学发展的促进或反动作用。但如果承认文学的历史发展是由各种不同导向的力所构成的合力所支配，那么就没有理由否认某些通常被看作"支流"或"逆流"的批评，也可能在针对"主流"

的纠偏中客观上起到某种制衡作用，批评史发展的"合力"中不应当简单否定或贬斥这一部分制衡的"力"。从本书各专题的选定也可以看出，本书是很注意从多元竞存互补的批评格局中，去分析批评史的"合力"的。

也许更为重要的是历史的启迪。笔者在选"点"论评时，时时都联想到当代批评的许多类似的现象，并力求以当代的眼光去重估现代批评。所选的 14 位批评家的业绩已经凝定为历史传统，他们所创设或依傍的批评规范可能已部分失去往日屡试不爽的那种效用，但置身于当代批评的氛围中，仍然能强烈感受到以往这些批评家根须的伸展。我们要认识到当今所讨论的许多文学的命题由来已久，在进行思考时我们无须从头开始，那是因为我们有某种批评传统的连续感。笔者有理由相信，对 14 位现代批评家的专题探讨，会强化这种"传统的连续感"，拓宽批评视野并增加理论的自觉。

本书所选论的 14 位批评家以往大都还少有专门研究，即使是已经得到学术界一些专论的批评家，笔者仍力图深究并提出某些新的看法。例如，书中提出鉴于王国维文学评论的现代性，应将批评史的上限从 1917 年左右"文学革命"时期提前到 20 世纪初《〈红楼梦〉评论》的发表；提出周作人的散文理论和批评是不应忽视的重大收获；提出李健吾的随笔性批评文体与茅盾的作家论批评文体甚至比他们的理论有更大更久远的影响；提出胡风的批评理论核心可以用"体验的现实主义"来概括；提出梁实秋的新古典主义批评对二三十年代的庸俗社会学批评与"泛性心理分析"批评有针砭作用；提出应从中西文论寻求契合的角度重新评价朱光潜诗学批评的理论意义；提出冯雪峰关于"人民力"与"主观力"统一的命题是对马克思主义批评的贡献，高度评价周扬对人道主义与异化问题所做的思考；等等。这些观点带有探索性，不一定圆熟，但却是某些现代批评现象的认真探索，笔者期待能得到学术界指正，并能引起深入的讨论。相信经过许多学界同仁的共同努力，在对诸多批评家与批评现象都有了较深入研究之后，就有可能出现高质量的现代批评史。

本书是根据笔者几年前在北京大学中文系讲授批评史专题课的讲稿改写的。原讲稿因用于授课，需兼顾批评史的系统性与知识性，面铺得比较宽，论析的批评家也比较多，除了本书的 14 家之外，还有胡适、鲁迅、郭沫若、朱自清、瞿秋白、李广田、钱杏邨、钱锺书，等等。如果全面考察现代批评史，这些批评家同样是应当详加了解的。限于本书的题旨与篇幅，也考虑到批评"景点"的相对集中，书中对这些卓有建树的批评家就没有再分章论列。本书并不企求对现代批评史完备的论述，而重在对主要批评派系作系统的彼此有联系的讨论，其中力图贯穿对现代批评传统的了解与评估，其研究探索意义大于历史记录意义。

本书在酝酿和写作过程中得到我的一些同事和研究生的支持和协助；部分章节在《中国社会科学》《文学评论》《北京大学学报》等刊物发表时，又接受过有关编辑和读者的具体指教。对他们我深表谢忱。还当感谢国家社科基金为本书写作提供研究经费，北大教材建设委员会资助出版。

1992 年 12 月 5 日于镜春园且竹斋

《中国现代文学批评史》韩文译本^① 序

> 不急于归纳规律，但注重选取重要的批评
> 家所代表的批评史现象，呈现现代批评的历史
> 轮廓。

近十多年来，中国现代文学研究的实绩在大陆的理论界是很突出的。目前已出版上百种文学史专著，如现代小说史、戏剧史、诗歌史、散文史，等等，都有多种著述。但相对来说，批评史的研究比较薄弱。在拙著出版之前，只见到有王永生教授主编的《中国现代文学理论批评史》三卷本的头二卷。有关现代批评的专题研究论文也很少。可能由于批评史的研究要更深入地触及现代中国文学发展中的某些关键的或敏感的问题，有些专题的探讨难度较大，有些重要方面的基础性研究，包括资料的整理，都还做得很不够。

然而，如果缺少了现代中国文学批评的状况，就不可能完

---

① 《中国现代文学批评史》韩文译本，原著温儒敏，申振浩翻译，1994年韩国新雅社出版。

整地认识整个现代文学的历史风貌。事实上，有越来越多的学者已经注意到，中国现代文学作为一种历史转型期的文学，其在理论批评方面所进行过的种种探索及其困扰，其在文学认知活动中所表现出来的历史特征，都是观察这一段思想史、文化史的重要角度，其研究的意义并不仅限于文学范围。

不过，批评史的研究是比较枯燥，难度也比较大的。有些研究专题难就难在可能"牵一发而动全身"，而且容易引起争议。这就尤其需要比较客观的史识。而由于历史距离尚未充分拉开，很多尘雾仍然遮蔽着研究的视线，要做到客观并不容易。我这本书的论评就不敢说已经有很客观的眼光。但我在研究过程中是力图对历史上呈现的思想材料作"冷处理"的，我尽可能不把感情因素和个人的好恶召唤到研究的疆域中来。我写此书的本意是，先对批评史的一些重要课题作深入的而不是常识性的探讨。这是基础性的工作，有了这个基础，才能构筑批评史的间架。原先为了教学，也曾想写一本更全面描画批评史线索的书，按时序一一罗列各种批评派系、批评家及论著，就如同一般教科书式的通史那样。但最终我还是放弃了这种写法，而决定采用比较笨也比较吃力的深掘的办法，先打好基础。这方法多少也受到雷纳·韦勒克（R.Wellek）《近代文学批评史》的影响。

我不太注重罗列史实，也不急于归纳规律，但注重选取景点。重要的批评家所代表的批评史现象，就是书中确定的景点，诸多景点的布列，自然就呈现出现代批评的历史轮廓。表面看来历史线索不那么连贯，史述也不那么细密，然而重点问题的发掘是力求认真的。书中论涉了14位批评家，大都要从材料收集整理做起，并理出可供探究的纹路来，等于写了十多篇专论，的确写得很苦。但现在看来，这种深掘的笨方法可能更会引起研究界同行的关注，而一般读者浏览书中选定的十几个景点，也大致可以领略中国现代批评史的面貌。

三年前，我的《新文学现实主义的流变》一书曾译成韩文在韩国出版，现在这本批评史也将在韩国出版，对我来说，都是非常荣幸的事。我知道，贵国的读者如果愿意去翻阅我的这些书，主要也是因为关注中国，对中国文学有兴趣。但我想望着你们的阅读过程就是与作者对话的过程。我相信"旁观者清"，外国的读者和研究家常有更独到的眼光。

今年，当金达莱盛开之际，我有幸访学韩国，应邀在高丽大学中文系任客员教授。我将在这个美丽的国家度过一年。这正是可以面对面讨论学术的好机会，我真诚地希望贵国的专家和读者不吝赐教。

此书的译者申振浩博士对中国现代文学有专深的研究，又能讲一口流利的汉语，我虽然不懂译文，但相信他的译笔是出色的。在此谨向申博士深表谢忱。

1994 年 4 月 19 日夜，韩国鸟致院，高丽大学瑞仓分校

《郁达夫名作欣赏》[①] 前言

> 读现代作品，如果对某种"新文艺腔"已经
> 有些腻味时，再来读郁达夫，就会感到一种亲切
> 与新鲜。

郁达夫的许多作品，包括那些在文学史上影响很大的小说，如果认真推敲，会发现大都并非精美的成品，可以挑出这样那样的毛病；除了一些散文和游记，他的多数创作都很风流恣肆，信笔由之，没有什么打磨。不过也许就是这种随意，反而促成了创作的独异风格，加上那种感伤、忧郁而又极坦诚的情味，郁达夫成了现代文学史上最有才情而最少框框的浪漫主义作家之一。

许多读者乐于读郁达夫，并不是为着欣赏艺术的完美，而是为了情绪的沟通，为他那放达的才情所吸引。郁达夫是那样

[①] 《郁达夫名作欣赏》，温儒敏主编，和平出版社1998年版，为名家析名著之一种。撰稿者有范伯群、韩石山、钱理群、王得后、季红真、吴福辉、韩小蕙、解志熙、赵园等多人。

本真、亲切、不做作，是可以完全掏出心来交流的朋友，这样的作家毕竟太少。郁达夫似乎也无意提供完美的写作范本，他不想当启蒙者或者导师，只希望赤裸裸地把自己的心境写出，以求世人能了解自己的内心苦闷。在郁达夫自己所设定的"沟通情绪"这个艺术目标上，他的追求是成功的。

郁达夫有才子气，也有名士派的作风，这历来最容易遭到非议。他笔下的人物多清高避世，恃才傲物，放浪形骸，愤世嫉俗，这其实是郁达夫的夫子自道，是他自己情怀的释放。不能排除其中有旧文人的气息，特别是有时弥漫于作品中的那种颓唐、退隐、消极的情调，与当时激进的时潮是不怎么合拍的。但郁达夫毕竟是作家，才子或名士的超然放达，以及与现实的对抗，从另一方面又促成了其创作上的个性自由，敢于打破任何规范惯例。他的才子气或名士派作风，体现在创作的姿态上，是追求独立不羁。这反而有利于造成一种特别放松的抒写方式，造成适合于个性充分展现的文体。如果读郁达夫时，我们能体会他那种什么都不在乎，我行我素，只管痛快抒写的姿态，也许就更能理解其在五四时代格外受欢迎的原因。才子气的"不在乎"，名士派的痛快的反叛，即使思想上不无旧的痕迹，在方式与姿态上却又适合了反传统的个性解放的潮流。

别看郁达夫的作品有的在艺术上显得粗糙、不完整，常有叫人吃惊的对艺术惯性思维的"犯规"，但也因此打破了传统文学历来推崇的温柔敦厚的空气，在那个一切都处在大转变的阶段，这才显得新鲜和来劲。这些情况在郁达夫初期的作品中表现比较突出。最能代表郁达夫创作特色的，主要是五四时代的那些作品。30年代中期以后，郁达夫作品（特别是散文、游记）中的才情明显有了节制，名士派的反叛也更多转为"百事原都看得很穿"的超然，其社会影响自然不如前期作品大了，尽管在审美的意义上说，后期的作品可能更完整与精致，更值得赏析。

郁达夫创作引人注目的特征之一，还在于病态的描写，包括由性的苦闷所引发的变态与病态描写。就小说而言，几乎篇篇的主人公都有精神疾患。也许精神病医生来读郁达夫的小说，就会作出许多很具体的临床分析。如《沉沦》中那位留日学生的极度敏感、多疑、孤独、妄想等症状，以及手淫、窥浴等变态行为，都是青春期心理忧郁症的严重表现，都与性的苦闷有关。历来中国小说中很少有注重这方面描写，而又写得那样直白的。郁达夫写"性的苦闷"所引发的病态，根本不做什么艺术过滤，径直写出，的确惊世骇俗。如《茫茫夜》中写主人公向街上烟摊的妇女要用过的旧针和手帕，狠命地拿针往自己脸上刺，以寻求快意。这种畸形的病态心理描写，读来真令人窒息。30 年代写的《迷羊》《她是一个弱女子》等小说中，也有很多诸如此类对病态性心理的赤裸描写，包括对同性恋的描写。难怪人们说，郁达夫专写"穷"与"色"两个字。

他的作品凡触及"性的苦闷"，几乎都归入病态。这方面过于直白的描写的确很难引起美感，对于意志力不强的读者还可能引起自卑与绝望感。郁达夫的病态描写是有副作用的。但仔细考辨，又不能不看到其病态描写中往往爆发出悲抑的冲击力，不是在展览玩味那病态，而是让读者体味那病态，由此痛苦地思考人生现实。可以这样认为，郁达夫直白的病态描写，特别是有关"性的苦闷"的描写，起码起到两种艺术作用：一是在试用一种新的态度，用民主和科学的眼光，去剖析和表现人的生命中所包孕的情欲问题，从自然天性的角度肯定与正视情欲，否定传统习俗制度对其不合理的压抑；二是故意以这方面"惊人的取材与大胆的描写"给封建道德习俗予"暴风雨般的闪击"。如果我们在读郁达夫小说的病态描写时注意"还原"一些历史的氛围，还可能发现这类描写也含有一定的时代内涵。因为"性的苦闷"也好，"生的苦闷"也好，都喊出了五四时代醒过来了的人的"真声音"，都揭露了当时那种病态的社会如何成为总病根。郁达夫嗜写的那种精神病态，其实又都是一种"时代病"。

读郁达夫的作品，令人感触最深的是弥漫其中的感伤的情调，而不是情节和人物的性格命运。因此，历来有许多论者认为郁达夫的小说是很不像小说的。的确，郁达夫的小说很难作为写小说的范文。用"典型环境中的典型性格"之类标准来衡量，甚至可能认为是不入流的。然而，他这种"很不像小说"的小说毕竟也是一种创造，很有吸引人的意味。

认真体味，郁达夫的小说还是写出了有独特色彩的人物形象，即所谓"零余者"形象。他的几乎每一篇小说中的主人公都是"零余者"，而且那种歧路彷徨的精神状态，那经历，甚至情味和口气，都没有什么变化。郁达夫是一位不断重复自己的作家，但他所属时代的读者居然很乐于忍受他这种重复，还引为同调，恐怕跟"零余者"的塑造也有关：人们可能认为这才更接近生活本身，不做作，可以从"零余者"身上读出自己的悲哀。

"零余者"可以理解为是郁达夫小说的抒情主人公，他们都是小人物，可能有些才干，甚至不无理想，却被生计问题逼迫，在腐败的社会中几乎没有立锥之地。贫穷困厄，使他们失去生活的信心与安全感，常觉"置身在浩荡的沙漠里"，或者如同在荒田野墓间无目的地游逛的多余的人。他们自暴自弃，自哀自惭，却不甘心和丑恶的现实同流合污，总表现出一种虽然落魄却又正直坦诚的品格，表现出与当时不合理的现实社会对峙的孤独倔强的姿态。到了 30 年代，郁达夫的小说和一部分散文作品中仍然有"零余者"的身影。虽然多了几分名士气，不再像他五四时期作品中那些"零余者"的彷徨凋丧，终日哀愁，却也同样与现实格格不入，孤傲叛逆。郁达夫笔下所有的"零余者"都给人一种生命的紧张和悲悯的感觉，表现在理想与现实的冲突中失去平衡的无奈心境。也许读郁达夫可以从"零余者"形象中看到自己的某种脸色，这正是这位专写"零余者"的作家让人感到真切的地方。

郁达夫小说的体式也是很特别的，是所谓"自叙传"的小说。这种体式与 20 世纪初日本流行的"私小说"很相仿，郁达夫显然对"私小说"有所借鉴。此外，他又倾心于德国浪漫主义作家卢梭，在他的小说中不难找到类似卢梭《忏悔录》那样的自我暴露与坦率的文笔。郁达夫的自叙传绝大多数都以第一人称写"我"，或者虽用第三人称，写的仍是作者的化身。其取材都是作者本人的经历、遭遇与感受，而且如前文所说的，几乎在不断"重复"自己，不过这也就造成一种很独特的阅读效应：读者往往将小说主人公等同于作者，相信是实写其所见所闻，一篇一篇发表，引得读者兴味的继续，如同看长篇连续的纪实性生活报道。所以，在郁达夫的作品中，一般见不到曲折传奇的情节，也没有巧妙周致的构思，所写的都是一些凡人琐事，而且注重情绪的传达与心理历程的展现，有很浓的自传性。也正因为"自传性"的内容都是作者所身历的平凡的生活，普通读者司空见惯了，而作者却从中挤出许多感情的苦汁，使人产生灵魂的共振，感到格外的真切，就如20年代读者评论《茑萝集》时所说的，郁氏作品"因为它里边所写的，并没有什么特别的不幸，为一般人所不能遇到的，所以凡是领略过人生悲哀的人们，都能读得这本小集子，都能对于它表同情"。现今的青年读者对于郁达夫作品直抒胸臆、过于坦率的写法可能会觉得虽然有某种情绪的渲染力，毕竟又自怜过甚，感情太烈，而锻造不足，欠含蓄，这种感觉是对的。不过，如果读多了现代文学作品，对某种"新文艺腔"已经有些腻味时，再来读郁达夫，就可能会原谅他粗糙的直率，而感到另一种亲切与新鲜。

郁达夫的文名主要是靠小说奠定的，而他的散文和旧体诗词也写得很好，在二三十年代影响很大。其早期的散文与小说的界限有时难以分清，都带"自叙传"的特点，表现与其个性合拍的那种感伤、坦诚、酣畅的风格。特别是在诉说自己的生活遭遇时，如同与亲朋拉家常那样，心里要说的，都毫不掩饰地和盘托出。有时则直接采用感情呼号的方式，以惊人的直率抨击现实腐恶，宣泄内心郁闷。到了30年代，郁达夫创作的重点已由小说转向散文，他的创作风格转变了，虽仍不脱伤感，然而思想比以前要沉着，文学趋向疏朗清俊，直接作感情呼号的写法少了。尤其引人注目的是那些游记，既保留了郁达夫文笔惯有的自然酣畅的特点，又吸取了历史上山水游记中布局谋篇方面的精华，艺术上达到炉火纯青的地步。收在本书中的许多游记篇什，都称得上现代游记文学中的绝品。

读郁达夫游记，仿佛身临其境，由郁氏所引导，畅游奇山异水、美景名胜，在这美好的游历想象中体味独特的东方山水文化。郁达夫特有一种生活的"吟味力"，以自身体验乃至个性、气质去咀嚼涑涤万物，真个是揽物会心，将大自然斟到自己的酒杯里。和他的小说的那种随意放达不同，郁达夫的游记更讲求构思，有更丰富的比喻与联想，艺术上也更完整。在将自然美转化为艺术美的过程中，郁达夫发挥了极高的才气，以摇曳多彩的文笔和谐地编织着大自然秀美的画幅，显得那样跌宕多姿，潇洒自如。此外，郁达夫还写过不少小品、杂文，有不少也称得上是美文佳构。至于旧体诗词，也是历来为人所称道的，更是从另一方面显示着郁达夫的卓越才华。

本书编选的目标虽然也照顾到文学史价值，但考虑更多的是艺术性与可读性，因此，这是一本侧重鉴赏的选本。如果要了解郁达夫创作的历史特征，恐怕就还要另外读一些有影响甚至有争议的作品。本文也并非全面评价郁达夫的文学地位，只是想说说"开场白"，介绍一下郁达夫创作艺术的若干突出点。

能集合诸多知名学者与作家为这本书撰稿，也真是难得。读者有幸从一本书中识得文学鉴赏的不同理路与多样的风格，收获定然不小。作为本书的编者，我对参与撰写的诸位名家，深表谢忱。

1998 年春

《中国现当代文学专题研究》① 前言

> 选题有教学上的考虑，即通过重点作家作品的分析，以点带面，将"文学现象"的考察"带"起来。

《中国现当代文学专题研究》是一门带有研究性质的课程，共十六讲，涵括了现代和当代两大部分。这门课是为已经学过"中国现代文学史"和"中国当代文学史"基础课的同学设计的。基础课主要学习有相对稳定性的知识，这种专题课则要深入一步，就一些比较集中的课题，让大家了解现有的研究成果和研究趋向，包括一些有争议的问题，同时通过对课题中某些方面的重点分析，引发对不同研究角度与方法的探讨，从而拓展我们批评和鉴赏的眼界，学习如何评论作家作品与文学现象。也许还有一个很实际的目标，那就是引起同学们对某一研

---

① 《中国现当代文学专题研究》，温儒敏、赵祖谟主编，北京大学出版社2002年版。有多次印刷，2013年修订，从原来十六讲增加到二十讲，主要增加当代部分。2023年第二次修订，即将出第三版，有较大变动。

究课题的兴趣，或者可以从中找到做毕业论文的题目。

这十六讲并非对现当代文学的全面评述，但选题也是有教学上的考虑，即通过重点作家作品的分析，以点带面，将"文学现象"的考察"带"起来。同学们在学习过程中也应当"以点带面"，充分运用以往学习过的文学史知识，从文学潮流发展变化的历史联系和特定的历史文化氛围中，去讨论某一文学现象产生的缘由，去评判作家作品的得失。对于当下发生的文学，如果我们学会运用相应的文学史眼光去考察，尽可能从文学历史发展的坐标中来衡定其得失地位，也可能是有利于增加理解的深度的。当然，推展开来看，这种带研究性的学术训练，多少也就可能使我们的文学感悟力，以及分析概括问题的能力得到提高了。即使我们所从事的是文学以外的其他的工作，这种由初步学术训练而带来的眼界的拓展与能力的提高，对我们仍可能是获益匪浅、毕生受用的。所以，我们学习这种研究性的课，尤其要注重举一反三、触类旁通，在学术体验和能力训练方面下功夫，而不只是瞄准考试，死记一些答案。

这门课的每一讲都讲到一些重点的作家作品。如果想提高对作品的分析评判能力，光是阅读课文，或者只是听老师讲课都是不够的，最重要的还是要阅读作品，而且必须是在听课之前先读过作品，有自己的第一印象和感受，最好还能同时读一些相关的评论和研究的成果。每一讲都多少介绍了有关的研究状况，有的还提供了基本的研究书目。我们正好可以顺藤摸瓜，找一些研究论著来参考，从中或许就可以得到某些启发，帮助我们进入研究状态，找到自己进一步探讨问题的空间。每一讲后面还设计有思考题，也是为了引起研究的兴趣，训练文学史眼光和鉴赏分析能力，当然，也可以帮助复习。

在北京大学中文系有一门供本科生选修的课叫"现当代文学作品赏析"，通常由七八位老师来"抬课"，每位老师讲一两个作家作品，而且各个老师治学和讲课的风格不同，研究和鉴赏的角度方法也可能会有差别，让同学们领略不同的学术风貌，知道文学作品原来是可以从不同的层面和方法去理解的。这很自然就改变了同学们原来可能比较单一的"语文应试式"的阅读习惯，而拓展了把握和分析文学现象的视野。同学们都很喜欢这门课。我们现在开讲的"现当代文学专题研究"，大体上就是仿照北大的"作品赏析"课，稍多一些研究的色彩。主讲人也大都是北大中文系的教授。参加教材编写的有教授和博士，他们做如下的分工：

温儒敏（北大中文系教授、博士生导师）：前言、第一讲、第二讲、第四讲、第六讲、第七讲第三节；黎荔（北大中文系博士生）：第三讲、第五讲；李宪瑜（北大中文系博士）：第七讲第一、二节，第九讲；姜涛（北大中文系博士生）：第八讲；赵祖谟（北大中文系教授）：第十讲、第十一讲；李平（中央电大教授）：第十二讲、第十六讲；高秀芹（北大中文系博士）：第十三讲、第十四讲、第十五讲。

温儒敏和赵祖谟负责这本教材基本框架的确定和全书的统稿。

本书原为内部讲稿，因作者水平有限，汇稿时间匆促，肯定存在诸多问题与不足。为满足教学的需要，现作为教材出版，希望得到同行专家的指正，并能在教学中征得同学们的意见，以期再版时修改和完善。

　　本课程教学大纲的制定，曾经过专家小组的审议论证。他们是：钱理群、谢冕、洪子诚、吴福辉、孟繁华。特向他们表示感谢。

2001 年 11 月 18 日于且竹斋

《文学课堂：温儒敏文学史论集》^① 自序

> 不把这点学问看得太过重要，也不看得太实
> 际，不是什么都讲有用和效益。心态平和，让文
> 章平实一点。

收在这本集子中的，是我这些年来几本专著之外的部分论
文。关注点比较散漫，但也略有线索可寻，大致可分为四个部
分。第一辑有关鲁迅研究，有 8 篇。第二辑多是对现当代作家
作品的评论，有 14 篇。第三辑偏重对文学思潮及文学批评的
梳理，有 7 篇。第四辑主要讨论现代文学学科史与文学史观，
涉及对学科发展中一些问题的看法，也有 7 篇。这里不妨对一
些主要篇札的内容做个大致的交代。

第一辑的头一篇《鲁迅前期美学思想与厨川白村》写于
1981 年，是我的硕士论文，主要想弄清楚为何鲁迅对日本的
理论家厨川白村特别看重，厨川对鲁迅到底有何影响。文章试

---

① 《文学课堂：温儒敏文学史论集》，温儒敏著，吉林人民出版社 2002 年版。

图由此出发，探讨鲁迅前期的文学美学思想。那时现代文学学科的生机刚刚得以恢复，"唯物""唯心"还是主要的批评尺码，现在看来有些僵硬，但此文显然又在力图从所谓"唯心"的思想资源中发现"合理内核"。《试评〈怀旧〉》写得更早，是在1979年。此前学术界很少注意到鲁迅的文言小说。该文发现写于1911年的《怀旧》，形式上已经突破了传统小说的格局，可以看作是现代小说的雏形。《〈狂人日记〉：反讽的迷宫》的写作动因，是有一年北大中文系现代文学研究生入学考试出了一道题，问《狂人日记》是白话小说，为何其序言却用文言来写。看来题目是出深了，结果考生普遍回答不了。其实学术界对此也还缺少研究。我在讲课时探讨了这个问题，后与研究生旷新年合作写成此文。文中认为《狂人日记》文言文的"序"和白话文的"日记"这两种不同的叙述语体互相扭转和颠覆，形成强烈反讽的结构，迫使读者不得不超然地阅读并琢磨小说的深义。文章提醒注意鲁迅小说总是具有一种独特的反讽意识。《〈肥皂〉的精神分析读解》是在一次为本科生上的"作品赏析"课的讲稿基础上写成的。该文注意到《肥皂》的"实验性"，因而对《肥皂》的细读也运用了精神分析的方法。文中提出这篇作品不只是如通常所说的揭露了封建道学的虚伪，更深层的涵义，还在于表现人性的某些弱点，包括理性与情欲的冲突。《〈朝花夕拾〉风格论》试图以雍容、幽默和"简单味"三个特点去概括鲁迅这组散文的总体风格，特别是"简单味"，一般评论关注不够，其实是值得从审美意义上做更深入的探究的。我2000年底在香港城市大学做过一次关于鲁迅的讲演，后来整理成《鲁迅对文化转型的探求与焦虑》，在2001年10

月首届"北大论坛"上又做同一论题的讲演，同时也是为了纪念鲁迅诞辰 120 周年。这个讲稿对当前某些试图颠覆鲁迅的观点提出了质疑，认为鲁迅对近代中国文化转型有独特的探求，也有不应忽视的焦虑，有时表现为传统批判中的偏激。应了解"偏激"的语境和历史理由，同时看到鲁迅还有对传统积极传承的另一面。文章特别提到鲁迅对民主、平等、科学等流行观念均有前瞻性的独立思考，他提出应警惕过分崇奉物质带来的现代文明病，至今仍有启示意义。

第二辑大部分是对作家作品的评析。从 70 年代末开始，我就对郁达夫这个特色显著的作家有兴趣，编过一本《郁达夫年谱》（1979 年编竣，王瑶先生作序，后因故未能出版），又为海外一家出版社编过 12 卷的《郁达夫文集》，还主编过一本《郁达夫名作欣赏》（和平出版社 1997 年出版），同时也就写有多篇有关郁达夫研究和赏析的文字。这里选了 3 篇。《论郁达夫的小说创作》写得比较早（1979 年），试图对郁氏的文学史地位重新作出评价，并对以往论者多有批评的郁达夫作品中常见的病态描写进行分析。这在当时还是个新鲜课题。《略论郁达夫的散文》认为郁氏散文的艺术成就其实并不亚于小说，可惜只是"略论"，未能深评。《春风沉醉郁达夫》分析了郁氏作品那种"风流恣肆，信笔由之"的随意，才子气与名士派作风，以及感伤的病态的描写，认为这些都在"沟通情绪"这个艺术目标上获得了成功。

《〈围城〉的三层意蕴》提出了这部小说主题的"多义说"，曾为学界同行所关注。文章认为起码可以从生活描写、文化批判和哲理思考这三个层面，来解读《围城》的意蕴，并且认为该小说对"新文化"的批评是一不容忽视的艺术视点，此外还应当注意其所蕴涵的类似西方现代主义文学中普遍出现的那种人生感受与超越性的思索。《论老舍创作的文学史地位》充分肯定老舍的成就，也指出其思想艺术上的某些缺失，认为老舍的作品承受着对转型期中国文化尤其是俗文化的冷静的审视，既有批判，又有眷恋；老舍是京味小说的源头，甚至已经成为北京文化的象征。当今一般读者对郭沫若评价不高，而"专业阅读"却甚表称许的现象，《浅议有关郭沫若的两极阅读现象》分析了这一现象，提出了《女神》在五四时期的"阅读场"这个概念，建议经典阅读应尽量将直观感受、设身处地和名理分析结合起来。90年代中期有过"张爱玲热"，甚至一段时期"热"得太过火了。《张爱玲的成功与缺失》主要提出张的作品"太沉湎于病态"，"常滞留于悲凉琐碎的生活细节上"，"老重复自己"，后期一些作品"毫无可读性"，其实并非不欣赏张爱玲的杰出成就，只是想给当时的炒作泼点冷水。而《"张爱玲热"的兴发与变异》则评述了近20年来有关张爱玲研究和传播的情况，并作为一种"接受史"进行文化现象的考察。该文曾在2000年香港召开的"张爱玲与现代中文文学"国际研讨会上发表。90年代初贾平凹的《废都》一纸风行，曾引起广泛的批评，主要是指责其有颓废与色情的内容。《剖析现代人的文化困扰》一文则对当时普遍的批评持有异议，认为《废都》虽然有明显缺陷，其实又是一部不可简单索解的奇书，因为它展现了世纪末的华丽与颓废、传统文明断裂后的隐忧与荒原感，以及被现代物质文明弊病所裹挟的生命的贫瘠，重要的是从该书及其流行现象中引发对于现代人文化困境的严峻思考。此文曾被海内外多种报刊和文集所收载。

第三辑所收的是有关文学批评史的研究文章。90年代前期，我的研究主要围绕批评史，完成了《中国现代文学批评史》的写作，同时也发表了一些有关批评史和思潮史方面的文章。这里选了7篇。《周作人的散文理论与批评》辨析了周氏所提出的"趣味""平淡自然"和"苦涩"这三个审美概念，并探讨周作人的旧轨风范中又如何渗入现代的眼光。《茅盾与现代文学批评》是为纪念茅公诞辰百年而作，论述了茅盾与中国现代文学批评的关系，并在整个现代文学发展的背景下考察茅盾批评的成就与缺失，其中还重点论考了茅盾的社会—历史批评文体。1988年我编了一本《梁实秋文学美学论集》，已经打出清样，又因故未能出版。后来发表的《梁实秋及其文学美学论著》即为该书的序言，其中大致展现了梁氏批评理论的概貌。《四十年代的诸家诗论》和《"革命文学论争"史略》都是我给研究生上专题课的讲稿，后来参加中国社科院文学研究所主持的《中华文学通史》近现代部分的写作，就在原讲稿基础上写成一些章节，这两篇是其中一小部分。

第四辑有关学科史与文学史观。这些年我在北大中文系给现代文学专业的研究生开过"学科概论"这一类入门课，现在又正在做有关"现当代文学研究史论"的研究项目，这一辑的几篇文章即与此相关。不过《重读王瑶〈中国新文学史稿〉》这一篇发表很早，是在1983年。那时王先生的《史稿》刚刚修订重版，该文即试图探讨《史稿》这部开山之作的学术特色和治学门径，也涉及文学史写作的史识、史笔和方法论问题。《文学史观的建构与对话》讨论20世纪二三十年代围绕初期新文学的评价，所形成的不同观点和文学史思维模式，并注意到多种文学史观的互动互涉的对话关系，及其后来对文学史写作的影响。《论〈中国新文学大系〉的学科史价值》则从学科史的角度，探讨《大系》作为一种资料性与研究性的经典出版物的特色与价值，重温新文学先驱者对初期新文学的总结评价，以及其中所体现的文学史研究方法、角度与眼光。《思想史取代文学史？》对当前现代文学研究越来越往思想史靠拢的趋向提出质疑，认为文学研究疆域的拓展，以及科际整合眼光和方法的应用，都不应以消泯文学研究的审美与情感性特征为代价。而对现代文学传统的研究，应当注意那些逐步积淀下来，成为普遍性的思维与审美习惯，并在现实的文学——文化生活中起作用的东西。

这本文集所收文章的写作时间跨度比较大，有些篇札发表比较早，如80年代初写的关于鲁迅、郁达夫的几篇，现在看来难免稚拙，但在当时是有些影响的，收到集子中，意在显示学术探求的足迹。另有些文章引起过争议。如不久前在南京召开的"现代文学传统"国际学术研讨会上，《思想史取代文学史？》这篇论文就曾引发热烈的讨论。我的一些文字可能只是一孔之见，若有功用，也就是能引出某些讨论的话题。本人相对更看重的，还是收在集子中那些对作家作品的鉴赏和评析。这些评析常常都是应教学的需要而写的，或者是带着授课中的疑问，去钻研某些问题；或者是为了编写教科书，而要对某些课题进行更深入的探究；有的则是为了给本科低年级学生上赏析课（北大中文系的传统，是要请比较资深的教授为本科生"抬"这一类基础课），而对作品做细致的分析。所以，无论是我本人学习文学史，还是讲授文学史，都与教学有关。这本集子也可以说是教学的产品，起名为《文学课堂》，就带有这个意思。

几年来有朋友希望能把我专著以外的论文结集出版，我一直在犹豫：现今出书太容易，若到书店看一看，尽是专著大书，五光十色，什么题目仿佛都给做尽了。我再出它一本，又能怎样，会不会也泡沫化了？而且学术论文集往往是最没有"市场效益"的。但最近因为搬家，顺便将过去已经发表的论文和书稿整理了一下，发现居然也有百十来篇。有些论文只是浅尝辄止，影响也不一定有专著大，但所提出的问题可能还是有讨论的价值的。现在挑选一部分结集出版，对笔者来说，也带有学术回顾的意义。

现在诱惑太多，信息太多，做学问的精气神容易给耗散，没有一些屏蔽的"定力"恐怕写不了有根的文章。有根的文章当然难做，收进这个集子中的有些也肤浅。但有一点我是在努力实践的，那就是不再把所从事的这点学问看得太过重要，动不动就是"创新"就是"经国之大业"；也不看得太实际，不是什么都讲有用和效益。心态平和一点，文章可能也就平实一点。出版这本论集，除了给关心现代文学的读者提供某些参考外，也想借此给自己再聚一聚"神"。不知道这个目的能否达到。

2001 年 11 月 30 日于蓝旗营

《文学史的视野》① 小引

> 自知所写的文章其实大都是"职业性"的，
> 总不满意，却聊复饶舌，写下去，以为于读者多
> 少会有益的。

收到这本集子中的，是我这些年来几本专著之外的部分论文，共35篇，大致包括4个部分：

其一，是现代文学学科史研究，有6篇，多为新近所写。这是我目前正在关心的课题，并且在北大上一门叫"现当代文学学科概要"的课，希望能对学科的历史和现状有比较清楚的了解，其中材料性的东西比较多，但也力图从学理层面探讨得失。还有2篇是书评，也论及学科史课题，一并入选这里。现当代文学作为一门学科，已经不年轻了，当前又面临某些困扰，梳理一下学术发展的脉络，总是有必要的。

其二，是文学思潮和文学批评的研究，这是我前些年主要

---

① 《文学史的视野》，温儒敏著，人民文学出版社2003年版。

用心的领域，选有 7 篇。有几篇是根据近年来的讲稿整理的，有的还未曾发表过。也有的是旧作，曾经引起过学界的注意，至今还不时有人提及，但已经不容易找到，现选录几篇，方便读者查阅，也有意表明自己这方面的研究路数。拙著《中国现代文学批评史》出版后，似乎还比较受欢迎，已有过 6 次印刷，又译成外文出版。这里特地选录了我为该书的韩译本所作的序言，说明我从事批评史研究的方法与结构，借此和学界同仁交流讨教。

其三，是 13 篇作家作品的评论，涉及面比较广，也比较杂，好些篇章都是应教学的需求而写的，偏重于鉴赏性分析。有些本来也就是为大学生上课的讲稿，如关于沈从文与京派的一篇，有人把它放到网上，居然有不少点击，不如也就选一两篇在这里。前些年受报刊之约，常写些比较随意的文字，也有一些涉及学术，约略有点意思的，选录一二，算作纪念吧。

其四，最后一部分，是关于文学史教学和其他方面的，有 9 篇。包括几篇导读性质的文字，根据对大学生的讲演稿整理而成，还有一篇是文学史考试学生试卷中的观点的汇集，可以从中了解我们尝试教学改革的一些情况。此外，是几篇随笔，不属于学理性的论文，却是近年来学界经常讨论的话题，设想读者可能会有兴趣。

去年刚出过一本《文学课堂》，也收录了我这些年来的部分论文，是由吉林人民出版社印行的。当时我在书的"自序"中说那不过是"敝帚自珍，野芹之献"，对自己虽然有些学术回顾的意思，但也怕翻阅它的读者失望，耽误了他们的时间。不料尚能得到读者的关注，论文集几个月之内印了两次。这倒让我感动，并对自己肤浅的文字多少增加了"信心"。后来南京大学现代文学研究中心向我约稿，要为我再出一本论文集，我也就没有再犹疑，把这些年来写的文字再选出来一些，凑成这个集子。

又一本书编好要出版了，却没有什么好心情。"非典"正在肆虐，不知人类要抗争多久才能逃脱这一劫难。灾难有时在给人类上课，提醒人们对大自然保留一份敬畏。窗外雾气沉沉，人们都尽量待在家里不出去。我收罗稿子，编这么一本书，聊以打发焦虑的时光。我自知所写的文章其实大都是"职业性"的，虽然总不满意，却聊复饶舌，认真写下去，一本一本印出来，而且总以为这些东西于读者多少会有益的。

无论如何，对于花时间翻阅这个集子，并对这些寡味的篇札有所批评郢正的读者，我都心存感激。

2003 年 4 月 25 日于蓝旗营，"非典"氛围中

《旗与歌：在北大的六次对话》① 序

这样一本有学术"对话"现场感的集子，可
领略北大的学术氛围，思考许多有趣的课题。

韩毓海老师在北大中文系讲授现当代文学，不满足于高头
讲章的授课，有意要做些改革，便仿照国外大学常见的小型讨
论课的办法，请来几位当今在文坛和学界很有名的作家和评论
家，每人一讲"抬课"。题目自然是各式各样，甚至还有 WTO
的，但又都是学生所关心的前沿学术问题。现在韩老师把课上
学者的讲演整理成这本书，要我在前边说几句话。我认真读了
校样，觉得每一讲都很有意思，得到许多启发，读着读着，好
像自己也坐在教室里听课，参与讨论，体味那些鲜活的思路如
何在对话中展开。和一般论文集或者讲演集不同，这本书是课
堂实录，原汁原味，有学理深度又饶有趣味。我愿意把它推荐
给读者。

---

① 《旗与歌：在北大的六次对话》，韩毓海主编，中央编译出版社 2004 年版。

　　我最感兴趣的是其中关于"文化研究"的讨论。书中有好几篇讲演都涉及这个课题。我想就此说一些感想。

　　这些年来，文化研究几乎成了又一种"显学"，很多中文系的学生和老师（尤其是现当代文学和比较文学的），都在朝这个领域靠拢。文化研究有如此大的吸引力，不只是因为可以拓展文学研究的新生面，也因为这是对现存学科体制的一种批判和解放。"文化研究热"代表了目前学科衍变的一种趋势，有可能带来学术生长的活力。但我认为同学们提出与此相关的"纯文学的焦虑"问题，也还有进一步讨论的必要，并不能简单说"焦虑"是多余的。这种"焦虑"是需要重视的现实问题，而不只是理论问题。

　　如果结合教学来讨论，可能就更清楚。现在中文系的文学教学是普遍存在弊病的。突出的表现是：概论、文学史和各种理论展示的课程太多，作家作品与专书选读太少，结果呢，学生刚上大学可能还挺有灵气，学了几年后，理论条条有了，文章也会操作了，但悟性与感受力反而差了。的确有不少文学专业的学生，书越读审美感觉就越是弱化。文化研究热的兴起，本来是好事，研究视野毕竟拓展了，然而似乎也带来了新问题，事实上"远离文学审美"的现象加剧了。翻阅这些年各个大学的本科生、研究生的论文，有多少是着眼于文本分析与审美研究的？现今在中文系，似乎再谈"纯文学"就是"老土"了，大家一窝蜂都在做"思想史研究"与"文化研究"。其实，术业有专攻，要进入文化史研究领域，总要有些社会学等相关学科的训练，然而中文系出身的人在这些方面又是弱项，结果就难免邯郸学步，"文学"不见了，"文化"又不到位，未能真正进入研究的境界。担心文学审美失落的焦虑大概也由此而来。

虽然现今文学已经边缘化，但只要人类还需要想象的空间，文学就有存在的必要，也就还需要有一些优秀的人才来从事创作与文学研究。这也许是中文系存在的理由吧。与哲学系、历史系、社会学系等系科相比，中文系出来的学生应当有什么特色？我想，艺术审美能力，对语言文学的感悟力和表达能力，可能就是他们的强项。而艺术审美能力要靠长期对艺术的接触体验，包括对作品的大量阅读才能培养起来，光是理论的训练不能造就真正有艺术素养的专门人才。现在中文系学生已经不太读作品，他们用很多精力模仿那些新异而又容易上手的理论方法，本来就逐步在"走出文学"，而文化研究的引导又使大家更多关注日常，关注大众文化之类"大文本"，甚至还要避开经典作品，那不读作品的风气就更是火上添油。虽然不能说都是文化研究带来的"错"，但文化研究"热"起来之后，文学教育受挫就可能是个问题。原有的学科结构的确存在诸多不合理，分工太细也限制了人的才华发挥，文化研究的"入侵"有可能冲击和改变某些不合理的结构；但无论如何，文化研究也不能取代文学研究，中文系不宜改为文化研究系。我赞成文化研究能够以"语言文学"为基点去开拓新路，学者们也完全可以大展身手，做各自感兴趣的学问，同时我对文化研究给目前中文学科冲击造成的得失，仍然保持比较谨慎的态度。

这本书中学者和作家的讲演自然精彩，但作为教师，我对学生的讨论与提问格外关注。我觉得许多学生的问题都提得有水平。学生的提问也许比较零碎，但往往贴近现实，能够直观地触及学术领域敏感的部位。很多非常实际的问题穿过过于形式化的学术话语的密林，就这样单刀直入，向你奔来。如果你要真正回应这些问题，恐怕也得脱掉"做文章"的态势，特别是摒弃那些"怎么说都有理"的"辩证"逻辑。这样，我们就从书中读出许多鲜活的思路，甚至引起某些参与研究的冲动。

这本书的"对话"结构在展示一种教学的新路。老师不是满堂灌，始终与学生保持一种学术对话和思想碰撞的状态，教学相长在这里得以实现。对于研究生教育来说，我觉得这种上课方式是尤其值得推广的。（不过，这似乎有些奢侈，现今各个大学在不断扩招，有些学校研究生博士生都是"批量生产"了，只好上大课，几百人挤一间教室的课很多，还怎么可能"对话"？）从1996年开始，北大中文系设立了"孑民学术论坛"，每周一次，请来国内外各个学科领域（包括理科和其他学科）一些领军的学者，介绍所属学科前沿研究状况，展示不同的治学理路，至今已有近百讲，对于活跃学术空气，促进学术交流，开拓学生的视野，起到明显的效果。收在本书中的讲演，除了韩毓海老师所主持课上的讲演，也有的就出于"孑民学术论坛"。现在这些讲演整理汇集成书出版，不但对大学生、研究生了解现当代文学以及相关学科的学术进展有参考价值，大概学校之外的读者也可能会有兴趣。我想，这样一本很有学术"对话"意味和课堂现场感的集子，会有助于大家领略北大的学术氛围，一起来思考和探讨许多有趣的课题。

2003年11月28日

《在文艺与意识形态之间：胡风研究》^①序

> 胡风事件研究是"百慕大三角"，既吸引人
> 去探险，也容易把研究者淹没。此书尽可能掌握
> 有关材料，追求历史的感悟与洞察。

"胡风集团"案是现代中国最重要的政治事件和精神事件之一，对一代（甚至还不止一代）知识分子的心态影响巨大。也许过多少年以后，历史学家仍然会对这个事件感兴趣，因为透过这一个案，可以深入地了解一个时代。打从 20 世纪 80 年代胡风平反之后，关于胡风的各种研究论著就陆续出版，到现在，数量已经不少了。这些论著多数侧重于对胡风文学思想的发掘与阐释，或者是从文学史的角度肯定胡风的价值，多少带有为胡风申辩的味道。胡风的理论无疑是值得认真探讨的，问题是在"胡风事件"还未曾弄清脉络之前，对胡风理论的解读往往只能局限于胡风论文本身，这总是有些"隔"的。所以

---

① 《在文艺与意识形态之间：胡风研究》，王丽丽著，中国人民大学出版社 2003 年版。

对"胡风事件"的发掘、梳理与解释，就是胡风研究重要的前提。以前许多论者虽然也都意识到这是研究推进的关键，但因为胡风事件与政治和人事都有极其复杂的纠缠，笼罩着某种禁忌的气氛，加上时机不成熟或材料披露还不充分等原因，大家都未能再往前一步。有的学者甚至说胡风事件研究是"百慕大三角"，既吸引人们去学术探险，也极容易把研究者淹没其中。这有点夸张，但也道出这个课题的难度。王丽丽的博士论文选择这个前沿性的课题，有些"冒险"，但她有学术探求的勇气和理智，知难而上，尽可能掌握现在可能提供的有关材料，尽力追求文学史家应有的历史感悟力和洞察力，终于写成这部胡风事件研究的专著。这是近年来胡风研究方面的一个突破性成果。

这篇论文给自己定下一个很高的目标，就是运用现代社会科学的理论对胡风事件进行全方位的解析，理出胡风事件的发生与发展的肌理，揭示事件铸成的某种必然性，从而使这段特殊的历史变得可以理解，并转化为可供后人利用的精神文化资源。应当说，这个目标基本上是达到了。全书分7章，基本思路是先探明胡风文艺思想的原生状态，然后梳理胡风事件的历史缘由与发生过程，并对事件的成因、性质做深入的理论阐释，包括对所谓"胡风集团"文化生态的剖析，最后探究胡风的自我陈述，与全书对胡风事件的评价构成互相补充核证的关系。其中最引人注目也最有学术创新意义的，是关于胡风事件的历史探源和理论阐释这两章。

这本书用了两个很有意思的词，一是"祛魅"，二是"祛蔽"，表明作者的这项研究如何"操作"。所谓"祛魅"，就是去除胡风事件的神秘感，把"暗箱"打开，了解真相。胡风一案"事出有因，查无实据"，但因为与政治纠缠，长时期以来将错就错，罩上一层神秘的迷雾。这些年一些有关的材料逐步披露，证明是"查无实据"的冤案，却未能解析为何"事出有因"，谜团仍未能完全打破。这本书也努力掌握和理清人们熟知或者未知的材料。但我们在打开的"暗箱"中发现的主要不是什么惊人的新材料，而是作者对"胡风事件"如何"事出有因"的周到的阐释。文章认为胡风在特定的政治斗争紧张的时代，在敏感的政治领域至少触发了3个"雷"：漠视和拒绝意识形态的"询唤"，所主张的文艺理论在实际效果上与主流文论南辕北辙，所具体组织的文艺运动方式含有"异端"色彩。该书作者不是一般地描述胡风"触雷"的经过，而是力图穿越胡风与政治的纠缠，去寻找胡风的"理由"与他的批判者的"理由"，看这两方如何在特定的时代氛围下交锋，并共同构筑当时的历史语境。这本书的可贵之处在于历史研究中的"同情"，因而较令人信服地还原了历史语境，对那段通常看作荒诞的历史获得知人论世的理解。

同样，围绕胡风的人事纠缠包括宗派问题，也是铸成"胡风事件"的不可忽视的原因，研究者容易过分强调这方面的原因而"窄化"了胡风事件本来具有的历史内容，也就可能障碍了对胡风的深入研究，使探究浅尝辄止。王丽丽提出的"祛蔽"，就是要去除这个障碍，将铸成"胡风事件"的人事纠缠的因素限定在一个恰如其分的界限之内，并对其实际影响做出合理的解析，从而使隐藏于人事与宗派恩怨纱幕背后的"胡风事件"的历史意义显现出来。"祛魅"与"祛蔽"都要依持历史的同情，实事求是地理解研究对象，而不是人云亦云，也不是锁定某一个目标刻意做翻案文章。这是一种难得的史识。

这本论文原来曾经打算起书名为"第一义的诗人"，表达对胡风敢于坚持自己认信的真理而不倦斗争的坚韧精神的敬佩与赞美。在作者看来，胡风独标"主观战斗精神"的理论，他通过编辑行为营造具有"公共领域"性质的活动，以及他为了理想而勇敢承受监禁、放逐的悲剧命运，都带有"诗"一般的性质。但作者在研究过程中还是努力抑制过分的情感投入。她的敬佩并不意味着就忽视胡风的人格上的偏执，这种桀骜不驯甚至促成了悲剧的发生；该书在肯定胡风理论独特价值的同时，也指出其未能幸免于那个时代的激进主义以及二元对立思维的缺陷。在文学史的叙述和理论剖析中，作者是在努力做到历史地全面地考察胡风的得失。这样，呈现在书中的胡风就比较真实，该书也就比目前见到的许多单纯为胡风申辩的论作显得成熟。

王丽丽硕士阶段原来是学文艺理论的，攻读博士阶段转向文学史研究，史论结合，正好发挥了她的特长。这本博士论文既是文学史的考察，又有她自己的理论发挥。书中运用了西方马克思主义在意识形态理论方面的一些概念和命题，用于深化对"胡风事件"复杂性的阐释。如用阿尔都塞关于意识形态"询唤"的理论解析所谓胡风的"态度问题"，认为实质就是胡风对既定的一统意识形态拒绝"臣服"；参照哈贝马斯关于"公共领域"的论述考察"胡风集团"的文化生态，等等，都比较贴切，有助于深化理解对"胡风事件"必然性的深入认识。这和我们通常看到的那种炫耀外来理论，生硬地套用割裂了的材料证明理论的做法，是不一样的。作者自己的理论发现其实不多，她只是扎扎实实地梳理材料，尽可能和已有的研究成果对话，所借用的理论在这本书中也确实引发了一些新的研究生长点。

胡风事件的个案研究刚刚开始。更高的目标应当是通过这种研究来探讨中国式的社会主义文化建构过程中所面临的许多重大问题。我非常乐意向大家推荐这本书。期待这本书的出版能够引起更多学者与读者对这个课题的兴趣，有更多视野开阔，既有现实关怀又有理论思考的论作出现。这本书篇幅较长，剖析细腻，加上内容密度大，语言又有些奥涩，读起来需要有些耐性，但思想和灵感的火花仍然不时闪耀眼前，会不断吸引我们读完这本厚重的书。

2003 年

《老舍与 20 世纪文学与文化》^① 序

> 这不是老舍传记，但对大时代中老舍的信
> 仰、为人、个性、心理等方面的矛盾变化，做了
> 比较细腻的剖析。

石兴泽教授的《老舍与 20 世纪文学与文化》不是那种包装得很漂亮的书，甚至有些"笨拙"：没有花样翻新的题目，没有别出心裁的结构，也没有时髦玄虚的术语名词，就那么一篇篇写下去，试图阐说老舍与 20 世纪文学及文化的关系。一开始读，我甚至都提不起精神来，但坚持读下去，发现作者还是下了很大功夫，几乎每一章都有某些独特的见地，不时让人眼前一亮。这是非常难能可贵的。关于老舍的研究已经相当深入，似乎题目都快做尽了，重复劳动的也不少，要说点有新意的话实在不容易。而石兴泽教授这本平实的论作却是扎扎实实地深掘，在许多方面均有所发现与突破。

---

① 《老舍与 20 世纪文学与文化》，石兴泽著，人民文学出版社 2005 年版。

该书的上篇主要是论述老舍与 20 世纪中外文学以及文化的关系，可以说是多侧面来考察老舍文学创作的特点及其形成的原因，有些本是学术界有争议的课题。例如，我们知道，老舍对五四运动是曾经采取"旁观"态度的，他的一些早期小说对五四新潮甚至不无讽刺批评，老舍和左翼文学也保持距离。对于这些现象，以往缺少深入的研究，这本书却有专章探讨，认为老舍在五四时期"不是启蒙者，而是启蒙对象"，但他的文学世界的建构又和五四新文学传统有非常密切的关系；他与左翼文学的关系既疏远又有"渗透"，对左翼文学的批评也不无合理成分。关于老舍在五六十年代的"文学表现"，书中深掘到心理层面，发现老舍对当时的文学主流既"充实自觉"，又"迷惘困顿"，他对新的文学观念"是感情狂热中的吸取，而不是理性高扬时的选择，有十分自觉却又伴随着几分无奈"。在政治运动的风暴中，老舍"内心深处伤痕累累"，常常"被热情和理性撕裂着，却又努力平衡着"，有时甚至变得复杂犹疑，"应对复杂的政治环境"。书中对老舍创作衰减现象的分析是比较有分量的部分，既顾及特殊的时代氛围，又深入到老舍的个性、心理层面，比较合乎实际。

下篇也涉及心理问题，但着眼点主要是老舍如何面对传统观念与现代意识。这也是目前老舍研究的一个新的学术生长点。书中深入探讨了老舍在传统与现代之间的选择，其中所表现的"矛盾状态"，即所谓"二重变奏"。这不是老舍传记，但该书对大时代中老舍的信仰、为人、个性、心理等方面的矛盾变化，做了比较细腻的剖析。我们从老舍身上也可以看到一个时代。书中讨论老舍的文化心理，也达到目前同类研究中最好的水平。

老舍是读者非常喜爱的作家，也是带有标志性的大家。一谈到北京文化，似乎就可以想到老舍，他和他的创作成了一种文化的象征。所以老舍研究也非常热门，成果丰硕。不过，有许多研究者大概太热爱老舍了，往往就以对老舍的欣赏、阐释、褒扬代替更为深入的研究。这本书的作者石兴泽教授多年来就致力于老舍研究，也是老舍的崇拜者，但我发现他在进入研究状态时，还是保持有学者的必要的超越，能够实事求是地观察和分析老舍的成就，以及在大时代中老舍的心理矛盾，不回避老舍的某些局限性。这是该书最值得称道的地方。

这本书对于了解老舍的创作特色，理解老舍的精神世界，我想是会有很大帮助的。

2004 年 2 月 24 日于蓝旗营寓所

《"新诗集"与新诗的发生研究》①序

> 适当保持一点"模糊性"，多关注"常识"
> 所可能掩盖的特殊性，多一些反思与质询，也许
> 更能接近真实。

姜涛的《"新诗集"与新诗的发生研究》这本书重新审视了"新诗的发生"这个课题。本来这也不是什么新题目，有关这方面的讨论已经不少。翻开许多现代文学史，或者新诗史著述，所看到最多的还是对新诗发生发展轨迹的勾勒，诸如草创、奠基、拓展、衍变、深化等阶段的划分，就成为描述新诗演进过程的一种常见的"叙事策略"。尽管在这种进化描述中也会注意到各种不同的诗歌流派之间的互相扬弃、递进、交错与组合，但研究者一般都还是相信新诗的演化总会依照一定的规律，曲折地顽强地向着某个理想的审美目标趋近。这种线性叙事对于文学史知识的积累传授可能比较实用而奏效，但在获

---

① 姜涛博士论文《"新诗集"与新诗的发生研究》由温儒敏指导，曾获2004年全国百篇优秀博士论文奖。2005年由北京大学出版社出版。

得历史叙述清晰感的同时，也往往忽略了文学史上共时情况的复杂性与多样性。对于像诗歌创作这样格外依仗个性、灵感等偶然因素的文学现象来说，线性描述和规律抽取的方式就会牺牲更多"文学的丰富性"。

姜涛这本书也是谈"新诗的发生"，但多了一些对线性勾勒"盲点"的警惕。该书绕开那种从观念到观念，从文本到文本的套路，除了对新诗的历史与审美的研究外，又特别引入所谓"文学经验研究"的讨论，譬如新诗的结集、出版、传播、阅读的环节，及其在新诗"合法性"建立中的作用。该文重点考察了新诗"结集"对于现代诗歌如何形成气候，如何站稳脚跟的实际作用，其中有关新的诗歌阅读行为的培养形成，以及缠绕其间的历史复杂性，论者都有许多新的发现。这些讨论的意图是尽可能回到新诗发生原初的现场，从共时的层面展现错杂、丰富的历史样貌。

该书不是完整的新诗发生史，作者的目光集中在"新诗集与新诗的发生"，就是要以对新诗如何结集、出版、传播、阅读等现象的考察，来讨论新诗发生的复杂机制，包括其背后容易被人忽略的许多文学社会学因素。当我们从书中读到新诗自我建构和扩张背后的许多复杂的"事件"，了解新诗的成立除了自身观念、内容和形式的变革外，还有赖于在传播、阅读及社会评价中不断塑造自己，这样，我们就会对以往所获得的有关新诗发生"常识性"历史想象提出质询。能够引发这样的质询，正是这本书成功的地方。这种质询不但丰富了对现代文学产生历史过程复杂性的认识，也可能会启发我们反思以往习以为常的研究范式，开启文学史写作的多种可能和新的思路。对于一位初出茅庐的青年学者来说，能够达到这种创新的"境界"实在不容易，也实在可喜。

现在有关现当代文学的研究著作出版很多，本专业的也看不过来。其实大部分都是套路雷同。有的书只要翻开目录看看就知道，其切入的眼光与提出问题的框架到底是否在创新。我的经验是，那种观点排列齐整讲究，线索描述又流畅清晰的文章，可能是中规中矩的"好文章"，却不见得是真正有创意有见地的论作。文学史研究适当保持一点"模糊性"，多关注"常识"所可能掩盖的特殊性，多一些反思与质询，也许更能接近真实。

这本书所讨论的"新诗的发生"，也引起我一些联想。我想起三年前，在南京参加关于"现代文学传统研究"的学术会议时，我曾经提出这样一个貌似普通的问题，没想到竟引起热烈的讨论。我提的问题是：设想一位从事现当代文学的学者，自己是喜欢新诗的，但是如果他有一个五六岁的儿子，要培养孩子读一点诗，不用说，也会是李白、杜甫、王维等的古诗，而不大可能让孩子去念新诗。这是为什么？会上大家谈到许多原因，包括艺术形式、审美习惯等，但较少注意深层的文学社会学的原因。譬如"阅读行为"的养成，以及新诗和旧体诗的"功能"差异问题，等等。新文学所造就的普遍的审美心理、阅读行为和接受模式，显然都是不同于古代文学的，注意这些现象，也就触摸到现代文学的根源。新诗虽然也有追求格律和音乐性的，但已远不如古典诗词和音乐的联系那样密切。旧体诗的欣赏有赖吟唱，不加诵读，那韵味就出不来，这就决定了旧体诗的接受心理与阅读模式。而新诗则似乎主要是"看"的诗，依赖吟唱和朗诵是越来越少了。这种以“看”为主的阅读行为模式，反过来也会制约和影响新诗的艺术发展。如果这种看法成立，那么就不难解释，为什么“现代文学学者”也习惯于让孩子“诵读”古诗，而不是“看”新诗了。也许孩子到了中学和大学，又会有一段特别迷恋新诗的时期。这其中也有文学社会学的因素。对诸如此类现象如果不满足于做一般的推论，而是运用文学社会学与文艺心理学的方法，对新诗的得失以及作为“传统”在当代的延伸，进行细致的调查和深入探讨，我想也是挺有意思的。

姜涛原来是清华工科的学生，因为喜欢写诗，转入清华和北大的中文系先后读硕士与博士学位。他有较高的文学才华，又有创作实践，对“新诗生产”的复杂性也有切身的了解，这些都有助于他深入探讨这样一个涉及文学生产与传播的课题，并取得成功。他的这篇博士论文答辩时获得评议专家的高度评价。作为导师，我在与姜涛讨论这个课题时也学到不少东西。我真心希望姜涛能够再接再厉，写出更多能体现新一代学人锐气和识见的学术论作。同时我也非常乐于向读者推荐这篇北京大学优秀博士论文。

2004 年 2 月 24 日

《中国现当代文学学科概要》① 引言

> 辨章学术，考镜源流，梳理研究的状况与学科的理路，又从文学史理论与方法的高度总结经验，探讨得失，以期对学科的研究模式有清醒的认识。

"中国现当代文学学科概要"，顾名思义，是介绍中国现当代文学这一学科的入门课，也是属于"研究之研究"的课。这门课在北大中文系已讲过几轮，凡是现当代文学专业的研究生，一进来都要求他们听这门课，还有不少其他相关专业的研究生和本科高年级学生，希望了解这个学科的历史与现状的，也都选这门课。在本科阶段，同学们已经学过"现代文学史"和"当代文学"，都是刚上大学不久开的课，主要讲述作家作品和重大的文学史现象，引导掌握基本的文学史知识，并初步学习评析文学创作与文学史现象的方法。作为基础课，重

---

① 《中国现当代文学学科概要》，温儒敏、李宪瑜、贺桂梅、姜涛等著，北京大学出版社 2005 年版。

在相对稳定的知识积累，那时还不可能全面介绍这门学科的历史与现状。现在我们学习这门课的角度有所不同，也就是说，不再满足于一般文学史知识的积累，而要更专业、更有学术的自觉，去了解"研究之研究"，即从学科评论的高度，回顾现代文学作为一个专门的研究领域，其发生发展的历史、现状、热点、难点以及前沿性课题。学科的入门和导引，是本课程的定位。

从事任何学术研究，都要有问题意识，有问题才有研究的动因，才能形成研究的课题。所谓问题意识，并非凭空产生，而是源自对研究对象深入的思考，包括对既有研究成果的充分把握。因此，对所从事研究的学科性质、特点及状况的全面了解，是我们初学者进入研究的必经之路。而且面对业已形成的学科格局，我们很自然地会寻找自己可能适合的位置，明白自己可以做什么，什么问题的探寻可能是有意义的，也才能感觉自己工作的价值。而且只有这样，才能和既有的或相关的研究形成对话，对既有的研究结论或超越，或颠覆，或有所补充，或有所发挥，或另辟蹊径，或触类旁通，总之，无论"接着说"还是"重新说"，既有的或相关的研究都可能是一种前提，一种引发，或一种基础。学习"现当代文学学科概要"，就是要帮助大家在较短时间内，对现当代文学的学科史与研究现状有较全面的了解，领略各种不同的研究方法、角度与多样的治学风格，由此觅得进入研究的门径，学会触发研究的问题，找到适合自己的研究方向。

这门课将比较详尽地介绍学科史与研究状况，其中也会帮助大家掌握从事本学科研究的基本书目和许多基础性资料。我们不妨把目标定得再高一点，既要辨章学术，考镜源流，梳理研究的状况与学科的理路，又尽可能从文学史理论与方法的高度总结经验，探讨得失，以期对这门学科的建构原则、研究模式与存在问题有比较清醒的认识。或者说，不只是给大家一张标示学科研究方位的"地图"，还要让诸位站得高一点，来反思这门学科，对这门学科的研究水平有整体性的了解与评判。这也许可以增加我们学术上的自觉。

　　和本科生偏重知识的传授不一样，研究生更要强调所谓"科班训练"，即系统的专业培养，以养成专业的敏感与问题意识，也就是学术的自觉。这不能靠速成，要有积累，有体悟。我们看重的，绝不只是选几门课，凑够学分，然后写篇毕业论文了事。更重要的是，有相对完整的训练的"过程"，通过自己亲身反复"触摸"研究对象，大量阅读原始材料（尤其是作品）和既有的研究成果，不断地思考、摸索、讨论，熟悉所从事的专业领域和相关学科，从中体会做学问的尊严、甘苦与情趣，逐步发现自己治学的潜质，以及可能发展得最好的"方位"。听课、阅读、写文章，都是围绕这种学术训练的"过程"。这种"过程"别人代替不了，老师的传授也不等于学生就有了"体验"。如果没有这种相对完整的训练"过程"，没有属于自己的学术体验，就很难形成学术上的方向感与分寸感。就我们这个学科而言，也难以形成对文学史现象知人论世的历史感和审美判断力。以往有些同学上了研究生就急于发表文章，其实对所从事的学科领域并不熟悉，更缺少"过程"中得到的学术体验，包括上面说的做学问的方位感和分寸感，虽然也可能写出一些文章，毕竟后劲不足，难以在学科领域真正得到更多的发言权，也会影响到学问上的发展。所以我们上这样一门"研究之研究"的课，并不是要传给大家什么治学的妙法，也不是要速成什么学问，而是和大家一起总结与反思一门学科，让大家观千剑而后识器，获得在本学科领域的方位感。重要的是给诸位一种引发，大家还得顺藤摸瓜，顺着课上所引介的许多书目与课题去阅读、思考与体验。希望这门课能成为这种系统学术训练的一种发端。

以上主要是对选这门课的现当代文学研究生来说的。对相关学科的同学来说，不一定要从事现代文学的研究，但是现代文学研究的方法、理路，以及作为一门学科基本训练的一些要求，也可能对你们各自的研究方向有所启发。有些本科生对现代文学有兴趣，或者要选这方面的题目做毕业论文，或者准备报考这一学科的研究生，我想这门课也会有很实际的帮助。

这里我想特别要提到的是，文学史研究的科班训练常常会有"损失"的。我们在学会如何进入研究以及"做文章"时，更多的是强调理论思维的养成，学会怎样进行有效的学术"操作"。其实文学研究在很大程度上要依赖研究者的审美体验，应当是有灵性的创造活动，有时过分强调理论框架的搭建，可能会切割和损伤了个性化的文学感觉。文章是"做"成了，离文学反而远了，甚至不相干了。有些年轻的同学刚上大学中文系时，文学的感悟力还是很好的，学了几年理论，也会提笔写一些评论了，可是原来那种鲜活的感觉能力反而丢失了。这很可惜，也不应该。也许我们这门偏于学术史的课确实比较重理论分析归纳，而且注重引导如何"做学问"与"做文章"，但是我们也应当尽可能意识到这类课程功能上的"偏至"。所以，我们帮助大家了解现当代文学研究这门学科的沿革与现状，激发我们的学术思考，只是第一步。真正要进入研究状态，还是要接触文学史的"原料"，特别是作品，要重视自己的经验与感悟。尽量避免从理论到理论，让理论把自己硬是框住了。

中国现当代文学研究作为一门学科，已经有大半个世纪历史，不年轻了。这门学科的发展经历过曲折与艰难，也有过类似"显学"的辉煌，但如今已转为沉实，不再有昔日的风光，也面临一些困扰。是到了该认真总结的时候了。总结这门学科的历史，探索当前这门学科存在的问题与困扰，讨论学科的趋向与前景，也应当是我们开这样一门课的重要目的。眼下坊间已经出版多种与学科总结相关的书，都只是论及现代部分。如黄修己的《中国现代文学史编纂史》（北京大学出版社 1995 年出版），许怀中的《中国现代文学史研究史论》（厦门大学出版社 1997 年出版），冯光廉与谭桂林的《中国现代文学史研究概论》（南京大学出版社 1995 年出版），以及徐瑞岳主编的《中国现代文学研究史纲》（江苏教育出版社 2001 年出版），等等。这些著作对现代文学史的研究都努力做出比较全面的介绍。黄修己的《编纂史》主要论列几十年来以"现代文学史"面目出现的专著与教材，许怀中的《史论》重点介绍各阶段的"研究流程"及作家、作品、流派等方面的研究成绩，冯光廉等的《概论》和徐瑞岳的《史纲》侧重于对一些重点研究专题的评述。这些书的叙述角度不同，各有特色，而所提供的有关研究史的大量资料，尤其值得我们参考。我们这门"学科概要"课程，有些内容与上述著作有近似的地方，如对研究历史的描述，对许多代表性的研究成果的评价，等等。所不同者，第一，这种介绍与评述更注重从学科史的角度去考察，也更注重引申出文学史观与方法论的探究；第二，更注重问题的提示与讨论，或者说，更注重往学术训练的角度引导；第三，论述范围不止于现代，而是整个学科，包括现代和当代两个部分。这些特点也是本课程的既定目标与性质所决定的。

为便于讲述，这门课设置有 21 讲，分两部分。

第一部分回顾学科沿革。不是面面俱到，而是采取窥斑见豹的办法，选评一些最有代表性的文学史研究论著，凸显不同阶段的研究空气与时代特征，从中发现不同的文学史观及研究理路，探究其得失，并以此勾画出本学科发生、发展与变迁的历史轮廓。

第二部分主要是研究现状的述评，主要介绍近期较有影响的研究论著，各研究领域的进展、困扰和可能的生长点，等等；也包括对处于学科前沿的一些重大问题的介绍，也可以说是学科的难点、热点课题，尽可能展示不同的学术观点，以引发深入的讨论。

从学科史轮廓的获取，到重点研究成果的掌握，再到对学科前沿的了解并参与探讨，几部分环环紧扣，逐步深入，又始终往学科史观念与方法的层面导引，这也许是适合于前面所说的基础性的学术训练的。当然，导引毕竟只是导引，"概要"性质的课不可能对许多课题都做出深入的探讨，重要的是在史述中引发学术研究的问题意识。一般而言，这种概要性质的课程有助于了解学科的历史、现状以及前沿课题等，如前面所说，可以引发学科兴趣，或者提供某些资料线索，帮助找到一些适合自己的研究题目。这是比较容易达到的目标。而更高的要求，则是从学科的梳理引申到对这样一些问题的思考：面对业已形成的学科格局、范式和困扰，后起的研究还能够做点什么？什么样的研究可能是更适合时代的需求，也更可能发挥新一代年轻学者的学术潜能的？这本《概要》只是起一种导引作用，"师父领进门"，"修行"就看个人的努力了。

"中国现当代文学"是一个相对独立的学科，包括"现代"与"当代"。在教育部与国务院学位委员会颁发的有关学科分类中，有"中国文学"这一门，是所谓一级学科，下设古代文学、文艺学、比较文学与世界文学，以及现当代文学，等等，都是所谓二级学科。其实，现、当代的硬性划分，有些别扭，通常讲"现代文学"，指 1917 年到 1949 年间的文学，1949 年新中国成立后的文学称"当代文学"。划分的根据主要是政治和社会变迁的界限，不完全考虑文学自身的性质。所以近年来有不少学者对此提出质疑。本课程还将专门探讨这个分期问题。这里仍用"中国现当代文学"这个大家惯用的概念，主要是考虑学科划分的惯例。但在实际论述中，我们将重点评述"现代"部分，适当兼顾"当代"部分。这是因为作为一门学科，"现代"部分更多地带有"史"的研究的特点，学术研究的积累相对比较丰厚，比较稳定，而"当代"部分，尤其是近期的文学研究，仍带有许多"评论"的性质，所以从学科建设的角度讲，较为偏重"现代"，也是可以理解的。

2005 年

《中国现代文学的文化阐释》^① 序

> 力避文化研究"泛化"的弊病，重视创作
> 个性研究，保留了文学审美经验判断的"专业
> 色彩"。

宾恩海先生这本书叫《中国现代文学的文化阐释》，不是什么新鲜的题目，这些年文化研究正时兴，许多评论研究都要和文化挂上钩，以至于看到那种声称"文化研究"的文字，都有某种"固定反应"，不太能引起阅读的兴趣了。但我仔细读了宾恩海先生这本书，发现还是很有意思的。该书不是乱套"文化研究"的概，也没有哗众取宠的花架子，而是把文化研究作为观察文学现象的一种角度，力图对现代文学作家作品做出新的解释，对既有的研究确有推进。本书的目标就是在文学与文化的深层联系上，在更为广阔的影响文学发展的现代社会文化背景上来寻绎现代文学的基本精神与艺术意蕴。可贵的是

---

① 《中国现代文学的文化阐释》，宾恩海著，人民文学出版社 2007 年版。

作者力避现今文化研究"泛化"与"空洞化"的弊病，重视文本研究和文学创作个性研究，保留了文学审美经验判断的"专业色彩"。这本书的确发现和揭示了以往研究中所遮蔽的某些问题，从一个新的角度来理解现代文学产生的背景，揭示一些作家复杂的精神现象产生的真正原因。

该书力图勾勒现代诗歌、小说和散文创作的总体文化特征，应当说是难度很大的工作，弄不好就会蹈空。事实上，书中有些论述也是比较宏观的，但大致还能结合创作现象来谈，一些观点富于启发。比如，书中分析政治文化如何影响茅盾和一些作家30年代的小说创作；考察现代报纸杂志的运作方式如何拓展散文的时代性与丰富性，影响散文的文体转型；讨论古典诗歌和现代诗歌在意象运用与意境形成方面的不同特征及其文化根源，等等，都试图从新的层面解释文学现代化追求中所呈现的复杂现象。

我比较欣赏的是该书对某些作家的文化素质、人格构成与其创作关系的探讨。例如把"诗人气质"作为理解与接近鲁迅的一个独特的角度，认为鲁迅在人所常见的事物中发人之未发，由事实而重新省悟，不和众嚣而独具我见，趋内而渊思冥想，以哲人的观察与思考开掘人生内面的精神，注重精神的发扬与个人意志的发展，使自我的艺术追求最终成为富有哲学力量的诗性盎然的独特世界，这一切都可以从"诗人气质"得到解释。由此出发，可能更易于理解鲁迅创作中表现手法、语言形式的一些奇异特征及其寓意上的深刻性。

这种文化研究并不蹈空，注意紧扣文本分析，往往有细致体贴的观点呈现。比如谈到鲁迅小说与绍兴方言的关系，发现绍兴土语的介入如何使鲁迅小说形成特有的氛围、情调和意蕴，达到独特的审美效果，同时让丰厚的地域文化意味散溢而出。类似这些并未脱离审美分析的文化研究，拓展了批评的视野，读来饶有兴味。

说到这里，不妨对文化研究的问题多谈几句。这些年文化研究给现当代文学带来了活力，但成为一"热"之后，也有负面的东西出来了，作为文学研究题中应有之义的"文学性"被漠视和丢弃了，这样的研究也就可能与文学不相干了。对此我曾经写过文章，提出要警惕这种文学研究被"空洞化"的现象。文化研究在哪些环节能够融入文学研究，真正成为文学研究的新的催化剂，需要谨慎地斟酌试验。像宾恩海这本书就比较注重"外围研究"，包括思潮研究、传播研究，也能别开生面。其实，文化研究与文学研究各有所攻，两者有所不同，彼此也有所"不通"。文学研究偏重探求艺术创造的个别性、差异性；而文化研究关注的则主要是一般性和共性的现象。文学研究适当引入文化研究的角度方法，肯定是有好处的，同时又是有限度的，限度就是：落脚点仍然应该还是文学。现在常常看到许多文章把"文化"的研究理论放置到文学领域，本意可能也还是要使文学研究"出新"的，但理论"炫耀"的目的太强烈，实际上更加看重理论的操作性，兴趣在于引入理论试验，结果往往舍本逐末，文学分析反倒成了证明理论成立的材料。这样的研究是没有感觉的，当然也就远离了文学，即使拿文化研究的专业要求来衡量也是走了样的，未必能被真正在行的文化研究学者所认可。但是现在这类"大而化之"的文章因为操作性强，结论容易拔尖唬人，甚至常常被误认为就是"创新"，发表出版都很容易。这也是造成学术泡沫的原因之一。读宾恩海先生这本书，我不禁又旧话重提，有感而发，多说这么几句。

几年前宾恩海先生作为访问学者来北大中文系进修，我是他的联系老师。其实平时联系并不多，常常是他来听我的课，课后可能有几句交谈；有时他也到办公室来，和我谈些查找资料或者选定题目之类的事，似乎比较腼腆，不善言辞，但看得出他是很勤谨、务实而又能沉潜读书的人。果然在他访学回去不久，就写出这本著作，为文学研究添一新成果，让我耳目一新。我很乐于让大家结识这位扎实新进的年轻学者，并希望能就现代文学的文化阐释这个话题，展开更深入的探讨。

2006 年 7 月 15 日于蓝旗营

《半是儒家半释家：周作人思想研究》[1] 序

> 其主轴是讨论周作人跟"儒""佛"以及
> 其他宗教文化的关系。这就抓住了周作人思想
> 的"纲"。

80 年代以来，许多关于周作人研究的论著陆续问世，但由于还没有充分拉开时代的距离，加上周作人的汉奸身份的确很"碍眼"，这方面的研究始终难以放手。比较而言，新出的哈迎飞的《半是儒家半释家：周作人思想研究》，是思路放得开的一种，也是难得的新秀佳作。作者很清楚，周作人的"附逆"是大节不保，其历史罪责不容推卸，这是讨论的"底线"，但对周作人这样一个在文学史思想史上有过重大影响的人物，研究又必须超越道德层面的谴责，真正从思想、文化意义的角度做出客观公正的学术评价。读者拿到这本书可能很想知道一个"老问题"：周作人附逆事敌到底动机何在？周作人在抗战

---

① 《半是儒家半释家：周作人思想研究》，哈迎飞著，人民文学出版社 2007 年版。

爆发后因欲"苦住"北平而终至落水当了汉奸，自然跟他的短视、顽梗、昏昧，以及所谓"小事清楚，大事糊涂"的"迂"有关，这些在以前许多论作中都有分析。但除此之外，是否还有更深层的原因呢？这本书有新的解释。

该书认为，周作人的附逆与他的前期人格反差并不如人们想象的那样大，周氏一生的思想某些基本方面其实是一以贯之、变化不大的，倒是历史的风云变幻，使他的"不变"带上了扑朔迷离的神秘色彩。从思想深层看，周氏的附逆跟他的"国家观"有内在联系。周作人站在启蒙主义立场，历来相信国家的本质与功用就是保障人权，专制之下无祖国，反对宗教式的"爱国"。所以他拒绝追随当时国民党的独裁，又对日本军国主义扩张侵略持坚决否定态度，他怀念的是明治时期的日本，认为对外侵略与对内独裁实为一丘之貉。也就是说，周作人的附逆落水内在地蕴含着形式的犯罪、不合理（当汉奸）与实质的合理性（反抗宗教性的节烈观）的矛盾。对此结论当然还可以细加讨论，但注意联系周作人思想脉络中那些基本的东西，透过政治和道德的层面，深入到文化心理等角度来剖析他的矛盾行为，进而讨论知识分子道路问题，不失为一种有益的尝试。

周作人在他五十寿辰时写下一首自寿诗，其中有"半是儒家半释家"一句，表明他有现世主义立场，不满现实，又不循迹虚空；另一方面，他又喜释氏之忍与悲，认为释家别有一种历经患难的毅力与睿智，足补儒家之缺。这大概也可以看作是周作人的人生观展示吧。周是"杂家"，读书多而杂，对人类文化各类学说都有批判选择的习惯。这自然是为了建树他自己的精神壁垒，同时也是为了文化批判，特别是为了"国民性研究"。他对儒、释两家都不全赞同，又各有刺取。周作人有一著名的说法，认为平常都讲中国有儒释道三教，其实儒教的纲常早已崩坏，佛教也只剩了因果轮回，支配国民思想的已经完全是道教的势力了。真正的中国国民思想是道教的。周作人还认为中国人其实是非宗教的国民，信奉的只是护符法术，而不是神。其实鲁迅也说过类似的话，认为中国人恨和尚，不恨道士，不懂这一点就不能了解中国人。他们都是从宗教观的角度来考察中国文化根由，进而观察批判国民性，探讨中国这样一个长期局促在封建专制黑暗里的民族精神的缺陷，包括普遍的非理性宗教的心理情绪，是在做刨根问底的工作。该书特别用"半是儒家半释家"来标示书名，表明其主轴是要讨论周作人跟"儒""释"以及其他宗教文化的关系。这样就抓住了要害，也抓住了周作人整个思想的"纲"。

以前对周作人的研究，也注意到周作人"半是儒家半释家"的思想特点，但对儒、释等各路文化如何在周这里"化合"伸展，较少能做出系统合理的解释，周作人思想给人的印象还是比较杂乱无序的。这本书把重点放在解读周作人的儒释观，进而推展开去，论及周作人与基督教文化、民间宗教文化、日本文化和希腊文化等多方面的关系，考察他如何从蔼里斯、弗洛伊德、拉伯雷、伏尔泰、王充、李贽、俞理初等历史上许多异端思想家那里吸取思想资源，分析他的"非宗教"思想及反省传统文化弊端所依恃的精神底蕴，最终整理出周作人的文化批判与文化"立命"的路数，重新认识周作人对文化转型与文化建设的独特认识与贡献。这是一个重要的学术贡献。

以前看过周作人不少文章，印象是他的涉猎面非常广博，如同接触百科全书，什么宗教、历史、语言、文学、美学、人类学、民俗学、生物学、社会学、心理学，以及美文创作、个性解放、人道精神、妇女解放、儿童发现、国家民族问题，等等，几乎无所不包，许多方面往往都有独到的思考与发现。周作人的文章强调理性、常识与人情物理，平淡中见深意，很少高头讲章；他探讨问题的思维方式是开放的，弹性的，而且常有感受融入，复杂、生涩而富于个性。若论思想发现，近百年来的中国作家除了鲁迅，恐怕极少有人能和周作人比肩。哈迎飞这本著作的可贵之处，在于把周作人作为"独立的思想世界"来考察，而不是先入为主拿某些理论去套，这样就能在坚实的基础上客观评价周作人。读了这本书，我更加深入了解并且信服一个结论：周作人不只是著名的文学家，他作为独立思想家的地位也是不可忽视的。

该书分10章，分别就周作人思想的10个主要命题展开论评，方方面面都照顾到了。不足之处是缺少一个"总论"，虽然结语也有所概括，总嫌视野不够开阔，历史感也最好更充足一些。对于周作人这样的"杂家"，理清他的思想框架脉络并非易事，但这也是必要的基本的工作。这本书最精彩的部分，是在讨论周作人的时候，也借用了周氏的眼光，格外注意从宗教心理行为模式角度研究中国人的民族文化心理，包括那种掩盖在无神论外衣下的宗教情绪、教士人格、教徒心理，以及乌托邦理念，等等，这些东西其实在许多中国现代知识分子身上也表现严重。联系当今现实，我们会感到周作人对这些文化弊端的批判性思考，是独特而有深度的，至今仍然有某些针对性。如果说，在 20 世纪由于现代性追求与民族国家的错位，使得五四所倡导的科学精神与人文精神在民族精神建设中未能充分施展其活力，那么在重新强调现代化进程的今天，先驱者曾经尝试过的那些思路，应当说是非常值得继承与发挥的思想资源。我们常说当代文化建设要重视传统，从传统中吸取优秀的成分，转为现今的精神动力，然而所谓传统并不限于古代，近百年来社会变革与文化转型中产生的许多有价值的思想资源，部分逐渐积淀下来，也是重要的传统，或者可以称为相对于古代大传统的"小传统"。这种"小传统"的根须可能更加繁密地伸展到当代社会生活的土壤之中。哈迎飞教授致力于研究周作人这个曾极大地影响了中国现代化思想进程的人物，就是属于"小传统"的整理，是非常切要而又有意义的。

我和哈迎飞教授未曾谋面，以前只零星读过她的一些文章，感觉她治学很踏实而且有深度。在当今浮泛的风气中，像她这样坐得住的年轻学者不多。这次先睹为快，拜读其新作，更感佩她的学力长进，所以我很乐意把这本好书推荐给读者。

2007 年 4 月 25 日于京西蓝旗营

《〈中国现代文学三十年〉学习指导》（第三版）^①前言

> 学会鉴赏评论作品，逐步养成审美的能力和文学史眼光。

本书是中国现代文学课程的教学参考用书，也是教育部重点教材《中国现代文学三十年》的配套书。其实现代文学课程结构大同小异，若使用其他版本教材，本书同样可以搭配使用。原书名是《中国现代文学课程学习指导》，2001 年出版后有过 7 次印刷，很受读者欢迎。不少学校指定本书为教学参考书，而众多报考现当代文学研究生的考生，复习时也很看重本书。2006 年，该书做过较大的修订，并更名为《〈中国现代文学三十年〉学习指导》又有多次印刷。至今 10 年过去了，教材《中国现代文学三十年》已经有第二次较大的修订，出了新

---

① 原书名《中国现代文学课程学习指导》，温儒敏编著，2001 年出版后，有过 2 次修订，至 2023 年，有 17 次印刷，不少学校指定本书为教学参考书。2006 年修订更名为《〈中国现代文学三十年〉学习指导》。

版。那么这本"学习指导"当然也要随之修订，这就是第三版了。这里介绍一下本书的特色、功能和使用注意事项。

中国现代文学是各大学中文系的必修课，一般都在低年级开设。因为内容比较多，刚踏进大学校园不久的年轻的学生，还没有文学理论及其他相关知识的准备，学习这门课可能有诸多困难。现今各种现代文学史教材，又都偏重历史线索的勾勒，而不大考虑大学低年级学生的知识结构特点，所以，老师的讲授和学生的学习都碰到一个既要使用教材，又要照顾循序渐进，逐步提高的问题。就钱理群、吴福辉与笔者所合作编写的《中国现代文学三十年》这部教材来讲，学术性较强，而对于一般大学低年级的同学，也可能深一些，内容繁复一些。其他几种比较通行的现代文学教材，也有类似的情况。所以不少老师与同学都希望能有一本指导学习的书，与教材配套，根据低年级同学的知识结构特点，指导他们阅读作品、理解教材与听老师讲授，以学会鉴赏评论作品，逐步养成审美的能力和文学史眼光。具体一点来说，能辅导同学有效地预习、复习和参加考试。这本课程学习指导，就是为此目的而编写的。本书适合本科生选修中国现代文学课程时使用，也方便教师备课，亦可作为报考研究生的辅导用书。

本书分为 29 章，相当于 29 个课题。这划分大致参考了教育部指定的现代文学教学大纲，并依据教育部推荐教材《中国现代文学三十年》的章节结构与基本内容，因为 29 章基本上已囊括现代文学教学的主要课题，若配合其他版本教材，本书内容只需稍加调整即可。

本书每一章都包括如下五方面的内容，即：学习提示与述要、知识点、思考题、必读作品与文献以及评论节录。下面分别介绍其内容特色、功能与使用方法。

一、学习提示与述要。主要介绍每一课题的基本内容，以及学习的重点与难点。由于教学改革的需要，目前许多大学中文系的现代文学课都压缩了课时。因此，讲授与学习，都只能以作家作品为主。"学习提示与述要"除了概述每一章的基本内容外，力图根据学生的一般理解能力与课程的安排，建议哪些应作为重点要求，哪些只需作知识性的了解，哪些可偏重审美鉴赏，哪些应着重引发理论分析，还有哪些应和其他章节的论述联系起来作整体的思考，等等，以帮助学生在听课和自学时，能尽快掌握要领，进入情况。对一些重点和难点问题，还提示了思考与回答的角度与要点，有的还简略地示范了析例与方法。

二、知识点。列出每一课题所应大致掌握的文学史常识，包括作家作品、社团流派、文学思潮等方面。不一定要求全都有深入的讨论，只需要一般的了解，作为知识面的拓展，有助于增加文学史的感觉和对重点文学现象的理解。复习考试中常有名词解释、填空或简答题，"知识点"主要就涉及这方面的内容。

三、思考题。每一课题都设计有几道"思考题"，题型不尽相同，难易程度不一，有的偏于文学史现象的概括，有的偏于作品的审美赏析，有的是对个案的深入评判，有的则要求对文学理论的理解发挥。设计中充分考虑到课程内容深浅的安排与学生思考能力的逐步提高，照顾到循序渐进的教学规律。修订本与旧版本最大的不同，是重新调整增加了思考题，总的加大了难度，但又给不同类型学校和学生的需求留足空间。其中不少参照了北大和各重点大学期末考试或者研究生入学考试的试题。修订本还对每一道题的思考角度、方法与要点，都做了简要的提示。大多数思考题都是论述性的，主要考察和训练对文学作品与文学史现象的感悟、审美以及阐释的能力，除了某些知识性内容需要记忆，更多的还是要有自己的感觉、体验与理解，一般没有所谓标准答案，我们也有意不提供完整的答案，而只是提示要点，同学们完全可以放开思路，大胆发挥，避免被框住思维。多数思考题都附录在相关的各章后面，方便学生预习或者复习。另有一些属于综合性的题目，虽然也附在相关的各章之后，但其内容范围涉及其他不同章节，甚至需要学完整个现代文学史，有了整体认识后才能较好地论述。这类思考题一般难度较大，适合高年级学生与报考研究生的同学，对此一般也都做了提示。

四、必读作品与文献。学习文学史不能满足于听课与读教材，同时必须读大量的作品与文献。获得相关的文学史感觉与审美体验、掌握必要的材料，是学好这门课的前提，也是学科训练的必要过程。书中每一课题都列出了最低限量的基本书目，要求必须读完。所列书目大都考虑到便于同学查找。除了少量需从作家的文集或选集中去找，大部分都可以从如下几种书中找到：

①《中国现代文学作品精选》（第三版，严家炎 孙玉石 温儒敏主编，北京大学出版社 2013 年出版）；

②《中国现代文学史参考资料》（多卷本，北大等院校中文系编，上海教育出版社 1979 年出版）；

③《百年中国文学经典》（谢冕 钱理群主编，北京大学出版社1996年出版）；

④《中国新文学大系》（第一个十年的十卷本，良友图书公司出版，有上海文艺出版社影印本；后两个十年的两套《大系》，上海文艺出版社出版）。

五、评论节录。配合每一课题还摘录了学术界、评论界的有关研究成果，包括不同角度、方法的代表性的学术论点和那些有创见的作家作品分析。"评论节录"是为了让学生在做作业和写论文时，了解相关领域或课题的研究状况，从其中所例举的观点与论述中得到启发；也可以方便教员备课，充分利用学术界既有的成果去丰富讲授内容，或者利用某些学术观点在课堂上引发讨论。这些论点摘录不求面面俱到，而是重点考虑配合教学的实际需要，因此所节录的内容大都是为学界比较认同，而又适合"转化"到教学中去的；但也尽可能介绍一些有经典性或前沿性的成果，以利于活跃教学的思维，拓宽学生的学术视野。这次修订增加了一些评论节录，让学生了解相关领域的研究状况，从例举的观点中得到启发，也方便教师备课，用新的学术成果去丰富授课内容。不过，"评论节录"毕竟是"节录"，限于篇幅，可能难于展现原有论述的语境与全貌，所以，宁可当书目来看。应鼓励学生尽可能找原文来读，防止以偏概全，还可以增加思考的学术含量，引发问题探讨；有意往研究方面发展的学生，包括自学者和报考研究生的读者，正好可以顺藤摸瓜，按评论提示的书目去找相关的著作来阅读思考，逐步摸索进入研究的门道。

修订本书后还特别附录了有关现代文学各类考试的试题，

主要是提供某些题型，便于学生复习。另有一篇《关于现代文学课程的复习与考试》，是笔者和一些报考研究生同学的对谈，内容涉及考研的课程、专业课的要求、考题类型以及如何解决复习中常碰到的问题，等等。

此书编写的过程中，编者正为北大文科试验班讲授现代文学课程，可以说此书的编写也带有试验的性质。希望能得到专家和读者的批评指正。

本书 2006 年修订得到一些学者和博士生的鼎力支持，他们参与了各章思考题提示要点的撰写，以及某些研究论著节录的增补，这里特别要对他们深表谢忱。他们是：李宪瑜（首都师范大学文学院副教授）、姜涛（北京大学中文系副教授）、段从学（首都师范大学博士后）、杨天舒（中央民族大学文学院讲师）、高玉（浙江师范大学文学院教授）、王晓冬（北京大学中文系博士生）、程鸿斌（北京大学中文系博士生）。

本次修订主要根据《中国现代文学三十年》第三版做些内容增删调整，由笔者一人完成。

2016 年 3 月 1 日

《现代文学"新传统"及其当代阐释》[①]
前记

那些试图颠覆五四与新文学的挑战，迫使人们重新思考现代文学传统的问题。

大约是 2001 年，南京大学中文系召开过一次题为"现代文学传统研究"的研讨会。当时参与会议的学者很多，也有不少精彩的论文，可见大家对现代文学传统的问题已经很重视。我在会上做了一个发言，其中谈到对"新传统"应当抱着历史同情的态度，不能只当事后诸葛亮，抱怨历史上存在的不足和错误。研究当然有当代性，但历史毕竟不是任人打扮的女孩子，也不该是用作显示自己理论杀伤力的靶子。我对那种动不动将现今的弊病往五四和新文学传统方面找病根的做法表示反感。会后我将这次发言整理成一篇文章，题为《思想史能否

---

　　① 《现代文学"新传统"及其当代阐释》，温儒敏、陈晓明主编，北京大学出版社 2010 年版。

取替文学史？》①，还引起过一些争论。到 2003 年，南大的现代文学研究中心承担教育部人文社科规划重大课题，向全国招标。南大一些老师就鼓动我申报一个关于"现代文学传统研究"的课题。说实在的，那时我并没有计划要做这方面的研究，而且也腾不出足够的时间。但南大的友人一直在鼓动，就不妨试一试吧，最终承担了这个课题。所以现在首先还要感谢南大的研究中心和老师们的信任与支持，是他们催生了这个研究。我意识到这个课题很重要，以我一人之力很难做好，就邀请了陈晓明、高旭东两位教授以及几个年轻的学者加盟。我们把基本框架以及论述方式确定之后，采取分头论述然后集中统稿的办法。这本《现代文学"新传统"及其当代阐释》带有较多史论色彩，每一部分都有较深入的探究，而彼此的逻辑联系并不格外强调。

本书的意图是较全面考察现代文学传统的形成过程及其在当代社会生活中的渗透影响，强调在当代价值重建"小传统"（相对古代的"大传统"而言）的意义。重点有两个：一是历史梳理，考察新的文学传统如何在不断地阐释中被选择、沉淀、释放和延传；二是分析当代文坛中"现在"与"传统"的对话。

全书分为两大部分。第一部分共 5 章，偏于史述，主要回顾探讨现代文学如何在评价阐释中逐步建构传统。其中第二章论评从五四到 40 年代，文学史观的形成及其对新传统的体认；

---

① 《思想史能否取代文学史？》，载《中华读书报》2001 年 10 月 31 日，引起一些争论，后又转载于《新华文摘》2006 年第 9 期。

第三章讨论五六十年代的"修史"，如何把现代文学作为"公共知识"传播，从而建立对现代文学传统的权威解释系统；第四章和第五章进入更具体深入的个案考察，分别探讨新中国成立之后第一次"文代会"如何"打造"新的传统，以及新文学创作如何在传统阐释的框架内整理、出版与传播。在做完历史回顾之后，转向现状研究，这就是第二部分，共有6章，重点是探讨现代文学传统的当代阐释。其中第六章论述80年代对五四传统的反思，牵涉到当时文坛的思想解放运动及其理论资源的运用；第七章讨论当代作家创作与现代文学传统的关系，是对新传统如何渗透到当代文学生活的更深入的探究；第八章论评鲁迅的当代命运，这也是现代文学传统的重大方面；第九章研究现代文学语言的传统在当代的延传与创新；第十章从海外华文文学角度看现代文学的另一流脉。末尾有2篇文章作为附录，一是关于当代中学生的"鲁迅接受"数据调查，二是关于近20年张爱玲的"接受史"，都涉及现代文学经典及其在当代被改写、变型、传播等接受情况，从具体案例来补充说明现代文学传统的"当代阐释"现象。

以往涉及新文学传统研究的论著不少，但相对超越出来，专门把现代文学传统的延传及变迁作为研究对象，这是第一本专著。传统研究涉及许多前沿理论问题，有较大难度。书中不但全面梳理了现代文学传统的形成与发展过程，还对新传统的比较稳定的"核心部分"做了深入的探讨。其中提出几个重要观点：一是要重视近百年来的"小传统"价值；二是传统研究必须摆脱本质论束缚，注意观察阐释接受的"变体链"；三是关注现、当代的"对话"现象，等等。这些在文学史观念与方法上都有创新。

研究方法上，本书注重史论结合，不卷入抽象概念的争议，而用更多精力放在那些屡屡引发对传统的不同认识的个案研究上，包括支撑这些研究的几代人不同的文学史观，力图还原各个段落的历史语境，从史的梳理中"体认"传统。总之，聚焦在"现代文学传统及其当代阐释"方面。研究过程碰到一些困难，比如探讨当代作家与现代文学传统的关系，很难在具体材料上落实。书中借用"互文性"（intertextuality）研究视角，一是当代的创作文本，一是现代文学传统已有的文本，从文本之间的相互影响、彼此交融的关系来看新的文本的生成，关注两者的异同及对话。这对于作家作品的"影响研究"有方法论的创新和启示意义。

近些年许多关于文化转型与困扰的讨论，包括那些试图颠覆五四与新文学的挑战，都迫使人们重新思考现代文学传统的问题。本课题研究就是面对这些挑战而做出的一些思考。

本书部分章节曾作为前期成果在一些刊物上发表，或者被选收进某些出版物。这些在相关注解中已有所说明。

我作为项目主持人，担负了本书的选题、基本立论、论述框架、章节安排及统稿工作，对本书可能存在的错误应负责任。非常感谢支持我们立项的南京大学现代文学研究中心，感谢这些年愉快合作的诸位学界友人。

2008 年 12 月 3 日

《现代中篇小说研究》^① 序

> 对现代中篇小说文体的探究，这本书做得最全面，也最有见地。

王晓冬的《现代中篇小说研究》选题，是有些"冒险"的，因为"中篇小说"的概念难以界定，学界历来有争论。当初王晓冬选择这个论题，做博士论文开题报告时，有些老师是不同意的。老师的担心不无道理。这个论题有不确定性，难度大，博士论文选择这样的题目可能不好通过。但最终我还是支持王晓冬做这个题目。理由很简单：中篇小说已经是普遍接受和使用的概念，翻开每一本文学史，几乎都不回避这个概念。既然如此，为何不能探讨？这肯定是有价值的题目，起码可以引发学界去关注、探究这一问题。

王晓冬终于写成了这本论文，并顺利通过答辩，得到好评。我为她感到欣喜。

---

① 《现代中篇小说研究》，王晓冬著，中华书局 2012 年版。

"中篇小说"难以界定，那就避开从本质论意义上给"中篇小说"下定论，而是选择历史考察的角度，在文学史的视野中梳理中篇小说创作与概念的演变及其复杂内涵，把中篇小说的提法和观念植入当时的历史语境之中，将其与理论探讨、发表媒介、时代背景放在一起考虑。这篇论文正是这样做的，她将文学史考察与理论探讨结合在一起。所提出的问题是大家司空见惯却又说不太清楚的，是"熟悉而又陌生"的。

该书把很多力气放在从文体学的角度探讨"中篇小说现象"。文章追踪现代文学 30 年来中篇小说的创作及围绕其文体归属的争论，激活了中篇小说所牵涉的文体问题：中篇小说到底有过怎样的定位？现代中篇小说的创作情况与历史际遇怎样？怎样看待中篇小说与长篇小说、短篇小说之间的关系？论文对这些问题都进行了新的可贵的探索，对历来比较含混的概念沿革做了较为清晰的梳理，使中篇小说样式从学理层面得到更到位的描述。这篇论作对推进现代小说文体研究做了有益的尝试。

书中提出中篇小说最大的特点在于它的"完整性"，论者为此提出了"向心力"这个概念，认为中篇的"完整性"来源于其内部的"向心力"。这是个有意思的发现。书中所说中篇小说有相对的完整性，大概指的是这种小说体式最适于完整讲述一个故事的来龙去脉。比较而言，短篇小说往往只能展示故事的某些侧面，或者只能选择某个角度去展开故事，较小的篇幅和容量让它很难把故事完全敞开。而长篇小说又往往不满足于讲一个故事，可能有多个故事的交错，再简单的长篇也会有两条以上的情节线索。只有中篇小说的篇幅和容量最适合讲述一个完整的故事，并将故事完全舒展开来。因此，该书认为中篇小说是一个故事能得到充分展开的小说样式。这种看法有道理，但也并不意味着中篇小说只能存在一个故事，故事可以有多个，而充分展开的故事只有一个，因此所谓"向心力"就很重要，要在叙述中处处拉紧，指向那个"核心故事"。中篇也可能有许多枝蔓，但"核心故事"一般都比较清晰。

当然，王晓冬以"向心力"来解释中篇小说体式的特征，会引起一些质疑，特别是在那些容易模糊的"边界"上。所以她的论述比较谨慎，尽量顾及一些"例外"。这本书谈论中篇小说，总的还是立足于中国现代小说的"一般"情况。论者显得处处小心，她需要不时注意到中篇小说其实与长篇、短篇有非常紧密的关系，无法一刀切地进行分割。中篇虽有自己的某些结构和审美的特征，但终究也是小说的一支，它只是在与长篇、短篇的相对意义上取得自己的位置的。该论文高明之处是将中篇小说放入到长、中、短篇的系列中去，在比较分析的基础上给中篇小说的文体特征一些描述性定位，而不是用中篇小说本身来说明中篇小说。

论文的第二部分"比较篇"，即将现代中篇小说与长篇、短篇进行比较分析，指出它们之间的区别和联系，进而讨论了所谓"短长篇小说"和"长短篇小说"这两种小说样式，也有些新意，以前很少有这种论说。我理解这是在试图更深入探究中篇小说的结构特征，而不是要提出泾渭分明的简单定义。这本书没有陷入纯理论的纠缠，而是很注重对现代中篇小说的文本分析，将概念提出与创作实践密切地结合起来，在相当程度上实现了对现代中篇小说独特审美效果的论说。

到目前为止，这是对现代中篇小说文体探究工作做得最全面也最有见地的一次。这篇论文还有某些比较稚嫩和牵强的地方，但这是一个难度较大的课题，能有所推进，就很值得称赞了。特别是在学风浮泛、充斥以论带史"无根之谈"的当下，像这样扎扎实实做文学史考察的论作，显得尤为可贵。

王晓冬的博士论文《现代中篇小说研究》出版了，我愿意向读者介绍这篇论文，同时也祝愿晓冬在日后能始终保持一份对学术的尊崇与定力，努力耕耘，有更多的收获。

2010 年 4 月 26 日于京西蓝旗营

《第二代中国现代文学学者自述》^① 序

> 第二代是很"专"的，他们以现代文学作为
> 生命的依托，生活与学术融为一体的。

中国现代文学学科从建立到现在，有 60 多年，前后大致有四代学者。20 世纪 50 年代之前，现代文学（或称"新文学"）研究还只是"潜学科"，真正成为一门独立的学科，是 1949 年新中国成立之后。50 年代到 70 年代，现代文学研究配合共和国修史，进入大学的教学体制，一度成为"显学"。一般认为王瑶先生《中国新文学史稿》^② 的出版，是这门学科成立的标志。通常又把王瑶先生那一代学者，包括李何林、唐弢等宗师，看作是现代文学学科最初的垦拓者与奠基人。他们是这个学科的第一代学者，一直到 80 年代，都还有力地引导和支持着学科的复苏，对整个学科始终有覆盖性影响。关于这一代学

---

① 《第二代中国现代文学学者自述》，冯济平编，东方出版中心出版。

② 王瑶的《中国新文学史稿》上册，1951 年 9 月上海开明书店出版，下册 1953 年新文艺出版社出版。

者，另外有一本学术叙录呈现他们的风采。

现代文学研究走过坎坷曲折的路，"文革"期间这个学科研究停顿，几乎遭受毁灭，直到 80 年代前期，受惠于思想解放的动力，才恢复元气，并取得在人文学界令人瞩目的实绩。第二代学者，主要就活跃于这个时段，充当了 80 年代以来学科复苏与发展的生力军，在 90 年代，他们中许多人仍然是许多大学与科研单位的学术领军人物。他们是承上启下的重要的一代。

接踵而来的是第三代学者，基本上是"文革"后上大学或研究生的，这代学人有曲折的求学经历，丰富的人生阅历，富于学术个性与锐利的研究实力，后来各自在相关领域开拓新生面，所获也甚为突出。近年来，第四代学者在学界崭露头角，有的已形成自己的格局，发挥着相当的影响力。他们很多是"60 后"或"70 后"，思想开阔，富于活力。目前第一代学者大都离开了我们，第二代也年届古稀，他们中一些人炉火纯青，仍有坚实的著述出版。但活跃于学界的主要是第三和第四两代学者，而且重心正逐渐转向第四代。代际转移，学风流变，其变迁大势如大江推浪，读此书真有沧桑之感。

本书收录的是第二代学者的自述，一共 31 位。包括：邵伯周、孙中田、彭定安、王景山、许怀中、陆耀东、曾华鹏、林非、朱正、陈鸣树、乐黛云、范伯群、田本相、吴小美、严家炎、魏绍馨、朱德发、许志英、刘增杰、黄侯兴、冯光廉、刘思谦、孙玉石、黄修己、吕进、易竹贤、支克坚、黄曼君、骆寒超、董健、洪子诚。我认真拜读了其中部分书稿，收获良多，感触频生，这里不妨说说自己的体会。

第二代学者大多出生于 20 世纪二三十年代，上大学则在 50 年代，少数学者 60 年代已经成名，但多数都是在八九十年代才宏图大展，成为杰出的专家。这一代学人有些共同的特点，是其他世代所没有的。他们求学的青春年代，经历了频繁的政治运动，生活艰难而动荡，命运把他们抛到严酷的时代大潮中，他们身上的"学院气"和"贵族气"少一些，使命感却很强，是比较富于理想的一代，又是贴近现实关注社会的一代。马克思主义的世界观与方法论从一开始就支撑着他们的治学，他们的文章一般不拘泥，较大气，善于从复杂的社会历史现象中提炼问题，把握文学的精神现象与时代内涵，给予明快的论说。90 年代之后他们纷纷反思自己的理路，方法上不无变通，每个人形成不同的风格，但过去积淀下来的那种明快、大气与贴近现实的特点，还是保留与贯通在许多人的文章中。

其次，是对学科研究的执着与专注。可以和前辈做点比较。第一代学者做新文学研究几乎都是"半路出家"，从古典文学或其他领域转过来的。王瑶先生就如此。北京刚解放时，王瑶在清华大学任教，本想"好好埋头做一个中国古典文学方面的第一流的专家"①。他是在新中国建立蓬勃气势的推进下，把"新文学史"作为一门独立的重头课程来开设。他们很多人后来虽然主要从事现代文学教学与研究，但"根"仍然伸展到古典文学及一些相关领域，那一代曾浸淫于旧学，又较早受新潮启迪，学养与兴趣较自如而深广，有的可以同时在几个领

---

① 参见杜琇编《王瑶年谱》，载《王瑶全集》第 8 卷，第 372 页，河北教育出版社 1999 年版。

域用力，打通不同的学科方向。那时的学科分工也不像后来那样严格，如 50 年代前期北大中文系只设一个"文学教研室"，就把所有治文学史的学者都囊括其中，古典与现代不至于像现在这样壁垒鲜明，彼此还有贯通流连的空间。后来专业越分越细，每个学科自成一统，不同学科彼此的关联少了，每个学者都抱着一块来做。第二代学者中很多人毕业后就分配做现代文学研究，专业意识很强，目标明确，毕生精力基本上就围绕这一学科。学科界限太严是个缺失，但好处也有，就是"专深"。一提到某某学者，马上联想到的不是"现代文学专家"，而是研究某个作家或者某一方面的"专家"。这种专门化的学术体制，对于学科初建时期有积累意义，而且促成了一代学者对于专业的执着。和第一代学者比，第二代是很"专"的，和后两代比，这个"专"也很突出，而且普遍都很执著与认真：他们都非常自信地以现代文学作为自己的整个学术生命的依托，他们的生活与学术往往是融为一体的。

第二代学者的学业完成及学术道路选择，带有那个特定时代的特点，政治运动太多，他们很难有完整的上课时间。与他们老师一代比较，学术训练的功底可能有不足，知识结构比较单一。但他们中很多又都是文学青年出身，本来就喜爱文学，研究文学是他们的"志业"，读的书比较多，上大学时写作能力就基本过关。这些条件又都是非常优越的。所以尽管在几次政治运动中被耽误了学业，但他们也充分发展了各自的优长。80 年代改革开放后，学术与教学得以复苏，逐步走向正轨，这一代学者的机会终于来了。他们多怀抱学术热忱，一边教学，一边寻找属于自己的学术方向，多年的学术积累至此终于找到喷发的机会。这一代学者最重要的著作或教材大都是80年代和90年代写成的，其中相当一部分能代表所属领域最好的研究水准，他们中一部分人也理所当然成为全国各自学科方向的带头人。

还有一点是值得注意的，就是这一代学者，大多数都对学术抱有真诚与尊敬，他们的学风是严谨扎实的。王瑶先生对文学史研究的一种观点，在这一代学者中得到普遍的认可，即坚信现代文学研究主要是文学史的研究，"文学史既是一门文艺科学，也是一门历史科学，它是以文学领域的历史发展为对象的学科。因此一部文学史既要体现作为反映人民生活的文学的特点，也要体现作为历史科学，即作为发展过程来考察的学科的特点"①。这一代学者大都注重史料和作品，不尚空谈，学风严谨扎实。具体到每个学者有不同的研究兴趣与重点，但都讲求学理性，不满足于做评论鉴赏，不满足于就事论事地孤立地介绍作家作品，而要把作家作品作为文学现象，考察它"出现的历史背景，上下左右的联系，它给文学史增添了什么"②，看它如何受制于政治、经济、社会等外在因素的影响，与中外传统的文学成果有哪些联系，对于当代和后来文学起过什么作用，等等，从而判断其历史地位与价值。再往前追溯，发现他们中不少人都倾心于鲁迅式的研究方法，即从丰富复杂的文学历史中找出最能反映时代特征和本质意义的典型现象，然后从

---

① 这些观点与这一段相关引文见王瑶1980年7月12日在中国现代文学研究会学术讨论会上的发言，后载于1980年《中国现代文学研究丛刊》第4期。

② 王瑶：《治学经验谈》，见《江海学刊》1983年第2期。

文学现象的具体评述中来体现文学的发展规律。

人们常说，一代有一代之文学。其实做学问也如此，一代有一代之学术。第二代学人对于现代文学研究的贡献是巨大的，他们相当充分地满足了那个时代的需要，留下的不只是一批杰出的著作，也不只是他们的弟子传人，更有他们崇高的学术追求与丰沛的学术精神。

这本书把31位第二代学者的学术叙录汇聚在一起，回顾总结几十年的学术道路，既是一种纪念，也是一种多元而又有整体感的对话。一代学人的立场观点自然会有参差，统而观之，有很全面多样的角色搭配，历史的均衡性就此得以呈现。这是鲜活而真切的学术交响，是一代学人的多重奏，历史的节律中也时时荡漾出现实的回响。

参与该书对话的作者都是我的老师辈，有的就是教过我的老师，我是读他们的书进入学界的，现在再静下心来集中聆听他们讲各自的学术道路，好像又回到课堂上，感到那样亲切，的确很有收获。这些年我在北大为研究生开设有"中国现当代文学学科概要"的课，是引导学生入门的，也会讲到前人的治学理路，但那是轮廓性的，学生不容易获取学术体验。现在有这本书，都是过来人鲜活的经验，我觉得很受用，我想应当推荐给学生们好好研读。

《东方论坛》杂志社冯济平女士主持编写这套书，是做功德无量的好事。这部书中的文章最初发表在《东方论坛》2004年始设置的"学者自叙"栏目上，现在结集出版。读这本书，看诸多论者在不同的历史语境中是如何就现代文学发言的，他们用的是什么角度、理论和方法，对"现当代文学"这门学科的形成发展有过什么影响，能拓宽视野，让我们了解所谓文学史的研究，是可以从不同层面进入的，不同的时代需求及为其所制约的历史环境，会对文学史研究的"生产"发生重大的影响。而正是处于动态的多种文学史研究与评论，共同地逐步地建构了"现当代文学"的独立学科。读这本书我们获得了学术积累的连续感，这使我们在面对许多"新"课题时，会自觉地联想到前辈学者所曾摸索过的道路，同时对当下那些动不动就颠覆一切的虚无主义思潮保持一份警惕。

2010 年 7 月 4 日于蓝旗营

《中国现代文学研究丛刊》^①改版"致读者"与"编后记"

> 在浮躁的风气中，这"持重"的刊物尤显可贵，要坚持的确很难，但我们会努力。

为适应学术发展的需要，《中国现代文学研究丛刊》从2011年第1期开始，由原来的双月刊改为月刊，每月1期，全年12期，容量大大扩展了。还有一个变动，就是打通"现代"与"当代"的界限，既发表现代，也发表当代文学的研究成果。过去《丛刊》也发表过少量"当代"的文章，时限主要是"文革"之前的，现在更明确把"当代"的研究也纳入刊发的范围，但要求是偏重文学史的研究性论作，不发表一般的评论。现代文学与当代文学研究本来就是一个学科，没有必要再

---

① 《中国现代文学研究丛刊》创办于1979年，是中国现代文学研究会的会刊。第一任会长和丛刊主编是著名学者王瑶先生。先后担任过丛刊主编的还有严家炎、樊骏、王富仁和温儒敏。丛刊原为季刊，后为双月刊，从2011年第1期起，改为月刊。这是刊载在改版第1期上的"致读者"（由双主编温儒敏和吴义勤署名）和"编后记"。

细分，"打通"才有利于视野展开，有利于研究深入。至于定位在发表研究性学术论文，是为了区别于其他评论性刊物，两者的功能及读者需求上都是有差异的。

为加强当代部分的编辑工作，《丛刊》编委会增聘了一些偏重当代文学研究的著名学者，编辑部将得到充实，审稿制度也将进一步完善。

《中国现代文学研究丛刊》1979年创刊，至今32年了。30多年来，本刊始终致力于引领现代文学研究方向，呈现这个领域最优秀的成果，扶植现代文学新进的学者，支撑本学科的建设。本刊不趋炎附势，随波逐流，一心靠学术品格与刊物质量，靠广大作者读者的支持，跻身全国人文社科学界最有影响的刊物行列，也是海外中国学研究最常用的刊物之一，在学界享有较高的地位。《丛刊》的风格是"持重"，这可以说是本刊的学术个性，也是办刊的传统。王瑶先生那一代奠定的刊物方向，30多年来我们是一直坚守的，走过来真不容易。

改版后的《丛刊》还是以学术为本，要保持她"持重"的风格。在当今比较浮躁的风气中，这"持重"的刊物个性尤显可贵，要坚持的确很难，但我们会努力。同时，也会注意不断把握学界的脉动，办得更加活跃，更加大气，也更能适应广大读者特别是青年学者的需求。

《中国现代文学研究丛刊》是现代文学研究会的会刊，同时又是在全国作协领导下，由中国现代文学馆主办的期刊，是文学馆的一个窗口。现代文学研究会实质性地参与了刊物的工作，与文学馆一直有良好的合作关系，改版后将进一步加强合作，完善编辑管理制度，和读者作者密切联系，扩大与争取更多更好的稿源，使刊物的学术质量与编辑质量得到充分的保证。

我们恳切期望学界朋友和广大读者一如既往地支持《丛刊》，因为《丛刊》过去是，今后仍然是我们大家切磋学问的平台，是交流成果、增进情感的美好的园地。

2010 年 11 月 27 日

本刊由双月刊改为月刊，容量陡增一倍，可是这变动静悄悄的，没有什么张扬，呈现在大家面前的还是那副"持重"的样子，连装帧设计也不见多少变化。不过大家会首先看到前面的"改版"声明，其中特别提出要打通现、当代，这也许是大家所关心的。这一期专门开设了"十七年文学研究"栏目，收录两篇谈论当代的文章，一篇是有关"农民"叙事话语的，另一篇是关于农村题材小说中"时间意识"的，分别从不同角度切入"十七年文学"研究，为阐释当代文学提供了某些新的思路。本来改版后第一期打算多发几篇当代的文章，但前面好的稿子积压较多，这一期就仍然以现代的文章为主，下一期安排当代的文章会更多一些。现代文学与当代文学本是同根生，是一学科的两个分支，没有必要划分那么绝对。作为学者个人选择，现代或当代可以有所偏重，但无论如何彼此还是要联通起来，才有开阔的眼界。本刊编委会的设想是不分现、当代，只是具体到某一期，可能各有偏重。我们期盼能收到更多当代文学的论作，也更多发表从文学史角度研究当代的成果。

这一期最令人瞩目的可能是林庚先生的《新文学略说》。

这篇专论发表于 20 世纪 30 年代，迄今 70 多年了，读来仍然强烈感受到那种"带露折花"，以创作者和评论者双重身份评价新文学的淋漓"元气"，也能感受到当代（当时）评论与文学史研究之间的某种"张力"。这份史料很长，有 5 万多字，因篇幅过大，曾犹疑是否要刊出，后来觉得实在珍贵，无论对文学史研究还是对林庚的研究，都将从中获益，也就决定全文照登，以飨读者。配合这份"略说"，又发表了孙玉石和吴晓东精心撰写的《元气淋漓的"新文学之当代史"》，正好可以结合起来读。

　　近年来关于文学翻译的研究越来越得到重视，不久前北京还召开过一次题为"文学翻译与二十世纪中国文学"的专题研讨会，收在"文学翻译研究"一栏中好几篇都是这次会议提交的论文。其中张芬的文章探讨了鲁迅翻译《死魂灵》及其对《死魂灵》的精神认同，以及这种翻译和认同可能影响到《故事新编》某些篇札的创作；李春的文章讨论了 Literature 这一概念的译介与文学革命发生的关联；李今的文章分析林纾翻译的《鲁滨孙漂流记》是如何做"中国式"的理解和改写的。各篇都有自己的新见或发现。读了这些论作会自然想到：翻译研究不是现当代文学的远房亲戚，而是和现当代文学一起长大的亲兄弟。对于现当代文学研究来说，翻译研究的确是题中应有之义。

2010 年 11 月 25 日

《中国近现代文学的发展与无政府主义思潮》① 序

> 无政府主义对多数现代作家来说，是一种反强权的思想情绪，一种带"文学性"的想象投影。

几年前，我到南京大学参加张全之先生的博士论文答辩。他做的是关于现代文学中无政府主义思潮的题目，这类课题以往也有人论涉，但大都不够细致，材料不足，也谈不上深入。张全之是第一个专门探讨这个课题且较有深度的，所以当时我给他论文的评价很高。此前我并不认识张全之，只知道他读博士时是"在职"的，在山东一所大学任教，研究的基础很好，有积累，所以敢碰这个难题，写出较高水平。几年过去了，按照惯例，张全之的博士论文早该出版了，但他不急，放一放，多打磨修改。这一改就是几年。全之的治学是严谨的。直到去年下半年，书稿终于杀青了，他给我来信，并寄来部分稿子，

---

① 《中国近现代文学的发展与无政府主义思潮》，张全之著，人民出版社2013年版。

嘱我写个序言。我想，凡是博士论文，就其所论及的课题范围而言，论者应当是最专业也最有发言权的，别人哪怕是导师，都不可能有那么深入的了解。关于无政府主义的影响，毫无疑问张全之最有研究。而我写序，也就只能敲敲边鼓，就论文谈点印象。

现代文学学科的奠基在 20 世纪 50 年代初，王瑶先生的《中国新文学史稿》是开风气立框架的代表性著作。那时主要是按照毛泽东主席《新民主主义论》所提出的思想，从阶级对立的角度去评说文学史现象。王著绝大部分篇幅都在关注作家与作品，撇开那些"穿靴戴帽"的时代性话语，还可以看到许多对创作的精彩评说。王瑶先生当时很少讨论思潮——特别是主流意识形态之外的其他思潮，他还来不及研究文学中的无政府主义问题。50 年代其他几种新文学史，包括丁易、张毕来、刘绶松等写的文学史教材，比王瑶更加注重对文学思潮的梳理，采用的一律是"主流"战胜"支流"与"逆流"的二元对立式的思路，其间或多或少谈到无政府主义，那完全作为"逆流"之一，被简单地置放到批判的前台。这种简单化的文学史叙述，源于政治的过分介入，还有一个原因，就是当时非常缺少基础性研究，一起手，全都在写大部头文学史。对诸如无政府主义思潮的影响这样的问题，大家都不甚了，也缺乏学术的态度，只能简单地"站队划线"，当作"反动"的东西来"处理"了。巴金在"文革"期间被打成"黑老 K"，受到严重迫害，罪名就是"无政府主义"。其实当时很少有人了解何谓"无政府主义"，也不知道这种思潮在现代中国曾经有过大的影响——不只是负面的影响，情况非常复杂。在"革命"变动的过程中，这种望文生义、为我所用、非我族类的现象很常见。

"文革"后现代文学研究逐步摆脱过分政治化的僵化模式，对文学史现象的复杂性开始关注了。经过70年代末到80年代初的拨乱反正，许多作家被正名平反，人们重新重视文学价值的评判，注意到20世纪各种文学思潮"纠结"的复杂性，也试图弄清这些复杂状况。这才在80年代中期之后兴起了思潮研究的热浪。我自己的博士论文是1986年前后写的，题目就是《新文学现实主义的流变》，试图较全面地概述这一思潮的变迁与影响。此后，纷纷出现各种思潮研究的论著，包括浪漫主义、象征主义、现代主义、人道主义、个人主义、左翼思潮，等等，都有人做，也出现一批比较实在的论作。回过头看，这些研究思潮的论著有一个共同点，就是很"专门"，对相关领域的材料掌握较全面，能尽量摆脱二元对立的观点，把相关的"主义"思潮放到大的历史背景中考察，给出较为客观的评价。

张全之的博士论文基本上承续了80年代以降对文学思潮研究的这个路子，不过带有他所处年代的某些新的特点。比如他采用"民族国家想象"的概念，把文学当作这种"想象"的产物；他还运用了"解构"等新的思路，去考察无政府主义思潮的复杂性。这些都是这些年许多新进学者乐于采纳的方式，张全之的运用是可行的，有他自己的创造。如果把张全之这部论作放到80年代以来对思潮研究的背景中去评价，有一点非常值得肯定，那就是第一次系统地梳理了无政府主义在近现代中国文学中的影响，这是很"专门"的著作。以后如果要论涉这个问题，大概绕不开这部著作了。这就是很了不起的成就。

这部论著多方面都有新的发现与探究，丰富了对文学史的认识。如大家印象中都觉得《新青年》非常激进，弥漫着强烈的反叛意味，这种意味可能很大程度上又造成了五四暴躁凌厉的时代"性格"。这当然可以从社会变动以及政治、文化等方面去解释，但激进思潮是五四与《新青年》独有的吗？有无其他思想源流？张全之发现了晚清无政府主义杂志——《新世纪》杂志早就有"废除汉字""孔丘革命"的极端主张，以及对"劳动""科学""互助与进化"的大力鼓吹，由此推论这份刊物对《新青年》有隐性的影响，甚至可以说是《新青年》的前驱。事实上，早期陈独秀的确与无政府主义的激进思潮有密切联系。《新青年》创刊之后，吴稚晖、黄凌霜等众多无政府主义者也厕身其中，成为五四新文化运动和文学革命的重要盟友。张全之的论述打开了思路，让人们意识到"五四精神"形成的复杂性。无政府主义在晚清就曾经传入中国，并成为一种变革的"精神资源"甚至"动力"，与五四思潮的形成显然有很密切的联系。顺便要提到的是，张全之论文注意到晚清许多虚无党小说的译介和创作，与那个时期涌动的反叛思潮以及后起的五四反传统，都是有逻辑联系的。这个问题也许还值得专门来研究。

张全之论文的贡献，在于努力呈现无政府主义与中国近现代文学主潮的复杂关系。书稿中最精到的部分，是对无政府主义在具体作家身上影响的发掘与探究。这方面有许多新鲜的看法。例如，大家都知道巴金受无政府主义的影响很大，张著也深入研究这种影响的得失。论者提出，没有无政府主义，也就没有巴金，是无政府主义的信仰造就了这个作家，其创作的动力主要来自这种信仰。该书论析了巴金创作的情感基调和作品中无法摆脱的矛盾纠结，认为都与无政府主义的信仰有关。巴金的创作感情浅露，近乎自恋，人物形象雷同，艺术手法单调，以往一般认为是技巧问题，而该书却从无政府主义的介入创作这一角度去剖析，自有道理。又如，茅盾的《蚀》三部曲和《虹》等早期小说，其中人物个性张扬乃至有些变态，对此大家大概都有印象，以往一般解释为大时代到来时的个人主义。张全之却换了个角度，从无政府主义层面去解释，说这是茅盾受到无政府主义者阿尔志跋绥夫的影响，所写其实是一种极端为我的个人主义。该书还注意到丁玲笔下的女主人公无论出身哪个阶层，都有泼辣与张扬的性格，将此解释为带有"性爱乌托邦"的浪漫情调。书中认为鲁迅将施蒂纳当作挑战群伦的旗帜，借用阿尔志跋绥夫作为抚慰心灵的丸药，也是对"个人的无治主义"的选取与接受。认为蒋光慈曾一度是狂热的无政府主义信徒，到苏联留学以后，转向了马克思主义，但早期接受的无政府主义的某些观念和情绪并没有完全清除，再加之无政府主义与科学社会主义相比，具有明显的"文学性"（空想性），所以他的创作也带有浓重的浪漫与空想，所写的革命人物形象，都承载着与中国无产阶级革命不协调的精神质素。诸如此类的评说很多，显然都比以往相关的研究有所推进，或者给人提示了思考问题的新的角度。

　　无政府主义具有反独裁、反强权、反国家的浪漫倾向和对极端个人自由的推崇，又带有文学性空想，很投合现代文人的胃口，获得了众多文人的倾心，从而影响了中国近现代文学的发展轨迹。无政府主义对多数现代作家来说，恐怕主要不是一种政治学说或者行动纲领，而是一种反强权的思想情绪，一种带"文学性"的想象投影，本来就是很"文学"的。张全之论文注意到无政府主义作为文化现象的"悖论"状况，注意到无政府主义本身固有的"文学性"如何在作家创造中的转化，这些都是新的创获。

其实思潮研究有难度，难就难在当你关注某一思潮，想把它从历史洪流中抽出来独立考察，而且竭力从很多混杂的材料中剥离那些可用于证明论旨的论据时，那些被剥离的材料很可能变得纯粹，失去了原有的复杂与自然，所谓思潮影响也会变得单一，不再是原有那种混同的状态。应当说，张全之是努力考虑到思潮研究的复杂性的，但也有些力所不逮，有时对无政府主义与其他思潮胶结状况的描述过于简单，缺少更开阔的视野，有些材料被剥离可能就会"脱水"——脱离历史语境的阐释。

尽管如此，张全之已经付出很大的努力，他对无政府主义思潮影响的研究已经达到目前最好的水平。我很乐于向读者们推荐这部著作。

2011 年 10 月 3 日于山东大学

《刘大白评传》[1] 序

　　　　了解刘大白这样的"复杂人物"，了解曾有过
的复杂的历史，以及曾有过的人心、政俗之变。

　　刘大白是五四时期曾蜚声文坛的诗人，新文学的开拓者之一，又是著名的学者和教育家，在现代中国的革命、文学、教育、文化等方面都有大的贡献。然而，到目前为止，学界对刘大白的研究还很少，对他的生平事业也缺少了解。坊间流行的各种文学史倒是都提到刘大白，但通常只注意他早期少量的抒情诗和叙事诗。其实刘大白的诗作很多，有创作也有理论，特别是散文也写得很好，看来文学史应当给这位诗人更高的评价。过去对刘大白重视不够，跟单一化的政治鉴定有关，大概因为刘大白早年参加过共产党，后脱党，又在国民政府担任过职务，参与过一些政治活动。他的人生历程和社会身份的确复杂，而以往的评判又过于简化。如果说过去是因为时代的限

---

　　① 《刘大白评传》，刘家思著，中国社会科学出版社 2013 年版。

制，对这位复杂的诗人难以做深入的探讨，那么现在应当具备充分讨论的条件了。我们总不能忽视这样一位在历史上有过重要影响的人物。刘家思先生所做的就是这个工作。他的《刘大白评传》第一次比较全面清楚地描述了传主的生平轨迹，并尽量给予有历史感的正面的评价。这本较完整的刘大白传，能帮助读者了解这位五四诗人，而且对五四新诗以及整个新文学发生发展的研究，乃至对二三十年代革命史、教育史、思想史的研究，以及对现代知识分子的研究，都是有所推进，或能提供某些重要参考的。

刘大白早年接受过无政府主义的影响，同时又是孙中山"三民主义"的信徒，他还追求过马克思主义和共产主义，最终还是自由主义者，思想可谓复杂；他从一个封建科举士子转为新文化运动的先驱，参加过光复会，又加入过共产党，参加过革命，又脱离革命，从文坛迈向政坛，担任过民国政府教育部次长等要职，最终又退隐"江湖"；他是诗人、学者、革命者，又是官员，身份也的确复杂。刘大白的一生不能说有多少传奇性，却也很曲折，他的经历在五四后起来的那一代知识分子中有一定的代表性。所以这个人物是值得注意的，他的传记写作是有学术价值的。刘家思用评传的方式，有描写，有梳理，有论评，有阐发，其对刘大白生平创作及其思想历程裁别有识，作为一种传记研究，是相当完整的。该传记根据所收集的大量原始材料，梳理出刘大白曲折的人生历程，力图将传主的文学创作、教育实践、革命经历、仕途与社会活动、人际交往、爱情婚姻等诸多方面按照时序编织在一起，展现一个现代知识分子的精神沉浮，同时也借一个人看一个时代。我们读了，可以感触近百年历史变局中的某些色相和光影。

刘家思先生为了写这本《刘大白评传》，在材料收集方面下了很大功夫。他花费多年时间，跑遍全国 30 多个图书馆、档案馆和纪念馆，访问许多相关人士，钩沉史实，详征逸闻，发掘了大量有关刘大白的文献资料。传记很多地方都是靠材料说话，纠正或者补充了以往对刘大白的某些误解或偏见。如刘大白是否逃过婚、出过家？他何时加入光复会？为何会退出上海党组织？何时赴任浙江省教育厅秘书？等等，这些情况以往没有弄清楚，甚至以讹传讹，这本传记都予以辨正，还原了刘大白的人生真相。

以往文学史给刘大白的地位，主要就是"初期白话诗人"。这本传记认为这样定位是不够的。书中发掘了刘大白很多被淹没的作品，让人们看到他的创作贡献不只是五四的抒情诗和描写农工的叙事诗，其他风格题材的诗作也很出色，一直到 30 年代，他的一些优秀的诗篇仍然在一般水平之上。他的散文创作也有独特的成就。他是现代散文最早的尝试者之一，早在辛亥革命时期，他就在《绍兴公报》上发表杂文。五四时期编辑过《责任》《午钟》《黎明》等杂志，又有许多散文发表。其作品笔锋之锐利，思想之鲜明，在当时文坛上独树一帜。后来收入《白屋文话》《白屋书信》等集的作品，只是其中一部分。本传记作者发掘收集了刘大白四五百篇散文，大部分是以前学界从未提及的。例如《萧山衙前农村小学校校歌》、《湘湖师范校歌》、浙江一师教师"留经"《宣言》和《请愿书》、《浙江图书馆落成记》、《哥尔基在中国的生死》，等等，是现代文学的重要实绩，也是研究刘大白的珍贵资料。该书对刘大白散文的研究，是一个突破。

历史总在不断重写。以往对五四可能是抬得过高，如今不少人却又将之贬损过甚，往往都是把现实的情绪召唤到历史的疆域中，丰富的历史就被简化了。我宁可多看一些散落的野史杂论，或者逸闻琐记，也不愿看所谓研究性的论著了。因为经过理论过滤，过于条理化的以论带史，已经失去史的精气，而野史轶闻之类的杂乱而朴素，多少还带有史的质感。读传记也是获取历史感的途径，当然，是那些有根据说实话的传记。刘家思这本传记起码能让人了解刘大白这样的"复杂人物"，了解曾有过的复杂的历史，以及曾有过的人心、政俗之变。读此书愈加感到，知人论世不容易，知人论史更不容易。

我本人对刘大白没有什么研究，读这本评传，迹其生平，仰扬咏叹，所获甚多。想到在学风浮泛的当今，刘家思能沉下心来做学问，写成这本扎实的传记，我为他高兴，也乐于介绍这部书给大家。

2011 年 10 月 20 日于历城

《国文国史三十年》[①] 序

> 孔庆东喜用游戏或调侃方式对各种"社会像"进行戏谑漫画，意在打破传统的道德观与价值观，具有明显的亚文化叛逆性。

今年夏天孔庆东告诉我，中华书局要把他在北大中文系上现代文学课的录音稿出版，书名为《国文国史三十年》，嘱我写序。还没有看到稿子，我就爽快答应下来。庆东上本科时，我担任过他们的班主任，后来他留校任教，彼此成了同事，比较了解，我乐意支持他的新书出版。我也可以借此机会认真打量一下孔庆东，分析一下"孔庆东现象"。在我眼中，庆东是学者，但更是个作家和媒体人，擅修辞，会说话，才华横溢。有时听他讲演，或俗话连篇，或戏谑嘲弄，或詈骂泄愤，当然更多妙语连珠，颇有一种"痞气"的快感，有意标示"草根"而拒绝"绅士"；他擅用连类夸张，矫枉过正，在敏感部位打

---

① 《国文国史三十年》，孔庆东著，中华书局 2011 年版。

"擦边球"，三分偏要说到七分，让你捏把汗，但想到这是创作，是痛快文章，也就体谅且有些佩服。

我不太上网，不爱看别人的博客与微博的唠叨，免得太多的信息与嘈杂的干扰，但我知道庆东的博客影响巨大，有众多"粉丝"。他的博客结集出版后送给我，看过若干篇，越发感到他就是一位很适合生活在传媒时代的作家。"博客式"的煽情，加上网友所热衷的戏谑、调侃、嘲讽，把"北大醉侠"和"孔和尚"凸显为极富个性的言说符号，每当醉侠、和尚亮相，就引发一阵轰动。他非常懂得如何在与读者互动中形成某种"气场"，表达自己的情愫，而围观者与"粉丝"也在抢占"沙发"和唇枪舌剑的嬉闹中，得到情绪的宣泄。

孔庆东的很多作品，可以称之为"博客文学"，其特点就在喜用游戏或调侃方式对各种"社会像"——包括自己——进行戏谑漫画，意在打破传统的道德观与价值观，具有明显的亚文化叛逆性。我猜想，日后若有人研究这一时段的博客文学，大概是不会放过孔庆东的。

但孔庆东和一般作秀炒作的写手不同，他始终关注社会，针砭时弊，为民请命，透过那些嬉笑怒骂和游戏笔墨，你能感触到某种正义与责任。孔庆东分明瞧不起死读书读死书的人，不满足于当书斋里的学者，他心气高，骨子里还是想通过新的文学传播方式去影响社会，改善人生。庆东好品评时事，语多讥刺，愤世嫉俗，纵横捭阖。有时你会觉得他的痛快文章太过意绪出发，毫无现实操作性，细加琢磨又可能发现某些"片面的深刻"。用传统的心态很难接受孔庆东，但应当想想为何有那么多年轻朋友——还有为数不少的老年朋友——欣赏他，这确实是一种新的社会心理现象，就像当年郁达夫被许多大人物视为"下流堕落"，而青年人却在其作品中读出人性的真实一样。有一段我曾为庆东担心，"劝说"他不要过多接触传媒，应当在专业研究方面多下功夫，因为大学毕竟有大学的"章法"。庆东哪里会听我这一套？他客气地点头称是，转过身去还是我行我素，越发往现在这个道上走了。我也转而说服自己：庆东是在尝试一种新型的带有某些"行为艺术"意味的创作，他已经很成功，很有影响，何况他的调侃、玩世背后始终不失改造社会的苦心！

庆东每次提升职称时，都碰到一些麻烦，有些评审委员看不惯他的"痞气"和时而"出格"的言辞，这时，我就必须出来帮他一把了，理由是：不要刻板地要求一位才子，一位作家型学者。如今中文系缺少"文气"，能有多少老师真的会写文章？孔庆东起码活跃了"文气"，何况他收放自如，学术研究水平也很高。北大毕竟还是北大，最终没有为难这位才子，孔庆东也只有在北大这样特殊的环境中才如鱼得水。

是的，孔庆东的本业做得出色，学术研究也很有水平。我可以随意举出几个例子。比如庆东研究曹禺的《雷雨》，率先探讨了这一著名话剧的演出史。他查阅民国时期大量报刊史料，第一次系统理清了《雷雨》演出的复杂历史，以及这一剧本付诸演出的复杂的修改变化过程。在这个方面，庆东的研究至今仍是为学界所赞许的。他对通俗文学的研究起步较早，十几年前出版的博士论文《超越雅俗》，厚积薄发，已经有严家炎先生等给予了高度评价，至今仍颇有曲高和寡的味道和独特的学术价值。庆东曾和这个领域的"宿将"范伯群先生联手，写过一本《通俗文学十五讲》。过去的文学史对通俗文学不重视，也不给位置，研究这方面需要搜寻清理大量史料，要下死功夫，又要有文学史的眼光，是拓荒性质的工作，很不容易。孔、范合作的"十五讲"别开生面，在高校影响很大。此外，在鲁迅、老舍、金庸等作家研究方面，庆东都有不俗的建树。读他的这些论作，有时可能会感到很大的"反差"——这是那个在博客上嬉笑怒骂的"孔和尚"的论作吗？庆东的一些文学史研究早已抵达现代文学的学术前沿，而且总是有一些出乎意料的新观点闪亮呈现，只不过这些实绩都被他的博客盛名掩盖了。

这些年来，孔庆东在北大中文系主讲过几次现代文学基础课，想必他的课会大受欢迎，来捧场的"旁听族"也一定雀跃。据说学生"民选"北大十佳教师，孔庆东高票当选为第一名，真羡煞我也。我在北大教了30多年书，也没有这个"福分"。他的课有亲和力，生动有趣，贴近学生，所以得到学生的喝彩。庆东把他讲课的部分录音稿给我发来，我看了，果然如此。感觉有这么几点是特别值得称道的，不妨说说。

庆东讲现代文学喜欢"穿越"，讲着讲着就联系到现实生活。他讲五四联想到现今对这份遗产的不重视，甚至扭曲、颠覆，太可惜了。讲鲁迅必定论及"国民性批判"至今未过时，而且还很迫切，现实社会许多乱象早在鲁迅笔下就讨伐过了，现在又沉渣泛起。讲左翼文学，他用很多精力阐述左翼精神的当下意义，联想到当今类似"包身工"的残酷现象，让人感到一种很沉重的民本情怀。总之，孔庆东的文学史是鲜活的，思想是饱满的，带有现实批判的锐气。相比之下，现今许多碎片化的、琐屑的研究，那些"穿靴戴帽"仿汉学的文章，就愈加显得无聊与苍白。我并不认为讲课非得处处联系现实，但作为一门时代感与思想性都很突出的现代文学课程，本来就是很"现实"的，它的生命就在于不断回应或参与社会现实，和现实对话，参与当代价值重建。

我曾在一些文章中谈过，这些年拜金主义流行，加上学术生产体制的僵硬制约，形成普遍浮躁的学风。从以往"过分意识形态化"到如今的"项目化生存"，刚解开一种束缚却又被绑上另一道绳索。还没等喘过气来，许多学人就再次感受到无奈：学问的尊严、使命感和批判精神正日渐抽空。现代文学研究很难说真的已经"回归学术"，可是对社会反应的敏感度弱了，发出的声音少了。读了孔庆东的论著，我愈加感到这些问题的严重，而孔庆东文学史的"穿越"现实，也就更显出其价值。他的文学史灌注着一种责任心，他的"穿越"是在重新强调现代文学研究的"当代责任"，思考如何通过历史研究参与价值重建。这种"穿越"或者"对话"，能使现代文学传统得到更新，也使得本学科研究具有"合法性"和持续的发展动力。

2011 年夏

《"文协"与抗战时期文艺运动》^① 序

> 我不太欣赏华丽而空泛的论作，宁可看点史
> 实考辨之类。

"文协"是抗战时期最主要的全国性文学组织，曾经在极端困难复杂的情况下，团结全国大多数作家，推动了抗战文艺运动，在当时产生过很大的影响。凡是写现代中国文学史，总会论及"文协"。但迄今学界对于"文协"的研究还比较零散浮浅，基本的史料工作也还没有很好开展。段从学在博士论文基础上完成的这部论著，是学界首次对此课题的专门研究，具有开拓性和很高的学术价值。

该书一共 10 章，分为上、下两编。上编第一章到第四章，梳理"文协"的来龙去脉，考辨基本史实。下编第五章到第十章，论析"文协"组织和参与的重大文艺运动，探讨"文协"对抗战时期中国文学发展的具体影响。由于学界长期以来对

---

① 《"文协"与抗战时期文艺运动》，段从学著，北京大学出版社 2012 年版。

"文协"的研究较为薄弱，关于"文协"的基本史实大多出自历史当事人的回忆，错乱较多，所以段从学决定以考辨和澄清史实作为研究起点，在这个基础上，再去探讨"文协"对抗战文艺发展的具体影响和历史作用。该书这两部分内容的逻辑关系是很清晰得当的，考辨史实是前提和基础，而分析历史作用则是前者得以成为"历史事实"的阐释学视域。

值得赞赏的首先是史实的清理辨析工作。作者用了两三年时间，从各地罗致了大量相关的第一手资料，包括某些过来人的许多回忆录在内的各种史料，进行了认真细致的考辨和清理，纠正了以往学界对于"文协"的某些史实误传，在此基础上，对"文协"的建立、变迁过程及其历史面貌第一次做了较清楚的勾勒。举例来说，关于"文协"成立的时间，以及"文协"是否在周恩来总理直接领导下成立，各种回忆录记载不一，有的则是以讹传讹，连一些最权威的文学史（包括我们写的《中国现代文学三十年》）也都有某些讹误。段从学订正了以往的各种误传，把"文协"的来龙去脉弄清楚了，是一大贡献。预料今后研究"文协"和抗战文艺，都不能绕开这部扎实的论作。

该书另一个贡献，则是在梳理"文协"基本史实的基础上，进一步分析"文协"所以能迅速得到全国文艺作家认同和支持的原因，探讨了"文协"的"文化形象"形成的过程。以往的研究大都把"文协"当作行政权力机构，段从学的研究引入作家认同的要素，拓展了"文协"存在的历史空间，也提供了研究文学社团和文学组织的新思路。

该书以史料见长，处理史实也显示出较开阔的理论眼光，

以历史的辩证的方法贯彻全文，多有学术创获。如关于批判
"与抗战无关论"，文学史叙写历来都是一边倒批评梁实秋，认
为是梁氏的错误引起这场批判风潮。段从学从史实出发，重新
分析了"与抗战无关论"之争的起因和论争双方的分歧之根源，
指出了这场论争的实质不在于梁实秋的错误，而在于"文协"
同仁试图通过集体批判梁实秋的方式，确立自身在文坛上的领
导地位。这对现代文学史上一个众说纷纭的公案做出了令人信
服的新的阐释。另外如对"文协"在抗战时期文学运动中发挥
的实际作用的历史描述，对老舍在"文协"中的核心领导地位
的考察，以及探讨"寿郭"等活动对于打造新文学传统的作用，
等等，都有新的发现和突破性的观点。文章围绕"文协"的变
迁历史探讨了各派政治力量为争夺文化权力的角逐，从中凸显
现代文学在40年代的社会历史境遇，加深了对于这一阶段文
学特质的理解。这本书也有些不足，主要是对《抗战文艺》以
及当时在"文协"支持下产生的作品评论不足。

　　记得两年前，参加过一次关于现代文学史料的研讨会，那
次会议段从学也是参加了的。我在会上有一个发言，谈到史料
与研究的关系问题，不妨回忆抄录于下，作为对段从学这部著
作的一种体认吧：

　　通常说，史料是研究的基础与前提。这句话当然没有错。
但我还要补充：史料工作不是研究的附庸，史料的发掘、收
集、考证、整理本身，就是学问。史料工作不是拾遗补缺的简
单劳动，它有自身的规范、方法与价值，在学术研究的格局中
有不可替代的位置。史料的发掘整理研究需要有严格的学术
训练与知识积累，周密的思维与扎实的作风，这项工作难度不

小，不是谁都可以做的。事实上，现代文学史料研究与古代的朴学以至乾嘉学派有血肉联系，包括目录、版本、训诂，以及校注、辑佚、考证，等等，传统学术中自成一格的治学理路、方法，对现代史料研究都有直接的影响。现代文学史料工作同时又吸收了一些现代的新进的思想方法，逐步形成了自己的特色。所以多年来有人在呼吁现代文学史料研究应当成为一门专门之学，有他的道理，起码我们应当充分认识与尊重现代文学史料工作的相对独立的学术价值与地位，它与阐发性理论性研究是完全可以平起平坐的。

现在学风的浮躁，当然跟整个大气候有关，但也有它自身的渊源。现代文学学科初建之时，就是五六十年代，文学史研究对史料工作是不重视的。当时历史学界有所谓"史料派"与"史论派"之争，前者强调论从史出，有几分材料说几分话，论点必须建立在材料之上；而"史论派"则强调理论的引导领先，先有所谓正确的结论，然后找些材料去支持说明。50年代，"史料派"基本上失去立足之地。文学史研究出现"以论带史"的风气，机械论的庸俗社会学比比皆是，这是一种得到时代普遍接受的思想简化，自然跟当时特别重视意识形态政治化的价值专断有关。20世纪80年代，学科复苏，曾经有过一段比较重视史料、学风较为扎实的时段。

很遗憾，好景不长，五六十年代兴起的那种"以论带史"的风气如今又有回潮。只不过这个"论"不再是当年那种政治理论，而是其他宏大叙事理论罢了。现在学术生态不大正常，许多学者都很无奈，陷入了所谓"项目化生存"的境地，做学问不是那么纯粹，而是太过受功利的驱使，这种新的"以论带史"的方法因为比较好操作，好"出活"，所以更有市场。那些简单摹仿套用外来理论、以某些汉学理路作为本土学术标准的所谓"仿汉学"的风气，其实也是新的"以论带史"。学术研究当然可以有不同理路，偏重理论也未尝不可，但基本规则与标准还是要有的，那就是实事求是。现代文学研究属于文学的研究，但又带有"史"的特点。这是不能忘记或偏至的。

现代文学每年出版很多专著，实在看不过来。那种"穿靴戴帽"、以某种后设的理论框架去装一些作品或事例的；或者概念满天飞、花半天工夫无非证说了一点"常识"的，几乎都成为"主流"。我不太欣赏这些华丽而空泛的论作，宁可看点事实考辨之类。现在的文风真的让人有些腻味了。这时候来读段从学这本扎实、厚重的论著，不禁又想起两年前那次会上说过的那些话。

2012 年 5 月 20 日于济南

《中国现代文学作品精选》[①] 第四版前言

> 经数十年的反复斟酌打磨，现代文学的经典
> 化已经有较清晰的眉目。

本书的初版在 1992 年，迄今快 30 年了。当初此书是作为留学生教材来编的，考虑他们阅读作品比较吃力，那就要求读得少一点，精一点。当时的指导思想是"精选"，突出文学审美的标准，尽量选收艺术成就高的作品。在各种同类的选本中，这个版本篇幅最小，选得也最精，又偏重鉴赏，出版后大受欢迎，许多学校选作现代文学史和文学鉴赏课的教材，近 30 年来，几乎每年都要重印。社会上很多读者也看中此书，因为这个选本的篇幅适中，选得较精当，适合鉴赏性阅读。

此书先后于 2001 年和 2013 年做过 2 次修订，保留了初版本的特点，即侧重文学审美价值，但又吸收了许多教现代文学课老师的意见，尽可能呈现现代文学史的面貌，适当考虑作家

[①] 《中国现代文学作品精选》，严家炎、孙玉石、温儒敏主编，北京大学出版社出版。

的代表性，增加一些在文学史上有影响和地位的作品，以更好配合教学的需要。

这一次修订，算是第四版，仍然没有大的变动，只是为了更好地配合文学史教学需要，增删少量的篇目。因考虑有部分选目已经收进中学语文统编教材中，多数读者都已经读过，本书也就采用"存目"方式标示，只显示目录，不收作品。这样就选得更精，也节省了篇幅。

我在第二版序言中曾经说过，用八九十万字的篇幅全面展示现代文学的主要作家作品，很难做到周全，部分选目只能节选，提供梗概。这也是权宜之计。其实作品最好还是要完整地读，获得整体感受，只读节选恐怕难窥全貌。在这浮泛的空气中，尤其要提倡多读书，读好书，好读书，读整本的书的。

经数十年的反复斟酌打磨，现代文学的经典化已经有较清晰的眉目。我们修订此书，也是想呈现一份现代文学的基本必读书目。若采用教育部推荐教材《中国现代文学三十年》（钱理群、吴福辉、温儒敏著，2016 年修订本），或者坊间流行的其他文学史教材，本书是可以配套的。

本书的初版本原由北京大学中文系现代文学教研室编选，参与者有：严家炎、孙玉石、孙庆升、唐沅、钱理群、封世辉、温儒敏、方锡德、商金林和陈平原。温儒敏担负了初版编写，以及二、三、四版的修订统稿工作。当年参与本书编写的同事几乎全都退休，现在重订这本老教材，在感慨"逝者如斯乎"的同时，又勾起对昔日教研室情谊的诸多忆念。

2021 年 7 月 21 日

《"革命加恋爱"与左翼文学思潮研究》[①] 序

关注这一现象背后所体现的"革命"与最富
原始激情的"恋爱"交缠纠葛，那种虽然"乱头
粗服"却"元气淋漓"的纯真状态。

"革命加恋爱"写作潮，是出现在 20 世纪二三十年代之交
的一种文学史现象，也是特殊的社会精神现象。由于"革命加
恋爱"写作模式的粗糙，后来遭到左翼文学批评家的"清算"，
被当作"不应该这么写"的"革命的浪漫谛克"典型，要和
它"划清"界限。但不能否认一个基本事实——"革命加恋爱"
的产生、发展与消解，是与左翼文学血脉相连的，甚至可以说
是左翼文学突起的前奏。以往各种文学史对"革命加恋爱"的
评价，大都是持简单的否定态度。在极端政治化的年代，那些
以左翼文学为主潮的文学史著作，为了"提纯"，肯定要看低
甚至无视"革命加恋爱"现象。而后来为了"重写文学史"，

---

① 《"革命加恋爱"与左翼文学思潮研究》，熊权著，北京大学出版社出版。

又有人刻意贬低左翼文学的中心位置，更无视"革命加恋爱"潮流的历史价值。当说到"革命加恋爱"，似乎就有贬义和否定色彩，一般人会很模糊地联想到文学创作中的幼稚、僵化、粗糙等，似乎这是荒唐的不值一议的闹剧。然而，熊权的这本《"革命加恋爱"与左翼文学思潮研究》却要告诉人们：重新审察"革命加恋爱"的来龙去脉，以及它与左翼文学的关系，是很有意义也很有趣的事，透过这一思潮，可以发现在 20 世纪二三十年代的中国社会，"革命"这个概念或口号那样具有极大的震撼性，能渗透整个社会的精神生活层面。

对"革命加恋爱"文学的"史前史"考察，是本书的一个突破。

已往研究往往把目光聚焦于大革命之后，从"革命加恋爱"文学的流行开始讨论。实际上，大革命期间形成的新的社会思潮，对这种文学现象的产生就已经发生至关重要的作用。这本书吸引人的地方就在于"还原"：不是从当代出发去"构想"历史，而是在大量旧报刊、回忆录等原始材料及相关创作的梳理中，努力呈现"革命加恋爱"写作潮的来龙去脉，感受和理解历史的氛围，分析其社会心理的或文学的原因。我们不在乎"革命加恋爱"写法的幼稚甚至低劣，而格外关注的是这一现象背后所体现的"革命"与最富原始激情的"恋爱"交缠纠葛，与最隐秘私人的心理情绪的相生相克，是"革命"当年那种虽然"乱头粗服"却"元气淋漓"的纯真状态。

该书的确有不少新的发现。例如 1926 年 4 月就已经开始的在《广州民国日报》上关于"恋爱与革命问题"的专题讨论，参与者不少是在黄埔军校或分校就读的学生，是国民革命军队伍中的军人。这些"恋爱与革命问题"的关注者正亲身经历国民革命，绝不只是浪漫想象或无病呻吟。又如，书中发现当时革命队伍中的恋爱问题常常与革命相纠缠，诸如瞿秋白和杨之华的恋情，高君宇和石评梅的恋情（长篇小说《象牙戒指》就是以这段生死恋为原型），张太雷插足施存统、王一知夫妻的事件，蔡和森、向警予、彭述之的"三角恋"，等等，都曾经产生很大反响，从不同方面展示着当时革命党人的新的观念。该书抓住这些"现象"，去窥视"恋爱与革命"何以成为一个时代的"尖端话题"。在论述"革命加恋爱"思潮的"史前史"这一部分，熊权费力甚多，新材料也多，不少新的发现让人读来眼前一亮。从"废妻""非恋爱论""恋爱游戏"等大胆言论，到捕风捉影、莫衷一是的"裸体游行"，到荒谬绝伦、登峰造极的"共产共妻"……作者回顾、分析这些言论、事件种种，让读者回到历史的现场，也就更能理解为什么"恋爱妨碍革命""为了革命牺牲恋爱"等观点很幼稚，而且明显和五四倡导个性解放是背道而驰的，在当时却能得到相当的共鸣。令人惊讶的是，当时苏联作家柯伦泰的小说《三代的恋爱》的传入以及误读，竟然还造成了"杯水主义"（将性与爱分离，满足一时情欲的需要）说法的流行。熊权的研究力图展示20世纪20年代大革命期间，激进的"性解放"言行曾经那样的风起云涌，这既象征了一种打破禁锢的"革命"潮动，同时也释放出非理性、破坏性因素，最终导致扰乱革命秩序甚至危及革命信念。

其实任何一种社会思潮或者普遍的审美心理趋向，往往都是与社会变迁（例如革命、改制、转型等）息息相关的。这本书紧扣着"革命"作为震撼性的也是时髦、先锋的思潮是如何极大地改变社会观念及心理，在一个后人看来似乎无关紧要的"革命加恋爱"现象中，抽离出丰富的时代涵义与历史的启示。

　　该书共六章，前面三章主要讨论"革命加恋爱"概念的来由，以及这一潮流的"史前史"，后面三章侧重研究"革命加恋爱"现象，落实在对一些代表作家作品的细致分析上，有些章节也非常精彩。同一个作家，或同一部作品，现在从"革命加恋爱"的角度，放到特定的时代氛围中去考察，会有许多新鲜的看法。比如对石评梅小说的评述，注意到她那深入骨髓的"颓废"，以及这种情绪所包含的时代内容，进而探讨"革命加恋爱"文学具有两面性，是"先锋"与"通俗"的结合体；从茅盾的小说及创作自述中发现这位表面柔弱的作家其实始终有隐晦但倔强的政治"异端"见解，正是这种被压抑的政治"力比多"，成为茅盾创作的一大动力，也使得他的作品中呈现革命的激情冒险与自由恋爱、性解放的践行交相辉映的景象；指出白薇作品中的女性投身革命，却被"幽灵塔"沉重地镇压，革命难以真正拯救、解放她们，因为"幽灵塔"不仅象征着地主、土豪劣绅这样的统治者，还指向父权、男权等复杂内涵，并非一场疾风暴雨式的阶级革命就能荡涤净尽；认为丁玲写作《韦护》《一九三零年春上海》对革命其实还是模糊的无意识的，其后她转变为"革命人"，契机则是生活中最强烈的爱憎情感驱使，丁玲的革命之路是那个时代中被"逼上梁山"的缩影；论及巴金小说创作的血脉谱系与左翼的"革命加恋爱"并无关联，他早期描写革命与恋爱的小说主要是学习、转化了波兰作家廖抗夫的创作经验；认为如果说在"革命加恋爱"文学先锋

/ 通俗的两面性上，蒋光慈是矛盾、分裂的，张资平则将这类文学的通俗性发挥到极端，展现出一种"消费革命"的现象；从施蛰存、穆时英等现代派身上，可以见到"革命"与"现代"的奇特的结合，这主要体现为追逐时尚的倾向：革命文学其实带有先锋性。诸如此类对作家作品中"革命加恋爱"现象的分析，都每每有闪光的见解，显示了这本书作者锐利的眼光和细致的艺术感受力。

这些年关于左翼文学的研究多了起来，这也因为有现实的驱动。毫无疑问，熊权这本书是左翼文学研究的新收获。该书展示的"革命加恋爱"文学的不成熟与复杂性，丰富了我们对早期左翼文学发生、发展的动力机制与历史图景的认识。如作者在书中所提到的，以往解释左翼文学的发生，主要强调中共的组织、介入，但通过考察"革命加恋爱"文学的来龙去脉，会发现政治只是起作用的因素之一。早期左翼文学其实生长于一种夹缝之中，除了政治的牵制外，还得在商业利益的诱惑、文学创新的诉求等多种力量作用下谋求发展。这种紧张的"夹缝生存"令左翼文学经历挫折，却获得了宝贵的生存经验。对左翼文学的研究，还是应当尽可能返回历史现场，熟悉和掌握大量第一手材料，以同情之了解的态度去梳理与总结，"隔岸观火式"或者"云端鸟瞰式"的文章可能漂亮可观，其实不过是"消费历史"，不足为训。

熊权 2004—2008 年在北大中文系跟随我攻读博士学位。她比较内向，有些湖南人的倔强，平时我对她的批评不少，大概她见到我会有些紧张。其实我还是欣赏她的纯净与好学的。在当今浮泛的风气中，熊权努力"独善其身"，抛开了那种总是拿既定理论去套历史材料（或作品）的流行方法，也远离那种以斑见豹、喜欢"以某某为中心"展开阐说，其实可能一叶障目不见泰山的做法，她是老老实实地掌握资料，论从史出，所以能写出这样一本结实的有见地的著作。

我很乐意向读者诸君推荐熊权这本书。

2013 年 1 月 20 日于历下南院

《大众传媒语境下儿童文学传播障碍归因研究》① 序

> 在看似繁荣的儿童文学创作与出版的背后，是传播的遇冷和遇阻，儿童文学面临考验与挑战。

如今是传媒兴盛的时代，电影、电视、互联网、手机等，成为日常生活的内容与方式，现代人的生存状况在改变，包括儿童的生活形态也发生巨大的变化。例如，现在的孩子已经离不开电视，从幼儿阶段开始，还不认字，就先看大量动画片。"读图"为主的卡通电视，对儿童心理成长到底有什么正面和负面的影响？长大一点，孩子们开始看故事片，由于我国还没有影视分级制度，儿童可能过早接触"儿童不宜"的社会生活内容，这是否可能导致儿童过早的社会化，以及成人阶段的提前到来？到了青少年时期，多数孩子都会迷恋游戏与网络，诸

---

① 《大众传媒语境下儿童文学传播障碍归因研究》，王倩著，中国社会科学出版社 2013 年版。

如暴力、黄色和各种粗俗文化的泛滥，对青少年的人格形成的影响到底有多大？我们知道现在童年的生态已经遭到前所未有的严重的冲击，约略也在担忧当今印刷文化与电子文化相交织的复合型媒介环境，可能对儿童的成长有难以把握的负面影响。但这一切来得太突然，人们正在享用这种突然变化带来的各种便利，许多东西尚未沉淀下来，所以也很难沉下心来研究这些新出现的问题。

拿儿童文学来说，这些年从事这方面研究的学者多了起来，报刊上常见研究儿童文学的文章，这方面的专著也接二连三问世，的确有点繁荣景象。但又感到不太"解渴"，许多研究都陈陈相因，跳不出约定俗成的框框。诸如上面提到的大众传媒背景下的儿童文学所面临的新的问题，就少有人去探究。我们平时也许都会对这些新的现实的问题有感触，但也只是说说而已，很少转化为学术问题。我们的学术反应还不够敏感。所以当我接触王倩女士的博士论文《大众传媒语境下儿童文学传播障碍归因研究》，一看到题目，就眼前一亮：这是值得去做的新鲜而有价值的课题！

这篇论文提出了这样一个严峻的问题：随着传媒产业的迅猛发展，儿童和儿童文学已经陷入了大众传媒所迅速构筑起来的商业、消费、娱乐的包围圈。儿童为电视、网络、手机等逼真的画面、虚拟的世界和交流的参与性、互动性与形象性等优势所吸引，以纸质媒介为主要载体的儿童文学就必然被冷落。文章抓住一个要点，即在看似繁荣的儿童文学创作与出版的背后，是传播的遇冷和遇阻，儿童文学在大众传媒语境中面临重重考验与挑战。作者想要做的，就是对儿童文学传播中所遭遇的各种障碍进行调查研究和归因分析，看有没有对策，能否找到适应大众传媒时代的儿童文学发展新路。

文章对儿童文学传播障碍的研究，不是停留于一般描述，而是首先弄清楚基本状况。作者依据问卷调查，去发现儿童文学传播过程中"障碍"存在的部位，并分别从传播者与传播内容、传播中介与传播过程、受众的接受与反馈等几方面逐层分析儿童文学传播障碍产生的内因与外因。

文章发现的这个现象值得关注。那就是在当前市场导向下的儿童文学出版功能已经发生了位移，从文化、教育媒介转变为商业机构，文化媒体的"把关"权力日益凸显，对作家创作的制导力量越来越突出。而出版资源无序竞争、儿童文学编辑整体素质欠佳、"山寨"现象等出版"大跃进"问题，也都成为儿童文学传播质量提升的阻碍。与此同时，语文教师儿童文学素养的不足、语文教材儿童文学选文的缺失、新课改要求与语文教师现状的矛盾以及作为"意见领袖"的家长的非科学引导等问题，也是影响儿童文学传播的重要因素。

这篇论文以问卷调查和深度访谈等实证研究获得的数据和经验为依据，对于儿童文学接受和反馈过程中产生障碍的内因与外因进行了逐层解析，然后有针对性地提出一些减少"障碍"的构想：作为传播起点的作家要关注传媒时代儿童成长特点及需求，追求内容、文体和形式的创新；作为传播中介的出版组织要改变传统出版观念，探求图书营销策略和发掘儿童文学自身市场潜力；作为"意见领袖"的教师和家长要提高自身的儿童文学素养，发挥积极引导作用，等等。

文章值得肯定的是实证调查的方法，这有别于那些夸夸其谈不着边际的论作，让人感到踏实。但这项研究不仅是文学的，也是社会学的，如果能更多地借用社会学的方法，调查问卷就会更科学和可靠；有些个案的分析（例如儿童畅销书的策划、包装、传播等过程的分析），也就更贴近文章的主旨。另外，文章关于突破"障碍"的构想还不够具体，比如在现有体制下，到底应当有哪些政策的改动或设置可用于限制大众传媒对儿童成长的不良影响，以及可以采取哪些措施去保护儿童文学的出版传播，都很关键，还需要更多的讨论。而文中对传媒时代儿童文学乃至儿童教育所面临的许多新问题的描述，也还需要提炼，并从理论上进行细致的探索。但这篇文章已经做得很出色了，它的直面现实，强烈的问题意识，以及尝试靠数据实证说话，就已经是儿童文学研究的一个新生面了。

2013 年 1 月 26 日于历下南院

《中国现代文学研究丛刊》主编寄语两则

> 《丛刊》追求"持重"的风格，但"持重"
> 又不等于拘泥琐屑，还要有问题意识和理论
> 视野。

2013 年第 3 期编后语

本辑[①]首篇就对中国传统的文学批评"发难"，认为传统批评忽略了形式与意义的关联，这观点当然不无偏颇，但所引发的关于在中国诗学研究中使用西方批评方法的可行性的思考，特别是关于诗歌"隐晦"问题的探究，是很有学术意义的。这篇论文写在 71 年前（1941 年），作者吴兴华当时还是燕京大学的学生！现在这篇论文成了史料被发掘出来，让我们看到半个多世纪前文学理论（特别是西方的）在中国评论界"抵达"的深度，实在是很有意思的事。同时刊出另外几篇史料文献研

---

① 即《中国现代文学研究丛刊》2013 年第 3 期。温儒敏从 2006 年 10 月起至今（2014 年）仍然担任中国现代文学研究会会长，同时担任《中国现代文学研究丛刊》主编，负责终审，有时写编后"主编寄语"。这里选收 2 篇。

究，也都各有发现。

现在学术界最需要的是"对话"。大家都在不停地找题目研究写作，文章层出不穷，但许多文章给人的感觉好像是从头做起，之前未曾有人涉足。从注释就可以见到，很多文章有意无意都不太提及当代学人的观点，其实同一课题也许人家早就做过不少探究。无视他人的成果与观点，那就只是自说自话，没有切磋，也就没有好的学风。这一期有几篇论文都很注重"对话"，如尹捷的重读《春蚕》重新讨论茅盾如何将社会观察和生活经验结合，鲁太光对所谓"两个丁玲"（自由主义者与革命作家）的不同看法，等等，都与既有的研究形成"对话"，在"对话"中显现自己的见地。这样的文章望一眼就想找来读一读。

本刊历来被看作比较"持重"，原也是王瑶、唐弢那一辈学者传下来的风格与基调，我们理当坚持和发扬。在这个浮躁的氛围中，"持重"并不容易，也就愈显宝贵。但"持重"不只是固守，不等于要割裂和社会现实的联系，更不等于画地为牢，唯我独尊。"持重"与开拓是统一的。丛刊改版以来接纳很多当代文学研究的成果，不论资排辈，不因人选文，很多不相识的青年来稿，只要够水平有新意，就放手发表，这也让本刊有些新的气息，而又不失"持重"的风度。

2013 年第 7 期主编寄语

本期[1]不惜用五六万字篇幅刊载洪亮先生辑录的近 30 年现代文学博士论文题目，想必这也是大家所关心的。30 年已有 1762 篇现代文学的博士论文，真是个惊人的数字！这也从一方面说明咱们这个学科的拥挤而兴盛。洪亮先生已经对博士论文选题状况做了简要的分析，其实还可能会引发许多思考，比如近 30 年现代文学研究的发展及其得失，还有在目前这种学术生产体制之下，学术人才培养所存在的某些问题。我们期待有关当代部分的博士论文题目也能汇总和分析，现当代本来就是一家，有时很难分开的。

李斌的《论抗战结束后郭沫若对沈从文的批评》一文认真挖掘和梳理了当时那桩"公案"的相关材料，把背景中潜伏的某些状态展露出来，让人对这场纷争的原委有了更真实的了解。以前受极左思潮影响，容易乱扣"政治帽子"，如今又可能被历史虚无主义所左右，满足于"翻烧饼"，其实都是简单化的思维。吴进的《柳青与革命文体的生成》通过柳青的创作分析了革命时期"共同文体"的特征，认为这种文体在其特别的文化建构中，也建立了一种美学，这和那种以为十七年文学全是激昂而乏味的堆砌的印象拉开了距离。黄平的《反讽、共同体和参与性危机》谈论的是王朔的小说，但所选择的角度是社会史与精神史的对照，王朔的小说就成为一种可以深入探究的"现象"。这种分析源于文学，又溢出于文学，思路展开，

---

[1]　即《中国现代文学研究丛刊》2013 年第 7 期。

新意迭出，让人感到后生可畏。

本刊历来追求"持重"的风格，这在当下浮泛的学风中显得愈加宝贵；但"持重"不等于拘泥琐屑，我们欢迎扎实的文学史研究文章，也乐于发表更多有问题意识又有理论视野的论作。

2013 年 5 月 21 日

《中国现代诗学流变史》^① 序

> 诗歌创作、欣赏和评论都格外依仗个性、灵感等因素，线性描述和规律抽取的研究容易牺牲"文学的丰富性"。

坊间能见到讨论现代诗歌理论的书已经不少，现在曹万生先生又写出一种，书名为《中国现代诗学流变史》。这部著作有何新意？我看有如下几点。

一是系统清理中国现代新诗理论发生发展的历史。以往也有一些论著试图担负这个任务，但更多的是对不同阶段各种诗歌理论的归纳和描述，或者只是在批评史的流脉中给诗论一席之地，而曹著是专门对这方面历史经纬的梳理，整个新诗理论形成的轮廓得以清楚呈现了。

二是曹著格外看重"诗学"这个概念，希望从范畴论、形式论及流变论三个方面去处理新诗理论的历史资源，他坚信存

① 《中国现代诗学流变史》，曹万生著，人民出版社出版。

在有一个新诗的"诗学"的体系，并努力去还原和展示这个体系，力图为诗论的阐说涂上较多的理论色彩。全书以范畴论和形式论为切入点，前者包括意象论、象征论、知性论、写实论、情感论，后者包括形式论、纯诗论、音乐论、格律论。分类很细，彼此交错扭结，似乎有点繁琐，但也可见著者在理论建构方面的用心。

三是在阐释新诗理论流脉时，注意到各种诗歌理论观点之间的互相扬弃、递进、交错与组合，而论涉各家各派的言说和观点时，常有某些独到的见解闪现。

比如，书中为 20 年代"诗学"画了一个"正反合"的曲线。认为胡适是"正"，郭沫若是"反"，闻一多与象征派则是"合"。继胡适的"白话诗论"以后，出现郭沫若的"自由情感诗学"，把中国现代诗学放逐到"无诗形有诗情的时代"，这对于中国现代诗学的发展是一个彻底的解放。而闻一多对中西理性主义的强调，对"三美"的强调，终结了新诗的自由主义时代；象征派对情感诗学滥情的定型，让情感与诗形得到一个"中和"，让西方诗学与"中国现代汉语诗形"得到一个"综合"。以往学界虽然亦有类似的描述，但经过本书对"正反合"的分析，"初期新诗观念的形成与演变"的足迹更显清晰了。

郭沫若的诗论历来都是讨论很多的，曹著也很重视。其精彩处在于清理郭沫若一套独立的概念。书中论及郭沫若所说的"节奏"，认为只指诗的内旋律即情感的韵律，也就是情感的起伏与强弱的变化，也称"情绪的吕律（律吕）"。郭沫若所说的"情调"即这种情绪（感）（含情绪的节奏、内在的韵律、情绪的吕律）的体现，他的"音调"（"声调"），即诗的韵语、音顿、平仄乃至行、节等的安排。这些论述都比以往同类研究要深入。

还有，书中对新诗音乐性问题的讨论，也是一个重点。作者认为这是新诗诞生后新旧两派，以及新派内部争论最激烈的焦点问题，其实很多"诗学"问题最后都在音乐性问题上交锋并寻得共识。有关这方面的论述是有创见的。此外，该书探讨西方诗歌理论的译介对于新诗理论的影响，发掘了许多材料，梳理了源流和变异情况。如二三十年代对法国象征主义的纯诗理论的译介，以及后来对包括艾略特等在内的"知性理论"的引入，先后对中国诗坛及理论界如何产生决定性的影响，都有非常细致的厘析和清理。

值得注意到的还有书中对梁启超诗论的青睐。1922年梁氏在清华的讲演《中国韵文里头所表现的情感》，过去一般诗论研究关注不够，曹著却专辟一节给予论说，认为梁氏论诗中所提到的"新鲜的愉快"和"神秘的美"，要言不烦，切中肯綮，所引发的观点比后来许多诗论家都高明得多。

阅读本书时，我不时受到某些理论刺激，引发一些想法，也体会到曹著这种研究的难处。

新诗在整个现代文学的变革中充当了急先锋的角色，声势大，影响大，但整体艺术成就不大。而现代诗论随着新诗仓促发声，大都是经验性的，或者只是借用外铄，缺乏哲理支持，深思熟虑的东西并不多见（像朱光潜先生的诗论那样融会中外的精品，是很少的）。整理胪列各家各派观点是必要的工作，在此基础上，如何筛选、评判和定位，去粗存精，化繁为简，纲举目张，就是更高的要求。

另外，文学史上有些诗歌理论观点的提出，往往出于特别的历史境遇，只有结合历史状态以及相关的创作去分析，才能看得清楚，如硬是抽离出来，评价就难免有偏颇和隔膜。

所谓"诗学"，是关于诗歌创作、鉴赏与理解的学问，自然有其学理价值。但大凡成了系统的"学问"，虽条分缕析，头头是道，却也可能淹没和抹煞对诗歌的独特感受和灵性。诗歌创作、欣赏和评论都格外依仗个性、灵感等因素，线性描述和规律抽取的研究容易牺牲"文学的丰富性"。在追求历史叙述清晰性的同时，如何照顾到文学现象的复杂性与多样性，这实在是两难的事情。不过，曹万生这部"诗学史"在这方面是做了努力的，它毕竟增添了人们对新诗知识的了解，让人注意到新诗观念的形成及其困扰，了解新诗的站稳脚跟，除了创作上的不断创新，还有赖于理论上的支持，以及在社会接受与评价中不断塑造自己。这是一种贡献。

在学风浮泛的当今，曹万生先生花费多年心血，苦苦经营，写成这本书，令人感佩。关心新诗理论及其命运的读者，会看重这部书吧。

2014 年 4 月 28 日于历下南院

《方言与20世纪中国文学》[①] 序

　　　　文学创作在使用普通话创作时尽量珍惜方言
　　的特质，适度保留这一"大地的馈赠"。

　　王中研究现代文学与方言的关系已经多年，现在终于看到她的专著《方言与20世纪中国文学》问世，真替她高兴。认真拜读，感觉很好，获益匪浅。这是一部专论现代文学的方言资源运用及其得失的著作，扎实、大气、有创见。难得，难得！

　　该书讨论的是方言，却牵涉诸多理论问题，是"大题目"，要求能深掘到文学"本体"的深处。文学本来就是语言的艺术，研究文学语言是题中应有之义，只不过多年来专注于此者不多，即使以此为题，也往往停留于运动思潮的梳理，即所谓文学的"外部问题"。像王中的研究这样、真正切入到语言"内部"的，显得稀罕而且珍贵。

---

　　① 《方言与20世纪中国文学》，王中著、安徽教育出版社2015年5月出版。

现代文学从古代文学的框架中挣脱出来，是为了适应现代社会发展。这个转型真艰难，到现在还不能说已经完成。要形成适合表现现代人思想情感的文学语言形式与规范，离不开汉语自古以来的源流，又要借助外力适度的欧化，还要对民间语言资源有所吸收。这几方面的吸纳整合难免磕磕碰碰，经过上百年的历练，终于初步形成了以白话文为基础的现代文学语言。这种语言影响和辐射到整个社会的语言生活之中。可是我们享用着现代文学的语言成果，却习焉不察，很少会关注其中的甘苦得失。我们也不见得意识到，和有几千年积累的古典文学比较，现代文学仍然显得不够成熟，而这种不成熟，相当程度就还是体现在语言上。因为现代文学仍然面临难于绕过的壁障——语言的困扰。

就拿普通话（国语）与方言的关系来说，从五四至今一直在创造和规范"普遍的民族共同语"，推广普通话（国语），当然这是民族国家复兴的需要，大势所趋。而文学创作在超越方言、普遍使用普通话（国语）之后，也获得了公共性、广泛性及流通性。这几乎是人人称道的语言变革。然而，和制度性推广的普通话（国语）相比，自然形成的方言可能是更"文学"的。因此现代文学在"获得"语言的公共性、流通性的同时，又可能牺牲了方言所特有的本真、自然和丰韵，以及那种能让特定地域读者享受到的亲切、甜蜜与传神（对于身处外地特别是在都市生活的读者来说，方言的气息、韵味也可能带来陌生化的阅读惊喜）。

这真是两难。

文学创作到底应当如何平衡好这个矛盾，在使用普通话创作时尽量珍惜方言的特质，适度保留这一"大地的馈赠"？"普遍的民族共同语"所带来方言文学的式微和地域文化的衰落，是否也是民族文化之痛？

王中的书对这些问题是警惕的。

有一个观点在始终支持她全书论述，即认为受意识形态制约的普通话，无形中会使人的语言生活纳入标准秩序严格编码，具有某种抽象性和一般性。而方言与人类日常感性的或经验的生活形态紧密相连，具有表达的多种可能性和丰富性，也更具体、自然和个体化。方言对于普遍语言规范往往起到破坏作用，它以此彰显人的本真自由，恢复人的生存常态。王中这个论断有点"过"，可能不够准确。语言规律往往不以人的意志为转移。方言和地域文化的衰落是无奈的，几乎不可阻挡的。但王中从文学与人文立场出发，是在强调文学中方言存在的重要性，甚至延伸开去，警惕所谓"现代生存状态"问题。这本书有它的深度，多少触及语言哲学，意义远超出一般的文学研究。

当然，读王中的书，我们最关心的可能还不是这些理论问题，而是文学史以及文学创作的问题，是现代文学中的方言现象。

王中花费很多篇幅梳理不同时期作家、评论家有关方言的种种争议和讨论。比如第一章关于方言与白话文运动，第三章关于方言与文艺大众化讨论，等等，历史材料的清理都相当全面，从方言的角度，清晰地回顾了现代文学所经历的语言的困惑与焦虑。遗憾的是，历来探讨文学语言包括方言问题，都难免陷入意识形态化，这可能妨碍了对于语言规律以及方言性质、功能的认识。

不过语言探究中还是留下一些可贵的材料，有些学者的观点也给人深刻的启示。比如，顾颉刚就曾说过："我们的精神用在修饰文字的功夫上的既多，我们的言语自然日趋钝拙、日趋平淡无奇，远不及一般不识字的民众滑稽而多风趣。我每回到家乡，到茶馆里听说书，觉得这班评话家在说话中真能移转听者的思虑，操纵听者的感情，他们的说话技术真是高到了绝顶。所以然者何？只因他们说的是方言，是最道地的方言，所以座上的客人也就因所操方言之相同而感到最亲切的刺激。"

这段话容易让人联想到现代文学中出现过的"新文艺腔"。其实，在当代文坛，乃至普通的文化生活中，这种令人厌恶的"文艺腔"现象一直大量存在。甚至中小学生作文，也充斥着生硬的"文艺腔"。这就难怪为什么粗糙的网络语言有时反而显得鲜活，受到许多青年的欢迎，而掺杂有大量东北方言的赵本山小品又为何能大面积流行。王中对此有她的解释：这证实了方言能表达地域和人物的神韵，甚至能在文化商业大潮中悄悄变成一种噱头，使之因为陌生化、乡土化而成为都市文化的参照物，并由于这两种文化间潜在的互相嘲讽而增添了某种喜剧化效果，方言因为"奇货可居"而成为卖点。的确，方言的气息、韵味对于生活在都市中的人们来说，往往是一个"陌生的带着泥浆的梦"。

论评方言创作，是这本书的主要部分，也是最吸引人的部分。王中从方言角度的重新观察，有她的不少发现。

比如彭家煌，是文学史家注意不够的小说家，王中评价很高。她看出彭的作品有一种"特别的力"，那是文字的力，来自他独有的表达方式，以及对于方言的运用。王中说彭家煌小说像民谣一般充满乡间的谐趣、泥土的风味、自然的情调，又删去了歌谣形式上的简单、直白与粗俗。他撷取了方言中的有效词汇，沿用了当地口语中的部分语法，又在篇章结构上显示了一个受过新文化运动熏陶的现代小说家的匠心。

相对于彭家煌，台静农受到文学史家的关注是较多的，通常都把他当作是乡土小说的代表，会格外注意他如何师法鲁迅。王中却有些不同的看法。她认为台静农的小说题材和写作模式接近鲁迅，但在语言上却摆脱了"鲁迅风"，因为他有一种杂糅口语、书面语并吸纳文言文法的简练紧凑的文风。台静农兼用村镇方言和知识分子语言，并填补了两者之间的间隙，文风因而纾缓、含蓄。王中从台静农的方言运用中，还读出了特别的喜剧味道。

王中不只是讨论语言运用的艺术，她很重视语言背后的思维问题，提出了"方言思维"这个概念。这是她的创造。比如讨论沙汀为代表的川味小说，就指出只有体会其"方言思维"，才能进入作品特殊的艺术世界。认为四川人性格中似乎天生有一种调侃，以及调侃之中的狡猾气息，而这种思维习惯和四川方言是互为表里，密切相关的。书中注意到四川人交谈时就多用"调笑"的方式，而沙汀等作家干脆就把四川人的"调笑"搬进小说，结果就强化了川语"调笑"的场面，甚至呈现出"争吵"的效果。读沙汀小说，的确有这种阴暗而吵杂的感觉。沙汀的《在其香居茶馆里》就是人物对话贯彻全文，"争吵"成为小说的主体内容，读来那种声音效果特别强烈。而小说借助大量"调笑""争吵"去写人物对话，展现鲜活生动的日常生活场景以及运用"摆龙门阵"式的川味叙事手法，这些都无一不在体现川味作家特有的"方言思维"。类似这样的从"方言思维"角度的评说，的确是有新见的。

更值得注意的还有对老舍的评论。以往论者都关注老舍语言的功力和创造，而王中的着眼点在其北京土话的运用。她不厌其烦地统计分析《骆驼祥子》中的儿化音，以及遍布全篇的北京土话，看这些语言运用所产生的特别效果。认为《骆驼祥子》是老舍方言写作的集大成者，老舍第一次在小说中放开手脚运用北京方言。对一些有音无字的方言词汇，老舍还做了首次命名，如"出溜""念道"（有的作家用"念叨"）等。王中对老舍的语言成就，特别是方言创作的贡献，评价是很高的。认为以老舍为首的京味小说和以沙汀为代表的川味小说，是新文学成就最高的两类地域文学，同时也是地方土语所诞生的两类风格迥然不同、但都能有效地呈现地域特色的小说类别。

王中对现代作家方言写作的评析，并不止于艺术判断，而且还会引发更深度的思考。比如，在讨论老舍创作之后，王中就指出一种倾向——北京话已向四面扩展而逐渐向普通话靠拢。50年代中期开展现代汉语规范化运动中所确立的北京话的崇高位置（即普通话以北方话为基础方言，以北京语音为标准音），并未能减少北京方言极速消失的危险。过滤了"土腔土调"的所谓新北京话与普通话已很难区分：一方面土话成分大量减少，如老舍小说中记录下的北京方言大多已不再被使用；另一方面大量的普通话语汇已在北京话中生根。从语汇到语调语气，北京话都发生了极大的变化。老舍当年奉将令提出的两点，其中保障语言的纯洁性，不能让方言泛滥成灾如今是做到了，但另一点也是最重要的一点，即希望作家洗练出方言土语中最富有表现力的词汇，丰富我们的语言，恐怕是很难达成了。

读王中的书会隐约感受到某些"忧患意识"，她透过创作现象，看到现代文学语言变革所面对的某些"危机"。她对现代汉语的状态有点忧心忡忡，因为她看到现代汉语已经一定程度上被欧化、被"驯服"了，面对鲜活的社会生活，汉语的表达（起码在文学创作上）有了障碍，它的想象力和表现力日益被"沙化"，活力在衰减，想用语言表达某种微妙的状况，有时就捉襟见肘，非常不够用。像人们说方言时的那种痛快淋漓，已经是某种奢侈。这恐怕不只是作家的困厄，普通人亦有类似的感受。

在方言和地域文化日益式微的当今，我们的作家还能在多大程度上让"大地的语言"继续发声？人们还能在语言的疆土上尽情驰骋吗？

读王中这本有意思的书，我们不得不要直面这些问题。

2015 年 1 月 21 日于京西褐石园

《纯棉母亲》等三书^① 序

> 书中许多"母亲的心得"鲜活感人，从琐碎
> 平凡的生活中悟得的"道理"，每个母亲都有兴
> 趣，因为她们也可能感同身受。

赵婕一口气写了3本书，即《纯棉母亲》《立木与宝猪》和《四周的亲爱》，书不厚，很可读，我也是一口气读完了。边读边设身处地，想着自己如果是母亲，或者孩子，会怎样来看这本书？这就颇受到一些感动，有些话要说。

对于孩子还在上幼儿园或小学的那些父母，这本书是很"有用"的。

该书记载了一个年轻母亲对孩子成长每一步的呵护和观察，其中有许多欢喜、慰藉、困扰、苦恼，等等，等于是孩子的成长日志，又是母亲对自身角色的思考。

里边许多"母亲的心得"是鲜活感人的，那些从琐碎平凡

---

① 《纯棉母亲》《立木与宝猪》和《四周的亲爱》等三书，赵婕著，中国发展出版社 2015 年版。

的生活中悟得的"道理"，每个母亲都有兴趣，因为她们也可能碰到，感同身受，读了很自然会跟着去反思。

比如，多数父母可能都认为教育主要就意味着学业，家里只是辅助，而本书认为孩子是需要父母恒久费心的，不能依赖学校，想想，如果父母二对一都无力或者无心，怎能指望老师一个人对几十个学生还能耐心有加？

又如，现在整个社会好像对学校教育都不满，孩子对学校的态度也会受影响，可是书中认为既然无法逃避学校教育，就要让孩子信任学校，不一知半解去批评、抵触学校；即使自己所做的和老师的要求有变通，也要尽量让孩子感觉是老师的体系，不让他迷惑。家长要积极去弥补学校教育做不到的那些部分。

现在人们普遍很焦虑，也就常常告诫孩子对于社会要有警惕防范，例如不要和陌生人说话，等等。本书认为这尽管有些必要，但不宜过度，不要让孩子感到压抑，而应当从小给孩子植入"世界欢迎你"的生命密码，让他确信世界的友善。

书中还建议努力培养孩子的阅读爱好，认为这是良性生活方式，除了可以营造心灵的自由，获得智慧，还能让孩子拥有快乐与尊严。

书中提到，要交给孩子自信，呵护他对生命的感觉，这是随时随地的功夫，是暗中送给孩子的昂贵的礼物，没有价钱标签，只有孩子在生命过程中才能不断体悟。

作者说到，爱、害怕、羞愧、力不从心……所有这些，都要让孩子觉得是人性的"权利"，让他放松自己；而认真做事、善意为人、有主见自立、敢作敢当等，这些却要严肃训练，耐心引导。

甚至在一些很具体的问题上，作者也有她的建言。比如，提出不要用"脑筋急转弯"一类的问题来训练儿童智力，这样的问题，很多是对人类智力的滥用，是对人类智力的歪曲。等等。

很多人对诸如此类的"道理"未必不知道，但往往不是心不在焉，就是隔岸观火。读这本书，从一个母亲的角度重新去体验这些熟悉的"道理"，可能就有了新的理解，你甚至会突然醒悟：在孩子教育问题上是多么需要智慧。

书中很多"道理"都是从琐屑的生活中观察得来，并不让人感觉"说教"，也不是常见的"鸡汤"，其中会有困扰与问题，也读得到母亲的无力和无奈。书中写道，"过去父母担心孩子撒谎、不勤奋、品质不高尚，从邻居家的果树下捡一个掉下来的果子吃，也许都会挨父母打骂。今天，我们担忧孩子施暴、担忧他们过早的性行为、担忧他们到黄色网页、担忧他们性取向受到误导、担忧他们被毒品侵染……"这些担忧书中也许只是提出，并未能解决，但已经压在读者的心头，促使大家去思考、探寻。合上这本书，也许我们会更加意识到，当代社会的多元和自由是幸事，但对于孩子教育来说，也增加了难度。父母总有某种潜在的恐惧，他们怕这种不成熟的多元和自由会形成价值混乱，对于孩子的精神发育可能构成某种威胁。

书中写得最多的是孩子，包括孩子的心理，孩子的游戏，孩子的健康，以及家庭和学校教育、各种成长的困扰，等等，这些事都是人们司空见惯、却又未必留心的，赵婕却细细观察，有她的独特发现。这是"母亲的发现"，可以点亮生活的所有角落，让我们普通的生活突然变得有些陌生，却又那样饶有情趣。

书中除了写孩子，还写作者的双亲。那也是自己"为人母"之后才产生的对于双亲的回忆。这时候所怀念的母爱和父爱，是年轻时期容易忽略而且所难于理解的。也就是所谓"养子才知父母恩"吧。赵婕在叙写中饱蘸着感情，写的那样质朴感人。读完全书，我们能体会到作者把"写孩子"和"写父母"放到一块的特别用心。

这本书用的是随笔体，或者札记体，样式却有些特别。一节一节的记，不连贯，没有小说那样的情节线索，但又有贯穿全篇的人物，就是孩子和父母；断断续续的生活叙事中似乎也有不经意的情节，能吸引人读下去，然而全篇主要是纪实，是纪实性随笔。阅读的魅力还来自那娓娓道来的亲切感，那略带抒情的书卷气，还有女性的细腻笔致，以及在叙事中不时跳脱出来的哲理思索。这一切都在证明赵婕正在探索一种颇有韵味的纪实性随笔。她已经取得了成功。

赵婕到北大读研究生之前，就喜欢写散文，发表过不少作品。几年重理论的学术训练，没有磨掉她的灵性与悟性，却打开了她的视野，她还是一如既往的热衷于创作。和同学们聚会，人人都高谈阔论时，她总是一旁默默地看着，似乎是局外人，始终在细细地观察和思考。赵婕富于才情，她有特别的敏感和细腻，这也成就了她的作品。这些年她当过互联网白领、出版社编辑、畅销杂志主编，却又频频"跳槽"，原因还是希望能自由地安静地写作。赵婕大概只有在书斋里，在读书和写作时，才最能感受到自己生命的质量。

　　赵婕已经出版过"纯棉"系列作品，现在再一次用"纯棉"来给新书命名，给人温暖清新的感觉，是母性和女儿性中特有的那种感觉。这位女作家非常享受并持续地表现"女性"，她的风格是温婉典雅的，远远区别于眼下流行的那些做作的"小资"或浅薄的"小清新"，在当下这个过分物质化以致粗鄙泛滥的时代，赵婕式随笔的出现，显得独特而珍贵。

2015 年 4 月 16 日

《当前社会"文学生活"调查研究》[①] 代序

> 提倡"文学生活"研究，就是提倡文学研究
> 关注"民生"——普通民众生活中的文学消费
> 情况。

提到"文学生活"，大家都能意会，但作为一个学术性的
概念，主要是指社会生活中的文学阅读、文学接受、文学消费
等活动，也牵涉到文学生产、传播、读者群、阅读风尚等，甚
至还包括文学在社会生活各个方面的影响、渗透情况，范围是
很广的。专业的文学创作、批评、研究等活动，广义而言，也
是文学生活，但专门提出"文学生活"这个概念，是强调关注
"普通国民的文学生活"，或者与文学有关的普通民众的生活。
提倡"文学生活"研究，就是提倡文学研究关注"民生"——

---

① 《当前社会"文学生活"调查研究》，温儒敏主编，江苏凤凰教育出版社
2016 年版。此为 2012 年国家社科基金重大项目成果，由山东大学文学院团队完成。
本序文主要部分曾以《"文学生活"概念与文学史写作》为题，发表于《北京大学
学报》2013 年第 3 期。

普通民众生活中的文学消费情况。事实上，每一个当代普通人每天接触报纸、互联网、电视或者其他媒体，甚至对孩子的学习辅导，等等，自觉不自觉都可能以某种方式参与了"文学生活"。[①] 笔者在 2009 年 9 月武汉召开的一次会上，就提出过研究"文学生活"，主张走向"田野调查"，[②] 了解普通读者的文学诉求与文学活动。但没有引起注意，我也没有在这方面多下功夫。前年我到山东大学任教，和文学院同事讨论学科发展，大家都认为"文学生活"这个提法有新意，可以作为调查研究的一个题目，推广开去，可能是一个学科的生长点，为沉闷的现当代文学研究开启一个窗口。我们的兴趣就起来了。

这个概念的提出，也源于对现有的研究状况的不满足。现下的文学研究有点陈陈相因，缺少活力。很多文学评论或者文学史研究，当然也还有理论研究，大都是"兜圈子"，在作家作品——批评家、文学史家这个圈子里打转，很少关注圈子之外普通读者的反应，可称之为"内循环"式研究。就拿最近获得诺贝尔文学奖的莫言来说，研究评论他的文章、专著不少，或探讨其作品特色，或评说其创作的渊源，或论证其文学史地位，等等，大都是围绕莫言的创作而发生的各种论述，极少有人关注普通读者是如何阅读与"消费"莫言，以及莫言在当代国民的"文学生活"中构成了怎样的影响。不是说那种重在作

---

① 参见温儒敏：《关注文学生活寻找阅读与研究的源泉》，《人民日报》2012 年 1 月 10 日。

② 见《楚天都市报》2009 年 9 月 27 日报道：《文学生活：文学研究要走进"田间地头"》。

家作品评价的研究不重要，这也许始终是研究的"主体"；而是说几乎所有研究全都落脚于此，未免单调。而忽略了普通读者的接受情况，对一个作家的评价来说，肯定是不全面的。其实，所谓"理想读者"，并非专业评论家，而是普通的读者。在许多情况下，最能反映某个作家作品的实际效应的，还是普通读者。正是众多普通读者的反应，构成了真实的社会"文学生活"，这理所当然要进入文学研究的视野。我们设想从"文学生活"的调查研究入手，把作品的生产、传播，特别是把普通读者的反应纳入研究范围，让文学研究更完整、全面，也更有活力。这样的研究做好了，可以为文化政策的实施提供参照，又为学科建设拓展了新生面。

以前也有过"文学接受"的研究，比如"接受美学"，探讨某些作家作品的"接受"情况。其所考察的"接受主体"，还是离不开批评家与学者，所谓"接受现象"也就是一些评论和争议之类，很少能兼顾到普通读者的反应，以及相关的社会接受情况。这样的"接受"研究，只是"半截子"的。现在提出"文学生活"的研究，可以适当吸收"接受美学"的精义与方法，但眼界要拓宽，不只是关注批评家与学者的"接受"，更应包括普通读者的"接受"，这是更完整的"文学接受"研究。

"文学生活"的提出还将丰富文学史写作。迄今为止的各种文学史，绝大多数就是作家作品加上思潮流派的历史，很少能看出各个时期普通读者的阅读、"消费"以及反应等状况。"文学生活"的提出将为文学史写作开启新生面，这种新的文学史研究，将不再局限于作家与评论家、文学史家的"对话"，还会关注大量"匿名读者"的阅读行为，以及这些行为所流露出来的普遍的趣味、审美与判断，不但要写评论家的阐释史，也要写出隐藏的群体性的文学活动史。

近年来有些学者主张研究"日常的美学"或审美潮流，和我们说的"文学生活"有些关联，但不是一回事。"日常的美学"主要还是属于社会学或文化学的研究，对文学和精神层面的兼顾可能较少。而"文学生活"研究的着眼点还是文学，是与文学相关的社会精神生活。

不过，"文学生活"研究必然带有跨学科的特点。这种研究既是文学的，又是社会学的，二合一，就是"文学社会学"。这种研究所关心的并非个别人的阅读个性，而是众多读者的"自然反应"。既然是社会对文学的"自然反应"，当然也就要关注文学的生产、传播与消费，关注那些"匿名集体"[①]（既包括普通读者，也包括某些文学的生产、传播者）从事文学活动的"社会化过程"，分析某些作品或文学现象在社会精神生活中起到的结构性作用。这对我们来说的确是新的学问。"文学生活"研究有赖于运用访谈、问卷、个案调查等方式，通过大量数据收集统计分析，来论证文学的社会"事实"。这和传统的文本分析或者"现象"的归纳是有不同的，要求的是更实事求是的扎实学风。这样说来，"文学生活"研究还是有难度的，需要具备某些跨学科的知识与能力，超越以往文学界人们习惯了的那些研究模式。我们也意识到这种难度，中文系出身的学

---

① 何金兰：《文学社会学》，台湾桂冠图书公司1989年版，第57页。

者不太擅长做社会调查，而"文学生活"研究是必须靠数据说话的。我们还得补课，学点社会学、文化研究等。比如如何设计调查问卷，都是有讲究的。还有一个办法是邀请社会学、传播学等学科的专家加入"文学生活"的研究。

"文学生活"研究所关注的是文学生产、传播、阅读、消费、接受、影响等，是作为社会文化生活或精神结构的某些部分，在这样的视野下，有可能生发许多新的课题，文学研究将展示新生面。举例来说吧，20 世纪五六十年代的《青春之歌》《红岩》等作品，曾有过巨大的社会影响，满足了一代人的审美需求，并对一代人的精神成长起到关键的作用。记得我上中学时，阅读的物质条件很差，读书的风气却很浓，没有钱买书，学校就把《青春之歌》撕下来每天贴几张到布告栏上，同学们就类似看连续剧，每天簇拥在布告栏前读小说，一两个月才把《青春之歌》读完。这种文学阅读的热情，以及这种文学的社会影响，现在是很难想象了。但无论如何，那一代人也有他们的审美追求，有他们的文学生活。这种特殊的文学接受现象，也是文学史现象。可是现在的相关研究，对这些现象缺少必要的关注，也难以做出深入的解释。光是"意识形态灌输"或者"体制的控制"并不能说明当年那种文学生活与复杂的社会精神现象。现在不少研究现当代文学的论作，所做的工作无非就是用某种现成理论去阐释文本，即使对当时的读者接受（其实很多仍然是评论家的言论）有所顾及，那也是为了证说某种预定理论，极少把目光投向当时的阅读状态与精神转化，并不顾及那种鲜活的"文学生活"。这类研究比较空洞，不解渴。我们有理由期待那种知人论世的文学史，能真实显示曾经有过的"文学生活"图景。

关注"文学生活"，其实也是关注"民生"——普通民众生活中的文学消费情况。事实上，每一个当代普通人每天接触报纸、互联网、电视或者其他媒体，甚至教学、对孩子的辅导，等等，自觉不自觉都可能以某种方式参与了文学生活。引入"文学生活"的视野，文学研究的天地就会陡然开阔。比如对当下文学的跟进考察，也可以从"文学生活"切入，关注社会反应，而不只是盯着作家作品转圈。现在每年生产3000多部小说，世界上很少国家有这种小说"生产力"，可是我们弄不清楚这些小说的生产、销售、传播、阅读情况。那些畅销小说是怎样出炉并引发效应的？如何看待"策划"在文学生产中所起的作用？这些小说（包括那些发行量极大的小说）主要在哪些方面引起当代读者的兴趣或关注？普通读者的"反应"和批评家的评说之间可能存在哪些差异？小说在普通读者的精神生活中有什么影响？以及畅销书、通俗文学产出与"出版工作室"及"图书销售二渠道"的关系，等等，都值得去研究。再举些例子。诸如社会各阶层文学阅读状况，"韩寒"现象，"杨红樱现象"，网络文学的生产传播，《故事会》《收获》《知音》的读者群，中小学语文中的文学教育，电视、广告中的文学渗透，甚至四大名著、古代诗词对当代精神的影响，等等，都可以做专题调查研究，也很有学术价值。还有当前社会各阶层群体的文学阅读情况，包括农民、城市"白领"、普通市民、大中小学生等群体的文学阅读调查；一些重要文学类型的接受，如诗歌、武侠小说、打工文学等的接受情况；还有文学经典在当前社会的传播、阐释、变异的状况，等等，都可以作为"文学生活"研究的课题。

不只是现当代文学，古代文学也可以引入"文学生活"的视野。比如研究"词"的形式演变。最初的"词"是伶工之作，相当于古代的"流行歌曲"，与温柔敦厚的"诗教"是相悖的，自然不登大雅之堂。后来由伶工之作转为士大夫之作，形式不断更新和雅化，读者"接受"也随之变化，其"地位"才逐步提升。如果结合文学生产、传播与"接受行为"来探究"词"，就会对其形式变迁看得比较清楚，同时对古人的审美心理也会有更多细腻的了解。古代文学在当代仍然产生巨大的影响，人们对有些"接受"现象是存在问号的。比如现下为何家长都要让三五岁的孩子读李白、王维、白居易，而一定不会让读郭沫若、艾青或穆旦？到底其中有什么心理积淀？"四大名著"精华糟粕并存，可是在现实中传播、阅读极广，到底对当代道德观念有何影响？这些都是"文学生活"研究的题中应有之义。

现在的文学研究仿佛"人多地少"，很"拥挤"，每年那么多文学的研究生博士生毕业要找论文题目，按照旧有思路会感到题目几乎做尽了，很难找。如果目光挪移一下，看看普通国民的"文学生活"，那就会有许多新的题目。这的确是个拓展，研究的角度方法也肯定会随之有变化。这可能就有学术的更新与推进吧。自然不能要求所有学者评论家都改弦更张来研究"文学生活"，但鼓励一部分人进入这块领域，起用不同于传统的研究方法，起码会活化被"学院派"禁锢了的研究思路，让我们的学术研究和文学评论更"接地气"。

"文学生活"研究必然涉及文化研究，这个新的研究方向应当也可能从文化研究的理论中获取某些启示，或采用文化研究的某些方法，但也应当防止陷于"泛文化"研究的困境。数年前，我曾经写过文章，对"泛文化"研究有批评。① 我说的"泛文化"研究，是指那种粗制滥造的学术泡沫，是赶浪潮的学风。当时不少所谓"文化研究"的文章目的就是理论"炫耀"，舍本逐末，文学分析反倒成了证明理论成立的材料。我认为这类研究多半是僵化的，机械的，没有感觉的，类似我们以前所厌弃的"庸俗社会学"的研究，完全远离了文学；而把它放到文化研究的专业领域，也未必能得到真正在行的社会学、文化研究的学者的认可。现在提出"文学生活"研究，会涉及社会学、文化研究理论等方法，但本义还在文学，也不会脱离文学。这和我以前的批评意见并不矛盾。文学研究其实包括很多方面，除了艺术分析、文本解读等"内部研究"，还有很多属于"外部研究"，比如思潮研究，传播研究，读者接受研究，等等，适当引入社会学、传播学、文化研究的眼光与方法，有可能取得突破。比如，在一些通俗文学的生产传播方式，特别是关于"文学与读书市场关系"的研究中，引入文化研究的模式，也能别开生面。当然，"文学生活"研究本身也有局限，它在有些重要的方面可能派不上用场。比如对作家作品审美个性、形式创新、情感、想象等，都不是"文学生活"研究所能解决的。提倡"文学生活"研究，要有一份清醒。

---

① 参见温儒敏：《谈谈困扰现代文学研究的几个问题》，《文学评论》2007 年第 2 期。

现在处于信息量极大的时期，文学作为人们社会生活的一部分发生了很多变化，也给研究者提出许多新的课题。网上创作与网上阅读越来越成为日常生活。2011年网络文学用户就达到2亿200多万，[①]而智能手机等硬件的发展，更是创造了新的文学样式。网络文学已经成为当代"文学生活"的重要部分。以网络为载体的新的"文学生活"方式，明显区别于传统的以印刷为载体的"文学生活"方式，现在的读者不再是被动的受众，他们有更多机会也更主动地参与到创作活动当中，直接影响文学的生产传播。在网络文学的"生活"中，以往传统文学那种强调创作主体个性化的特征在消退，创作主体与受众客体越来越融合。网络文学的生产很大程度上受制于市场，总的良莠不齐，但确实也有好作品。这都是新的课题，可以纳入"文学生活"研究的范围。

网络文学并不能取代传统的文学，但传统的文学创作和读者接受也在发生大的变化。现在的读者分类比以前更多样复杂，"文学生活"也呈现前所未有的多元分野现象。文学生产越来越受制于市场，出版社的"策划"很大程度上控制了作者，甚至可以"制造"和左右社会审美趋向。这些都是新的"文学生活"。不断听到有人说"文学正在消失"。似乎有点根据。且看人们如此依赖网络，变得越来越烦躁，没有耐性，只读微博与标题了，哪还有心思读文学？还不是文学在走向没落？可是认真调查又会发现"反证"。比如现今每年长篇小说的出版就

---

① 据史建国：《网络文学生态的调查报告》，《中国现代文学研究丛刊》2012年第8期。

有三四千部，各式各样的散文作品散布在各种媒体上，创作的门槛低了，队伍却大大扩张了；电视、电影很多都在依靠文学，什么"法制"节目、婚介节目等都搞得很"文学"，文学对各种媒体的渗透比任何时期都要广大与深入。如果看到这一切，恐怕就不会认为文学在"没落"或者"消亡"。这些现象，也都可以纳入"文学生活"的研究范围。

"文学生活"概念的提出，的确带来许多新的思考，可以肯定，这将成为文学研究的"生长点"。

最后需要说明的是，2012年笔者邀请山东大学文学院（现当代文学研究所为主）和北京大学中文系部分老师，联手申报国家社科基金项目《当前社会"文学生活"调查研究》，并很顺利就获得批准，作为2012年的重大课题（批准号12&ZD168）。这个集子所汇集的就是这个课题的主要成果，大部分为调查报告。

《当前社会"文学生活"调查研究》分5个子课题，包括：当前社会的文学阅读和接受调查，网络文学和多媒体文学，当前社会文学生产的实证研究，文学经典在当前社会的传播、接受和影响研究，以及当前社会的非主流文学生态研究。直接参与项目调查研究的达到数十人。

迄今3年时间过去了。回想从项目设计和申请，山东大学当代中国文学生活研究中心的成立，分头的调查研究，几次邀集全国专家研讨指教，到成果的陆续发布，课题组数十位同仁付出了多么艰辛的劳动！我要向他们表示崇高的敬意！也向所有关心和支持这个课题研究的专家学者表示诚挚的谢意！

本论集分6辑，大致就是以5个子课题来划分，最后加上关于"文学生活"概念方法之理论探讨的几篇文章，作为第六辑。每一辑下分若干章节，分别在当页注解中注明撰写者。

2015 年 10 月 21 日写，12 月 16 日修改，山大南院

"文学生活馆"丛书① 序

> "文学生活馆"要把多年来讲座的内容汇集整理出书，是有意义的事，能将山大的"文气"更加广远地传播，惠及更多文学爱好者的"文学生活"。

山东大学文学院办了一个"文学生活馆"，已经好多年了，口碑挺不错的，每次都有很多听众来听讲，百十人的会议室坐得满满当当，有些人只好坐地上。真想不到，在当今，文学讲座还能如此受热捧。其实这是普及性的讲座，主讲的大都是学有专长的学者、教授，题目是从古到今中外文学名著的解读，听众则以校外的普通的文学爱好者为主。这完全是公益活动，在当今这样浮躁的环境中，能坚持多年也很不容易。"文学生活馆"虽然挂在社科基金重大项目《当代中国"文学生活"调查研究》的名下，但具体工作都是文学院的谢锡文教授、侯滢

---

① "文学生活馆"丛书，由广西师范大学出版社出版。

老师和一些志愿者做的。我欣慰地看到，这个活动的确帮助我们接触和了解到"文学人口"的状况，也看到社会上"文学生活"某些真实的侧面。现在"文学生活馆"要把多年来讲座的内容汇集整理出书，这是一件有意义的事，能将山大的"文气"更加广远地传播，惠及更多文学爱好者的"文学生活"。

这套书的编者要我写篇序言，我有些为难，因为这方面的好多话都已经发表过，一本叫《当前社会"文学生活"调查研究》的书也即将问世。只好又"炒冷饭"，把一篇旧文（原题《文学研究也要接"地气"》，载《求是》杂志2013年第23期）拿出来，附在这里，希望能让读者多少了解什么是"文学生活"，以及为何要研究"文学生活"。再回过头来看"文学生活馆"的这些讲座汇集，也许就更有意思了。那么现在我就把旧文抄录于此吧：

当下，不少文学评论和文学史研究在"兜圈子"：只在作家作品——批评家、文学史家这个圈子里打转，很少有人把目光放到圈子之外的普通读者身上。当然，这并不是说这种重在作家作品评价的研究不好、不重要。相反，文学研究在作家作品的一亩三分地上深耕细作，是很有必要的。我们所要强调的是，现在大多数文学研究只在"内循环"式研究的一条道上走，不考虑普通读者的接受情况，割裂了作品与社会群体之间的联系。今天的文学研究之所以单调乏味、缺少活力，恐怕与这种做法有很大关系。

文学研究离不开"理想读者"。所谓"理想读者"，并不是大众眼里高不可及的专业评论家，而是被很多人忽视的普通读者。很多情况下，能够最直接、最真实地反映作家作品实际效果的，首推普通读者。他们自觉不自觉地都在"参与"文学活动。所以，普通读者进入文学研究的视野，不仅理所当然，而且很有必要。同样，作为文学研究的"大头"，文学历史研究也不能仅仅局限于作家与评论家的"对话"，而应当把注意力放到大量普通读者身上，看他们所传递出的普遍的趣味、审美与判断。因为普通读者才是更准确、更真实、更富有价值的研究对象。也就是说，不但要重视专业评论家写的文学史，还要关注并写出大众的、群体性的文学活动史。

文学研究一旦走进普通读者，就会豁然开朗、别有天地。我国现在每年有 3000 多部小说问世，但生产、销售、传播、阅读等情况我们并不是很清楚。比如，那些畅销小说是怎样出炉并引发轰动效应的？这些小说主要在哪些方面引起当代读者的兴趣或关注？怎么看"策划"在文学创作中的作用？普通读者的"反应"和批评家的评论之间有什么不同？小说如何影响普通读者的精神生活？这一系列问题，都值得下功夫琢磨，研究透了，弄明白了，是很有意义的。再比如，社会各阶层文学阅读状况，网络文学的生产传播，中小学语文中的文学教育，电视、广告中的文学渗透，甚至四大名著、古代诗词对当代精神的影响，等等，都可以做专题调查研究，也同样有很高的学术价值。还有，当前社会各阶层群体的文学阅读情况，包括农民、城市白领、普通市民、大中小学生等群体的文学阅读调查；一些重要文学类型的接受，如诗歌、武侠小说、打工文学等的接受情况；文学经典在社会的传播、阐释、变异的状况等，都大有文章可做。

因此，走出"象牙塔"，走进生活的广阔天地，走进社会大众，是文学研究的当务之急。做到这一点，既要关注不同领域、不同层次读者的"反应"，又要分析文学作品和文学现象在社会精神生活中所起的作用，创造性地运用访谈、问卷、个案调查等方式，通过大量数据收集、统计分析，充分论证文学的社会"事实"。只有进入粗粝但丰富的现实生活，文学研究才能接通"地气"，把最真实、最生机勃勃的一面还原给作家和研究者，从而打开束缚创作灵感的"绳扣"，激活被"学院派"禁锢的研究思路和方法。

2016 年 6 月 15 日

《山河吟》^① 序

> 大量的旧体诗创作已成为当代人文化生活的一部分，那么理所当然应当进入研究者和批评家的视野。

马东佑先生托人把他的诗稿《山河吟》交给我，希望我能看看。我和他不相识，知道民间有很多人都在写诗，有时我会收到类似的集子，也就没有把这本诗集太当回事。但花了半天时间读马东佑的诗，被感动了，联想到当前诗歌创作的某些现象，就想说说一些看法。

若论诗艺，马东佑的作品也许称不上精致和圆熟，普普通通，就像年节来临家家户户大门口都要贴的那些对联，不让人惊艳，却又有浓浓的乡情和生活的气息。普通、质朴，还有真诚，也许就是马东佑诗歌感人之处。

他写生活中司空见惯的事，诸如工厂生产、学校活动、商

---

① 《山河吟》，马东佑著，中山大学出版社 2017 年版。

店开门、老友重逢、旅游参观、抗灾救难、节庆风俗等，还有饮茶、读报、春游、扫墓、街舞、车流、看病、植牙、散步、失眠、生病、上网、手机、广告……举凡日常生活普通常见的事物，在马东佑这里都可以化作诗歌的素材与对象，还能从中引发各种畅想。这是普通的诗，好就好在普通，没有太多的"过滤"和"加工"，呈现的多是毛茸茸的生活质感，不做作，不矫情，让人感觉特别的亲切。

当然，诗歌总要有提炼，有必要的语言的"变形"，形成陌生化的艺术效果，给人情感或感官上的冲击。尤其是现代诗，讲究象征暗示、官能刺激、想象独特，把个性化的体验融汇到朦胧的意象和戏剧化的语言表达之中。这种精致的个性化的艺术追求，在一定程度上更能适于表达现代人复杂深邃的情思，也就更多地得到批评家的青睐。现今诗坛上谈论的诗，以及学院派评论的诗，大都是这一类。但马东佑的诗不属于现代派，他的审美指向是质朴、直白、自然，是普通的表达，自然也有不一样的审美效果，而且可能更加适合普通的读者。

马东佑诗的那种亲切感，跟他自觉地追求写平凡、写普通有关。当然，这些平凡和普通也不止于罗列描述，而有他情思的渗透。如他自己在自序中所说，其写诗，"总想将所历所从、所见所闻、所思所想、所感所悟、所乐所悲、所忧所虑、所爱所憎、所期所愿，加以吟之诵之，赞之叹之，鼓之呼之"。有时他的赞叹鼓呼是那样迫切，用一般的言语已不足以表达，非得用诗的形式来呈现，希望来得更鲜明、强烈一些。这也就是古人所说的"诗言志"吧。

马东佑的诗，读起来很亲切，让人放松，里边有客家人的幽默智慧，一种带"客家味"趣味的诗意。这种"客家味"要结合词语的运用去感受，也许只有讲客家话的人才隐约领会得到。但一般读者也都能欣赏那种幽默。如写当今很"火"的微信，那种同窗情谊的味道："圈中有朋爱郎当，聊天偶喜唱双簧，笑料重说青涩事，翁妪如今懒考量。同窗情谊纯且贵，老来珍惜福缘长。"（《同窗圈戏聊》）又如写"痒"，是人人都有过的体验，却也能在诗中幽默地叙说和打趣："病患痕痒非小事，说痒就痒没脾气，全身瘙痒透心际，越挠越痒力难支，煎熬不差剧痛烈，难捱直想把皮撕，寻找痒因神费尽，如坐针毡心焦急，食卧难安盼痒止，痒消轻松胜刑释。"再如写手机控"低头族"的神态，更是让人捧腹："一天到晚头垂低，眼盯指动心不移，听课参会都玩机，进餐看机不顾食，走路看机不看地，……过分迷恋便成疾。"生活中这样一些司空见惯的事物，到了马东佑的笔下，便那样有趣且有味，一种幽默的诗意便呈现了。

马东佑的诗总是散发着某种"正气"，丝毫不见如今很多小圈子诗歌的那种颓废、萎靡，那种小家子气。也许这和马东佑这一代人的阅历有关。伴随着共和国成长的这一代人，经历过太多的磨难，却始终对国家民族的复兴怀抱热望，他们特别关注国家大事、民族命运。马东佑的诗写的多是普通的生活，却处处浸透着家国情怀。

马东佑写的多是旧体诗。节律和形式的运用不那么讲究，但大体押韵，朗朗上口，还有些古意，可以称之为现代旧体诗吧。如今写旧体诗的人很多，恐怕远远多于新诗作者。可是评论界面对庞大的旧体诗群体，几乎是缄默无声的。谁都不应当否认，大量的旧体诗创作已经成为当代人精神生活的一部分，那么理所当然应当进入研究者和批评家的视野。在这个意义上，"马东佑写诗"就可以作为一个文学案例来考察和探讨。

读马东佑的诗集，很自然想到一个概念——"文学生活"。我最近在《人民日报》发表一篇文章，题目就叫《提倡文学生活研究》（2016年8月30日）。我在该文中提出关注"文学生活"，其实也是关注"民生"——普通民众生活中的文学消费情况。事实上，每一个当代普通人每天读书、看报、上网、看电视，或者接触其他媒体，甚至玩微信，辅导孩子功课，等等，自觉不自觉都可能以某种方式参与了"文学生活"。像马东佑这样，痴迷于写诗，甚至把写诗当作一种生活方式，让自己得到精神上的愉悦与超越，那就更是弥足珍贵的"文学生活"。有多少像马东佑这样的民间诗人！作为一种文学生活现象，他们理所当然应当受到尊重，值得研究者去考察探究。

这也是我读马东佑诗集的一个意外的收获吧。

2016年9月20日

《为精神界之战士者安在》^① 题记

　　给自己编集子，一面是埋藏，一面是留恋。

　　"今索诸中国，为精神界之战士者安在？"——这是鲁迅在论文《摩罗诗力说》结尾说的一句话。鲁迅于 1907 年写下这篇鼓吹浪漫主义反抗之声的檄文，时年 26 岁，还是个热血青年。怀抱"新生"理想的鲁迅希望能借域外"先觉之声"，来破"中国之萧条"。记得 40 年前，我还是研究生，在北大图书馆二层阅览室展读此文，颇为"精神界之战士"而感奋，相信能以文艺之魔力，促"立人"之宏愿。40 年过去，我要给自己这个论集起名，不假思索又用上了"为精神界之战士者安在"。这是怀旧，还是因为虽时过境迁、而鲁迅当年体察过的那种精神荒芜依然？恐怕两者均有。

　　40 年来，我出版了 20 多种书，发表 200 多篇文章。说实在的，自己感觉学术上比较殷实，真正"拿得出手"的不多。

---

　　① 《为精神界之战士者安在》（现代文学自选集），温儒敏著，人民文学出版社 2021 年版。

现在要出个自选集，并没有什么高大上的理由，也就是做一番回顾与检讨——让后来者看看一个读书人生活的一些陈迹，还有几十年文学研究界的某些斑驳光影。

收在这本集子中的，只是我专著之外的部分论文，也有若干是在专著出版之前就单独发表过的，东挑西选，汇集一起，得55篇。论集分为四辑：鲁迅研究、作家作品论、文学思潮与批评研究，以及学科史研究，大致就是我从事现代文学研究的几个方面。当然，我还关注过语文教育等领域，那些论文已经另有结集出版。

我的现代文学研究之旅，是从鲁迅开始的。1978年考研究生，找本书都不容易，但鲁迅还是读过一些，就写了一篇谈《伤逝》的文章（记得还有一篇关于刘心武的）寄给了导师王瑶先生。后来到镜春园86号见王瑶先生，心里忐忑，想听听他的意见，老人家却轻描淡写地说文字尚好，学术却"还未曾入门"。大概因为缺少资料，探讨的所谓观点，其实许多论文早就都提出过了。尽管如此，我对鲁迅研究还是一往情深，在研究生期间花费许多精力在这个领域。收在集中的谈论《怀旧》《狂人日记》和《药》的几篇，以及《鲁迅前期美学思想与厨川白村》，都是研究生期间的产品。后者是硕士论文，题目有点偏，想弄清鲁迅为何喜欢日本理论家厨川白村，当时这还是少有人涉足的题目。后来又断断续续在鲁迅研究方面写过一些文字。

20世纪80年代受"理论热"的影响，一度还挺热心去"深挖"鲁迅作品的意蕴，做"出新"的解读。比如对《狂人日记》反讽结构的分析，对《伤逝》"缝隙"的发现，对《肥皂》的心理分析，等等，都带有当时所谓"细读"的特点。但我更关心的还是鲁迅的思想价值和现实意义。90年代以后学界对鲁迅的阐释注重脱去"神化"，回归"人间"，多关注鲁迅作为凡人的生活一面。这也是必然的。然而鲁迅之所以为鲁迅，还在于其超越凡庸。我这时期写的几篇论文，格外留意鲁迅对当代精神建设的"观照"，对当时那种轻率否定五四和鲁迅"反传统"意义的倾向进行批评。如《鲁迅对文化转型的探求与焦虑》《鲁迅早年对科学僭越的"时代病"之预感》，都是紧扣当代"文化偏至"的现象来谈的。始终把鲁迅视为"精神界之战士"，看重其文化批判的功能，也许就是我们这一代学人的"宿命"。

我研究的第二个领域，是作家作品，涉及面较广，也比较杂。不过收入文集的评论并不多，只有15篇，研究的大都是名家名作。其中郁达夫研究着手比较早。我在研究生期间，就编撰过一本《郁达夫年谱》。当时还没有出版郁达夫的文集，作品资料都要大海捞针一般从旧期刊中去收集，很不容易，但也锻炼了做学问的毅力。年谱有20多万字，王瑶先生还赐以序言，当时交给香港一出版社，给耽误了。收在集子中的几篇关于郁达夫的论述，因为"出道"早，也曾引起过学界的注意。

90年代以后，我教过一门作家作品专题研究的课，就一些名家名作进行评论，努力示范研究的方法，解决学生阅读中可能普遍会碰到的问题。收在集子中的《浅议有关郭沫若的"两极阅读"现象》和《论老舍创作的文学史地位》，最初就都是根据讲课稿整理成文的。后来还写过好几篇类似的作家论，又和人合作，出版了《中国现当代文学专题研究》，被一些学校选做教材。

我所从事的学科叫"现当代文学"，名字有点别扭，现代和当代是很难区分的，应当打通。我主要研究现代，但也关注当代，写过不少当代的评论。比如贾平凹因为《废都》的出版正"遭难"受批判那时，我并不赞同对《废都》简单的否定，认为《废都》在揭示当代精神生活困窘方面是有独到眼光的，甚至提出 20 年后再来看《废都》，可能就不至于那么苛求了。而当莫言获奖，大量评论蜂起赞扬，我也指出莫言的《蛙》在"艺术追求"上的"缺失"。我在一些文章中曾抱怨当代评论有两大毛病，一是圈子批评多，"真刀真枪"的批评少，二是空洞的"意义"评论多，能够深入到作品艺术肌理的研究少。我虽然没有"圈子"，也想做一些切实的批评，可惜力所不逮。

我研究的第三个领域是文学思潮与文学批评。1981 年留校任教，在现代文学教研室，鲁迅、小说、诗歌、戏剧等方面都有老师在做，那我就"填补空白"吧，选择做思潮与理论批评。一开始我并不打算就以文学思潮为研究方向，还是想研究鲁迅，或者写点诗歌评论。但有些"因缘"很可能就决定一个人的生活轨迹，学术研究也是这样。1985 年我参加全国首届比较文学会议，写了一篇关于五四现实主义与欧洲思潮关系的论文，在《中国社会科学》发表了。王瑶先生认为还可以，适合我的理路，就建议我研究文学思潮与批评。这样我就开始用主要精力研究文学思潮了。收在集中的《新文学现实主义总体特征论纲》，其实就是我博士论文《新文学现实主义的流变》的微缩版。我主要做了"清理地基"的工作，把现实主义思潮发生、发展与变化的基本事实呈现出来。现在看来这篇论文也写得平平，但那时关于思潮流派系统研究的专著还很少，我等于开了风气之先，"带出了"后面许多篇思潮研究的博士论文。

1990 年前后，学界空前比较沉闷，我给学生开批评史的课，意在接续古代文学批评史，认为现代文论也已经形成新的传统，清理现代文学的理论批评也应当是重要的课题。批评史这门课带有些草创的性质，讲授每一位批评家，都要从头做起，非常费工夫。收在集子中的那几篇有关文学批评的论文，大都是在讲稿基础上写成的，后来成就了《中国现代文学批评史》这本书。这本书下了"笨功夫"，也提出一些新的看法，我自己也比较满意。

新世纪初年，我着手做"现代文学传统研究"的课题，这也有其现实的针对性。面对那些试图颠覆五四与新文学的言论，我强调的是在当代价值重建中"小传统"（相对古代的"大传统"而言）的意义。集子所收《现代文学的阐释链与"新传统"的生成》等文，特别注重考察新的文学传统如何在不断地阐释中被选择、沉淀、释放和延传，分析当代文坛中"现在"与"传统"的对话。这些观点在文学史观念与方法上都有一定的创新。而更实际的影响，是回应那些对五四与新文学的挑战。

2011 年到山东大学后，我提出要做"文学生活"的研究，还和山大的团队一起申报了《当前社会"文学生活"调查研究》这个国家社科基金重大课题。收在集中的《"文学生活"概念与文学史写作》大致体现我的主要观点和研究设想。我认为以往文学研究大都围绕作家——作品——批评家这个圈子进行，对于普通读者的接受很少关注。而"文学生活"这一概念的提出，是想更广泛地认识文学的生存环境和生产消费状况，关注不同领域、不同层次读者的"反应"，分析文学作品和文学现象在社会精神生活中所起的作用，激活被"学院派"禁锢的研究思路和方法。这项研究得到了学界普遍的认可。

我研究的第四个领域，是学科史，收文 12 篇。这也多是由教学所引起的课题。我给研究生开设了《中国现当代文学学科概要》的课，目的是对现当代文学研究的历史做一番回顾与评说，了解这个学科发生发展的历史、现状、热点、难点以及前沿性问题。意图是给学生一幅"学术地图"，领他们进门。收在集子中的多篇文章，都是当时讲课稿的整理，侧重的是学科史的梳理。值得欣慰的是，一些大学现在也开设学科史这类选修课了。2006 年后，我担任现代文学研究会会长，更加关注学科建设问题，不时写一些学科评论，比如收在集子中的《思想史取替文学史？》《谈谈困扰现代文学研究的几个问题》和《文学研究中的"汉学心态"》，都曾经引起过学界的热议。而写于 2011 年的《现代文学研究的"边界"与价值尺度问题》，也是紧扣目前现代文学研究的状况和某些争议而发言。后来这篇论文获得"王瑶学术奖"，大概也是因为涉及学科发展的描写议题，大家都比较关心。

虽说是自选集，也并非就是把自认为最好的论作拿出来，还得照顾到不同阶段几个领域的"代表性"。其中有些发表较早的"少作"，现在看是有些青涩的，但也不失年轻时的天真，虽然惭愧，但也还是收到集子中了。

给自己编集子，一面是埋藏，一面是留恋。这些芜杂的篇什其实"意思"不大，但毕竟留下几十年问学的脚印，其中或有一孔之见，那就不揣浅陋，以表芹献吧。只是想到那些读者省览拙集，要花费时间和精力，我是既高兴而又有点不安，只能预先在此说一声谢谢了。

2019 年 6 月 1 日

《中国现代文学通识读本》^① 前记

> 书中选收了十多部代表性作品，以点带面，获取"现代文学传统"的初步印象，增强文学阅读、欣赏和分析的水平。

中国现代文学，指的是在五四新文化运动前后兴起，至今仍在发展之中的文学。现代文学的"现代"，是时间概念，也是文学形式与内容的定位，现代文学，就是用现代的文学语言和形式表达现代人思想情感的文学。伴随 100 多年来中国社会巨大而激烈的变革，现代作家感时忧国，记录和表达了这一历史过程中人们的思想感情。100 多年的历练，现代文学已经积淀了自己的传统，它的语言、形式，以及所表达的内容，明显区别于古代文学，更能适应现代社会生活，为人们所广泛享用。我们讲继承优秀的传统文化，主要是古代文化，同时也应当包括现代文化、革命文化，包括现代文学。为青少年编一本

---

① 《中国现代文学通识读本》，温儒敏主编，中国传媒大学出版社 2020 年版。指定为艺考参考书。

《中国现代文学通识读本》，正是出于这一考虑，希望年轻的读者能在较短时间内，接触一些现代文学经典作品，多少了解现代文学的历史与传统。

坊间已经有各种各样的现代文学史，一般都注重文学发展历史过程的叙述，偏于对文学史现象和作家地位的论述。而本书的编法不同，它不是文学史的简缩本，不希望系统展现文学史的线索，也不打算全面评价作家作品，重点放在作品的"导读"。书中选收了十多部代表性作品，帮助读者去阅读和鉴赏，以点带面，获取"现代文学传统"的初步印象，增强文学阅读、欣赏和分析的水平，锻炼直觉思维、形象思维和逻辑思维的能力，助力于立德树人。

读本分两部分。第一部分是主要的，采用作品选文加"导读"的体例。选择18家现当代作家的作品。选择标准是文学史上有定评的名家，而且大都是中学语文课上曾经收进过作品，或者教学中曾经涉及的作家。18家是：鲁迅、郭沫若、茅盾、巴金、老舍、曹禺、沈从文、艾青、穆旦、张爱玲、赵树理、汪曾祺、王蒙、路遥、陈忠实、海子、贾平凹、莫言。

配合作品选文，有作家的简介，重点介绍其创作特色与文学史地位。而"导读"主要是提示性的，包括阅读的重点、难点、方法，以及阅读中可能碰到的问题等。另外，每一章设计2道思考题。这些题的功能主要是引导阅读思考，梳理阅读的印象与感受，探究文学性阅读应当学习的某些方法等。学习这个读本，最重要的还是阅读作品，理解作品的内容，获取审美感受，探究阅读的方法。限于篇幅，读本所选作品很多都是节选。读者最好能把原作找来，整本书阅读，以更全面领悟经典的魅力。

读本的第二部分，是有关现代文学的基本知识介绍。采取类似条目的写法，言简意赅，侧重知识性了解，不求文学史的系统呈现。包括：1. 五四新文化运动和文学革命；2. 初期新文学社团和流派；3. 初期的新文学创作；4. 左翼文学；5. 京派与海派；6. 三十年代的文学创作；7. 抗战时期的文学创作；8. 新感觉派；9. 中国新诗派；10. 解放区文学；11. 共和国初期的文学；12. 红色文学经典；13. 新时期文学；14. "朦胧诗"；15. "寻根文学"；16. 现代派文学；17. 先锋小说；18. "女性文学"创作；19. 市场背景下的文学生产；20. 九十年代的文学创作；21. 网络文学；22. 田汉的戏剧创作；23. 欧阳予倩戏剧电影创作；24. 夏衍的话剧电影创作。

这个读本的编写是中国传媒大学校长廖祥忠教授提议和促成的。中国传媒大学和北京大学的学者共同完成了编写工作。

分工是：

温儒敏（北京大学教授）拟定全书大纲、样章并统稿（对各章节修改或重写），编写前记，鲁迅、陈忠实 2 章，以及五四新文化运动和文学革命、田汉的戏剧创作、欧阳予倩戏剧电影创作、夏衍的话剧电影创作 4 节。

邵燕君（北京大学副教授）编写汪曾祺、王蒙、路遥、贾平凹、莫言等 5 章，以及共和国初期的文学、红色文学经典、新时期文学、"朦胧诗"、"寻根文学"、现代派文学、先锋小说、"女性文学"创作、市场背景下的文学生产、九十年代的文学创作、网络文学 11 节。

逄增玉（中国传媒大学教授）编写茅盾、老舍 2 章，以及左翼文学、新感觉派 2 节。

颜浩（中国传媒大学教授）编写郭沫若、巴金 2 章，以及初期新文学社团和流派、初期的新文学创作、三十年代的文学创作 3 节。

凌云峦（中国传媒大学副教授）编写曹禺、沈从文、赵树理 3 章，以及解放区文学 1 节。

乐琪（中国传媒大学副教授）编写张爱玲 1 章，以及抗战时期的文学创作 1 节。

张清华（北京师范大学教授）编写海子 1 章。

陈爱中（哈尔滨师范大学教授）编写艾青、穆旦 2 章，以及京派与海派、中国新诗派 2 节。

2020 年 2 月 21 日

《鲁迅〈藤野先生〉探疑》①序言

> 这本书就日本学者的某些质疑进行讨论，牵
> 涉到对于《藤野先生》内容与价值的理解。

廖久明先生把他有关《藤野先生》研究的书稿寄我，我仔细读了其中几篇，很感兴趣，便写几句话，谈谈自己的看法。

鲁迅的《藤野先生》最初发表于 1926 年 12 月 10 日《莽原》半月刊第一卷第二十三期，后收散文集《朝花夕拾》。因为篇幅不长，比较好读，适合教学，历来都被选入中学语文（主要是初中）教材，是一篇经典的课文。凡是上过中学的国人，都知道"藤野先生"。而这篇作品在日本的影响也很大，20 世纪 60 年代之后，日本许多中学教科书也收了《藤野先生》。无论在中国，还是日本，研究和讨论《藤野先生》的文章也很多。廖久明这本书附录的有关研究资料目录，居然有 880 篇之多（其中日本学者研究文章也有一百多篇）。这是多么惊人的

---

① 《鲁迅〈藤野先生〉探疑》，廖久明著，商务印书馆 2021 年版。

数字！

　　这些文章绝大多数都是讨论《藤野先生》的教学内容与方法的，比如《藤野先生》的主题思想、艺术技巧、教案的设计、讲授的方法等，也有些涉及比较具体的史事，比如关于藤野先生的生平事迹、他与鲁迅的关系等。而日本学者的文章大都比较具体，注重考证，比如考证鲁迅在仙台上学的经历，特别是有关弃医从文的史事，探讨鲁迅所写的"俄国侦探"幻灯事件、解剖学笔记，藤野严九郎的批语，以及"惜别照片"，等等。日本人的研究一般都很注重材料，有时似乎钻牛角尖，但也有学术价值。但在《藤野先生》的研究上，也有些研究在质疑《藤野先生》的真实性，甚至认为《藤野先生》有多处描写属于虚构，找不到事实依据，因此不应当把这篇作品看作是回忆散文，不如看作是有虚构和想象的小说。廖久明这本书中的几篇论文，主要就日本学者的这些质疑进行讨论。这也牵涉到对于《藤野先生》内容与价值的理解。虽然问题好像比较琐碎，而且偏于考证，但还是挺有意思的，从这也可以看到鲁迅研究的深入。

　　廖久明梳理并研究的主要有三个问题。

　　一是"幻灯片事件"。有些日本学者因为找不到《藤野先生》中相关的幻灯片，而且文中所写观看幻灯片的时间也不确切，因而质疑"幻灯片事件"的真实性。而廖久明则认为，虽然至今未能找到鲁迅文中提到的"幻灯片"，但相关的背景以及日俄战争时期日军杀中国人的"砍头"的照片是有的，本书也有展示。更重要的，鲁迅"弃医从文"决心的形成就在仙台医专时期，"幻灯片事件"是促成鲁迅下决心的原因之一，因此不能简单论定鲁迅文中所写"幻灯片事件"属于"虚构"。

二是所谓"解剖学笔记事件"。有些日本学者寻访调查过当年在仙台医专读过书的某些人，根据他们的回忆好像并不存在日本"找茬"的事情，因而又断定鲁迅文中所写的那种弱国子民的情感以及导向"弃医从文"，缺少必然的逻辑关系。廖久明此书则分析日本学者的调查可能存在的回忆误差与矛盾，结合鲁迅当时思想发展总的态势，认为《藤野先生》中关于思想转变的回忆和描写是真实和合理的。

三是在《藤野先生》中，鲁迅说自己到仙台时"还没有中国的学生"。日本学者在调查时却发现，鲁迅到仙台时，他的浙江同乡施霖也来到了仙台，因此认为《藤野先生》用的是"小说"的虚构写法，不应当看作是回忆散文。而廖久明则认为，鲁迅和施霖到来之前，仙台确实"还没有中国的学生"；尽管施霖是同乡，且曾同住宫川宅，但施霖却不是鲁迅愿意交往的人，所以在文中不谈施霖，也可以理解。

日本学者非常讲究细读，除了上述三点，还提出其他一些质疑。廖久明承认日本学者治学的严谨，肯定其注重史料考证，但也指出某些学者由于拘泥史料，缺少对于文学写作者及其创作的"了解之同情"，往往容易走偏了。

廖久明这本书对于某些学者提出的质疑，进行史事的考辨，努力澄清关于《藤野先生》解释上的一些误解，既实事求是，又站得比较高，能进能出，有材料，有史识，显示出文学研究的功力。这本书的几章所论都很具体，甚至有些琐碎，但又都涉及对《藤野先生》主题、内容和细节描写的理解，因此是很有学术价值的。

恰好最近我刚写完一本《鲁迅作品精选及讲析》（即将由人民文学出版社出版），其中也谈到《藤野先生》，不妨把一些看法转录于此，就教于廖久明先生和读者。

《藤野先生》主要内容是什么？是写藤野先生给"我"的教导和彼此交往，因此中学语文讲授此课往往就把藤野先生当作"主角"（其实散文不一定有"主角"），突出的是师生情谊。但仔细阅读，发现鲁迅写此文的本意主要不是忆念"师生情谊"，而是记述自己在日本留学的经历，以及人格思想的形成过程，而师从藤野先生只是这其中一个关键。

鲁迅 1902 年入日本东京弘文学院，1904 年转入仙台医学专门学校。那时鲁迅很关注中国的民族性问题。据挚友许寿裳回忆，在东京那时，他们常讨论"中国人的病根"是"缺乏爱与诚"。文中鲁迅回忆藤野先生对自己的影响，中轴也是"爱与诚"。为何要离开东京去仙台学医？原因之一是对在东京留学的"清国留学生"的无聊、庸俗感到腻味，要换一个中国学生较少的安静的地方学习，也因为知道了医学对于日本维新有很大的助力，以为学医是可以救国的。开头几段回忆，可以看出鲁迅有自己的思考与志向，他的转学与此有关。他在仙台医专学习了一年七个月，成绩一般，但有几件事让他终生难忘，刺激并唤起了他的报国情怀。也就是廖久明在书中重点考证和论述的几件事。

一件事是鲁迅无端受到日本学生的歧视，写匿名信告发鲁迅解剖学的成绩及格是因为得到藤野先生的照顾，还检查他的讲义。在许多日本人看来，"中国是弱国，所以中国人当然是低能儿，分数在六十分以上，便不是自己的能力了"。此事严重挫伤作为"弱国子民"的鲁迅的自尊。另一件事便是"幻灯片事件"，在课余的影片上看到日俄战争时日军枪毙中国人，而围着观看的也是一群中国人，这件事更是给鲁迅极大的震动，导致鲁迅"觉得医学并非一件紧要事，凡是愚弱的国民，即使体格如何健全，如何茁壮，也只能做毫无意义的示众的材料和看客，病死多少是不必以为不幸的"。鲁迅认识到重要的是改变国民精神，所以决定弃医从文，提倡文艺运动。整篇回忆的重点是这几件事让鲁迅受到刺激和启示，人格精神得到锤炼，从此改变了人生轨迹。

文中写藤野先生的笔墨不少，但都是围绕"我"的遭遇与感受而展开。藤野先生对鲁迅的关爱是基于人道主义的博爱，一个教师与医者的良知。甲午战争之后中国处于亡国危难之中，日本被军国主义喧器的气氛笼罩，文中也写到那些日本学生对"清国人"的歧视与冷漠，而藤野先生却默默地关怀一个来自弱国的青年，希望鲁迅能学好医术回国效劳。这是多么伟大的胸怀！鲁迅在仙台医专一年七个月的精神转向，是因为深感弱国子民的悲哀，而藤野先生却在鲁迅这个寂寞难堪的时期给予他温暖，促成他成长和立定志向。所以鲁迅很感谢这位恩师。《藤野先生》是鲁迅回忆和叙写日本留学那段生活最完整的文字，我们读了，对鲁迅如何走上文学道路，他的人格自尊如何促成救国的理想，就有比较具体而感性的了解，当然，藤野先生的诚爱、敬业与勤谨的形象，也给人留下难忘的印象。

这篇回忆性散文所记述事情很平凡，采用的是一些片断的联缀，但可读性很强。也因为叙述中不时插入回忆时的感受与评说，常用调侃、幽默的语言和富于张力的"鲁迅句式"。比如"东京也无非这样"；那些清国留学生的装扮"实在标致极了"；到仙台因为留学生少"颇受了这样的招待"，"大概是物以稀为贵罢"；看到国民充当看客之后，"呜呼，无法可想！但在那时那地，我的意见却变化了"，等等。这样一些语言句式，有些特别，仔细琢磨，又很有味道。

其实，廖久明这本《藤野先生》研究，很多观点与我不谋而合，而且他在鲁迅研究上显示了考证与艺术探微的特色，这也是我乐于推介他这本书的原因。

2021 年 3 月 2 日

《鲁迅作品精选及讲析》① 序言

> 为什么要读鲁迅？为了了解和认识我们民族
> 的文化，为了精神的拯救、建设与升华。

这本《鲁迅作品精选及讲析》是专为普通读者，特别是青年学生编的。鲁迅作品很多，《鲁迅全集》（人民文学出版社2005年版）就有18卷，750多万字，一般读者没有必要全部都读，那么精选一种精粹的简本，可以满足大多数读者的需求。

《鲁迅作品精选及讲析》约43万字，所选的都是鲁迅有代表性又比较好读的诗文，一共78篇（首）。分文体编排，其中小说18篇，散文诗7篇，散文10篇，旧体诗8首，杂文28篇，书信7通，基本上覆盖鲁迅创作的各种类型。

每一文体前面有一"阅读提示"，简介鲁迅该文体创作的概况和主要特色，提示一些阅读的建议。每一文体的作品都大

---

① 《鲁迅作品精选及讲析》，温儒敏编著，人民文学出版社2021年版。

致依照发表的先后时序编排，但《故事新编》与《朝花夕拾》相对集中。文后所附注释，在 2005 年版注释基础上有所增删或修改。每篇作品都有"讲析"，千把字，尽量贴近作品来解读，帮助读者扫除阅读障碍，抓住阅读要点，领会和欣赏鲁迅作品的思想内容和艺术形式。

多年来我在北京大学、山东大学讲授现代文学课，鲁迅是重点，这些"讲析"也有部分是以原来讲课为基础的，但更多是重新研究和撰写。有关鲁迅的研究汗牛充栋，既要参考前人的相关研究观点，又不能人云亦云，要有一些自己的心得，还得考虑读者的阅读需要，颇花费一番功夫。

翻开这本书，首先碰到一个问题：为什么要读鲁迅？

回答是，为了了解和认识我们民族的文化，为了精神的拯救、建设与升华。

一百多年来，对中国文化有最深入理解的，鲁迅是第一人。鲁迅的眼光很"毒"，他是要重新发现"中国与中国人"。有关中国文化的研究论著很多，但鲁迅作品很特别，是别人不可替代的。他对中国文化的观察和思考，不是书斋里隔岸观火的学问，而是痛切的感受，是从生命体验中总结出来的人生智慧。这和读一些学问家的概论和历史著作之类，是不一样的，功能和感觉都不一样。

现今强调继承优秀的传统文化，毫无疑问，这是"主心骨"，是精神支柱。但传统文化不能照搬，它是在古代特定的历史条件下形成的，有精华，也有糟粕，有不适合现代社会的部分。我们要继承的是精华，是优秀的部分。这就有一个选择和扬弃的问题。读鲁迅，可以认识他了解和分析传统文化的角度与方法，看这位思想家型的文学家，是如何批判地继承传统文化，而传统文化的优秀部分，又如何体现为鲁迅的思想与创作的。我们既要读孔子、孟子，读古代史、现代史，同时也要读点鲁迅，知识结构才比较全面，思想方法也比较辩证。读鲁迅，还可以带给我们对于自身所处文化的真切的体验，克服在文化问题上"民粹式""愤青式"的粗糙思维。

鲁迅对文化的批判性认知，是基于对人性的深透了解，基于对自身思想心理不断的"自剖"，他反传统、反专制、反精英、反庸众，思维是辩证而尖刻的，是"不合群"也"不合作"的，有时说的话很"难听"，但那是知人论世，能让人警醒，换一个角度去打量我们所熟悉的世界。在网络时代，过量的信息冲刷可能会让思维碎片化、平面化，而过度娱乐消费的流俗文化，又使人们的精神趋于粗鄙，而鲁迅那种批判性的深度思考，是有助于拯救文化滑坡的。读点鲁迅，让我们的思想变得深邃，精神得到升华，意识更加清醒。

读鲁迅是"思想爬坡"，并不轻松，甚至费力、难受。鲁迅不是优雅、平和、休闲的，而是真实、严峻、深邃的。从"生活化"的立场，也许一些人并不"喜欢"鲁迅，我们读鲁迅也并非模仿鲁迅的脾气或生活，甚至也不必让自己变得尖刻；读鲁迅，是要学习鲁迅的思想方法，他的批判意识，从他那里获取对我们民族历史与现实的清醒认识，激发思想的活力。一些年轻朋友不喜欢鲁迅，也因为语言的隔膜。鲁迅写作的年代刚开始倡导白话文，他的文章有些文白夹杂，是时代的印记，但也是有意为之。鲁迅不愿意俯就过于平直的白话，宁可保留一些文言的因素，加上那种迂回曲折的句式和游弋的语感，所表达的含义往往是复杂而多义的，更能体现鲁迅思想的张力。如果不了解这一点，也就会觉得鲁迅的"难读"。但理解鲁迅式语言表达的风格，尽量读懂读进去了，就能体味到它的特别有味。在充斥周遭的四平八稳的八股文风中，在到处可见的夸张虚假的广告式语言漩涡中，读点鲁迅，会豁然开朗，有所超拔，甚至还能从鲁迅那里吸取语言运用的灵感，学会想问题与写文章。作为现代中国人，如果没有读过几种鲁迅的书，无论如何是说不过去的。

其实，在中学语文课上，绝大多数人都已经读过鲁迅的一些文章，有了一些印象。有一种说法是中学生"一怕写作文，二怕周树人"。可见，应试式的比较刻板的语文教学，已经在一定程度上败坏了我们阅读鲁迅的"胃口"。这种对鲁迅"敬而远之"的印象，应该得到改变，而且随着年龄和阅历的增长，对于鲁迅这份重要的精神遗产，我们会越来越体会到它的分量。这是肯定的，也是我们编这本鲁迅精选集的信心和期待。

近年来社会上有一种观点认为，鲁迅批判传统文化，附和激进的思潮，造成传统文化在五四的断裂。鲁迅便被贬斥为"全盘否定传统"的一个代表。

这观点表面上似乎不无根据。鲁迅的确是对传统文化批判最深刻、攻打最猛烈的人之一。他对传统的批判是采取决绝的态度，很偏激。大家最熟悉的，是《狂人日记》，通过狂人之口，把中国历史，特别是封建礼教和专制制度概括和比喻为"吃人的筵席"。狂人晚上睡不着，翻开历史书，在满纸仁义道德的字里行间，看到的只有两个字："吃人。"这当然是一种小说的形象表现，不是逻辑判断，但其中有鲁迅独特的体验和发现。在"五四"时期，鲁迅一谈到旧礼教、旧制度，往往深恶痛绝，有时把话说得很"绝"。他甚至曾经用这样义无反顾的语气来表示："我们目下的当务之急，是一要生存，二要温饱，三要发展。苟有阻碍这前途者，无论是古是今，是人是鬼，是三坟五典，百宋千元，天球河图，金人玉佛，祖传凡散，秘制仙丹，全部踏倒他。"（《华盖集·忽然想到》）鲁迅的偏激不只是感情的表达，也是一种思想策略。

不能否认，在对待传统的问题上，鲁迅的确常采取与惯常思维不同的逆反质询。这可能让人震撼、惊愕，却又顿觉清醒，思路洞开："从来如此，便对吗？"——这是《狂人日记》中的话，其实也是鲁迅式的质疑。对普通人来说理所当然、司空见惯的事情，或者场面上的"官样"文章，到鲁迅那里，就有疑问和反思，还可能有独特的发现。举个例子。清代乾隆年间修四库全书，由纪昀等 360 多位高官、学者编撰，3800 多人抄写，耗时十三年，共收录三千多种著作，书目提要一万余种。一般认为是伟大的文化建设，所谓"盛世修史"，有大气魄。从文化史的角度来看，这种结论是毫无疑义的。四库全书的确了不起，给后世保留了多少古代的典籍！但鲁迅对此不以为然，视为一种"文化统制"，是"以胜者的看法，来批评被征服的汉族的文化和人情"，"文字狱只是由此而来的棘手的一种"。（《买〈小学大全〉记》）鲁迅不是否定四库全书，而是要揭示其中由统治阶级把握着的"历史的阐释权"。事实上，很多被认为不适合所谓正统文化，特别是不利于清朝统治的书籍和文献，或认为内容"悖谬"和有"违碍字句"的书，都分别"销毁"和"撤毁"。人们都在称赞这项文化工程时，鲁迅却来揭露真相，认为官修史书往往把历史上的真实抹去了，这就是所谓篡改历史，强迫遗忘。类似这样说出真话，指明"皇帝的新衣"的例子，在鲁迅作品中比比皆是。因为鲁迅对传统首先采取的是怀疑的态度，他常常另辟一种眼光，透入历史的本质去重新思考评判。鲁迅有意用这种逆反式的评判去警醒人们，挣脱被传统习惯所捆绑的思维定势，揭示历史上被遮蔽的真实，正视传统文化中不适于时代发展的腐朽成分。

如果不领会鲁迅的这种批判的意图和姿态，就可能以为鲁迅太片面和绝对。鲁迅最为一些人所"诟病"的，是他甚至主张不要读中国书。在《青年必读书》一文（1925年）中，鲁迅这样说："我看中国书时，总觉得就沉静下去，与人生离开；读外国书——除了印度——时，时时就与人生接触，想做点事。中国书虽有劝人入世的话，也多是僵尸的乐观，外国书即使是颓废厌世的，但却是活人的颓废与厌世，所以主张少看或不看中国书，多看外国书。"光就这言论来看，的确又很绝对。问题是如何理解鲁迅说这些话时的"语境"。鲁迅是针对五四落潮后，那些尊孔读经的复古思潮，而提出要"少看中国书"的。其中也蕴涵有鲁迅对"中国书"也就是传统文化的整体感受，特别是对那种麻木人心的"僵尸的乐观"的反感。注意，鲁迅不是写学术论文，他是写杂文，一种批判式的文学的表达。传统文化当然有精华也有糟粕，不宜笼统褒贬，但当传统作为一个整体，仍然严重牵绊着中国社会进步时，要冲破传统的"铁屋子"，觉醒奋起，就不能不采取断然的态度，大声呐喊。这大概就是五四启蒙主义往往表现得有些激进、有些矫枉过正的历史理由，也是文化转型期的一种常见现象。我们应当理解鲁迅的"偏激"。

而且从实际内容看，鲁迅所反对和坚决批判的，主要是传统文化中那些封建性、落后性东西，是专制主义制度和文化，包括"存天理、灭人欲"的假道学，以及种种使国民精神愚昧、麻木、迷信的那些糟粕。要剥掉这些缠绕在我们民族躯体上鳞甲上千年的沉重的旧物，若没有果断的措施和决心，恋恋不舍，优柔寡断，那谈何容易。

要理解鲁迅所处的那个年代，是中国正受外敌入侵、挨打的时代，处于"弱肉强食"的国际环境，中华民族面临亡国灭种的危险，但另一方面，封建传统的思想文化又仍然在严重地禁锢民族精神，消解活力。一面是保国保种的焦虑，一面是"老大的国民尽钻在僵硬的传统里，不肯变革，衰腐到毫无精力了，还要自相残杀"。在这种情形下，鲁迅为了警醒人们，当然要大声疾呼，用决绝的而不是温温吞吞的态度立场，去告别旧时代。所以，"吃人"也好，"不读中国书"也好，这种急需突破传统的态度，即使有些偏激，也是符合那时代变革需要的。不能当"事后诸葛亮"，离开特定的语境，摘出一些句子，就来否定鲁迅。

其实，鲁迅并不讳言自己反传统之激烈、绝对，乃至要"全盘否定"。但这是一种策略。封建传统如此根深蒂固，"搬动一张桌子也要流血"，如果不用"全盘否定"式的决裂的态度，如果一开始就总是强调"因时制宜，折衷至当"，那势必被调和折衷的社会惰性所裹挟，任何改革都只能流于空谈。正是在彻底地不妥协地反传统这个意义上，我们高度肯定鲁迅在思想史文学史上的崇高地位。

鲁迅绝非历史虚无主义者。在如何为民族文化寻求新的出路这一点上，鲁迅有其明确的主张，那就是，对于传统一要批判，二要继承，三要转化。鲁迅毕生在做两方面工作，一是对传统的批判、攻打、破坏；二是梳理、继承、创新。

鲁迅在批判传统的同时，又用大量精力认真整理、研究文化遗产。鲁迅用了差不多30年（大部分）的时间，整理了22部古籍，包括《嵇康集》《唐宋传奇集》《小说旧闻钞》等。他收集过大量古代的碑帖、拓片，曾试图写一部中国书法变迁史。他在北大等校上课并写出《中国小说史略》《汉文学史纲要》等讲稿和著作，其中有些已经成了古代文化研究典范性的学术成果，其研究的某些方法、命题和概念，半个多世纪以来一直为学术界广为采用，影响巨大。鲁迅自己的创作也从传统文化中吸纳丰富的养分，特别是与"魏晋文章"的风格一脉相承。据孙伏园回忆：刘半农曾送鲁迅一副联语"托尼学说，魏晋文章"，当时的朋友都认为这副联语很恰当，鲁迅对此也默认。可见，鲁迅攻打传统，但并不认为自己已经或可以割断传统。

关于鲁迅"骂人"的现象，也是有较多非议的。

现今读鲁迅杂文和小说，给人印象最深的，恐怕还是对国民性的猛烈的批判。有的人可能并不了解鲁迅所批判的国民性的具体内涵，也不了解鲁迅是在什么背景下进行这种批判，所以直观地对鲁迅的批判方式反感，不能接受，甚至担心会丑化了中国人，伤害民族的自尊与自信。鲁迅的确毕生致力于批判国民性，其实也就是他所理解的实现文化转型的切要的工作。

他的小说、杂文，时时不忘从人性与国民性的角度去剖析与批判国人的劣根性，如奴性、面子观念、看客心态、马虎作风，以及麻木、卑怯、自私、狭隘、保守、愚昧等，在鲁迅笔下都被揭露无遗。作为一个清醒而深刻的文学家，一个以其批判性而为社会与文明发展提供清醒的思想参照的知识分子，鲁迅对国民性的批判正是我们民族更新改造的苦口良药。

因此，重要的是理解鲁迅的用心。我们读《阿 Q 正传》，看那些"丑陋的中国人"的表现，会很不舒服。但仔细一想，这又的确是真实的，一种毫无伪饰的真实。就如鲁迅所说，这作品的目的就是要写出国民沉默的魂灵来。

鲁迅的国民性批判带有社会心理研究的性质，而且往往注目于最普通最常见的生活现象。例如鲁迅对"看客"心态的揭示，就很能说明鲁迅批判国民性的苦心和特色。鲁迅写得最多的，就是这种世态炎凉，人心麻木。人们隔岸观火，玩味、欣赏别人的苦难，是如同看戏。而只会看戏、做戏的民族是可悲的。这也是鲁迅批判国民性时反复关注的问题。

鲁迅生活在中国社会转型，各派势力斗争非常激烈的时代，鲁迅当然有他的政治选择，比较倾向于当时变革社会的革命的力量，他的创作包括杂文有很强的现实性，但鲁迅又是独立的作家，他的价值主要还是思想文化层面的批判性和预警性。鲁迅生前和死后往往都被政治化，这也难免，现在时代不同了，读鲁迅，还是要摆脱政治上拔高或者贬低的怪圈，理解作为现代知识分子的鲁迅独特的贡献。

现代知识分子具有独立批判的精神，与他所生活的现实世界总有一种不相容性，揭示现实人生真相，揭示社会思想文化的困境，是他们的使命与习惯，从社会文化结构来说，有这样一部分批判的成分，有这些不那么和谐的声音，社会才活跃、有生机，在不断地反省与批判中往前推进。从这个角度看，鲁迅有棱有角的批判精神是非常可贵的，我们不能被所谓"尖刻""骂人"之类表面印象所左右，轻视乃至抛弃了这份可贵的精神遗产。

在如今这个网络化、物质化、娱乐化的时代，貌似很"现代"，其实周遭很多灰暗和庸俗的东西在鲁迅那个时期他都面对过，有什么办法拯救精神的堕坠？读书是好的办法之一。我们要有意识与流俗文化保留一点距离，尽可能不要让无聊而又浪费生命的微信、自媒体牵着鼻子走，稍微超越一点，让自己的生活充实一点，那就多读一点鲁迅吧。

但愿这本精选集的出版，能开启一扇进入鲁迅思想艺术殿堂的大门，引起大家阅读鲁迅的兴趣。

2020 年 12 月 18 日

《鲁迅精选两卷集》^① 前言

> 但愿《鲁迅精选两卷集》的出版，能开启一
> 扇进入鲁迅思想艺术殿堂的大门。

这本《鲁迅精选两卷集》是专为普通读者，特别是青年学生选编的。鲁迅作品很多，《鲁迅全集》（人民文学出版社 2005 年版）就有 18 卷，750 多万字，一般读者没有必要全部都读，那么编选一种精粹的简本，可以满足大多数读者的需求。

《鲁迅精选两卷集》分上下两卷，约 55 万字，所选的都是鲁迅有代表性又比较好读的诗文，一共 129 篇（首）。分文体编排，上卷收小说 20 篇，散文 16 篇，散文诗 13 篇，旧体诗 11 首；下卷收杂文 51 篇，评论 10 篇，书信 7 篇，基本上覆盖鲁迅创作的各种类型。

每一文体前面都有简要说明，作品都大致依照发表的先后时序编排（《故事新编》与《朝花夕拾》相对集中）。每篇作品

---

① 《鲁迅精选两卷集》，温儒敏编，人民文学出版社 2021 年版。

都有"题记"，简介作品写作和发表的情况，帮助读者领会和欣赏鲁迅作品的思想内容与艺术形式。所附注释，在人民文学出版社 2005 年版注释的基础上有所增删或改动。

在本书出版之前，编者还为人民文学出版社编撰过一本《鲁迅作品精选及讲析》，选目比"两卷集"更精简，但每篇都附有导读性的"讲析"。需要参考导读的青少年读者可以选择《鲁迅作品精选及讲析》，而普通读者拥有一套"两卷集"，也就可以了。

在编撰《鲁迅作品精选及讲析》时，我曾为之写过一篇"前言"，论述为什么要读点鲁迅，如何读鲁迅，其所表达的基本意思对于"两卷集"也是适合的，也就部分转录于此，供读者朋友参考。

但愿这本精选两卷集的出版，能开启一扇进入鲁迅思想艺术殿堂的大门，引起大家阅读鲁迅的兴趣。

2021 年 1 月 30 日

《温儒敏讲现代文学名篇》^① 前言

> 这是现代文学欣赏和研究的"入门"书，在
> 作家作品的评价中融入了新的研究成果。

从 20 世纪 80 年代初开始，我就在北大讲"中国现代文学"基础课。北大中文系对本科教育历来很重视，要求基础课必须由有经验的老师来讲，年轻教员一般还没有资格上本系的基础课。我刚研究生毕业留校那几年，是先给外系（如几个外语系、图书馆系、中南海干部学校等）上课，到 20 世纪 80 年代末，才给本系讲基础课，每隔一两年讲一轮。与此同时，还讲过与现代文学研究相关的十几种课程，大都是选修课，也有硕士生、博士生的课程，包括：现当代作家作品专题、现代文学批评史、现实主义思潮研究、现代文学与外国文学思潮、"文革"文学史研究、现当代文学学科概要、文论精读等。但讲得最多的还是现代文学基础课。我还作为这门课的主持人之一，

---

① 《温儒敏讲现代文学名篇》，温儒敏著，商务印书馆 2022 年版。

于 2005 年获得"国家级精品课"的褒奖。"超星"也曾录制过我的授课。2011 年我从北大退休，被山东大学聘为"文科一级教授"，继续在山大文学院讲授现代文学课程。从 1981 年到现在，我讲现代文学课已经近 40 年。

我口才不太好，讲课一般都要有提纲或讲稿。虽然现代文学课已讲过多轮，但每次上课还得认真准备。我是南方人，有些字音容易读错，要查字典标注。要根据学生的情况调整讲课内容，若有自己新的研究心得，或者参照了他人新的研究成果，都会适当融合进去。因此讲稿就不断改动，几十年下来，积累了厚厚的一摞讲稿，很难说有哪一份是定稿。几年前，有朋友劝我把讲稿整理出版，但讲课和写文章还是不太一样的，整理成文的工作量很大，始终没有去做。这次新冠病毒疫情汹涌袭来，有几个月"宅"在家里，有了一些完整的时间，才又想起这项工作。原想主要就是内容删节，文字上顺一顺，但做起来就不是这样简单了，许多部分几乎重写。一做就是四五个月，确实也花了很大力气。

北大的现代文学基础课原来讲两学期，后来改为一学期，一般安排三十多次课。这次整理没有照单全收，只是节录其中一部分，即重点作家作品的评析部分，大约占原讲课内容的一半。有关文学史的叙述，包括思潮、流派、文体，以及一般作家的评述，则基本上不收。这本书说是"讲现代文学"，其实淡化了文学史线索，重点是著名作家及其代表作的鉴赏分析。

这样来节录也是有考虑的。钱理群、吴福辉与我合作编撰有《中国现代文学三十年》，那是比较全面的现代文学史，已经出版 30 多年，有 3 次修订 50 多次印刷，不少大学都采用为教科书。其实我多年讲课也并不全按照《三十年》，凡是《三十年》中已经有的，我就少讲，指示学生自己去读。我的课还是偏重作家作品分析。所以本书和《三十年》并不重复，还可以互为补充，供修习现代文学课的大学师生参考。

全书共选现代著名作家 26 家，涉及代表性作品 40 多篇（部）。所节录部分基本上保持原有讲课的内容与讲授风格，但也做了许多修改和补充。每一讲集中分析一位作家的创作。鲁迅成就比较大，原来讲课也用较多的课时，本书特别安排了 5 讲。其中有关《朝花夕拾》一讲，直接采用了最近我为人民文学出版社新出单行本所写"导读"，是面对高中生的，特别加以说明。冰心、朱自清等几课以前不是文学史学习的重点，这次整理书稿考虑他们特别受到中学语文教材的"青睐"，就各列一讲，几乎是新写的。还有些比较重要的作家，如田汉、丁西林、叶圣陶、李劼人、夏衍、何其芳、林庚、卞之琳、张恨水、孙犁等，本书没有专列章节论述，有遗珠之憾，但限于本书节录的体例，也只好如此。

这本根据基础课节录的书，是现代文学欣赏和研究的"入门"书，讲的多是相对稳定的基本内容，是那些已经沉淀下来、学术界有大致共识的文学史知识，以及对代表性作家作品的评价，同时也融入了自己的或者学术界新的研究成果。希望读者读过这本书，对现代文学主要的作家作品有较深入的了解，对现代文学的轮廓有一个"史"的印象。

这本书可以提供给大学中文系的师生阅读参考，也适合社会上关心和喜欢文学的读者阅读。我看现在在网上还有许多读者和听众在点播"超星"录制的我的讲课，如果他们有兴趣看这本节录整理的书，会发现内容变化不小，更加注意显示作品分析的"方法性知识"，也更集中，让读者找到"干货"。

本书专业性较强，但尽可能深入浅出，对于中小学语文老师以及喜欢文学的中学生，也是适合的。书中论述的名篇，几乎覆盖了中小学语文统编教材所有现代文的课文选目。不一定要把这本书的内容"移植"到中学语文课上，中学语文的教学内容目标和大学不一样，但在某些方面（比如多读书，思维训练，以及"方法性知识"的传授）又是可以衔接的。我在整理讲稿时有意把中小学师生当作其中一部分"拟想读者"，希望这本书对他们有些帮助。几年前我写过一篇文章《我讲现代文学基础课》，其中一部分专门论及大学低年级的课程如何与中学课程衔接。把有关的几段话转录于此吧：

拿语文课来说，多数中学现在还是采用那种处处面对考试的很死板的教学方式，大量标准化的习题把学生弄得趣味索然。这种方式培养的学生很会考试也很重视分数，但思路较狭窄僵化。比如接触一篇作品，习惯的就是摆开架势，追求思想主题"通过什么反映了什么"之类，而且很迷信标准答案。所谓艺术分析，也多停留于篇章修辞分类的层面，很琐碎，缺少个性化的体验与整体感悟。……中学语文教学的目标和大学中文系教学是不同的，中学要面对高考，对中学语文教学中存在的问题应有"同情理解"，又有所超越与省思；上了大学就要有一种自觉，摆脱过去那种"应试式"学习习惯，转向个性化的、富于创新意识的研究性学习。我上基础课一开始就注意帮助学生实现这种"转化"，把这种"转化"贯穿整个课程。

"转化"的措施之一，就是把文学感受与分析能力的培养放到重要位置。首先是读书。现在学生的阅读面与阅读量普遍都少得可怜，相当多的学生在中学时期没有完整读过几本名著，他们大量读的就是教材与教辅。基础课就必须来补救，承担引导阅读、培养阅读兴趣的任务。特别是文学课，主要依赖阅读，不读作品怎么讲？作业主要就是布置读作品。给学生开课之前，我会为学生开一份"最低限量必读书目"，其中大部分是作品，少量是研究论作。……让学生顺藤摸瓜，自己去找书来读。教学中注意结合学生阅读印象和问题来分析作品，处处强调发掘与培育对文学的想象力、感受力和分析评判能力。

我们大学老师对中学情况可能不太了解。讲基础课恐怕还是要多少了解这些应试教育环境中出来的学生的思维习惯与爱好、想法。怎样将中学课程与大学的基础课衔接起来，把学生被"应试式"教育败坏了的胃口调试过来，是个难题，但大有文章可做。关键是重新激发学习兴趣，尊重学生的学习主动性，包括他们的想象力与感悟力，鼓励不断拓展思路，开阔视野。

以上引用旧文较多，有"炒冷饭"之嫌，对不起。只是想说明，这些年我在本专业研究之余，还用较多精力参与中小学语文教育的研究，担任全国中小学语文统编教材总主编，这个角色也提醒我在整理这份讲稿时，多想想如果中小学语文老师读此书能得到什么帮助，想想如果中学生读这本书，可能有哪些获益。我是有这份心，至于是否做到了，做好了，那还得听读者的意见。

2020 年 7 月 28 日写，8 月 28 日改定

二辑

文学理论、比较文学与文学教育

《中西比较文学论集》^① 前言

> 只有把中国文学和欧美文学这两种伟大的文学结合起来理解和思考的时候，我们才能充分面对文学的重大理论性问题。

这本集子收有台湾省、香港地区和海外学者写的有关中西比较文学研究的论文 22 篇。

比较文学作为一门学科，已经有上百年的历史了，但中西比较文学的研究，却是近十多年来才真正兴起，并引起比较文学界普遍重视的事情。虽然早在 1548 年，里斯本就出版过一本谈中西文化交流的书，但那只在个别地方涉及了中国文学，谈不上比较。后来又陆续出现过诸如探讨中国庭院设计对西方庭院艺术影响这一类的著述，与文学关系也并不大。到了明清之际，西方一些传教士如意大利人利玛窦（Matto Ricci）等，

---

① 《中西比较文学论集》，是第一本系统介绍海外关于中西比较文学研究论著的文集，温儒敏编。该书 1982 年就已经编好，到 1988 年才由北京大学出版社出版。前言曾发表于香港《文汇报》（1982 年）。

以比附经书的手段传播教义，尔后又有法国人于连（S.Julian）等做"移中就西"的翻译工作，"汉学"开始出现，但这些都并非纯粹的文学研究。到了近代，西方对中国文学的研究才有所重视，但也仍是作为庞杂的"汉学"研究的一个附属部分，并未独立出来成为专门的学科。尽管比较文学在欧美有了长足的发展，但由于"欧洲中心论"的偏狭观念顽固地禁锢着多数西方学者的头脑，所以不只是那种局限于对欧洲各国之间文学影响做研究的法国学派，就连热衷于世界性文学现象研究的美国学派，长期以来也只是满足于在欧美圈子里打转，很少有人把目光转向东方或中国，当然也很难见到所谓中西比较文学研究了。

我们也不会忘记，从 20 世纪末以来，就有一些眼界开阔的中国学者，尝试用比较文学的方法考察中西文学现象，如鲁迅、茅盾、吴宓、陈铨、朱光潜、梁宗岱，一直到钱锺书、范存忠等，都发表过一些属于中西文学比较研究的富于开拓性的论著（新中国成立以来的一些重要的比较文学的论著，曾由我与张隆溪选编成《比较文学论文集》出版），但因为比较文学在我国一直未能取得作为一门专门学科的地位，这些论著在发表的当时还没有引起应有的重视。且这些研究成果大都没有翻译成外文，并不为国际上的比较文学界所知。所以从世界范围来看，比较文学家们对中西比较的课题一直都是很少关注的。这种现象一直到 60 年代初，都似乎并没有多大的改变。虽然欧美一些大学已经开设了中文课程，许多学者开始选中国文学作专题研究，甚至作过某些中西文学类同性比较，但大多数仍是以西方文学观点去衡量中国文学的"移中就西"式的作品。

不过，这些工作毕竟是有意义的，它使越来越多的西方比较文学家大开眼界，对中国文学这一迷人的领域表示向往，感到再也不能对她漠然无视了。1965 年，美国最著名的比较文学家韦勒克（Wellek）就认为，比较文学的最终理想，是"比较研究所有的文学，包括最远的东方文学"。1966 年法国的艾登保（Etiembie Rene）更是宣称整个比较文学都要转向东方，并希望将中文作为比较文学的国际语文。最近先后来北大讲学的美国哈佛大学比较文学系前主任哈利·列文（Harry Levin）和主任纪延（G.Guillen），都对比较文学领域如何扩展中国文学的研究，表示很感兴趣。纪延教授曾经说过："只有当世界把中国和欧美这两种伟大的文学结合起来理解和思考的时候，我们才能充分面对文学的重大理论性问题。"值得注意的是，在近几年召开的国际性比较文学学术会议上，中西比较研究的论题也开始占有相当的比重。看来西方有许多权威的比较文学家越来越被中国文学所吸引，可惜他们多数都不谙中文，无法深入堂奥，往往只能望洋兴叹，发表些感慨呼吁。

近十多年来，一些港台和海外华人学者（当然也还有为数不多的欧美和日本学者）大力提倡中西比较文学研究，他们在这方面所做出的成绩是很引人注目的。

台湾从 1966 年开始，在一些大学开设了比较文学课程，继而设立了博士班，创办了《淡江评论》（英文）等侧重比较文学的学术杂志。1973 年 6 月，成立台湾比较文学学会，并以《中外文学》（创刊于 1972 年）作为会刊，发表比较文学的论文。迄今该学会已经召开过 8 次学术讨论会议，举办过 4 次国际比较文学会议。香港大学更早一些，从 1964 年起就开设了比较文学系科，办了专门的研究班。后来连偏重中文的香港中文大学，也于 1978 年成立了比较文学与翻译中心，并出版《译丛》（英文）杂志。同年，又成立了香港比较文学学会。港台的大学经常邀请西方学者讲学，聘请欧美的比较文学家当客座教授，还先后举办过多次国际性的比较文学学术会议，并且自己也逐渐培养出一批研究力量。从事这种研究的港台和海外学者，大部分都是曾留学欧美，或者原来是专攻西洋文学的，这些人年岁一般不大，是所谓学术界的"少壮派"。一开始，他们有些人也有过"移中就西"的偏向。有的文章不考虑"可比性"，而随意拿一两个中西作家作品做一番类比，停留于肤浅地寻找两个不同作品相似点的"共相研究"。还有的把西方文学现象作为共同的现成的"模子"，轻易地用来套中国文学。如在中国古典诗（如李贺的诗）中寻找西方文艺复兴后出现的"巴洛克"形态，这当然有点生拉硬扯，不可能真对文学现象做出深入的研究，所以难怪一些"国学"底子比较厚的前辈学者，曾对这一学科的可行性持怀疑态度，甚至加以批评指斥。学术上的砥砺总是有好处的，这起码可以促使一些热心而不够扎实的比较学者，变得更认真谨慎一些。

然而也有许多学者比较冷静。

1975 年 8 月在台湾举行的第二届国际比较文学会议上，美国学者叶维廉提交了一篇《东西比较文学中模子的应用》的论文，就认为中西的文学思维方式有很大不同，不能简单地寻求一个共同的"模子"，必须充分了解各自不同点，因为这不同点往往更能反映不同文化背景下的文学特征。香港学者袁鹤翔更明确反对那种为比较而比较的研究方法，他认为只有审慎地找到中西文学的"可比性"，才有比的意义。比较不能只求"类同"研究，也要对因环境、时代、民族习惯、种族文化等因素引起的不同文学思维和表达方式做研究。经过实践和讨论，港台和海外许多学者有一个比较一致的看法，认为比较研究是有利于开阔视野、增进中西文学的互相了解并加深对各自的了解的。西方比较文学界长期忽视中国文学潜在的价值，开展中西比较文学研究可以纠正这种缺失。

他们又看到，中国文学博大丰富，亟待整理并作整体性的重估。而这不能只依赖传统的考据等方法，必须以现代的眼光，结合传统治学精神而采取现代多学科方法，去重加界定或阐释，从世界文学的脉络里，用现代的方法理论去重点研究中国文学，找出特具"民族性"的东西加以发扬，并反过来又以这种研究的结果去验证、调整现代各种方法理论，从而充实、丰富世界文学。他们把这看作是中西比较文学研究的特色和方向，并力图在这一点上建立起比较文学的"中国学派"。

为了实现这一目标，这十多年来，港台和海外学者惨淡经营，做了许多切实的工作。他们先是翻译介绍各种比较文学理论。如早期法国学派梵提根（P.van Tieghem）的《比较文学论》、韦勒克与华伦（Warren Austin）的《文学论》、亨利·吉韦德（Henry Gifford）的《比较文学》，其中译本都在台湾重新出版。《淡江评论》等刊物也经常直接用英文发表西方新的比较文学论文。他们还很注重学术资料交流等基本建设。在香港任教的美国学者李达三（John J.Deeney）专门为中国学者编了一本《比较文学书目选注》，列有中外书目 3500 多项，对主要的书目加以简要的内容说明，其中包括 480 项有关东西文学关系的论著。另外，还有一些港台学者编纂出版了比较文学各种专题分类书目索引（如翻译理论、诗歌比较研究等）和比较文学小辞典之类书籍，给研究者很大方便。李达三还写了一本《比较文学研究之新方向》（原用英文写成，后有中译本）全面介绍了世界主要国家比较文学发展概况，各学派的不同倾向、特点，以及比较文学的一些基本观念、基本方法等，是一本比较普及的有价值的入门书。

此外，他们还下很大功夫去介绍西方流行的各种文学批评理论与方法。如叔本华、尼采、弗洛伊德、荣格、弗洛姆、铃木大拙、萨特等的著作，以及西方新近出版的一些文艺批评论著，都系统地出版过。有些学者还直接用西方各种批评方法，对中国文学作多种角度评论的尝试。如侯健的《三宝太监西洋记通俗演义》、缪文杰的《试用原始类型的文学批评方法论唐边塞诗》、黄美序的《〈红楼梦〉的世界性神话》等文，就用神话原型方法解释作品，探究创作过程中作者的下意识活动，全面考察创作心理。颜元叔的《薛仁贵与薛丁山》、侯健的《〈野叟曝言〉的变态心理》、吕兴昌的《〈水浒传〉初探——从性与权力的观点论宋江》等文，就试图使用心理学批评方法，对作品人物形象和心理描写作深层分析。

周英雄的《懵教官与李尔王》、张汉良的《"杨林"故事系列分析》等文，则用结构主义、符号学等方法，对作品的母题、形象、情节等作宏观的系列分析。美国学者杨牧的《说鸟》、黄庆萱的《〈西游记〉的象征世界》、颜元叔的《〈白蛇传〉与〈蕾米亚〉》、新加坡学者王润华的《深一层看潜伏在〈围城〉里的象征》等文，则大胆尝试了象征批评方法，努力追溯作品的各种经验意象及其相关的象征含义。还有的将现代语言科学和美学结合分析作品，如叶维廉的《中国古典诗与英美现代诗》，梅祖麟、高友工的《分析杜甫的〈秋兴〉》；在后一篇文章中，对中国诗歌的语法、用字、意象甚至音素都进行了细致的分析。这种分析给人以一种烦琐的印象，连读者甚至原作者恐怕都不会察觉到如此微妙的地步，但如此注重对作品本身各基本构成元素相互关系的考察，也是结构主义批评方法的一个特色。

另外，还有的用西方各种戏剧理论去评价作品，如张汉良的《关汉卿的〈窦娥冤〉：一个通俗剧》、古添洪的《悲剧：感天动地窦娥冤》、张炳祥的《〈窦娥冤〉是悲剧论》、姚一韦的《元杂剧中悲剧观初探》、陈祖文的《〈汉姆莱特〉和〈蝴蝶梦〉》、古添洪的《喜剧：杨氏女杀狗劝夫》、陈炳良的《〈离骚〉的悲剧主题》等。这里还要特别提到近年出现的一些专著，如郑树森的《文学理论与比较文学》、周英雄的《结构主义与中国文学》、张汉良的《读者反应理论》、王建元的《雄浑观念：东西美学立场的比较》等，比较集中地介绍了西方最新的一些文学理论，包括结构主义、现象学、符号学、接受美学、诠释学等，并试图考察这些理论能否适于中国文学研究，有的力图以这些理论作为途径，去探求跨文化跨国度的文学现象之间可能存在的共同文学规律或美学据点。

上面所列举的各种论著大都带尝试性质，有的难免牵强附会，但也多少说明文学创作作为一种复杂的精神现象，是可以从多种角度去探究分析的，无须乎只局限于某一种传统的批评方法。这些尝试无论成功还是失败，毕竟可以帮助人们进一步了解西方文艺批评理论方法，这对于开展比较文学研究来说，是初步的必要的工作。

港台和海外学者从事中西比较文学研究，其途径大体上也可以按西方一般比较学者的习惯，分为本科范围和非本科范围。本科范围主要包括以下几个方面：

一是影响研究。着重考察不同国家的作家或作品之间关系或渊源，这类论著很多。如翱翱（张振翱）的《抒情诗的近代传统》，探讨中国现代诗发展，论及胡适、冯至、闻一多、何其芳等人诗作所受外来影响。美国学者夏志清的《新小说的提倡者：严复与梁启超》，追溯了英国和日本的政治小说对中国晚清政治小说的直接影响。于漪的《浅论中西戏剧传统之交融》，对 18 世纪以来中西戏剧传统交流作了全面的鸟瞰，考察彼此互益互长的过程，提供了较多背景材料。钟玲的《寒山诗的流传》，探讨了唐代寒山子的作品在 20 世纪美国风行的种种原因。新近出的捷克斯洛伐克著名的中国文学专家高利克（Marian Galik）写的《中国现代文学批评的产生》〔*The Genesis of Modern Chinese Literary Criticism*（1917—1930）〕一书，是海外比较系统研究我国早期新文学批评的专著，其特色之一便是尽力在世界文学的背景中来评价中国文学批评，特别注意那些已成为批评系统中稳定组成部分的外国影响。此外，如韩国学者金奎泰的《中国文学对韩国文学的影响》、覃子豪的《论象征诗与中国新诗》、梁容若的《中国文化东渐研究》、徐一云的《美国现代诗的东方情调》、郑树森的《俳句、中国诗与庞德》、卢元骏的《我国俗文学与印度文学之关系》、刘绍铭的《曹禺论》等，都是影响研究的论著。我国近代以来文学受外国影响很大，所以港台和海外学者把影响研究作为近现代文学史研究的一个重要方面。编者选译了澳大利亚汉学家麦克杜戈尔的专著《介绍到现代中国的西方文学理论》中的一章：《中国新文学运动和"先锋派"文学理论》，其所涉及的论题和许多材料，也许会引起我国现代文学史家的兴趣。上述文章中有一些不属于中西比较，而是中国与东方各国文学（如印度、日本、朝鲜等东南亚国家）的比较，这也理所当然受到港台和海外学者的重视。如法国学者沙梦（G.Salmon）编著的《文学的移居：传统小说在亚洲》一书，收有德、苏、中、澳大利亚、日、泰、柬等国家学者的论文 17 篇，较全面地介绍了中国传统小说在东亚、北亚及东南亚各国传播和接受的情况，提供了丰富的研究资料，在东方文学比较研究方面做了一些深入的探讨，使人们看到东方文学的比较研究，确实有广阔的天地。还有的学者注意到虽然东方各国文学有很多共同点，但又各有特色，比较文学研究的任务之一就是考察这些国别文学的汇通与歧异，以更清楚地认识东方各国文学的特质。叶维廉在他的近作《跨越中国风格：东方国家共有诠释体制里同中之辨异》中，就呼吁用比较的眼光全面开展东方诗学的研究。

二是与影响研究有关的翻译问题研究。这种文章不多，周兆祥的《汉译哈姆雷特研究》和《莎剧翻译是怎么一回事》有代表性。在后一文中，作者以许多莎士比亚剧作的中译本为例子，说明人类传意过程以及翻译的本质和限制，进而解释为什么莎剧饮誉西方几百年，而搬上中国舞台却困难重重，不易受到欢迎。看来，结合翻译理论的探讨去考察近现代中国文学翻译史，是一个很有意义的题目，也是开展中西比较文学研究的迫切需要，可惜这方面的系统论著还不多。值得一提的是前年美国出版了一本题为《远方的声音》（Voice From Afar）的书，作者是美国学者艾琳·埃伯（Irene Eber），此书重点考察了中国对被压迫民族文学的翻译工作，涉及的面比较宽，材料也甚为丰富。

三是类型学研究。所谓类型，或指文学样式，如史诗、悲剧、长篇小说等，或指文学思潮、技巧及各种文学现象，如现实主义、象征手法、作品结构等。通过考察某种文学类型在不同的文学体系中的表现，加深对彼此文学特色的了解。如叶维廉的《中英山水美感意识的形成》，比较了两国文学体现在山水美感意识上的差异。张汉良的《关汉卿的〈窦娥冤〉：一个通俗剧》，则分析了中西方不同的悲剧美学观念及处理方法，从而也否定了那种把《窦娥冤》视为悲剧的看法。对此，港台海外学者有种种不同的意见。浦安迪的《谈中国长篇小说的结构问题》，用结构主义方法比较了中西长篇小说不同的体制，认为中国古典长篇小说的模型基于传统的哲学上的五行观念，呈现"二元补衬""多项周旋"等基本样式。

四是主题学研究。这方面的研究成果也比较多。很多论文采取平行比较方法，考察了没有关系的两种体系文学，作品中也常有某些类似主题或"母题"，而这类似主题或"母题"的处理方式又呈现种种异同现象。如前文提到的颜元叔的《薛仁贵与薛丁山》，就用心理分析方法分析了这些民间故事和小说中关于父子冲突的潜在主题，认为与西方文学中经常描写的"俄狄浦斯情结"（杀父娶母）的主题，有相通之处。不过由于中西方文化道德传统不同，呈现迥然不同的表现方式。华谷月

（胡菊人）的《人生八苦，等待唯空》，则从西方著名的荒诞派戏剧《等待戈多》中，发现了类似我国佛家和道家出世思想的主题。陈鹏翔的《中西文学里的火神研究》、乐蘅军的《中西神话中悲剧英雄的造像》，也发现中国文学和神话中出现过与西方普罗米修斯近似的形象和主题。我们不敢完全苟同有些论文的具体结论，但这些探索对于开拓文学研究领域，加深对文学特色的了解，是有好处的。另外，有些海外学者建议对中国古代文学作"拟主题"研究，即从大量作品中综合出一些基本的主题（李达三在他的《文学与思想史》中初步列举了28项基本主题，如仁、命、道、人欲、情、爱、气等），这也是一种服务于主题学研究的工作。

五是文学理论和文学批评的研究，这也可以划入类型学研究范畴。港台和海外学者非常重视这一方面，取得的成果也比较突出。他们一般不再是简单地拿西方文学理论去要求中国文学理论，而是在比较中发现彼此特色和长短。古添洪的《中国文学批评中的评价标准》，将中国传统的文学批评标准置于赫尔希（Eric D.Hirsch）的评价形态分类中去考察，以窥中国传统批评的特色和利弊。有趣的是，美国评论家唐纳德·A.吉布斯也写过一篇类似的文章，将中国孔子以来有代表性的批评观，与美国当代批评家阿布拉姆斯的所谓艺术四要素进行比较。陈慧桦的《文学创作与神思》从比较中认为，中国古代文论所常说的"神思"，并不等于西方人所说的"想象"，前者飘忽不定而包含统摄主客体，后者则往往作为联系主客体的媒介；前者多从美学角度来描绘"神思"，后者则比较全面然而又容易机械地看待创作文思活动，两者各有特点。王润华的《亚里士多德与中国小说家的"解脱说"之比较研究》是进行类同比较的，然而发现所论两者无论出发点还是结论上都有许多不同，从而说明中西不同文化背景所形成的对文学功能的传统认识上的差异。港台和海外学者对中国古典文论的比较研究，的确做了很多工作，有的还写出了专著。

如香港青年学者黄维樑的《中国诗学纵横论》(本书收有其中《诗话词话和印象式批评》一篇的摘要《诗话词话中摘句为评的手法》)，是一本不无见地的书。书中对诗学史上各种重要的基本概念、术语和批评手法，作了"纵"的历史透视，又将中西方在同一问题上的不同观念或批评方法，作了"横"的比较，从而认为中国诗话词话多是"摘句式""印象式"的批评，需要对诸如"风韵""风骨""情致"等种种含糊不清的概念加以大刀阔斧的整理，用现代比较通行的一些概念来概括、代替，才能走出文学迷宫，一窥中国诗学的殿堂。传统的文学批评有浓厚的禅宗色彩，欠缺明义，研究古典文学，不能拘泥于旧法，而要尽可能接纳现代批评方法。他的某些具体观点，大概难免粗率欠妥，但无疑富于挑战性。叶维廉的《从比较的方法论中国诗的视境》，则不光从理论上，而且从创作实践的层次上详细论证了，中国古典诗的独特表现形态是由文言语法的表达方法和传统的美学感受性等多种因素造成的，与西方诗的表现形态大不相同。刘若愚在他的《中国人的文学理论》一书中，也撷取中国各种传统的文学批评观念与西方批评传统作比较，企图显示何种批评观念具有普遍性，何种观念仅限于某种文化传统，何种规律为所有文学所共有，何种特色仅限于某种语文写作的文学，或仅限于某种文化背景下的作品。这种研究，无疑也有助于对中西文学作更全面的了解。

第二大类是非本科范围研究，主要考察文学本身之外的其他关系，如文学与自然科学的关系、文学与社会科学的关系、文学与其他艺术部类的关系等。随着自然科学的发展，它对文学创作产生的影响越来越大。如科学幻想作品、某些推理小说等，其内容乃至形式都与自然科学直接有关，有人在着手研究。而某些自然科学成果已经直接用于文学研究本身，如有些人用电子计算机研究《红楼梦》，企图通过对作品中词汇、句式等作综合统计分析，以确定该书后四十回到底出自何人之手。还有人通过计算分析诗歌中大量反复出现的词句、意象，以测定诗人的风格等。如美国学者华生（Burton Watson）的《中国抒情诗歌》（Chinese Lyricism）一书就用数学分析方法对《唐诗三百首》抽样分析，得出八类意象，然后再与英诗比较。这些都已经引起中西比较文学学者的注意。

社会科学和文学有更密切的关系。如有一种"读者学"，又有人称"接受美学"，专门研究一定时期的某种社会风气、大众兴趣、出版事业等对创作的影响。又如，有人运用心理学、民俗学、人类学等成果，考察所谓传统民族心理或"集体潜意识"如何左右创作过程。特别是运用弗洛伊德精神分析学说，研究某个作家艺术气质的形成及其在创作中的体现，是"热门"的方法。这些尝试，在前文已有所介绍，可略见一斑。

更卓有成果的，是对于文学如何受制于哲学、神学、社会心理及政治思潮等的研究。许多学者从多种社会科学的角度出发，来比较中西文学传统，发现西方是以希腊、罗马、希伯来及基督教一脉相承的文化，而中国是以儒、道、佛为文化背景，这决定了不同的文学和善美传统观念。叶维廉的《中国古典诗和英美诗中山水美感意识的演变》和《无言独化：道家美学论要》就是这种研究成果。在后一篇文章里，他指出道家哲学如何影响渗透中国民族心理，从而又在某种程度上决定了传统美学观念，认为中国这种传统美学观念，大体上是要以自然现象未受理念歪曲的涌现方式去接受、感应和表现自然，所谓求自然得天趣，一直是中国文学艺术的最高美学理想；并和现代西方有代表性的象征主义美学观念作比较，认为两者基本观念上有很大不同，进而分析这是由不同的文化背景、社会心理乃至语言特点所造成的。这种研究用的方法融会了多种学科，力图向"科际整合式"方向进展，很"放"得开，确能予人理论上的启发。

至于文学与别的艺术部类的关系，也进入比较学者的研究视野。如陆润棠的《从电影手法角度分析王维的自然诗》，重点分析了王诗中浓烈的视觉和空间感觉，注意到诗人在作品中对时空交错的敏感性，不但加深了对王诗艺术特色的了解，而且也涉及诗与电影这两种不同艺术形式在如何掌握世界方面的某些共同性问题。温任平的《电影技巧在中国现代诗里的运用》，也考察了电影中蒙太奇等方法是如何被某些现代诗人所接受的。还有的文章探索了绘画等造型艺术与现代文学发展的关系。

当然，所谓本科范围和非本科范围，只是就比较研究的大致途径而言，而在实际中，几种途径或方法完全可能互相交错或同时进行，所以上面列举的许多论文也往往只是取其某一个侧面，以说明港台和海外学者研究的重点和方法。

热心于开拓中西比较文学的港台和海外学者，已经做出了初步而可观的成绩，自然他们也有教训，有困扰，他们仍在努力探索。了解他们这一切，借鉴和吸取他们的经验，是有利于促进我们开展比较文学研究的。为此，我们编选了这本中西比较文学论集，供国内研究者和文学爱好者参考。因为资料的限制，有一些比较好的论文未能入编。但总的来说，这本文集已能大致体现港台海外学者在中西比较文学方面的研究成果与水平了。

此文集编选过程中，曾获美国圣地亚哥大学叶维廉教授、香港大学黄德玮先生、香港中文大学李达三先生和周英雄先生以及黄维樑先生的热情赞助，北京大学乐黛云副教授和张隆溪同志鼎力支持，特此致谢。

1982 年 7 月 31 日

《比较文学论文集》^① 编者序

这是80年代初编选的比较文学论文集，从
中可窥见我国比较文学研究起步时期的路径和
实绩。

为了推进我国的比较文学研究，检阅一下这方面已经取得
的成果是必要的。出于这种考虑，我们编选了这本《比较文学
论文集》。

这个集子共收18篇论文，大都选自新中国成立后特别是
近年来各报刊上发表的有关文章或著作，也有几篇是未经发表
的。我们想把用不同比较方法、涉及不同比较范围的各类文章
都选一些。所选的这些文章都有一定的代表性，大致可以从中
窥见我国比较文学研究的路径和实绩。

全书分三部分。

---

① 《比较文学论文集》，张龙溪、温儒敏1982年编选，北京大学出版社1984
年版。是国内最早出版的比较文学论文集之一。所选文章大都直接征求过作者（钱
锺书、季羡林、王元化、林林、杨周翰，等等）意见。序言由温儒敏撰写。

第一部分有 7 篇文章，主要是平行研究的论文。

钱锺书的 3 篇具有典范的作用。在《读〈拉奥孔〉》中，他把注意力集中在文类研究上，考察了绘画或造型艺术和诗歌或文字艺术功能上的区别，发现中国古代文论画论中，有许多与西方美学家论说相同或相异的精湛见解。《通感》则运用美学、心理学和语言学的知识，说明了文学创作中"感觉挪移"的现象，并广泛介绍了中外古今的作家、批评家对这一现象多种不同角度的解释。《诗可以怨》列举了许多作家诗人的经验之谈，指出痛苦比欢愉更能促进成功的创作，从而提出诗学和文艺心理学中一个根本的问题。

王元化的《刘勰的譬喻说与歌德的意蕴说》选自他的专著《文心雕龙创作论》，这本书的特色是将外国文学批评理论方法与中国古典文论作比较和考辨。

杨绛的《李渔论戏剧结构》，比较分析了李渔和亚里士多德的戏剧理论，认为两者表面上有许多相似之处，但实质上不同，与其说我国传统戏剧结构符合亚里士多德所谓"戏剧"结构，不如说更接近亚氏的所谓"史诗"结构。这就使得人们对中国传统戏剧特征有更深的了解。

佐临的《梅兰芳、斯坦尼拉夫斯基、布莱希特戏剧观比较》则论及了三位戏剧大师理论上的共同点和根本区别，进而考察了布莱希特之所以倾倒于梅兰芳艺术的原因。

林林的《中日的自然诗观》从作品分析中发现中国和日本诗人对自然风物感受及表达方式有许多传统性的共同点，这与欧美的自然诗观是迥异其趣的。

这部分平行比较的文章大都侧重于文学、美学理论问题，所进行比较的各方一般并没有渊源或影响等直接联系，但其可比性就在于从相同或相异之处能寻出中外相通、带有普遍意义的艺术规律或艺术方法。这些文章所论及的问题有大有小，但都是企图从世界文学的范围宏观地考察文学现象，这就超出于一般的作家作品类比，从更高更广的角度来作科学的探索。从这些文章不难看出，比较方法的运用，的确能开扩文学研究的视野和胸襟。

第二部分的 8 篇文章主要是作影响研究的论文。

范存忠的《〈赵氏孤儿〉杂剧在启蒙时期的英国》，是人所熟悉的论题，作者掌握了大量材料，重新考订了《赵》剧是怎样传入英国，在那里怎样上演，以及产生什么效果和影响的，这无疑是中英文学关系史上的一个重要章节。

杨周翰的《弥尔顿〈失乐园〉中的加帆车》并非局限于评述，一个作品中一个有趣的细节，而是引发开去，指出文艺复兴以来欧洲许多作家普遍追求古今西东知识这一现象，进而论及广博学问知识在 17、18 世纪一批英国作家的创作中所起的机能作用。这篇文章既是比较文学中所谓的本科范围研究（它论及了文学影响、文学时代与运动以及文学风格等问题），又涉及了非本科范围研究（它论及了文学外围如文学与社会学关系等）。

中国现代文学是在广泛容纳外国文学影响的基础上发生和发展的，许多中国现代作家作品都与国外文学思潮直接相关。因此，中国现代文学与外国文学关系理所当然进入了比较学者的视野。

乐黛云的《尼采与中国现代文学》、盛宁的《爱伦·波与中国现代文学》以及王富仁的《鲁迅前期小说与安特莱夫》，分别就一些曾在现代中国文坛产生大的影响，但多年来人们不能正视的、复杂的西方作家作了论述，认真考察了他们在中国的影响如何受制于中国的时代和社会特点，以及这些影响的积极面和消极面。近年来，这些文章较多，值得重视。

研究中外文学关系，不能只注目于中国和西方，对于东方各国间文学影响或渊源也要顾及。季羡林的《印度文学在中国》比较全面地考察了从汉代到近代印度文学如何传入中国并与中国文学互为影响的情况，所引资料极为丰富。王晓平的《〈万叶集〉对〈诗经〉的借鉴》和严绍盪的《日本古代小说的产生与中国文学的关联》，分别追溯了中日诗歌、小说的影响和交融的关系，并指出某些由地理、历史、民族等种种原因所导致的东亚文学的共同特征。比较文学的研究最终着眼点不在于国别文学，但比较的研究方法无疑可以加深对国别文学特色的认识。这一点，从本书的影响研究论文中也可以明显看到。

20世纪以来，随着人类学、心理学、神话学、语言学等学科的发展，民间文学和神话传说的比较研究日益成为重要的研究领域。本书第三部分特别选了有关神话或民间文学比较研究的3篇文章。

刘守华的《〈一千零一夜〉与中国民间故事》举出后者与前者情节结构上有惊人类似的作品11例，然后从民俗学、渊源学等角度对导致类同的种种复杂原因作出解释，同时指出形态相同的故事同中有异，各有特色，这是由各自不同社会条件和文化背景所决定的。李源的《从印度〈罗摩衍那〉到泰国的〈拉玛坚〉和傣族的〈拉戛西贺〉》，则更多考察了三者之间的渊源关系以及由各自民族心理素质所决定的史诗特色。刘守华的另一篇《民间童话之谜》探讨了一组民间童话从中国流传到欧洲，演变成为具有不同民族色彩故事的有趣的过程。

比较文学所关心的范围很广，除了上述文章涉及的方面，还有翻译研究、比较理论研究等，而本书未能广为搜求。另外，近年来国内陆续出版一些运用比较文学方法的专著，如钱锺书的《管锥编》，限于篇幅，本书也未能选用。但要全面了解比较文学研究的成果和动向，这些作品是不能忽视的。

虽然早在 30 年代就有人译介国外比较文学理论，并陆续出现一些尝试比较中西文学的著述，但真正潜心于此并卓有建树的学者毕竟很少。后来，这一学科在较长时间内未能深入发展。只是到了近几年，随着整个文化事业的发展，这门学科才又重新在文学研究领域占有一席地位，并日益引起重视。尽管我们有了一些研究成果，但总的来说，还处在尝试阶段。要发展比较文学研究，最重要的不是把大量精力投放于空洞的号召或有关名词定义的界定论争，而是要埋头苦干，拿出实际成果来。只有实际的研究成果，才足以证明比较文学在我国发展的可能性和必要性，也才能吸引更多同好诸君一起来努力，建立真正具有中国特点的比较文学学科。我们现在把已经取得的一些成果汇集于此，奉献给读者，相信大家读到这些文章会感到十分欣喜。这对于我国比较文学的发展，也许能起推动的作用。

1982 年

《寻求跨中西文化的共同文学规律》^① 前言

> 这里翻译和编选了叶维廉有关比较文学及文学理论研究的 8 篇文章，从中西比较的角度去清理"文学理论架构"中带根本性的问题。

叶维廉，美籍华裔诗人、翻译家和比较文学学者。1959 年毕业于台湾大学外文系。1963 年赴美，从事文学翻译、比较文学研究和诗歌写作。先后任教于美国加州大学圣地亚哥分校、台湾大学和香港中文大学，现任圣地亚哥分校教授、比较文学系主任、国际比较文学学会理事。1980 年以来，曾多次应邀来北京大学、中国社会科学院文学研究所作学术访问。主要专著和论文集有《现象、经验和表象》（1969）、《秩序的生长》（1971）、《现代中国文学批评选》（1976）、《中国现代作家论》（1976）、《中国古典文学比较研究》（1977）、《饮之太和》

---

① 《寻求跨中西文化的共同文学规律》是美籍华裔文学理论家、诗人叶维廉的论文集，1986 年由温儒敏和李细尧合作翻译（部分）和编选，北京大学出版社 1987 年版。

（1977）、《比较诗学》（1983）等。还出版过多本诗集以及多本中译英、英译中的译文作品。

叶维廉教授在比较文学特别是中西诗学比较方面卓有建树，其著述在海外和港台学术界很有影响。为了加强海内外学术交流，这里编选了叶维廉教授在比较文学以及文学理论研究方面的 8 篇文章，供国内比较文学和文学理论研究者参考。

所选文章的前 3 篇，主要探讨比较文学的理论和方法问题。

在《东西比较文学中模子的应用》一文中，叶维廉教授吸收了语言学家沃夫（Benjamin Lee Whorf）的"文学模子"理论，提出不同文化系统决定着不同的"美感运思及结构行为"，形成不同的所谓文学"模子"。因此，在进行不同类型文化背景的文学比较研究时，不应该用一方既定的文学"模子"，硬套到另一方文学之上。比较必须从两个"模子"同时进行，探根寻源，然后才可能进入"共相"研究。叶维廉认为，寻求跨不同文化的共同文学规律，仍然是重要的诱人的课题。只作一般的表层的类比，是不可能获得实质性的成果的，重要的是要找到不同体系文学"汇通"的"据点"。

在《寻求跨中西文化的共同文学规律》中，他参照艾布拉姆斯（M.H.Abrams）的"文学理论架构"说，提出 6 个彼此互相联系的文学理论导向，即：观感运思程式的理论、由心象到艺术呈现的理论、传达与接受系统的理论、读者对象的理论、作品自主的理论，以及文化历史环境决定的理论。叶维廉认为，比较学者可以就每一个"批评异向"里的理论，去比较中西方文学的同和异，然后发掘一些来自共同"美学据点"的问题，发现东西方美学"汇通"之处，也就是所谓的共同文学规律。

《批评理论架构之再思》则进一步提出重构批评理论基础。作者认为重要的是使批评理论摆脱各种封闭的完全受制于特定社会文化的诠释圈子，获得一种更开阔的视野；而要达到这一目标，进行不同文学"模子"寻根对照比较就是重要的途径。叶维廉这3篇文章其实是互相补充的，可以作为一组来读；其核心问题是强调从中西文学比较的角度去重新构筑批评理论架构与基础，进而寻求跨不同文化的共同文学规律。本书第二组的3篇谈中西诗歌比较的文章，就是他这种理论有益的尝试。

《语法与表现：中国古典诗与英美现代美学的汇通》一文概括了中国古典诗重视让事象具体本样地直接呈现，具有多重暗示、多线发展等特点，是跟文言对于语法的超脱及词性自由有关的；而这种作为诗媒介的文言表达方式，又积淀着中国的传统生活风范与审美意识。相比之下，西方重分析演绎的思维特征，语法严谨细分的语言，就很难形成中国古典诗的那种特色。不过，文章也列举了20世纪以来英美现代诗打破传统的语法和表现方式，追求中国古典诗那种物象的独立性、视觉性及空间的玩味等特点，从而认为从中也可以看到中西诗歌"美学的汇通"。

在另一篇《中西诗歌山水美感意识的演变》文章中，叶维廉教授非常详尽地考察了中国和西方两种不同文化根源的"模子"、两种不同的哲学传统是如何分别决定着两种不同的"山水美感意识"的。《语言和真实世界》则涉及结构主义所提出的所谓"语言是一座牢房"，即语言表现的限制问题。叶维廉认为受道家美学意识影响的中国诗人，追求"以物观物""无言独化""物我通明"的境界，充分发挥语言的潜能；西方现代诗从庞德到后期现代派，一个共同的倾向就是要"重新发明语言"，以显露"指义前"的真实世界，向"减缩性的理性和人的物质化"挑战。在这一方面，中国诗学是特别显示其魅力的。

《秘响旁通》这篇文章标题采自刘勰的《文心雕龙·隐秀篇》，意思是指阅读和创作过程中出现的极其丰繁的联想审美活动。叶维廉在认真追溯刘勰《隐秀篇》与《易经》联系的同时，发现了中国传统文论深解"义生文外""得意忘言"的奥妙，并从审美规律的角度解释了诗无达诂、言不尽意以及诗语言模糊性、多义性等美学特征。

最后一篇《跨越中国风格：东方国家共有诠释体制里同中之辨异》既指出中国、朝鲜和日本文学在文化意识、语言运用及题旨母式等方面的承续性和共同性，更注意到彼此之间的差异性、衍变性。叶维廉认为东方各国文学之间的汇通与歧异的研究，也是值得比较文学家努力的重要领域。

本书所选这 8 篇文章，大致能代表叶维廉教授比较文学研究的路子。他显然对狭隘的欧洲中心主义表示不满，努力要在东西方文学，特别是中西文学比较方面寻找新的突破点。他不怎么赞成"法国学派"那样的单纯寻找事实联系的影响研究，虽然他也很注重学术研究的"可靠性"；他也似乎不太乐于接受"美国学派"那种容易导致大而无当的方法，尽管他力主不同文化背景文学的平行研究。他在努力寻找自己的立足点，那就是从中西比较的角度去清理"文学理论架构"中带根本性的一些问题，寻求共同的文学规律，同时也加深对中西文学各自特色的认识。他亟待以求的，是要改变国际比较文学界以欧洲文化为局限的狭隘眼光，让独具风采的东方文学，特别是中国文学来丰富比较文学研究的内容。叶维廉教授充分利用他精通欧美文学又熟谙中国文学的优势，确实已经取得可观的成果。叶维廉教授最近又在重点研究中国古典诗歌"传释"活动的美学特征，我们期待不久能读到叶教授更多更精到的专著。

本书所编文章大都发表在英文版 Tamkang Review（《淡江评论》）Comparative Literature Studies（《比较文学研究》）以及《中外文学》等杂志上，后收入作者各论文集。这次编选除了《批评理论架构之再思》与《跨越中国风格：东方国家共有诠释体制里同中之辨异》二文直接由未发表的英文稿译出外，其余各篇均采用已发表的中文稿。只是为了方便读者阅读，我们将各文中所引用的外文翻译成中文，并重新统一了译名。本书名系编者所加。乐黛云先生为本书编选提供了许多材料，并给予指导，谨表谢忱。

1986 年 4 月 8 日

《人的求存　人的抗争》^① 序

> 思想解放与时代变革带来蓬勃的希望与活
> 力，那时人们是那样热衷于对传统文化的反省，
> 渴求克服柔弱的国民性，向往自然强健的人生。

海明威是中国读者非常熟悉的美国作家。80 年代前期，海明威在中国几乎成为一种文学偶像。他的《老人与海》等名作被各种文学读本选载评析，他的几种传记翻译出版成了畅销书，他的"冰山"理论被评论界广为引用，不少作家在海明威风格的烛照下竞相塑造"硬汉子"形象，甚至那时大学生们谈论海明威，当作是一种文化修养标示，就如同当今许多年轻人喜欢谈论海德格尔或米兰·昆德拉一样。海明威在 80 年代的中国"走红"，这种文化现象是挺有意思的。这可能跟社会心态有关：思想解放与时代变革带来蓬勃的希望与活力，那时人们是那样热衷于对传统文化的反省，渴求克服柔弱的国民性，

---

① 《人的求存　人的抗争》，林广泽著，成都科技大学出版社 1993 年版。

向往自然强健的人生。海明威笔下的"硬汉子"形象以及超越于作品之外的海明威式的男子汉风格，就成为中国读者的某种精神寄托。这种与异域文学影响相关的文化现象是复杂的，很值得研究，可惜还很少见到有这方面的探讨。

林广泽的专著《人的求存　人的抗争》主要不是作这种影响研究，但读来很能引发上述文化现象的思考。这本书力图深入阐释海明威的本质特征及其社会、文化、心理等方面的根因，评析海明威创作的成就，不但能帮助读者全面认识这位世界级文豪的地位，很自然会启发读者去作中西文化（文学）的比较。林广泽的这项研究显然有比较开放的视野，吸收了国外某些相关论著的方法、角度和结论，但其基本框架和思维方式还是适应中国读者的，他的许多见解都带有我们所处的这个文化转型期的特点，也就是说，林广泽终究是以一位中国学者的姿态去理解和接受海明威的。我想，如果西方学者有机会读到这样一部由从未直接感受过西方文化氛围的中国学者所写的、带有中国人独特理解方式的海明威研究专著，可能也会有浓厚的兴致的。

当然，这本书的"拟想读者"恐怕主要还是中国读者，特别是那些对海明威作品已经有一些了解的文学爱好者和研究者。这本书虽然也肩负着介绍和导读海明威作品的任务，但其精到的最具学术价值的，是那些带探讨性的章节。在上篇的第一章，作者以"求存抗争"来简洁地概括海明威的精神，并指出这是海明威的"做人之本"，是他对生命、世界进行了透彻的审视之后，怀着英雄主义的悲怆而提出的对人的基本要求。在第三章，探讨了海明威求存抗争精神与西方文化传统中悲剧精神的内在联系，又指出其对 19 世纪以来西方文化传统日趋泛滥的悲观主义思潮的超越。在第四章，试图从五方面探析海明威精神的内涵，即享乐人生、行动崇拜、勇气法规、忍耐品格与死亡反叛，从而将海明威精神具体化。在第五章，指出海明威晚年性观念及性心理方面存在的矛盾及其对于创作的影响。

在下篇的第三章，评析了海明威笔下的女性形象，并对女权主义兴起后西方批评界对海明威的某些否定性批评，提出质疑。在这些章节中，林广泽既介绍了国内外的相关观点，又大胆阐发自己的见解，他的许多创造性的论评对以往的研究有所突破。林广泽对海明威精神的解读是深入的，有时还带上他自己独特的人生感受和理解。他反复强调海明威对"个体生命充盈"的追求，强调体验"人生所有"，读者不难捉摸到这位生活在四川偏僻小城的年轻学者的生命脉搏，事实上也是许许多多当代青年的脉搏：他们都是那样强烈地渴望充实人生，抗拒平庸。

海明威研究即使对西方学者也是比较复杂的课题，然而林广泽还是比较自如地解决了一些难题，并且做到自圆其说或自成一说。他比较注重对海明威现象作出社会学和文化、哲学方面的评析，但又结合了心理学的剖析；许多章节依持了传记批评，但又注意分清作家阅历与创作实际之间可能存在的差别。书中所表现的历史感也较浓重，特别是从战后西方社会心态与哲学观念的变迁去解释海明威广泛被接受的原因，从西方文学史的发展链条中去考察海明威主题风格的特色，都更鲜明凸显了海明威的历史价值与文学地位。

我还要特别提到此书最后一章也是很精彩的。作者比较分析了海明威小说的"反讽"语式与我国眼下"新写实小说"常用的"调侃"语式的区别，指出海明威那种人生抗争精神支持下的深度"反讽"给人的悲剧性艺术力量，而"新写实小说"的"调侃"却常在宣泄生活疲惫感与玩世情绪的同时，消解了健全的追求。这种看法对当代中国文学也是富于启示的。

在该书的后半部分的一些章节，特别是最后一章，表露出林广泽对艺术形式的感受与理解还是敏锐的，可惜他未能充分发挥这方面的功力。如果该书在评析海明威精神内涵及创作倾向的同时，能更细致充分地分析这些精神倾向的艺术转化过程，也许此书就更引人入胜了。

但这不妨碍此书成为一部比较全面深入的海明威研究专著。目前国内还很少有这样系统的海明威研究论作，相信此书的出版会得到学术界和文学爱好者的欢迎。

三年前，林广泽来北大中文系进修，我曾任他的指导教师。其实"指导"不了什么，他是教外国文学的，我是教中国文学的，虽然我偶尔也留心比较文学与外国文学，但谈不上有什么研究。倒是从林广泽那里学到不少东西。林广泽做学问很专注，抓准一个课题，就很投入，有一股痴劲。我很赞赏他这一点。我同他常议论，无论是中国文学，还是外国文学、比较文学，总得有自己的"根据地"，在某一具体的专题或方向有较为深入的研究，真正进入情况，在同行中取得某些发言权，如果有可能，再由此辐射开去；万万不可迷醉于玩弄新名词，或成天构筑连自己都还昏昏然的什么体系之类，也不能像做生意似的把学问看得太实际。林广泽在北大进修时已经发表过一

些关于海明威研究的短论，有很好的见解。我建议他不妨由此
入手，在全面掌握前人研究成果的基础上，进行有自己特色的
比较系统的海明威研究。当时也就只是说说而已。想不到两年
工夫，林广泽就写出这样一部有功力有见识的专著。我真为他
高兴，也很乐意把这本书推荐给读者。

　　　　　　　　1993 年 1 月 29 日于未名湖畔且竹斋

《中文学科论文写作训练》^① 导言

> 中文系不专门培养作家，但应当能培养"写家"，也就是笔杆子。中文学科是基础性的学科，学中文的适应性强，底子打厚实了，发展空间就大。

这本教材是为中文学科本科学术论文的写作训练而编写的。现在有的大学中文系本科开设写作课，有的没有开设，情况不大相同。北大中文系也没有专门的写作课。但是，无论如何，写作训练应当贯穿到中文学科的整个教学中去，这大概是中文系培养人才的一个特点吧。我常常跟北大中文系的同学说，从中文系毕业出去的人才有什么特色？就是有较高的语言文学修养和写作能力，中文系一般不专门培养作家，但应当能培养"写家"，也就是笔杆子。中文学科是基础性的学科，比

---

① 《中文学科论文写作训练》，温儒敏主编，教育部人才培养模式改革和开放试点教材。参与编写的有董学文、刘勇强、宋绍年、沈阳、陈保亚、严绍璗、吴晓东、任鹰等多位教授。导言原题为《与大学生谈论文写作》。

其他应用学科更注重文化熏陶与语言文字能力的训练，更要求综合素质的提高，所以学中文的一般适应性较强，底子打厚实了，发展的空间就大。所谓"底子"，就包括写作能力。中文系毕业生的实力往往集中体现在写作水平上。社会上对中文人才的需求，也大都非常看重是否能写一手好文章。同学们上大学拿个文凭当然重要，如果通过学习，整体素质包括写作水平有明显的提高，多了许多本事，何乐而不为？这样看来，同学们注重提高写作能力是很实际也很合理的，我们应该帮助大家逐步实现这个愿望。

写作是一种综合能力的运用，学科知识、思想发现、文字表达、逻辑思维和理论分析能力，甚至作者的人生体验与个性，等等，都要求在写作中完满地融合体现。中文系设置的所有课程，都应当是有利于提高写作能力的，而写作训练也最好能融会在平时各方面的学习中，不断地练习、体验和积累。写作学习的实践性很强，光靠上一门课，突击培训一下，就想水平上去，是不可能的；靠老师讲几条"规律"或捷径，然后照猫画虎，也不会真的就能写文章了。就像游泳，只是记住教练指点的几条要领，自己不下水去反复扑腾，哪能学会？所以我主张同学们平时多练，结合每一门课的学习来练，还可以经常写写读书札记呀，短论杂感呀，调查报告呀，甚至还有文学作品，等等，养成动笔的习惯，写作能力自然就增强了。

前面说了，写作是综合能力的体现，光讲道理不行，光是靠上课也难以奏效。所以这门课，还有这本教材，强调的还是回到实践，多从模仿训练做起。我最近做了一点调查，翻阅了多种写作教材，感觉不太满意，就是写作方法呀规律呀讲得多了，实践的引导反而不够。我看上写作课可以从实际出发，把学习的主动权交给学生，尝试"两个结合"，即将写作训练与同学们学过的专题课结合起来，并且跟本科毕业论文结合起来。也就是说，大家学习写作课，也是复习和梳理已经学过的主要课程，不过更深入一步，往写方面靠，通过写作来加深对各门课所涉及的学科领域研究状况的了解，并初步尝试做学术性的研究，掌握科研论文的一般方法和规范，最终落实到毕业论文的写作上。做好了，这就是一举两得的事。在各类文体的写作（除去创作）中，一般来说，科研论文是更需要综合能力的，这种论文能写了，其他文章也好办。所以写作课主要就定位在专业性和学术性论文的训练上，而且目标就是让大家写好毕业论文。

我们大体就是按照这个思路来编这样一本教材的。这本教材不是什么写作概论之类，理论少讲，多提供学术性写作的范文，多往研究方法、规范和一般科研写作的路上引导，并注意做到上述的"两个结合"（即和各门基础课专业课学习的梳理结合，和毕业论文写作结合）。这和以往多数写作教材的编法显然有所不同，也算是一种新的尝试吧。

一、本教材的内容特点与使用方法

大家可能注意到了，这本教材分为 8 个专题，实际上也就是汉语言文学专业所涉及的 8 个学科领域或 8 门主干课程，包括：古代文学、现当代文学、文艺学、古代汉语、现代汉语、语言学、比较文学与外国文学。每一个专题请北大一位权威的专家写一篇有关"如何写本学科论文"的"导言"，主要内容有两方面：一是简要介绍他们自己从事所属领域科研写作的心得和经验。这可能不太好写。"文章千古事，得失寸心知"，每个人的研究写作习惯和经验都可能不同，很难说哪种"写作法"就是普遍行之有效的通则。但我们可以设想这就是老师们在和同学聊天，介绍写作的体会，因此我们希望老师放开来谈，不必过多考虑是否有普遍的指导性。这样反而可能更实际，更贴近学生的需要。而不同学科领域各种不同的写作经验的集中展示，也可以让同学们见识不同的治学风格与理路，开拓学术眼界，体会做学问的尊严与甘苦。所谓"观千剑而后识器"，让同学们能同时在一本教材中领略北大中文系各个学科老师的治学写作理路，这本身就是一种学术熏陶，一种极为难得的基础训练。

不过，各个专题"导言"除了讲老师治学的体会外，主要的篇幅还是在介绍所属学科的特点、研究状况和主要的理论方法，引导学习如何发现问题，如何找题目、收集材料、形成观点，以及如何防止写作中容易出现的通病，等等。尤其是通病的分析，一般教材往往注意不够，突出这一点，其实会给大家较深的印象，有利于端正写作习惯，培养良好文风。总之，同学们学习"导言"这一部分的内容，主要应当关注老师们所提示的该学科领域研究状况，以及进入这方面做学术写作的一般理路、方法与规范。对于普通大学的学生来说，当然也应该要求多读多写，做长期的积累训练；但我们通过老师的引导，较多地从模仿范文入手，从比较规范的写作程式训练入手，可能也是必要和有效的。

出于这种考虑，教材每一个专题"导言"后面，都附有 2 ~

7篇所属学科领域的范文。这项工作是由各部分"导言"作者来主持决定的。范文的选择，考虑到学术质量、学术规范，及其在学科中的代表性，也兼顾到是否适合大学生学习模仿。虽然有名但过于专深的文章这里不一定选。以往各大学中文系本科毕业论文中比较出色又有示范性的，倒入选了一部分。这本教材编选过程中，复旦、南大、清华、武大、中山大学等校中文系的系主任和一些教授，都曾经积极推荐优秀的毕业论文，真是要好好感谢他们。是他们的支持和指导，使这本教材的选文更精粹而有代表性，有更高的质量。

同学们使用这本教材，建议先大致通读全书，这可以从科研和论文写作这个新的角度，重新梳理复习以前所学过的课程，对自己所选择的汉语言文学这个专业，获得一个整体的了解。这本身就是综合能力的培训。然后，根据你们自己的兴趣、爱好或志向，从8个专题中选择其一，作为你写作训练的重点。你的毕业论文很可能就从中生发出来。

提醒诸位的是，应当认真阅读书中所选的文章，不只是读懂内容，更是要反复领略体会各种写作的思路、结构、方法和写作技巧，甚至怎么选题立论，怎么布局谋篇，以及各家的文风个性，都能细细体味，在脑子里形成一篇篇合格论文的轮廓印象。这叫潜移默化，其实是非常重要的训练。传统的语文教育强调背诵许多范文，将各家的文采笔法烂熟于心，自然就有文章高下的感觉，有下笔的分寸。这方法需要下功夫，但确实管用。我们可能没有时间读不了那么多，但还是应当选择某一个专题的文章认真阅读体会，获得较深的印象，有了一个"论文是什么样子"的实际的感觉，然后结合读"导言"（当然也可以把前后顺序倒过来）。有些专家的"导言"对入选的范文有所评析，正好可以起到导读的作用，如果我们能把这种导读与自己的阅读体验结合，进而又和你们将要做的毕业论文的选题和写作挂起钩来，那就会大有获益。因为这本教材的编法比较活，又比较实用，可以提供更多的讲授和学习的空间，教师学生都有充分发挥的余地。

二、毕业论文的基本要求

下面，和同学们谈谈毕业论文的写作。

按照教学计划规定，大学毕业生都必须完成毕业论文。如果申请学位，根据国家学位条例实施办法的规定，也要提交论文并通过答辩。在你们整个学习的过程中，毕业论文是非常重要的环节，是一大总结，是你们几年辛苦之后的成果展示，无论如何必须高度重视，并有足够的精力投入。毕业论文应当在老师指导下，运用大学期间所学的学科知识、基础理论和基本技能，来分析解决本学科领域的某一问题。毕业论文的写作过程，是发现问题，深入地研究、分析、解决问题，并把问题解决的科学性完整地表达出来的过程。在这一过程中，学生的思考力、创造力和文字表达能力得到一次最充分的综合训练。

毕业论文有一些基本的要求。

一是要有一定的创造性。选题、立论或材料运用，多少要有一些属于你自己的东西，是通过你的思考、分析和论证的新见解，或者是讨论问题的新角度，或新发现的材料。一篇合格的论文，不能完全重复前人或他人的研究成果，毫无新意。现今学风比较浮泛，抄袭别人的文章，捉刀替笔，或从网上拼贴，这些现象屡见不鲜。我们应当坚决拒绝这些恶劣的文风。如果让虚伪的习气侵扰了我们的学习，不但学不到东西，连诚信的心灵也给玷污了，一切也就都无从讨论了。

二是要有某些学术价值。就是说，所探讨的问题对于本学科的研究是有些推进，或有些启发的，当然最好能够为人文精神的建设乃至社会的发展，起到某些促进或观照的作用。这个标准对我们来说可能高了一些，但总是我们写论文的一种追求。

三是要有一些理论性。问题的提出、分析和论证，要有抽象思维的介入，透过现象抓本质，寻找规律。要做到观点新颖，思路清晰，有理论的发挥，而不只是抄抄常识性的结论，加上几个例子，或者只是个别经验事实的简单描述，堆砌一些材料。

四是要符合学术规范。这个要求在本书的附录部分还会比较详细地说明。

创造性、学术价值、理论性和规范性这四个方面要求，如果作为标准其中会有很大的幅度，我想我们写毕业论文应当取法乎上，尽量往高标准看齐，才能学到本事；而老师给论文评定成绩，则会考虑到学员普遍的水准，适当调整标准。我记得著名的文学史家、北大教授王瑶先生曾经这样说过（大意），论文的境界有三等，最好的文章是在提出并解决某个问题时，能形成独特的概念或命题，然后被学界所普遍认可与使用，这叫"自成一说"；第二等是属于一般还算不错的文章，对所论及的问题大体能中规中矩地分析归纳，做到"自圆其说"；等而下之的文章就是抄抄贴贴，或主观随意的，有的简直就是乱说瞎说。能"自成一说"很不容易，也许暂时只是我们努力的方向，但毕业论文做到多少有点创新，同时又能自圆其说，应该还是比较实际的要求。

三、如何选题

写大学毕业论文所碰到的头一个问题，就是论文的选题。到底做什么题目为好？当你还没有进入写作状态时，可能会感到有些惘然，不安定，不知该从何下手。有些同学为此担心，耐不住就会要求老师赶快给自己出个题目，或者打听打听有哪些课题少有人做，又容易入手的，那就是它了。其实，选题过程中的犹疑甚至惘然，都是正常的，常写文章的人都可能会有，我们初试专题写作的就更不足为奇了。写学术论文是复杂艰难的思维活动，从选题、构思到完稿，大多数情形下，都会经历从迷惘到梳理清晰的途程。有时思路堵住了，真是陷入痛苦的僵局，但过一阵可能来了灵感，或者受到某些启示，或者找到了新材料，马上又豁然开朗。所谓"山重水复疑无路，柳暗花明又一村"，是常有的写作心理现象。在学术论文写作中，那种倚马可待，下笔千言，一气呵成的情况是罕见的。我们要有足够的思想和心理准备，毕业论文是个不小的工程，只有坐得住一段时间的冷板凳，通过自己艰苦的研究和不断的探索，才能完成。而整个曲折艰难的写作过程，可以锻炼我们的思维和毅力，正是提高自己综合能力的难得机会。所以论文题目最好是在老师的指导下，由学生自己来选。在北大中文系，老师一般不直接给学生命定毕业论文的题目，而是由系里提前公布不同专业的老师可以负责指导的大致选题范围，学生自己有一个酝酿的过程，有了初步的设想，再找相关的教授商量。其间会有一些调整变换，甚至完全可以跨学科，超出老师划定的范围。选题本身需要能力，是写作学习非常重要的环节，不要轻易放弃，而且急不得，酝酿的时间宁可长一点。一般毕业论文包括学位论文的评审，都有量化的指标，第一个就是考量论文的选题有无新意和学术价值。这其实也是评判学生有没有提出问题的能力，以及有无创造性思维。如果完全依靠老师来出题，是命题作文，起码对学生提出问题的能力就无从考量了。

不过老师预先划定某些比较具体的范围，甚至列出某些题目供大家参考，也是可以的。但学生最好不是一步到位，要防止一开始就把自己的脑子给框定了，还是要尽量通过自己的思考来设计题目。如此强调重视论文选题，也是要大家明白其在整个写作中的极其重要性。选题就是选择确定所要提出并研究的课题，它决定你的毕业论文的写作对象与内容，也在很大程度上决定论文的价值。能否达到前面说的创造性、学术价值和理论性等几个基本要求，选题也在起相当的作用。还有一点也很要紧，就是要注意所选题目的大小难易程度是否适合自己，个人对此有没有兴趣，如果太难了，与自己的性情能力不相适应，就可能做不下去。俗话说，做事情好的开头，是成功的一半。选对了题目，可以说写论文最关键的一步也就走过来了。

接下来就是如何选题。其实选题就是提出有学术意义，自己又有能力去解决的问题。我们平时的学习中一定碰到各种各样的问题，有许多是常识性的，或者是前人早已解决了的，只是我们一时没有弄懂就是了。这一类问题的解答不具备学术意义，不宜作为毕业论文的课题。我曾经看到过这样一些本科毕业论文，就是以平时上课或者考试中经常提到的一些常识性问题作为论题，论述则是大段起用教材上的内容，罗列几个一般性的论点加上几个常见的例子，一问一答。不能说他"回答"得不对，也许考试还是可以得上比较高的分数的，但作为论文则显得太一般化，没有学术意义。而特别强调学术创新，正是毕业论文与一般作业和考试的不同之处。论文是学术性或研究性的，它必须注意到知识的空白或有分歧的地方。具体来说，选题主要从这样几种类型的问题中考虑：

第一种选题的类型是学术界少有关注，前人从未研究或较少研究过的问题。80 年代改革开放，学术界生机勃勃，许多问题都是头一次进入研究者的视野，新课题太多了。那时常常听到一种说法，叫"填补空白"，实际上就是解决前人未曾解决甚至还没有涉及的论题。相比较而言，那时中文系学生毕业论文的选题是有更多空间的。而现在有些学科似乎什么题目都有人做过了，题目不那么好选了。比如现代文学就有一种半开玩笑的说法，叫"拥挤的学科"，仿佛已经很少有课题可选了。其实不见得。每年不是照样有许多新的论文出来，而题目也仍然是新的吗？时代在变化，人类认识能力在发展，各个学科都会不断出现新的课题，人文学科更是如此。所以题目是做不完的。如本书所选的一些语言学，特别是方言调查研究方面的文章，就多是以前学术界尚未关注，或少有专门研究的课题。新课题往往比较有学术意义，创新的机会大，但是因为前人关注少，可以参考依持的材料不好找，做起来的难度也可能比较大。

第二种选题的类型，虽然是以前有人关心或写过的课题，但研究得不完善、不充分，还有可能补充与深入探讨的余地。还有就是用先前的理论或文献材料解析不了的问题。人的认识总是不断深化发展的，对许多课题的研究都不可能写几篇文章或几本书就穷尽了，有些看来似乎已成定论的课题，也可以重新加以探讨。不过选这一类课题，要有新的材料，或者能形成新的研究角度，使用新的理论方法，才能真正有所突破。这其实是在前人成果的基础上"接着说"，关键是确实有话可说才行。如书中古代文学部分所选的《试论家族传统对谢朓人生及诗歌创作之研究》（李鹏飞），论述对象是南朝的一位诗人谢朓，历来的研究只看重其山水诗，而且对其思想人品的评价不高。这篇论文的内容还是论谢朓的思想与创作，似乎是一般性的老问题，但是掌握和运用了一些前人不大注意的材料，细腻深入地讨论了谢朓复杂的人生际遇与心路历程，从而纠正了前人对谢朓普遍评价偏低的看法，并且引发出如何设身处地研究历史人物这样一个涉及方法论的问题。像这样的选题，虽然已经有前人的"公论"摆在前面，但因为作者发现有可能会纠正既有定论的新材料，再用历史的辩证的眼光重新考察，就终于形成了自己的新见解，在一个侧面上超越了已有的研究水平。

第三种选题的类型是学术界有分歧的问题。由于学术观点或者研究方法上的差异，对一个问题的研究可能存在不同的意见，有时分歧还很大，争执不下。如果选择这一类课题，必须将各种不同的意见比较鉴别，找出分歧的实质或焦点，并掌握新的材料，或采用新的视角，科学地反驳与扬弃偏颇的错误的意见，建立起自己的观点，把研究往前推进。

还有第四种选题类型，涉及所谓"科际整合"，也就是跨学科的课题。近年来学术界提倡不同学科的交叉研究，有些学科的界限也在变化，在互相交错融合，形成新的学科生长点，出现许多新的课题，这也为我们选题拓宽了领域。这类题目比较容易形成新颖的观点，但要求写作者知识面要宽，熟悉相关学科的理论方法，有较强的综合能力。

上面所说的，恐怕还不足以解答同学们更想了解的选题步骤与方法。其实方法是多种多样的，因人而定，也因题而定。大家可以从各个老师写的"导言"中领略某些启示，自己再加摸索。这里只能再稍微具体讨论一下选题的一般准备，以及应当注意的问题。其实，毕业论文的选题最好跟平时学习结合起来。每门课程的学习都要听课、看书、做作业，如果动脑筋，总有许多问题。有些如前所说属于常识性问题，通过学习掌握它就是了；可能有些就是所谓"知识的空白"，即是教科书、老师和前人都未曾解决的，当然还可能有前述其他几种类型的问题。有些同学爱独立思考，喜欢"想入非非"，喜欢"较真"，也许就是发现了一些学术上似是而非的东西，或者引起了对某些不解现象的兴趣。这些问题有意识地慢慢积累起来，其中一部分就可能转变为研究的课题。

多数情况下，毕业论文都是临近毕业了才考虑和着手的。总有一些"因缘"在最初考虑选题时起作用，比如你喜欢哪门课，熟悉哪个老师，或者受到某一篇文章的启发，等等，然后试图从有"因缘"触发的方向与范围去寻找题目，这也是正常的。重要的是，当你大致有了一个范围和方向之后，就应该尽可能了解所涉及的学科和研究领域的历史与现状。比如，学科史上提出过哪些相关的问题，这些问题的研究已经有什么成果，问题解决得怎么样；与这些问题相关的学术观点有没有分歧，研究这些课题的难点、重点在哪里，等等。我们只有了解学科的历史与现状，才能决定哪些课题有学术意义，可以做；哪些课题有可能走到学科发展的前沿，做来会有较高的价值；哪些课题人家已经谈过很多，不值得再去重复。有些同学只是凭兴趣确定某一个题目，事先未曾了解学科研究的情况，花了许多工夫，文章做出来了，想不到完全是重复劳动，甚至还比不上已有的研究水平。这种情况的选题是应当尽量避免的。

另外，选题的视野要开展一些，关注有现实意义的问题。当然也不是一概而论。有些学科不见得与现实生活有什么直接联系，就不一定非得与现实挂钩。人文学科有些是"无用之用"，纯学术的东西，从长远看在文化积累与建设上有其价值，也值得去做。

还有一点必须特别提醒的，就是选题要适合自己。每个人的能力、水平不同，知识结构以及个性与兴趣也可能有差异，有些课题是不错，但有些人能做，有些人不见得能做。另外，某些课题特别需要材料的发掘运用，而客观条件又限制了材料的利用，即使对题目有兴趣，也不宜去做。选题应当充分考虑某一个课题的性质和难易程度是否适合自己，本人的条件是否大致具备，应当扬长避短，选择那种最能充分发挥自己特长与能力的来做。写毕业论文和平时的作文有很大的不同，作文主要是训练写作技巧能力，毕业论文还要加上研究的能力，必须量力而行，选择适合的课题才能有所发现和突破。初次做研究的同学往往喜欢题目大一点，动不动就拉出一个体系来。这不光做不好，还可能流于空泛。学术课题有大小，但不一定大题目就价值高，小题目就价值低。事实上，本科毕业论文最好还是选择比较具体的"小题目"。这样便于结合自己学习的实际，容易收集材料，形成观点，使自己在论文写作中切切实实地受到学术训练。以后有了一些科研写作的经验，能力增强了，再做更大更有分量的课题。比如《鲁迅小说研究》《唐代诗歌研究》《汉字规范化研究》《汉语方言语法研究》等，都是一些大题目，以前的研究成果已经很多，要突破就很难，而且涉及面宽，每个论题都是一本书乃至几本书的内容，作为本科毕业论文就可能超载了。但是不妨把"大题目"看作某一个范围，从中选一个比较小又"有话可说"的角度来写。本书所选的《鲁迅小说的第一人称叙事角度》（吴晓东）是个范例。虽然研究鲁迅小说的成果已经非常多，但侧重从"第一人称叙事"这一点深入探讨的比较少，又的确有利于讨论鲁迅小说的艺术特质，而且以此作为本科毕业论文，篇幅和工作量也合适。这篇论文所依持的材料（作品）都是人所共见的，但论文作者深入探索，有自己的见地，发表后受到当时现代文学界的关注。还有，书中几篇谈论语法和方言的文章，选择的角度和要论涉的幅度都比较适当，材料相对集中，问题讨论能够深入下去，做起来不显空泛，也保证了毕业论文的学术质量。

四、拟订写作计划

选题初步确定之后，就可以着手论文撰写的前期准备工作了。首先要拟订一个时间表，什么时候收集材料、初拟提纲，什么时候进入写作，什么时候修改、完稿，都要有安排。当然，写作过程中可能会遇到这样那样的问题，甚至有麻烦与反复，所以时间表一开始不必定得太死，应当留有余地。有些同学到临毕业这一学期忙于找工作或者考研究生，本来就没有多少时间做论文了，加上无计划，论文一拖再拖，最后只能是敷衍了事。论文动手宜早不宜迟，更重要的是应当把时间安排好，力戒前松后紧。写文章不可能完全按部就班，说不定思路断了，观点需要调整改动，甚至推倒重来的情况都有可能出现，所以计划宁可有些提前量，最后修改定稿的时间留得宽裕一些。

其次，就是拟出选题设想与计划，因为刚开始"画大样"，不必过细，提纲式的就可以，但一般应当包括如下几方面：

一、选题的价值与意义；

二、前人相关的研究状况；

三、论文准备解决的基本问题；

四、研究的主要角度与理论方法；

五、材料收集的主要方面；

六、难点与可能的突破点，等等。

一开始这些方面的设想可能不会那么具体，以后多半还会不断充实调整，但无论如何预先总要有一个"大样"，才好进入下一步更实际的操作，并求得导师的指导。毕业论文是一个不小的工程，没有预先一张蓝图就开工，是会打乱仗的。有些同学过分依赖才情与灵感，有了感触就写一点，写到哪里算哪里，结果毫无计划，文章也就可能杂乱无章，甚至不能如期完成。讨论问题也总是要先有个话题。设想的计划虽然是提纲式的，但必须认真，多少有自己的思路，与导师讨论起来才可能深入，能得到实质性的指导意见。现在许多学校都扩招，学生多了，一个老师往往指导几篇甚至十几篇论文，如果我们自己事先准备不足，没有拿出比较可供讨论的计划与设想，老师也很难给予具体的指导。

在得到导师对计划的认可与指点之后，就可以进入论文写作的实质性阶段了。不过在正式动笔之前，还要做两样重要的不可或缺的工作，那就是材料的收集整理与论点论据的初步提炼设定。

五、材料的收集与观点的设定

占有充分翔实的材料，是写好论文的必要前提。一般而言，确定选题过程中就可能已经接触和掌握一些材料，只是还不充分，也比较零散。一旦论题和写作计划大致决定，收集材料就会首先提上日程。材料通常包括这几方面：

一是前人或他人已有的研究成果（或相关的成果）。这可能是确定选题、初步形成论文写作设想的前提，也可能是进一步树立观点的基础。因为任何新的研究都必须对以往的研究状况做出回应，并在既有的研究水平上推进。

二是与所选定论题可能有关的各种材料，特别是可以支持论点的原始材料。各个学科的论文材料有不同的侧重，如语言学研究可能需要各种语料积累，甚至还有田野调查；文学史研究需要掌握相关的历史文献、作品和评论，以及相应的社会历史文化背景资料，等等。

三是有助于建立研究范式和方法的理论资料。如试用结构主义和叙事学讨论某一部作品，就必须了解和熟悉西方理论家这方面的论作，有相关的理论资料准备。

按比较严格的治学之道，要列出一个相当完备的参考文献清单，即给自己的研究准备的书目索引，把能找到的材料都找来读遍，才好运思下笔。一般毕业论文可能还做不到这样细致，但材料的收集也要尽量全一点，一开始可以面宽一些，大体有些关系的材料都不妨找来，不能以主观好恶决定材料的取舍；不要先入为主，带着预设的观点去寻求只对自己有利的材料。有些材料一开始好像没有什么用，有些材料又可能并不符合自己原来的设想，甚至有矛盾，都不要放弃，收集整理之后，说不定就对你的思路形成与调整起到作用。

收集材料可以按已有的研究成果所涉及的线索，或者按某个专题，顺藤摸瓜；也可以参照学术史提供的文献书目，广种博收，多多涉猎。现在很多研究专题都有出版相关的资料集，包括年谱、索引，等等，都可以参考。还可以利用现代信息手段，通过相关的电脑网络系统检索资料。当然最重要的还是求得导师的指点，一开始就懂得如何找材料，那会少走弯路。资料收集的形式很多，以我的经验，最好是做卡片为主。发现某一个材料，马上用卡片记录下来，可以摘录，也可以记下大意，标明出处，有的则还要当即写上对这材料可能运用的初步意见，或者由这材料引发的思路与灵感，并适当分类。在写作构思或写作过程中，不断翻阅相关的资料卡片，可以帮助打通思路。有时资料收集过程本身就是构思的过程。资料不要嫌多，一千张卡片记录的材料，最后能用上的也许只是百来张，几十张，但其他垫底的几百张也绝不是白费，它在你收集整理和不断分类思考的过程中，就已经起作用了。我这里只是介绍了自己习惯的一种资料收集方法，还有其他多种方法，无论哪一种，最好都是一边收集一边阅读思考整理，因为资料可能在帮助你形成观点，或者补充、纠正甚至颠覆你原来的设想，资料还会引发新的资料，也许还会有新发现。等到资料收集整理告一段落，头脑中的文章大致观点说不定就浮现出来了。

再说论点论据的初步设定。

论点是文章的灵魂，是内容的核心，也是决定论文学术质量的最重要的指标。所以在材料收集整理之后，就必须用大力气提炼基本论点，并初步设定相关的论据。论点的提炼与形成必须实事求是，遵循科学的态度，不是主观预设，不是从既定的理论框架出发，而是通过对大量材料的深入分析研究，用科学的理论方法，进行毛泽东主席所说的"去粗存精，去伪存真，由此及彼，由表及里"的加工。这样的材料分析、加工与提炼，就不只是找来说明观点的例子，而是从感性上升到理性，从现象揭示出本质。论文评审一般都看重有没有作者自己新颖的观点，这些观点是否正确和深刻，很重要的就是考察是否具备实事求是的科学性和创新价值。现今常常看到有些论文虽然观点也别致，但不一定是从材料和事实的分析中自然提升出来的，而往往是为了"做文章"，为了显示其理论的"新"而结构出来的，有的还很追求体系性，不惜把本来简单的问题说得复杂，这些都是违背实事求是的科学原则的，其论点也就大都经不起推敲。

论点的树立与展开需要论证，所以事先必须大致考虑应当配合哪些相关的论据。论据有各种各样，不同的学科研究、不同的文章与论点，所需要的论据类型也各不相同。比较常见的是以经过加工的材料为论据，也就是用事实说话；文学论文则经常把作品的细读分析作为推进观点的论据；还有，学界普遍承认的科学的理论，包括马克思主义理论，在展开论证时也常常被当作理论论据。总之，论据必须可靠、充足和典型。可靠就是出之有据，不为我所用，不断章取义；充足就是有充分的说服力；典型就是有足够的代表性，不搞孤证，不是随意的举例说明。语言学研究有时接近理科，材料的分析往往需要量化。如古汉语研究界就有一种说法："例不十，法不立；例不十，法不破。"无论树立一个观点还是反驳一个观点，都要有足够的例证。一般考试或做作业时，常见有同学列出一个观点，然后拼接上几个例子就完了。那例子很可能没有足够的代表性。这种比较简单的"观点加例子"的写法，在毕业论文写作时就必须谨慎使用。另外，现今有些同学写文章为了显示其"先锋姿态"，总是喜欢引用西方某些时髦的理论，本来作为一种思考问题的参照并无不可，但如果其充足性与正确性未加论证就随意拿来当作立论的根据，则起码是不严谨的。

六、论文的构思

论点与论据的初步设立，有了一个文章的粗略的框架，接下来，就可以把这个框架细化，形成论文写作提纲。这是毕业论文动笔的第一步。每个人进入写作的程序与习惯不一样，但毕业论文一般是初试学术研究性写作，工作量比较大，为了使文思的展开清晰顺利，还是有必要先列一个比较详细的提纲。其实列提纲就是构思，帮助我们进一步梳理材料与主要观点，打通思路，让原来的写作设想更加具体化。提纲构思一般包括这几点：

　　首先是确定文章的标题。前面说的选题主要是研究的课题，而写成论文，内容会相对集中，又要考虑表达得鲜明突出，所以标题不一定和选定的课题相同，要更能够反映文章的核心内容与研究的角度、特色。我发现近年来中文系特别是文学学科的毕业论文有许多乐于采用时髦别致的、诗意朦胧的句子为题，表达不清楚，又只好添上一个副标题，如《似花还是非花——浅谈张爱玲小说中的比喻》《荷戟独彷徨——鲁迅〈野草〉与夏目漱石〈梦十夜〉之比较》，等等，都不是可取的办法。学术论文的题目最好起得简洁、明晰、实在一些。论文标题一般都是在动笔前就定了，但写作过程中也可以根据思路的变化调整。

　　其次是考虑中心论点和各个层面小论点的罗列组合。要有思路逐步展开的顺序和线索，注意每一个小论点前后相关的逻辑联系。比较重要的小论点也可以作为文章的小标题。通常这是比较难的一步，所谓可操作的思路，主要就是在这时候理出来的，所以用的时间不妨多一点，考虑周到一点。因为一开始头绪往往比较乱，初学论文写作者可以设想自己是在考虑如何用最简洁的几段话，把研究的思路与想法告诉你的同学朋友。先说哪些，后说哪些，都力求适当安排得让人能听懂。这就是化繁为简，纲举目张，把论述层次结构设计出来了。先清理出思路的线索和组成这线索的几个重要的"点"，然后再不断充实和论证这些"点"的存在及其与中心观点的关系，文章才能写成。

　　最后是论据与相关材料的考虑。各个论点应该大致有什么论据支持，提纲中也可以先罗列出来。这时候资料的梳理、提取、分类就必须进入更为实质性的阶段。必用和备用的材料论据都最好在提纲上先标明，以便写作时采用。

七、论文撰写中常碰到的问题

提纲拟订后，就可以动手写了。文章的撰写方式多种多样，而且写作过程中碰到的问题也是各种各样的，正所谓文无定法，不可能规定什么程序。这里也就只能就通常容易碰到的问题，提示应当注意的一些方面，包括必要的心理准备。

一是基本观点与核心概念应当鲜明突出。因为毕业论文的篇幅较长，一般要求一万字左右，或者更长一些，没有经验的人容易写得拖沓枝蔓，结果头绪很乱。这可能跟思路不够清楚也有关。除了努力打通思路之外，办法之一，就是强调核心概念的位置，使之贯穿全篇，不时提醒它的存在，使之不至于淹没在大片的论述中；尽量将中心论点和各层次的小论点都加以凸显，比如特地把总论点放在篇首，各层的小论点也放在每一章节或各段的前头，论述结束又每每有所呼应。这样的文章就会眉目清楚。

二是各段落章节之间要讲究逻辑联系，有过渡的论说使得前后衔接，让人能了解思路的发展走向。如果不讲逻辑，前后论述不搭界，等于开"中药铺"，甘草、黄连、白芷等一样放一个抽屉，文章就沉闷，没有活气。

三是文章结构应当为内容的完整表达服务，不是所有论文都必须构筑一个"体系"出来。盲目追求体系化，可能是把简单的问题复杂化、虚化。打开现在有些书的目录，每个章节都力图整饬排列，许多仿佛很全面的体系性的归纳，什么"现代性""人文性""人类性""世界性""历史性""颠覆性""吊诡性"等，一来一大串，其实很浮泛。文章要有理论性，但不要故弄玄虚，不简单套用新名词，或者只是为了表示自己在用什么时髦理论，研究对象反而成了显示理论的材料。

四是选择适合表现相关内容而又自己比较能够发挥的论述语言。和一般作文练习与文学创作不同，毕业论文的第一要务不是表现作者的写作技巧才华（虽然这也是考察论文的一方面指标），而是尝试学术研究的写作，是要提出问题与解决问题。学术论文的语言主要是论述性的，而不是描述性或抒情性的，所以不宜追求华丽，也不能主观情绪太浓，一般以庄重、精确、朴实为佳。在这个前提下，可以根据论述的内容发挥各自的语言风格。

五是文章草稿的撰写不求一步到位。最好按提纲一路写下去，只要思路大体通的，粗略一些也无妨，把基本的内容大致写下来，拉起一个架构轮廓，然后回过头来再梳理、修改。初学写作要么无从下手，要么一步九回头，似乎每一步都要打磨好，那样，写写停停，很难获得整体感，文气也连贯不起来。而且打初稿的过程拖得过长，人都写疲了，思路和灵感就活不起来了。

六是文思泉涌的现象在长篇论文写作中并不多见，倒是常有思路忽然中断的情况。对此也不必紧张，也许是由于研究进入了关键点，或者思想正在引向深入，还有可能就是观点与材料的失当。即使是常写东西的人，也会碰到这种困扰。如果实在写不下去，就不妨稍停一段，翻阅翻阅资料，或带着问题参考有关的理论，或找老师同学讨论，或干脆考虑调整思路。写文章也要把握节奏，不可能全都那么顺畅，要防止"酱"在某一点上出不来。

七是毕业论文的主体结构也有大致的要求。一般应包括绪论、本论与结论三部分。绪论要交代论文选题的动机，课题的学术意义，以往相关研究的状况，本论文的主要内容和核心概念，以及研究的角度和理论方法，等等。绪论只是一个比较简单的概括，高屋建瓴，先给人初步的印象。本论是论文的主要部分，所占篇幅最多。结论的篇幅也不必多，是对全文内容的总结，也可以引申某些尚待进一步探讨的问题。具体到每一篇论文，结构可能各式各样，但这三个方面的基本内容组合，都是必须具备的。

八、修改与定稿

文章初稿完成，就要转入修改与定稿。就像建一座房子，结构封顶了，还要留出足够的时间来搞内外装修，等着以漂亮的外观交活。从某种意义上讲，修改与定稿是全套"工序"中最需要毅力和细心的阶段，应当善始善终，认真做好。修改文章时的姿态可以变一变，不妨设想自己是该论文的评审人，专门挑挑毛病；或者跳出来站到自己观点的对立面，看看能否推倒这些立论。修改主要应当注意如下几方面：

观点是否正确全面；

材料是否充分贴切；

章节安排是否均衡合理；

段落之间的衔接是否紧密有序；

论述层次是否清晰；

引文和数据是否准确规范，等等。

其中尤为重要的是，防止出现任何违反形式逻辑的毛病与有常识性的"硬伤"。如果要进行比较大的修改，如观点的调整或结构性的变动，最好能事先征求老师的意见，并有充分的准备。

定稿前还有一道"工序"是文字的打磨润饰，订正病句和错别字，删除重复累赘的词句与段落，让语言更顺畅，风格更协调。修改的确很"磨人"，需要反复多次进行，直到满意为止。

以上我们大致把这门写作课的意图、教材使用的方法，以及学术论文特别是本科毕业论文写作的一般要求和建议，与大家交流了。最后我不禁又想起两句话。一句是鲁迅说的，他不相信"小说作法"之类。另一句是熟语，即"师父领进门，修行靠个人"。这本书，还有这门课，都不可能传授什么能够立竿见影的法门，最多只是提供一些示范，介绍一点要领，还有就是强调必要的格式规范。导师的作用就是指点基本的理路，给大家一些启示。关键还是在个人的不断学习、摸索、积累，肯下力气，能逐步学会发现与发挥自己的才华与优势，就一定可以写出一手好文章。

2002 年 8 月 27 日于北京海淀蓝旗营寓所

《中文学科论文写作训练》^① 跋

> 在一本书中同时集中了北大中文系的许多专家来谈写作的经验与理路，这种经验之谈又是紧紧扣着各个学科的教学的，这实在难得。

这本教材最初是为中央电大汉语言文学专业的本科生设计的，编完后请专家论证，所有专家都认为这本教材对于普通高校中文系的本科生也完全适用，甚至研究生写论文也不妨参考。因为学习写作的一般规律是相通的。而且这本书也是取法乎上，虽然考虑到电大学员的特点与需求，但要求定得还是比较高的，所选的范文都是北大、复旦、南大等重点大学推荐的本科生毕业论文，老师们论文讲析的拟想读者也都是普通大学生。

在邀请各个学科的老师写导言时，我曾经建议大家不拘一

---

① 《中文学科论文写作训练》，温儒敏主编，教育部人才培养模式改革和开放试点教材。参与编写的有董学文、刘勇强、宋绍年、沈阳、陈保亚、严绍璗、吴晓东、任鹰等多位教授。

格，就设想同学们来到跟前了，要求指导他们的毕业论文，应当向他们说些什么，不妨就写些什么。各位专家的写法可能有些不同，探讨问题的深浅难易也不同，但都确实花了心血，把他们多年来指导学生研究写作的经验贡献给同学们了。在一本书中同时集中了北大中文系的许多专家来谈写作的经验与理路，这种经验之谈又是紧紧扣着各个学科的教学的，这实在难得。

同学们学习这本教材，可能选择性很强，就是要考虑怎么尽快进入毕业论文的写作。不过我倒是主张大家不要一头扎进某一领域或题目，宁可多看看，不同的学科领域都照顾一下，在学会基本的写作规范的同时，能多领略不同的学术风格理路。这样，既是对所学过的各门课程的复习，又跟写作训练和毕业论文结合起来。

这本教材的编法与坊间所见的多数教材不同。本书对于写作的理论讲得很少，但学术性、实践性较强，非常关注在学术写作中容易出现的问题和解决办法。主要不是提供什么写作的诀窍或套路，而是讨论和示范不同的经验和得失，而且这些讨论又都是和各个学科的学习密不可分的，一切都指向写作训练。在每一学科的写作经验谈之后，附录有各种不同体式的论文，大都是各个重点大学推荐的本科毕业论文，由指导教师或编者加上简要的点评。主要是想通过各种不同范文的讲评，开启同学们的思路，也可以提供模仿的范本。当然，选文主要考虑到适合本科生的论文写作训练，也不一定就是非常优秀的论文，其中的得失在点评中也已经有所提及。把得失都讲清楚，才能给同学们准确的引导。同学们可以模仿写作，但不要停留在模仿，应当在掌握一般写作理路之后更上一层楼，尽力发挥自己的才智和创造力。

在编写这本教材时，我们不断思考的一个问题，就是如何上好写作课。现在许多大学都只是在低年级有这门课，属于比较基础性、应用性的写作练习，如讲讲写作的规律，以及通常的文体格式，等等，学术性的论文写作其实较少涉及，因为低年级学生还没有进入专业学习，难以做这方面的训练。据我所知，在许多综合大学，以前也曾经有过在低年级开设基础性的写作课，但是近 20 年来这门课不再上了，理由是基础性、应用性的写作不用专门去学，综合能力上去了，自然也就会写了。而且很多人认为写作不是专门之学，没有相对的学科独立性，很难出学术成果，甚至连评个职称什么的都有困难，因此很少有人愿意专门从事这方面的教学研究。这些都是需要研究解决的实际问题。

但是另外一个问题也很实际，就是大学生学术论文的写作如何训练？现在普遍的状况是本科生的写作训练不够，缺少一定的训练的量和系统的学术写作的指导。特别是毕业论文，进入写作时正碰上学生要找工作，或者准备考研究生，真正投入论文写作的精力和时间都不够，有的只好敷衍了事，学生的写作能力不能得到更大的提高。

这种情况在北大中文系也存在。我们也想在这方面做一点补救与改革。那就是重新提出把写作能力特别是学术写作能力的训练贯穿到大学本科四年所有的教学环节中去，具体来说，规定每一门课，尤其是高年级的专业课程，都必须布置小论文的写作；学年论文写作也加大学分量，要求有老师专门指导；

毕业论文尽可能与学年论文贯穿结合，并且把毕业论文开题写作的时间提前，以尽量避开找工作的干扰。总之，也是力图做到两个结合，即将学术写作训练与各门专业课程的学习结合，并且也与学年论文、毕业论文结合。

编完这本教材，我们设想今后可以为大学高年级学生开这样一门课，题目不妨就叫"中文学科学术论文写作训练"，主要引导学生一边复习梳理所学过的各门主要课程，初步进入相关的学术前沿，一边思考和准备毕业论文的选题和写作。这门课不一定就一位老师来讲，而是分给各个教研室，由各个学科老师来讲，一起"抬"这门课。这门课可以就采用本教材的框架与讲法，但重点是训练。对电大和其他开放教育的中文系来说，这样一门课也很实用，很必要。建议也是多几位老师来讲，尽可能把各门课程的复习以及毕业论文的写作结合起来，使用这本教材时，能在范文分析上多下一些功夫。

写作课不容易上。现在这门课的设计和教材的编写，都还是一种尝试。我们希望得到老师和同学们的批评指正，以逐步完善这门课，完善这本教材。

为本书推荐优秀毕业论文的单位有北京大学中文系、复旦大学中文系、南京大学中文系、武汉大学中文系、清华大学中文系和中山大学中文系，在此谨表谢忱。

2002 年 11 月 24 日

《客家诗文》^① 序

> 通过这样一个文集多少了解客家文化，惊叹客家文学的独特魅力，发现文学的天空因为有客家星座而显得更加美丽。

几年前，我应邀去参加在梅州召开的"客家文学研讨会"，说来惭愧，那时我是头一次认真琢磨"客家文学"这个词。照我们做研究的所谓职业习惯，使用一个概念是先要严格界定其内涵的：什么是"客家文学"？是客家人写的作品，还是描写客家人题材的作品？或者是用客家方言写的作品？到了梅州会上才知道，这些统统都可以纳入"客家文学"的范围，凡是和客家有关的文学作品，都不妨称之为"客家文学"。"文学"是个"由头"，大家真正感兴趣的还是"客家"，因此大可不必去扣概念。也是那次会上，主持人杨宏海先生建议要选编一套"客家文学作品集"，与会者都举手赞成，认为是件有意思的工

---

① 《客家诗文》，"客家与梅州书系"之一种，杨宏海主编，华南理工大学出版社 2006 年版。

作。几年过去了，这本《客家诗文》终于要问世了，可以想象，从那么大的范围中编选出一个有些代表性的集子，如同大海捞针，说来容易，做起来会很难。我看了一遍校样，认为该书编得还是很有特色的，值得向读者朋友推荐。

都说客家人"尚文"，大概昔日像吉卜赛人那样流离迁徙的客家人，只有藉着文学或军事成就，才能获得主流文化的认同，并提高社会与政治地位。而且客家人一般都居住在边远山区，生存条件比较隔绝和艰难，他们历来重视教育，希望通过良好的教育来改变命运获得成功，所以客家人比较尊师重道，喜欢读书，舞文弄墨是他们所长。自古以来，在文坛上总是可以见到许多客家人活跃的身影。一部文学史如果没有客家才子，一定大为逊色的。收到这个文集中的文人骚客，从张九龄、杨万里、文天祥到黄遵宪、丘逢甲，再到当代的名家，不少都是文坛上扛鼎的角色。该书以"客家诗文"为题，邀古今文人咸集于此，群贤毕至，异彩纷呈，蔚为大观，是客家文学的一次大展示。全书分为5个部分，包括"古体近体诗""现代诗""古典散文""现代散文"和"现代小说"，共选有77家，可以说，古今比较知名的客家籍作家、诗人或名人，大都登堂入室，参与这个盛况空前的"客家诗文大聚会"了。

和其他诗文集不同，该书选收作品的视点主要是"客家"。其中许多诗人作家很出名，读者都比较熟悉，现在特别放在"客家诗文"这一框架中，可能就变得陌生而新鲜，不能不"另眼看待"。比如文天祥是妇幼皆知的民族英雄，他的名诗"留取丹心照汗青"大家从小就能背诵，但多数读者恐怕并不知道文天祥是客家人，也未曾觉察他的诗文可能有"客家味"。这个集子选收文天祥的作品，名篇《过零丁洋》当然是要收的，此外还特地收了并不太知名的《过梅州》。这首诗是文天祥被囚禁在元大都时写的，追忆他当年从汀州进梅州时的复杂感受。现今读来，读者会被带回到几百年前梅州的场景，想象在客都山城"落难"的英雄，那旷远而悲壮的历史感就陡然生发了。像这样从"客家诗文"的角度选文，能把读者领到一个很独特的阅读方位。

有些诗文过去我们读过多少遍了，从来未想过和"客家"有何关联。如今又在这个集子中读到，很自然就从"客家"的角度重新打量这些作品。比如朱德元帅的《回忆我的母亲》，记得在中学课本中就熟读过的，一般都是被其中那种母爱、孝心与"劳动人民的崇高品质"等所感动。现在从《客家诗文》中重新来读，思维也许就扩展到对于"湖广填四川"时客家人饱尝艰辛的历史想象，而对客家妇女特有的"行为模式"与心境感受，也会有一种新的解读。体味文中的母亲形象，她身上体现客家妇女常有的坚毅、自立和勤劳的美德，我们能理解客家妇女为何得以比许多其他中国妇女拥有更多人格独立和族群的影响力。让读者体味客家的历史与民性，思索这一独特民系族群的命运与情思，是这本文集的精神指向。

阅读这些客家人的创作，除了了解作者的客家背景外，还能时时发现作品中含有的"客家文化"因子。编者选文时显然充分考虑到这个因素。比如郭沫若许多名作这里没有选，而特别选收了《赠梅县地区专署》和《赠丰顺县委》两篇，都不是代表作，但与兴梅地区风物有密切关联。如"健妇把犁""山歌彻夜"等描写，透露出一种特殊的客家味。从"客家"的角度来读，那种"重新发现"的愉悦便油然而生。

还有些现当代作家作品似乎和"客家"没有多少联系，但认真琢磨，还是品出了"客家味"。比如李金发，是著名的象征派诗人，有"诗怪"之称，因为他的意象朦胧恍惚，语言晦涩难懂。很多研究李金发的学者抱怨读不懂李金发，或者有些神秘感，将他那种文白夹杂甚至文理不通的写法，一概解释为外来影响的生涩。至今很少有人觉察到造成李金发诗"怪"的"秘密"：他是把某些客家话的语法、语汇与习惯掺进诗中，从而产生特殊的语感效果。如《故乡》一诗中"牛羊下来之生涯"，那"牛羊下来"是什么意思？另一句"为什么总伴着莓苔之绿色与落叶之生息来"，句末为何多添一个"来"字？一般读者会感到词不达意，拗口费解，但客家话中就有这些词汇、句式，我们读起来比较能了解。李金发的试验不一定是成功的。但如果不考虑到客家话对李金发诗作的影响，那起码也是不能完整地解读这位诗人的"先锋性"的。我以前对此也未曾认真研究，这回从《客家诗文》中重读李金发，突然就有了这种新的感觉。这又是意外的收获。

读者诸君，如果你是客家人，在此书中饱览精华，游目骋怀，会感到乡情的冲击与抚慰，自然也为客家人的才情而骄傲；如果是客家之外的读者，也能通过这样一个文集多少了解客家文化，惊叹客家文学的独特魅力，发现文学的天空因为有客家星座而显得更加美丽。也许这就是文集编者所要达到的目标吧。

2005 年 12 月 13 日于且竹斋

《文学散步》^①序

　　　　　　用"散步"的方式来谈论文学理论，举重若
　　　轻，突破了一般"概论"的樊篱，富于才情的新
　　　鲜见解处处呈现，成就了一本很有学术含量却又
　　　相当"好玩"的书。

　　龚鹏程先生的《文学散步》着意探讨有关文学的一些基本理论，他是用"散步"的方式来谈论，举重若轻，突破了一般"概论"的樊篱，富于才情的新鲜见解处处呈现，成就了一本很有学术含量却又相当"好玩"的书。该书摆脱了一般文学概论从理论到理论的套路，采取的不是高头讲章，而是问题讨论，从读者关心又有兴趣的一个个问题入手，一步步深入梳理文学的知识系统。

　　龚先生显然对当下许多文学概论写法不满，他认为文学知识系统的呈现必须贴近文学生活，应当重在讨论"文学内

---

　　① 《文学散步》，龚鹏程著，世界图书公司 2006 年版。

在知识规律以及方法学基础的问题"，而不是那些永远争吵不休，而又在学界反复运转的"假问题"。比如，关于文学的本质、文学的起源之类问题，一般文学概论都是必然要专论的，本书却避开这些论题。龚先生认为这些问题众说纷纭，讲不清楚，还不如把精力用来讨论文学的功能以及文学欣赏中的许多现象，其实这也都是在接近对文学基本规律的认识。该书所论涉的基本命题有文学的欣赏、形式、意义、功能，以及文学与社会、道德、历史、哲学诸方面的关联等问题，谈论领域很集中，纲举目张，简明扼要，把有关文学理论最基础的问题都拎起来了。因为龚鹏程先生有一种理论的自觉，他给这本书的定位是向读者简单铺陈解说文学的基本知识，并希望读者有基本的了解之后，能够引发他们自己的思索，进一步去处理这些问题。该书的理论阐述系统不但简明清晰，而且是开放的，对一般读者来说这"很够用"，也很容易进入状态。这种学术普及其实不容易，深入浅出有时比放手做自己的文章要难得多。

据说台湾有不少大学已经选用这本书作为文学理论教材，不过这是很有学术个性的教材，用流行的说法，又是理论"本土化"比较出色的专著。大概与龚鹏程先生的学术背景有关，他是从古代文学研究进入学界的，后来涉猎深广，但底子还在传统文学这边。该书虽然也目光开阔，学贯中西，不过更多的还是从中国古代文学与文论中吸取理论资源。全书各章节引证的材料，大多数都和传统文学有关。龚先生认为中国传统文论对许多基本的文学理论问题都绰有深思，自成系统，有些非后来所能及。龚先生处理和运用古代文学理论资源时，态度是非常虔诚而审慎的，他不会采取常见的那种将传统文论材料生硬塞入西方理论框架的做法，更多的是让中西文论互相观照，而重心显然落在中国传统文论这一边。在西方文学理论大举涌入的现在，人们不是担心中国文论"失语"吗？这本书用它的实践做了出色的回答：传统文学理论资源可以和西方文论构成积极有效的对话。在我所接触的有关文学概论的专著中，就中西文论的互相观照而言，除了刘若愚的《中国文学理论》，龚先生这本书也是比较成功的一种。

当然，这本注重理论"本土化"的概论在格外关注传统文论的同时，如果能适当吸纳现代中国文论的资源，那可能就更加丰满，也更加能切入当下文学现象。无论如何，近百年来的文学现代化探求已经形成一种不可或缺的"小传统"。

龚先生写作喜欢独辟蹊径，而不太愿意照章办事，陈陈相因，因此总有许多新鲜的创见。比如关于小说的空间，一般容易理解为小说描写的地理方位或者背景等，而龚先生认为主要就是人物与事件所依持的那个氛围，人物和事件就是从这种特别的氛围中"生长"出来的。这种看法显然更加贴切。又如，探讨诗歌评价问题时，碰到许多复杂纷繁的矛盾，该书重点纠正那种认为作品有永恒或不可磨灭价值的客观论，以及认为评价只是见仁见智的主观论；试图从趣味、悟性与理性等方面探究诗评过程的某些共性，提出诗评活动的主客观交融的问题。这些角度与观点也都别开生面。

该书虽然属于概论一类，但问题意识很强，不少章节观点的提出都有现实针对性，有意针砭学界一些比较混乱的现象或者有争议的课题，读来很是"解渴"。比如讨论文学史的研究对象与范畴，就指出文学史不是一般社会历史的文献史，也不等于是思想史。这种看法我很有同感。现今搞文学史研究的朝思想史"越位"的趋向比较明显。文学史是大学中文系的基础课，其功能除了培养"思想"，还应当有"审美"，有文学的感觉与眼光。在这个日益平面化和物质化的时代里，审美感觉与能力的培养更显重要。但许多学中文的大学生研究生学会了"做"文章，却消泯了自己原有的艺术感觉，中文系也越来越不见"文气"了。对文学研究过分注重操作性，而轻视艺术审美经验性分析的这种倾向，的确应该引起警惕。思想史与文学史有交叉，但还是有分工的。思想史主要是叙述各时期思想、知识和信仰的历史，而文学史主要应该是文学创作及相关的文学思潮的历史。一为"思想"，一为"文学"，两者可以互为背景，或互相诠释，但各自的领域大致还是比较清楚的。一般而言，思想史要处理的是较能代表时代特色或较有创造力与影响力的思想资源，文学史则要面对那些最能体现时代审美趋向，或最有精神创造特色的作家作品。搞文学史的自然要了解思想史的背景，甚至也难免做跨学科的一些题目。就个人的学术选择而言，这无可厚非。但现在的情形是"越位"中有些混乱，甚至有些本末倒置。所以龚先生的提醒是有意义的。几年前我也写过一篇《思想史能否取代文学史？》，谈到上述观点，曾引起学界讨论。现在读到龚先生的观点，深有同感，不免又多说几句。

我和龚鹏程先生交往多年，深感他是学界的性情中人，他的才情、学识加上批判眼光，常常能引发学术震动，引起思考和探究的冲动。两年前我们聘请他任北大中文系客座教授，主讲中国文化史研究课程，大受学生欢迎。他的讲稿已经列入北大版的"名家通识讲座书系"（十五讲系列），即将出版。现在他的《文学散步》也即将在大陆面世，相信一定会受到读者的欢迎，并给文学理论的学科建树提供重要的参照。

《普通高校中文学科基础教材》[①] 总序

> 新教材充分考虑一般教学型、应用型大学以
> 及师范学院中文系教学的需要，突出基础性、应
> 用性，适合教学。

中文学科本科的教材很多，其中有些使用面还比较大。但是，这些年高校扩招，本科的培养目标在调整，大多数高校都在压缩课时课量，逐步往通识教育和素质教育方向靠拢，教材也就不能不做调整。现有的多种本科基础课教材质量不错，在综合性大学较受欢迎，但对普通高校特别是地区性高校学生来说，相对就显得比较深，课时与课量也过大，不太适应教学的需求。许多普通高校中文系老师都希望能够组织编写一套新的中文学科基础教材。教育部中文学科教学指导委员会很支持这一想法。近几年每年全国大学本科中文系招生六七万人（属

[①] 《普通高校中文学科基础教材》，温儒敏总主编，按中文学科各基础课程分别编写，包括古典文献、古代汉语、现代汉语、文学理论、古代文学、现当代文学等，北京大学出版社 2008 年版。

于前五名的学科），其中综合大学大概还不到一万人，其他大都属于一般教学型、应用型的大学，包括许多师范学院、地区学院和大专，他们都必选中文系的7门基础课。此外，有相当多的专科中文系，或者有些相关学科（如外语、新闻、艺术等等）也要求学生选修中文系的某些基础课程，中文学科每门基础课的教材需求量很大，特别是普及型应用型的中文基础教材，仍然有相当大的发展空间。因此，出版这套教材，无论对学科建设还是人才培育，都很有必要。

这套教材设计意图主要是：

（1）第一批主要以本科基础课为主，包括中国古代文学、现代文学、当代文学、文学理论、语言学、古代汉语、现代汉语、古典文献学、外国文学、中国文化史等10种，以后再逐步扩充，继续编写出版选修课教材（总计划大约30种），形成完整的中文系本科教材系列。

（2）这套教材主要由北大、南开、吉林大学等重点院校的著名学者牵头，同时充分整合全国各大学包括一般教学型和应用型大学的教学资源，每一本教材的主编都是所属领域的权威专家，有的还邀请一些地方院校的一线教员参与，保证了整体编写质量。

（3）新教材和已经有影响的同类教材比，特色是充分考虑扩招之后一般教学型、应用型大学、地区学院以及师范学院中文系教学调整的需要，减少课时课量，突出基础性、应用性，适合教学，同时又能体现各个研究领域新的研究水平，有前沿性、开放性。如文学史教材，就减少了"史"的叙述，重点放在作家作品分析鉴赏；文学理论则注意从文学生活及基本文学现象中提出问题。

（4）为帮助基层学校教师备课，将为各基础课教材设计配套教参，必要时也可以配套光盘。

（5）这套教材的总编委会由刘中树（原吉林大学校长）、陈洪（教育部中文学科教学指导委员会主任，南开大学副校长）、温儒敏（北大中文系主任）三位教授组成，负责物色各教材的主编与编者队伍，设计教材体例框架，审读教材，从整体上监督保证全套教材编写质量。

（6）这套教材大部分正式出版并投入使用后，由编委会和出版社负责组织全国相关教学人员短期培训，北大中文系（或其他主编所在单位）可以协办。

我们诚挚希望广大师生和学者对这套教材提出改进意见，通过教学实践使之不断完善，最终成为高质量而又适合教学需求的教材。

2008 年 6 月 20 日

《经典解码：20世纪中国文学和电影》^① 序

> 培养有教养、有能力、有责任的公民，最好
> 是那种有通融识见、博雅精神和优美情感的人。

山东大学文学院黄万华教授和他的同事主编了这本通识课教材《经典解码：20世纪中国文学和电影》，嘱我写序，我想借此机会谈谈对通识教育的看法。

近年来，很多大学都开始注重通识教育，纷纷开设这方面课程，编写相关的教材。这是我国高等教育发展的一个新趋势。但为何要通识教育？怎样开展？和专业教育有什么关系？教学效果如何？都值得认真检讨。现今所谓通识教育的做法大致有三种。一是有些学校把通识教育等同于公共课，以前只有政治课是共选的，现在加上一些诸如文学艺术、琴棋书画、文化讲座之类，并没有通盘的考虑，多是因人设课，学生也只凭兴趣选。二是有些大学规定文科生都要读点简易的数理化，理

---

① 《经典解码：20世纪中国文学和电影》是山东大学通识课教材，黄万华主编，北京大学出版社 2012 年版。

科生要学点"传统文化"，等等，希望就此"跨学科"，文理打通，可是就那么几种课程拼盘，"打通"并不容易。三是部分大学一二年级不分专业，可以任意到各个院系选择上喜欢的课，到了高年级才决定上哪个专业，这样容易满天星斗，到了专业阶段，底子并不厚实。三种办法各有得失，还得多试验才能决定是否合适。但无论哪种办法，和通识教育都还有些距离，可能是对通识教育这种新事物的认识有偏误。

现在为何提倡通识教育？有两种代表性的认识。一种认为这些年扩招，学生数量大增，精英教育势必转为平民教育，不得不适当降低水平，搞通识教育。这种看法反映了高校的实际，有些道理，但其所理解的通识教育，就等同于降低水平的一般教育了。第二种看法认为现在专业分工太细，学生过早进入专业训练不利于发展，想通过通识教育，让学生多一点跨学科的知识积累，为创新人才的培养打基础。

这些看法虽然不无道理，却又过于"实际"，未免短视，并不符合通识教育的本义。纵观世界上一流大学的教育经验，通识教育应当包含这么几层涵义：这是面对所有大学生的教育；又是相对专业教育而言，属于非专业、非职业性的教育，与专业教育可以互相补充；还有，这是全人教育或博雅教育，通过接触人类文化的精粹，在人文、社会、自然科学等领域获取通识，培养有教养、有能力、有责任的公民，最好是那种有通融识见、博雅精神和优美情感的人。这样来定位的通识教育，就不只是课程的调整补充，更不是来些拼盘点缀，而是实行一种更利于培养健全人格和博雅精神的教育理念。

事实上，这些年提倡通识教育，很大程度上是由于对教育效能的失望。多年来，我们的教育被赋予太多政治、经济的功能，过分重视专业训练，大学校园里缺少自由宽松的精神，加上拜金主义的干扰，更急功近利，学风浮躁，人格教育和人生教育都是短板，别说出人才，就连培养正常的有道德的公民都有些困难了。正是这种残酷的现实，迫使我们对大学教育反思，希望能通过通识教育探寻一条新路。但这是新事物，还得认真领会其先进的理念，克服急功近利的思想，让改革的路子比较正，不是花样翻新，不是立竿见影的"工程"，而是有长远考虑的教育大计。

如果承认通识教育是面对所有大学生的全人教育或博雅教育，那么课程设置就要往这方面靠拢。其实许多著名的大学在通识教育方面都有好的做法，值得借鉴。例如，美国哈佛大学设立通识核心课程，注重文理交叉，包括外国文化、历史、文学与艺术、道德修养、自然科学、社会分析等6个领域，要求选课所占学分达到毕业要求总学分的1/4。北京师范大学把通识教育分解成哲学社会科学、人文、自然科学与技术、美学艺术、实践能力等五大类。北京大学也在建立一个相对稳定的文理科互选的课程系统，课程按学科大类分若干板块，规定学生必须在规定的不同板块（一般为人文科学、社会科学、自然科学）至少各修习一定门数或学分的课程。为此，我也曾邀集全国一些拔尖的学者编写《名家通识讲座书系》，即"十五讲"系列教材，已出版70多种。各个大学的做法有一共同点，那就是试图把"全人类的文明经典"介绍给学生，拓展学生视野，使学生兼备人文素养与科学素养，把学生培养成全面发展的人。

通识教育是一种进步，可能从一个方面活化大学办学的思维。长期以来，我们都习惯于以政治权威和意识形态为标准，对文化、科学的尊重仅限于工具与实证的领域，如今又几乎全受制于市场经济，所以办大学也眼界狭小，是工具性思维，这样的大学，难以起到为社会发展不断提供灵感和动力的效能。工具性思维指导下，所培养的人才也是视野偏狭、缺少创新能力的。中国经济这二三十年有飞速的发展，可是我们的大学所培养的在科技方面顶尖的人才，是极少的，人文社科方面那就更惨，在国际上没有什么话语权。换一个思路，无论什么大学，都注重全人教育、博雅教育，然后才是专业教育，而且专业教育过程中仍然不忘通识教育，让专业教育和通识教育水乳交融结合起来，那才有可能摆脱教育之困境，全面提升高校的教育质量，也有可能给"钱学森之问"交上答卷。

基于上面的认识，我对《经典解码：20 世纪中国文学和电影》这本通识教材是看好的，认为黄万华教授和他们团队做了一件大好事，编了一本可用的教材。这本教材介绍给同学们的是 20 世纪中国优秀的文学与电影，那些已经或者可能成为经典的作品。这些作品记载一个多世纪以来中国的命运，积淀有我们民族的感情，是宝贵的传统。不要一讲传统就理解为三皇五典、百宋千元，应当还有最近百年我们民族的智慧与精神。现代传统相对于古典传统可能不太为人所留意，但有可能更贴近当代的精神结构，弥漫于整个社会日常生活。看看这本教材所提供的那些丰沛的作品，就会感到现代文化传统多么值得珍惜，就会意识到目前社会上流行的所谓五四以来造成传统断裂、文化虚空的说法，是毫无根据的。无论是几千年的传统还是近百年的传统，其根须都伸展到我们每个人的血脉之中，接触和学习经典，可以让我们的心安放，精神飞扬，更坚实而有力地面对未来。

这本教材让我赞赏，还因为编者的用心阐释，深入浅出，让普通大学生进入作品艺术世界，领略各种艺术风格与境界，得到审美愉悦，提升文学艺术鉴赏分析的能力。这也正合通识教育的要义。

前不久，我为参加自学考试的学员编过一本《中外文学作品导读》（中国人民大学出版社即将出版），自然有些心得，由于那本书和这本教材有些类同之处，所以我想就怎样学习文学鉴赏性课程讲点意见，供同学们参考。

学会鉴赏优美的文学艺术作品，可以让自己具备博雅的气质。这个"博"可以理解为眼光与气度的开通博大，"雅"就是品位的高雅。专业不同，同学们不一定都要成为通晓文艺的专家，但气质风范必定是面向博雅的，这会让你们感到人生的充实。在当今趋向物质化、功利化、粗鄙化的氛围中，提倡"博雅"是有现实意义的。开设这样一门现代文学电影欣赏课，也有这方面的考虑：以这门课来激发学员阅读的兴趣，养成读书的习惯，化育博雅的气质，文学素养有所提高，整体素质也可以逐步得到提升。

学习这门课，要把读作品放到最重要位置，在这方面多花点工夫。教材每篇作品所附的解读，也就是"解码"，是让大家大致知道可以从什么角度或者以什么方法去进入作品，可以提供一些阅读的思路和方式，但这些"解码"只是为了打开思路，大家不一定去细读和死记硬背。这门课定位在"读"，主要功夫就是读作品。

如何去读？"第一印象"很重要，要获取整体感受，相信和珍惜自己的印象，不急于分析寻找什么意义主题之类。"解码"的导读中所点拨的意见不能代替自己的阅读感受，但可以给自己提示、启发，最好和自己的阅读感受做些比较，看是否吻合，并从中引发某些思考。读完作品，再展开一些探究，将阅读的感受、体验上升到理性层面思考，这多少就是鉴赏与评论。无论是教师教学，还是学生阅读，都要注意结合阅读印象和问题来分析作品，处处强调发掘与培育对文学的想象力、感受力和分析评判能力。

要重视和相信自己的阅读感受，注意积累不同的阅读体验，善于对不同的艺术风格做比较；对经典作品思想内涵的领会，要有一定的历史感，善于体验那种古今中外可能相通的情思与价值；不要"直奔主题"，也不要什么都用某个固定的概念与思维模式去简单"套解"；不能把鲜活的作品全都做冷冰冰的模式化的"分析"，然后简单而反复地套用某形容词去解释，必须在阅读作品有了自己的艺术感受的基础上去思考分析，把握每篇作品的艺术个性，把思路放开。

阅读作品时放松一点，不要一门心思总想着考试，想着问题和答案。文学属于精神生产，而精神现象是非常复杂的，文学分析也有多种可能性，不一定非得掌握什么"标准答案"，也不要求读一部作品全都能"通透理解"。我想此书所设计的各种"解码"，不过是示范某些方法，也并非要求大家"就此办理"。读过一篇作品只记得几条干巴巴的主题意义之类，最没有味道了。感受、体验与思考，在不断阅读中不断积累，也不断提升文学素养，这比什么都重要。

　　文学艺术鉴赏类课程所需要的是个性化的阅读和浸润式的学习，要发挥自己学习的自主性。在应试教育覆盖下的那种一切指向"标准答案"的学习，在这类课程中是要努力避免的。学了这门课，初步接触了现代文学与电影的经典，引发了阅读的兴趣，提升了自己的文学素养，思维能力、感受能力也长进了，这何乐而不为。

　　阅读经典是一个涵养过程，需要沉下心来，"磨性子"。现在颠覆经典成了时髦，人们失去传统的尊严感，颠覆之下的"文化快餐"和垃圾太多，包围了青少年，他们不再有良好的阅读习惯。许多学生除了应对考试，读书其实很少，对经典作品阅读相当有限，即使有所接触，也不见得是经典原作，可能也就是上网读一些好玩的轻松的东西，包括"恶搞"的文字，这很容易受到那种价值消解、相对主义甚至游戏人生的思想影响，而且把阅读品位也败坏了，这真有"终生受损"的危险。我们读经典，可以养成好的阅读习惯，要多读书，读好书，好读书，读整本的书。所以学习这门课是很有现实意义的，这不只是阅读经典的课，也是精神成长的课。

2011 年 12 月 1 日于济南

《大学人文经典阅读》[①] 序

> 读经典是"磨性子"，如同思想爬坡，有些
> 难和累，但每上一个高度，都可能风景独占。

浙江理工大学开设大学生的必修课"名著导读"，编写了这本教材《大学人文经典阅读》。教材即将问世，主编陈改玲教授把清样寄给我，嘱我写序。我乐意承担此事。这本教材所选大都是美文名篇，精粹可读；而四个主题单元的设定从不同方面引导阅读与教学，所涉及的都是人类生存发展的重大问题，也是学生成长过程中必然会碰到的问题，通常说的"人文素养"，也体现在这些问题的体认当中。以此来结构一门课，在一个学期左右紧凑的时间里，引发大学生对名著经典阅读的兴趣，促进对人生某些基本问题的思考，我认为是很实在而有益的。

现在很多高校都在开通识课，"培养人文精神"这句话也

----

① 《大学人文经典阅读》，陈改玲主编，北京大学出版社 2013 年版。

常挂在嘴上，大家都感到大学人文教育确有必要。但许多学校开设通识课的效果不见得好。常见的大都是一些知识拼盘课，老师因人设课，学生也凭一时兴趣选。一门课学完，什么琴棋书画、国学常识、影视欣赏、天文地理，等等，浮光掠影，蜻蜓点水，都知道一点，就是没有静心读书，也很难说得到了心性涵养。

大家为什么期盼通识教育？主要是对现行教育状况的失望。多年来，我们的教育被赋予太多政治、经济的功能，分科太细，满足于专业训练，思想教育取代了人格教育和人生教育，校园里缺少自由宽松的精神，加上拜金主义的干扰，急功近利，学风浮躁，别说出人才，就连培养正常的有道德的公民都有些困难了。正是这种严峻的现实，迫使我们对大学教育反思，希望能通过通识教育探寻一条新路。但浮光掠影的通识课也恐怕解决不了这个问题，因为这并不符合通识教育的本义。

通识教育的本义是什么？参照一下世界上一流大学的经验，通识教育应当包含这么几层涵义：这是面对所有大学生的教育；又是相对专业教育而言，属于非专业、非职业性的教育，与专业教育可以互相补充；还有，这是全人教育或博雅教育，通过接触人类文化的精粹，在人文、社会、自然科学等领域获取通识，培养有教养、有能力、有责任的公民，最好是那种有通融识见、博雅精神和优美情感的人。这样来定位的通识教育，就不能满足于课程的调整补充，更不是来些知识拼盘点缀，而是实行一种更利于培养健全人格和博雅精神的教育理念。

如果承认通识教育是面对所有大学生的全人教育或博雅教

育，那么课程设置就要往这方面靠拢。其实许多著名的大学在通识教育方面都有好的做法，值得借鉴。例如，美国哈佛大学设立通识核心课程，注重文理交叉，包括外国文化、历史、文学与艺术，道德修养、自然科学、社会分析等 6 个领域，要求选课所占学分达到毕业要求总学分的 1/4。还有一点特别值得借鉴：像哈佛等名校的通识课，大都比较看重读书，主要时间就是让学生去读一些经典，接触人类智慧的源泉，通过读书和思考，去逐步建树健全的人生观和世界观。

《大学人文经典阅读》这本教材重视读书，引导读书，是对路的，符合通识教育和博雅教育的精神。这样的通识课，主要就是读书课和思考课，是精神涵养的课。所以我建议选修这门课的同学也能抱着这个目的：让自己接触经典，喜欢读书和思考；让自己兼备人文素养与科学素养，成为有通融识见、博雅精神和优美情感的人。

现在的大学都办得"很着急"，希望马上多拿项目，多出成果，赶上"一流"。天天喊"创新"，投几个钱就希望立竿见影，其实还是工具性思维。许多大学的决策者对科学表面上是尊重的，其实还是"实用为先"，所谓"尊重"也只限于工具与实证的领域。受制于这种工具性思维，大学很难成为精神高地，所培养的人才也就难免视野偏狭，缺少创新能力。我们的大学和世界上一流大学的主要差距在哪里？不一定是在"硬件"，往往是在"软件"——我们的大学难以起到为社会发展不断提供灵感和动力的效能。这就可以解释，为什么中国经济 30 多年有飞速的发展，可是大学所培养的科技顶尖人才却凤毛麟角，人文社科方面那就更惨，在国际上几乎没有什么话语权。这些状况逼迫我们换一个思路：无论什么大学，都注重全人教育、博雅教育，然后才是专业教育，而且专业教育过程中仍然不忘通识教育，让专业教育和通识教育水乳交融结合起来。我想浙江理工大学开设"名著导读"的通识课，让全校本科新生一进大学校门，先上这门课，正是朝这方面努力的。

大学和中学有些不同，就是学生学习应当更加主动，更有个性化的选择。我想提醒同学们的是，尽快把中学应试教育的"敲门砖"扔掉，摆脱那种僵硬的思维及套路，重新养成读书和思考的习惯。读书要多读经典，读人人知道却又未必读过的那些"大书"，最好别只读选本，要读就读整本的。这部教材已选用了一些经典的章节，还不够，不妨顺藤摸瓜找原书来读。读得粗一点没关系，但总要完整地读。其实真正称得上人类文化经典的书不很多，大学时期能完整地读 10 本 20 本，就不简单，也就有"底气"。经典和我们有隔阂，不会好读，读经典是"磨性子"，又如同思想爬坡，虽然有些难和累，但每上一个高度，都可能风景独占。读书不满足于掌握知识，更要启发思考，思索某些本源性的问题，特别是有关人生意义及信仰的问题。这种浸透着自己感受、体验的本源性思索，是青少年成长的营养素，是一般知识传授所不能取代的。

大学四年将在很大程度上决定同学们未来的一生。对那种一上大学就苦心经营如何找个好工作、如何赚钱的做法，可以理解，但这未免太过于"近视"。有志向的学生总是有理想引导，努力锻造自己，在人格、人生观、体魄与专业几个方面奠定健全坚实的基础。他们的人生目标不会拘泥于谋取职业和金钱。在这个意义上我也很赞成同学们多接触和阅读经典。和人

（大学人文经典阅读》序

类最聪明的智者一起思考，我们会由此变得睿智，更重要的是心可以安放，也就有可能超越平庸，精神飞扬，更坚实而有力地面对未来。

2013 年 9 月 1 日于历下南院

《中国当代民族文学的文化寻根》^① 序

> 这种研究打破了少数民族文学与主流文学间的壁垒，改变少数民族文学研究被隔离在自我封闭的系统内部进行的状态，是一种方法论的突破。

少数民族文学作品我读得不多，按说这方面没有发言权，杨红教授要我给她的《中国当代民族文学的文化寻根》这本书写序，我是犹疑的。可是 20 年前，杨红曾来北京大学进修，我是她的联系老师，这事也不好推辞。书稿大致读过，觉得还是挺有新意，也很受启发，就把一些想法写下来，供杨红和这本书的读者参考吧。

中国当代文学既然是"中国"的文学，理所当然就包括少数民族文学这一部分。可是现有各种"中国文学史"，都极少关注少数民族文学。这些年也有学者在呼吁突破既有的文学史

---

① 《中国当代民族文学的文化寻根》，杨红著，中国社会科学出版社2019年版。

版图，重构一种更加全面的"大文学史"，把少数民族文学也包括进去。实际上，这又很难落实。杨红教授多年来特别关注少数民族文学，发表过许多文章去讨论少数民族文学与整个中国文学的关系，她的这本书就是这方面研究心得的汇聚，虽然集中谈的是"寻根"这一话题，但也涉及如何处理中国当代文学史中的少数民族文学。杨红的研究是在探索和实践"大文学史"的可能性，为这种文学史的书写拓展了视野，做一些很实在的积累。这是非常有价值的。

杨红教授不是铺开来谈论整个少数民族文学，而是聚焦于"寻根"，从这一点入手，考察近二三十年来一些代表性的少数民族文学（主要还是汉语书写的）的样态与趋向。书中梳理了少数民族文学"文化寻根"这一现象产生的原因、背景和趋向，分析了"文化寻根"的内涵及艺术形式，以及和同时期主流文学"寻根"思潮的关系。书中比较细致探讨了"西藏新小说""民族志写作"和大凉山彝族现代诗群等现象，借此勾勒这些年少数民族文学创作的趋向，给人的印象颇深。

这些勾勒大致呈现了近二三十年来少数民族文学"寻根"现象的图景。这些图景是有深度的，是能引发某些问题思考的。因为杨红把少数民族文学"寻根"的现象，置放在 20 世纪中国文学的历史脉络中，审视少数民族文学与主流文学间的互动，以此把握少数民族文学"文化寻根"与中国文学"文化寻根"的共性与个性，彰显少数民族文学"文化寻根"的独异个性色彩。这种研究打破了少数民族文学与主流文学间的壁垒，改变少数民族文学研究被隔离在自我封闭的系统内部进行的状态。这是一种方法论的突破。

该书讨论少数民族文学的"文化寻根"，却也提出一些重大的问题。

该书表明，在全球化趋势加剧的语境里，一些少数民族的母语在流失，传统的生活方式、宗教习俗与道德信仰等因与现代文化观念相背离而受到排斥。这是两难的：一方面要发展，要跟上现代化，要融入一体化的世界，这是大势所趋；另一方面，却很难避免民族的地域的文化被消融和同化，最终走向衰亡。电视普及到哪里，铁路修到哪里，哪里的自身文化就会被侵蚀而衰落，这是事实。少数民族文学的作家是那样深刻地感受着民族文化被侵蚀的痛楚与文化濒临消亡的危机，他们以文学的方式勇敢地担负起民族文化血脉传承的重任，以"返回"的姿态，发掘、审视民族自身文化的资源，这本身就是一种可贵的承担。很多"寻根"其实就是在"重述历史"。这是全球化时代里对少数民族"文化创伤"的一种修复与建构。少数民族文学的"寻根"总是伴随着锥心之痛，往往就会唱出文化的"挽歌"，也是这一类文学里最动人的情愫。因传统逝去而产生的失落之痛感，不过是挣扎与无奈，那令人黯然神伤的非主流情绪还不一定是"正确"的，但文学感人的力量往往又来自这些哀伤与无奈。"寻根文学"的价值不只是作为一种文化史、精神史的记录，也在于这种不可复制的文化失落之痛——转化为审美的、可触动不同时代人类心灵的悲剧性的"痛"。

杨红的研究有意无意在提供某种警示：全球化也好，社会的迅猛变革与发展也好，从一定的角度去评判，当然是合法的、进步的、势在必行的，但若从文化的角度看，却又未必。人类在这个问题上也可能有盲区，就像生态的灾难往往是由人类自身的过度索取所造成、却又可能无力自拔那样。文学虽然无力，有时也可以提供某些"陌生化"的警示。

这本著作还在提示一种"理想"：强势文化挤压弱势文化，弱势文化很自然也会努力保持自身的合法性。在异质文化彼此的碰撞中，双方的关系既是对抗的，也应当是相互吸纳的。理想的状态应当是，文化的变革创造，不是简单地放手让弱势文化完全被强势文化所同化和吞并，也不是让弱势文化总处于和强势文化对抗的旋涡，最好是超越两者本身，以达到一种相互制约，相互沟通和共同发展的状态。虽然这种"理想"在少数民族文学"寻根"过程中表现并不突出，却也留给读者许多思考的空间。

杨红是一位年轻的学者，她这本书还比较稚嫩，有些部分过多搬运理论知识，显得累赘。但又是生机勃勃的，她的问题意识比许多论述更加引人深思。这也是我乐于写序推荐的理由吧。

最后，我想引用书中提到一位大凉山诗人的话来结束。这位诗人说："我想通过我的诗，让更多的人来了解我的民族，了解我的民族的生存状态。我的民族的生活，是这个世界人类生活的一个部分，我想用诗去表现我的民族的历史和生活，去揭示出我的民族所蕴含着的人类的命运。我的梦想是力图通过再现我的民族的生活，去表达对和平的热爱，对不同文化的尊重，对人的权利神圣不可侵犯原则的坚守。"

这也是我看重这本书，乐于推荐这本书的理由吧。

2018 年 6 月 19 日于京西褐石园

温儒敏

著

温儒敏序跋集

增订本

（下册）

团结出版社
UNITY PRESS

目　录

三辑　语文教育与课程改革

四辑　北大文脉及其他

三辑
语文教育与课程改革

《北大学生语文论文选》序

> 通过这样一门课学会欣赏文化精品，让高品位的阅读和写作，逐渐成为一种良好的习惯，一种终生受用的生活方式。

有关北大的书已经出版不少，光是学生创作之类就见到有好几种，有些似乎也就借北大的名声炒作。然而北大中文系最近编了一本《北大"大学语文"学生论文选》（即将由北大出版社出版），普普通通，汇集了几年来选修"大学语文"的理科学生的一些比较有代表性的作业，公开出版，一是作为大学生思想情感的交流，二是展示一下这门课的教学成果。这是一本带有鲜活的大学教学"原生态"的书，所选的文章大都保持了原貌，不作什么修改，也没有什么出版的"包装"，原汁原味，青春本色。我想，这样的书不但理科的学生感兴趣，文科的学生也可能会关注。我们可以从中听到在北大就读的这些同龄人的声音，包括他们对人类文明的了解与探究，对生命对爱情的感悟，对现实的观察，对生活的思考……

现在强调素质教育，文理汇通，要求文科学生要懂一点科技知识，理科学生学一点人文，将知识面扩展，把学术的眼界打开，当然更重要的，是在对人类优秀文化广泛接纳的过程中，使人格精神得以提升，也就是通常所说的整体素质的提高。其实这是很细致的需要潜移默化的过程，绝非上几堂课，灌输几个观点就能达到。大学语文课也不可能完全承担这一重任。但毫无疑问，北大的"大学语文"教学，是非常注意人文素质的培养的。老师们下的功夫主要就是引导学生理解、体验和欣赏优秀的中外文化，努力达到一种品位的提升，人格的熏陶，精神的向善。读北大学生这本书，了解当下大学生如何接触和理解各种经典，以及传统文化的根须怎样在新生代中延伸和发展，有助于讨论与素质教育相关的一些课题，这是有兴味的事。

从 1997 年开始，北京大学决定恢复为理科低年级学生开设语文课。"文革"前，北大和许多大学一样，本科生一踏进大学，是要修语文课的，后来因压缩课时，或者还有其他的原因，这门课停了。这几年又恢复开课，主要是面对目前大学生人文素质和中文读写能力下降的状况，试图在这方面做点努力。北大校方对这门课的开设非常重视，指定由中文系负责，系里也把这门课作为重要的基础课来安排，选派优秀的教员主讲。因为选课的学生很多，每学期都有五六位老师分班开课。各位老师授课的风格可能不同，但大致都是选一些中外名篇做精细的讲解，引导同学了解相关的文化历史背景与语文知识，领略人类思想文化的精髓，学会从不同的角度和层面去分析鉴赏作品，并尽可能改变比较单一的"语文应试式"阅读习惯，在讨论和写作实践中提高读写能力。理科生的功课比较重，而语文课一般又和专业课没有直接的关系。在当下比较讲求实利的风气中，这种课要吸引住学生，并让他们真有兴趣，有所得，也并不容易。值得欣慰的是，老师教得认真，同学们普遍也喜欢这门课。无论是提高学生的语文能力，还是人文素养，这门课都取得了明显的效果。这里选编了几年来选修这门课的北大同学所写的部分作业和文章，从一侧面展示这门课的情况，也算是一个总结，对于今后进一步开好这门课，也许有参考价值。

许多同学选修"大学语文"，就是要提高语文水平，甚至是为中学语文补补课。这是很现实的想法。但"大学语文"的课时不多，老师讲课的方式又不同于中学语文那样的系统和细致，期待上这样一门课马上使写作能力有飞跃性的进步，对多数同学来说，可能不太实际。从北大开课的情况看，比较有收获的同学，都调整了中学阶段的学习方法，更加发挥主动性，基本上不再是为了考试或拿学分而学习，而是注重方法的领路，能力的训练，以及眼光和品位的养成。

具体来讲，就是既适当兼顾语文课必要的工具性，加强阅读和写作的训练，更注重通过这样一门课学会欣赏文化精品，学会如何去不断丰富自己的想象力、感悟力与思考力，让高品位的阅读和写作，逐渐成为一种良好的习惯，一种终生受用的生活方式。我读这本书，能感到北大同学学语文已经比较主动，放得开，抱的就是这样一种兼容的又能充分发挥自己的姿态。他们能在较短时间内明显提高对汉语阅读和写作的兴趣，写出这些优美的有创造性的文章，也就并不奇怪。

2003 年 1 月于蓝旗营

《高等语文》^①的编写和使用说明

> "高等语文"不只是基础语文的延伸，也是
> 更高一级的提升。《高等语文》是一部教材，也
> 尝试建立一门富于变革意味的课程。

经过许多学者、教师 20 多年的呼吁和努力，"大学语文"已经成为全国各类高校普遍开设的公共课，还被确定为全国高等教育自学考试各个专业（中文专业除外）必考的一门课程。随着素质教育的大力提倡，该课程更受到重视，许多大学都组织编写了这方面的教材。但就目前的状况来看，多数大学讲授这样一门课，其路数和中学语文大同小异，教材也多是文选，不过稍微深一些就是了。"大学语文"作为一门课程还不很成熟，学生也不见得很欢迎这门课，甚至将之戏称为"高四语文"。现在中学语文也在改革，那种被高考箍得太死、学生被

---

① 《高等语文》，温儒敏主编，朱寿桐、王宁、欧阳光执行主编，众多著名学者参与编写，江苏教育出版社 2003 年版，列入"十五"和"十一五"国家级规划教材。2007 年修订，分为甲乙两种版本，乙版本为简编本。

动学习的状况已经引起广泛的注意。所以最近教育部新颁布的中学语文"课程标准"，在课程的结构、教法以及教材的编写等方面，都提出新的思路和要求，努力加大素质教育的含量，调动学习的个性和主动性。中学语文教育正在发生革命性的变化，改革的步子是很大的。

作为与中学语文有承接关系的大学语文，看来也不能不适应时代的变化，改变"高四语文"的状况。

我们组织编写这本《高等语文》，就是为了适应时代的变革，满足素质教育的需求，探索大学语文教学的新路向，同时也希望通过教材的编写，来推进这门课程的建设。

江苏教育出版社以其专业敏感，最早提议要编一本有新思路的大学语文教材，这个提议首先得到南京大学朱寿桐教授的支持，他提出初步的设想，并联系了多所大学的有关教授。大家都把大学语文改革看作一件大事，非常关心，热情投入。2003 年 1 月 11 日，江苏教育出版社委托温儒敏和朱寿桐两位教授，在北京大学中文系五院召开了关于编写《高等语文》教材的专家座谈会。出席会议的有：张岂之（清华大学教授、西北大学前任校长）、费振刚（北京大学中文系教授、前系主任）、王宁（北京师范大学中文系教授）、朱寿桐（南京大学中文系教授）、欧阳光（中山大学中文系教授、系主任）、董洪利（北京大学中文系教授）、温儒敏（北京大学中文系教授、系主任），以及江苏教育出版社社长、文科室主任和编辑多人。座谈会讨论了《高等语文》的编写设想和选题，希望通过该教材的编写，引起各大学对语文教育的重视，探索大学语文教学的改革。

会议决定聘请各大学一批关注或从事语文教学的教师，组成《高等语文》的编辑委员会，邀请刘中树、张岂之、叶朗、费振刚等著名专家担任编委会主任。为保证这项工作的落实，指定温儒敏出任《高等语文》主编，朱寿桐、王宁、欧阳光任执行主编。之后，又广泛征求许多大学有关专家和老师的意见，在教材的框架设计上，参照和吸纳了一些大学教学的经验。有 10 个大学的专家参与这本教材的编写，他们大多是各个学科领域的知名教授和学者。这本教材是校际合作的产物，编者的阵容是相当强的。

目前大学的语文教材普遍称为"大学语文"，而这套新教材名为《高等语文》，并非标新立异，其实类似的命名不无先例。例如，大学理科教学中就有公共课起名为"高等数学""高等物理"或"高等化学"的。本教材定名《高等语文》，意味着和中学语文的承接与区别，也表明是在探索更加适合大学生的新的语文教学结构和学习方式。当然，这也是为了区别于当下坊间许许多多"大学语文"教材。我们认为《高等语文》的"高等"是一种教学的定位，意味着这本教材必须遵循语文教学的规律，在中学语文的基础上，设计和探求语文教学的高等形态，建立起适合大学生特点的语文教育模式和教学规范。

我们理解的"高等语文"的学科建构，在课程乃至教材建设方面，都力图做到更为科学地整合语言文学与文化的知识，这就不是停留于为大学生补补语文课。大学生学习语文已经不再像中学时期那样，要受高考的制约，偏重语文的工具性。大学生选修语文课，应当比学中学的基础语文更放得开，更活泼，也更能发挥学习的兴趣与主动性。《高等语文》的编写充分考虑到这些特点与需求。

"高等语文"应当是一门适合当代大学生的、偏重语文素养培育的基础性课程。人文的熏陶是贯穿整个课程教学的，但又不等于一般的素质教育通识课，还是要立足"语文"，科学地整合语言、文学与文化诸方面的知识。尤其应注意发挥学生对语文学习的兴趣与潜能，让他们更加主动地学习，学会欣赏文化精品，学会如何去不断丰富自己的感悟力、想象力与思考力，让高品位的阅读和写作，逐渐成为一种良好的习惯，一种终生受用的生活方式。这就是着重于素养的培育，力求在较高的层次上让学生对语文和中国文化有更系统的了解，而读写能力的提高也就和这种学习了解很自然地结合起来。总之，新编的《高等语文》要更加注重学习方法的引导，以及眼光和品位的养成。这样的"高等语文"就不仅是基础语文的延伸，更是基础语文的更高一级的提升。因此，在策划思想上，或者说是作为一个目标，新编写的《高等语文》不只是一部教材，也是尝试建立一门富于变革意味的课程。

《高等语文》和一般的大学语文教材最大的不同，就是打破惯有的文选讲解的模式（这种模式与中学语文大同小异），而采用分专题讲授语文知识（包括文学史、文化史等方面知识），并引导阅读、思考和写作的综合模式，老师讲解和学生学习都有了更大的选择空间。

这本教材根据大学生普遍的语文水平，和要求大学生应当了解的基本的语言文化知识，并考虑大学语文课的课时，设计了 25 个专题。教师可以根据各校的教学安排，并结合同学们的兴趣（甚至可以让同学们来选择），从中挑选一部分专题来讲解和学习讨论，其余则由学生自学。教师讲授和学生学习都应当注意，每个专题都包括如下三方面内容，可以有重点地合理地搭配使用：

第一层次是专题讲座，也就是导读，大都由著名专家撰写，深入浅出地介绍与专题相关的语文知识，包括文学史、艺术史、文化史等方面的知识。不是面面俱到的介绍，而是在传授相关知识的同时，配合文选作讲解与赏析，引导学生阅读与思考。教师参考这些导言给学生讲授时，也最好扣着"语文"这两个字，尽量带进对于语言文字和文学审美的感悟、分析与表达，不宜把这门课完全讲成文学史或文化史。

第二层次是与讲座导读配套的文选，有的是单独一篇，也有节选数篇的。古代诗文一般都有简明的注释。任课教师讲解应当主要围绕文选，而这也是学生学习的重点材料。选文一般避免与中学教材曾经入选过的课文重复；注重其经典性价值以及文字的精美。上课之前学生应当预先阅读有关文选，教师讲授时可以择其部分，做细读讲解。

第三层次是拓展性研读材料，包括与专题相关的作品以及代表性的研究观点的摘录，主要是泛读的材料，也为那些对专题有兴趣的学生提供进一步学习的线索和指引。这三部分内容中，文选这一部分最重要。教师讲授最好以文选为主，又有所发挥。泛读部分也是和文选配合的，可以理解为是拓展学习的材料和指导。

《高等语文》主要是为中文系之外的其他专业（包括理工医农等学科）的学生设计的，充分考虑到学生的普遍接受水平，不太深，力求简明，深入浅出。讲课时要注意还是扣住

"语文"，通过专题的学习，使学生对中国语言文学和文化有一个感性的、又有一定系统性的了解，最重要的是能多少引起他们对语文学习的兴趣。

每一专题前面都附有几个提示题。一类是比较浅近的知识性复习题，一类是有一定学术探讨意味的研习题。根据各专题选文的情况，可以提议学生背诵、朗读文选，讨论某一课题，撰写读书笔记以及做其他实践性练习。

《高等语文》的编写有统一的构思，各个专题是由多所大学的专家分别撰写的，写作的风格不尽相同，也没有必要强求统一。也许这样反而能够给教师和学生以更多的思考发挥的空间。

我们希望这本教材能够成为探讨大学语文改革的一个话题，一个契机。也衷心希望能听到广大师生的批评指正。

人教版《高中语文》教师培训视频导语 ①

　　　　　教材编写希望保证"基本口粮"，让学生得
　　　到基本的知识训练的前提下，激发同学们对祖国
　　　语言文学和文化更大的学习兴趣。

　　中学语文教学改革的主力是一线的中学老师，他们对语文教学的状况最了解，一切改革措施最后都要靠他们来落实。这套新教材到底怎么样？能否真正受到广大师生的欢迎？我们等待着来自一线教师的"裁判"。

　　就我们编写这套教材的意图来说，除了贯彻"新课标"的精神外，还格外注意吸收多年来广大中学教师的经验，注意我国不同地区大多数学校目前的状况，注意改革的可行性。我们总是力图设身处地，充分考虑广大中学师生使用这样一套新教材时可能碰到的问题与困难，考虑如何与长期形成的好的教学传统衔接，考虑如何有利于唤起广大教员的主动性与创新思

---

　　① 　新课程《高中语文》教科书，袁行霈主编，温儒敏、顾之川执行主编，人民教育出版社 2004 年版。这是温儒敏为教师培训资料视频课件所做的导语。

维，努力寻求达到最好教学效果的途径。所谓"守正出新"，即包含这些意思。

中学语文改革的压力很大，难度也很大，更需要求真务实。在"高考"还不可能有大的改革的情况下，我们的语文教学也不可能完全绕开这根"指挥棒"，这是非常实际的情况。这套教材的编写是考虑到这种"国情"的，但又希望在保证所谓"基本口粮"——让学生得到基本的知识训练的前提下，能激发同学们对祖国语言文学和文化更大的学习兴趣。所以本教材一方面注意夯实基础，另一方面留给老师教学发挥和学生个性学习的空间也还是比较大的。

中学的学习是为成年的生活做准备的，但中学时代本身就是人生的一部分，是不可代替的最美好的生活段落。本教材的编写设计力求贴近青春年华，为学生健康、快乐而充实地度过高中三年着想，内容和板块设计注意体现"学生本位"的意旨。不过这也许只是提供某种可能，真正让学生喜欢语文，享受语文激励心智发育的喜悦，同时又能够为他们日后的发展打好底子，那还有待广大老师教学实践中的发挥。

这套教材是人教社和北大中文系以及北大语文教育研究所合作编写的。北大方面有十多位著名学者加盟这个项目，另外，还有清华等其他几个大学的教授，以及数十位资深的中学教师和教研员参与这项工作。这套教材的编写已经成为一个契机，使北大中文系更深地介入了中学语文教学改革，我们希望有更多的机会向广大中学教师学习，和大家一起努力推进教育大业。

《中外传记作品选读》^① 前言

> 年轻的时候要有偶像和楷模，有高远目标的激励。"用伟人的事迹激励我们，远胜一切的教育。"

在高中语文课中增设"中外传记作品选读"这门选修课，是一种新的尝试。同学们都渴望能拥有健全、快乐和成功的人生，现在的学习阶段就在做准备，而且其本身就已经是人生经历的一部分。我们该怎样设计自己的人生？当然最重要的还是学习。除了学习文化知识外，还要从历史人物或者成功的人物身上学习宝贵的生活道理、人生哲学以及获取成功的途径。这就是励志教育，是人生教育中非常重要的部分。人都需要不断添加生活的动力，特别是在年轻的时候，要有偶像和楷模，有高远目标的激励。如同英国思想家培根所说过的："用伟人的事迹激励我们，远胜一切的教育。"让同学们从那些杰出的成功的人物身上吸取人生的经验，从前人多种人生道路的选择中寻找

---

① 《中外传记作品选读》是新课程高中语文选修课本的一种，温儒敏主编，人民教育出版社 2005 年版。

我们各自的"契合点"，这就是我们设立这门课的主要目的。

选收在这本教材中的中外 12 位杰出人物的传记，记录了他们的生平事迹，阅读中我们可以具体感受他们走向成功所付出的艰辛，他们卓越的才能和坚韧的意志，还有他们的思想、智慧和人格魅力。除了从这些杰出人物的事迹中吸取人生启迪和精神力量外，同学们还可以初步了解如何用历史唯物主义的眼光评价历史人物，并就此引起对传记阅读的兴趣，尝试对人物的观察、描写与评述，提高读写能力。这样，我们又回到语文教育，使之成为更生动有趣的学习。

传记是记载人物生平事迹的一种纪实文学形式，注重史实，可视为历史的一个分支。传记写作主要根据调查研究与传主个人回忆等材料，加以选择性的编排、叙述与说明而成。传记往往又带有文学性，作者在材料的选择与编排、叙述中可能融入自己的观察、想象与感受，或者强化了作者自己所理解的题材意义。所以我们学习的"传记选读"这门课，实际上涉及语文与历史等不同学科，是综合性较强的课程。传记的种类很多，有比较"标准"的纪实性传记、由作者自述的自传、注重学术性的评传，还有人物小传、回忆录、传记小说，等等。

本教材采用文选的形式，选收中外人物传记 12 篇，充分考虑传主的事迹及传记内容适合高中生阅读接受，多数为经典的传记，也有一些是比较贴近现实又有可读性的作品，尽可能兼顾到不同的传记体式。

传记选读主要是同学们自己读，每篇辅以简要的"导读"，介绍与所选传记相关的背景知识，提示阅读欣赏中应当把握的要点，以及阅读中建议重点思考的问题。"导读"对每篇传记的教学重点与理路也有提示，供教师教学时参考。此外，每一篇传记都设计有"思考与探究"，其中部分为励志教育方面的思考题，引导学生讨论和做相关的活动；另一部分侧重语文读写练习。

和其他课程不同，本课程宜以学生自主阅读为主。教师可以预先要求同学通读全书，然后根据多数学生的兴趣，选择其中一部分重点讲授；可以采取单元教学法，即根据传记内容或者体式分为若干个教学单元；也可以用别的灵活的教学方式。授课时除了介绍相关的知识，包括传主与传记作者情况，以及传记的形式特征，等等，还建议把重点放在组织学生的讨论上：围绕传记探讨人生励志、历史人物评价以及传记写作等问题。课程每一选文后面的"思考与探究"只是一种例举，老师和同学完全可以设计更多更能引发大家思考的问题。总之，这是一门更需要调动学生自学的主动性，因而也可以采用更活泼的形式来尝试的课程。

关于选文，这里再做些补充说明：（1）必修课已经有古代传记的单元，本教材就不再选古代的篇目；但教学中可以和必修课衔接，讲一些古代传记的常识。（2）有些经典性的传记名作因为篇幅太长，又不太好节选，就没有考虑入选。而入选的传记中有些属于普及性的，但比较完整，篇幅和内容都适合中学生阅读。（3）部分传记选文后面有拓展阅读的提示，提供给那些有兴趣深入探究的学生。

我们衷心地希望同学们能够喜欢这门新课，也期盼同学和老师把如何教好与学好这门课的心得与经验反馈给编者，让这本教材更加成熟，更受欢迎。

《语文课改与文学教育》^① 自序

> 我们有些人文知识分子本身的素质不高，他们的学术理想和生活追求可能是分裂的，相对主义搅乱了基本的信仰与标准。

这个集子题为《语文课改与文学教育》，内容大致包括了这几年学术上我所关心的两个新的领域。

书中第一部分是有关中学语文课程改革和大学语文教学的讨论。

我的专业主要是现当代文学，以往的研究基本不出这个圈子，最近对语文课改和大学语文问题有较多的关心，是工作上的需要，同时也因为观念的更新。我觉得所有大学中文系，包括像北大这样的综合大学的中文系，都应当适当关注中学语文课程改革，这是我们学科的"题中应有之义"。事实上，过去的大学中文系和中学语文教学的联系是非常密切的，许多著名

---

① 《语文课改与文学教育》，温儒敏著，江苏教育出版社 2007 年版。

的前辈学者，如朱自清、王力、吕叔湘、朱德熙、魏建功等，他们都曾涉足中学语文，为中学编教材，参与中学语文教学的讨论，在这个领域有过不可替代的贡献。至于大学语文，本来就是中文系的基础课程，在老北大、老清华等校，名教授讲授"大一国文"是常见的事。但是现在的大学教授似乎很少能有这份"心思"了。学科分工越来越细，每个学者都抱着一块做文章，加上高校的学术生产体制也日益鼓励偏向所谓"研究型"，连师范大学都纷纷往"研究型"靠拢了，哪里还有精力放在中学或者大学的语文教学研究上？现今社会上对于中学教育包括高考中存在的问题非常关注，许多课题需要有人去认真调查研究，可是，这些课题在许多大学中文系恐怕没有位置，甚至可能被看作是缺少"学术含量"的"小儿科"。据说在一些师范大学中文系，与中学有关的学科（比如"教学论"）是被边缘化了的。而在一些高校，教大学语文的老师大都出于无奈，因为这样的课程对于当前的学术评价来说几乎就是"无用功"，很少有教授会亲自出马为低年级学生讲大学语文。这些现象都是很不正常的，是我们这个学科脱离实际的病象之一。

语文教育是各个层次教学系统中最重要的组成部分之一。面对社会转型与时代的需求，中小学语文教学正围绕新的课程标准推行变革，特别是语文高考内容方式的改革正在引起全社会的关注，大学语文和成人教育语文的改革也势在必行。而作为语文教育"制高点"的大学中文系，无论如何也不能对这种改革的现状熟视无睹。其实，教师的主要职责是教学，而学术研究的功能之一，是要联系实际解决问题。我们在大学教中文的老师是否应当关注中学与大学的语文教学？中文系在整个社会的语文教育方面，应当承担怎样的责任？值得我们认真思索。

也就出于这种思考，为中文系的学科发展拓展空间，2004年我主持成立了北大语文教育研究所，随后做了三件事：一是组织北大教授参与"新课标"高中语文教科书的编写出版工作（与人民教育出版社合作）；二是推动在全国课题招标，组织关于语文教育的十多个专题调查研究；三是由我主持编写新型的大学语文教材《高等语文》①，引发关于大学语文改革的相关讨论。这些工作不见得有多大成就，再说我们毕竟不是这些方面的专家，也就是敲敲边鼓吧，许多方面还不尽如人意，但其意义在于"参与"。收在这个集子里的第一部分的十多篇文章，有的是关于"新课标"和中学语文教学改革的讨论，有的是教材编写的心得，有的是对大学语文改革的设想，就大都和这种"参与"有关。

中学语文改革的争论太多，谁都在抱怨，谁都插得上嘴，但建设性可行性的意见往往得不到重视。在本书的多篇文章中，我主张还是务实一点，回到朴素的立场，多一些调查研究，看到底社会上多数人首先要求从语文课学习中得到什么，这个定位清楚了，再来讨论教学方法和教学模式的改革。针对目前课改中出现的某些问题，我提出不应当把新课程理解为就是加大人文性，弱化工具性——语文教学的基本规律不能背

---

① 《高等语文》，温儒敏主编，朱寿桐、王宁、欧阳光执行主编，江苏教育出版社 2003 年版。

离。中学语文肯定要改革，但步子稳一些为好，要考虑国情，考虑大多数学生的需要，不能只盯着大城市的重点中学，应当更多地关注多数学校包括农村一般中学的教学资源和条件。这些观点也许显得有些"守成"，但本意还是支持教学改革，希望有比较务实的姿态，改革毕竟不是目标，而只是手段和过程。

集子的第二部分是有关文学教育的篇札，包括一些记者访谈、总结和发言之类，按时下学术评价惯例看，有些可能又是不能填表"入围"的，但我还想收在这里。其中所论及的，许多至今仍然是现实的课题，我想大家都会关心。比如市场化潮流冲击下人文学科包括中文学科的命运问题，中文系人才培养模式的变化问题，现当代文学课程改革问题，素质教育与通识教育关系问题，大学的文学教育及全球化背景下的本土人文教育问题，以及经典阅读问题，等等。

这几年我的部分精力还用在提倡大学的通识教育上。从2002年开始，由我发起，联合了全国十多所重点大学和一些科研单位近百名著名专家，协作编写一套大型多学科普及读物《名家通识讲座书系》①，通称"十五讲系列"。全套书系计划出版100种，涵盖文、史、哲、艺术、社会科学、自然科学等各个主要学科领域，是目前为止我国同类普及读物和教材中学科覆盖面最广、规模最大、编撰者阵容最强的丛书之一。我在主持和参与这套丛书的编写过程中不但学到许多知识，也逐步深

① 《名家通识讲座书系》，温儒敏执行主编，北京大学出版社出版，计划100种，到2006年11月已经出版40种。

入思考和探讨素质教育的课题。现在都在强调素质教育，可是成效不一定很好，什么都想搭上"素质教育"的"大船"，所谓素质教育也就虚化与淡化了。其实，我理解素质教育最重要的就是接触人类高雅的文化成果，特别是接触经典，从而得到健全的人格熏陶，使精神充实。而通识教育是达到素质教育的重要途径，在拓展与完善知识结构的过程中，可以让学生发挥各自的学习兴趣与创新潜能，同时也就得到高品位的精神熏陶。收在本书第二部分的一些文章就想和读者讨论这方面的问题。

这一部分还有几篇文章注意到当前社会变革形势下的人文学者的状态。我认为目前知识分子的批判力量是逐渐减弱了。因为知识分子的批判功能在体制上并没有一个明确的要求与定位，或者是满足于表达出批判立场，至于这种批判的实际后果如何，有没有"可操作性"，是否脱离实际，那是不管的，而且富于建设性的批判较少。这样的批判"说了也白说"，往往如一箭之入大海，起不到什么作用。有些人就自我解嘲说起到"观照"作用了，似乎"使命"也就完成了。另外，我们有些人文知识分子本身的素质不高，他们的学术理想和生活追求可能是分裂的。从精神层面说，今天的知识分子生活在异常艰难的时刻，表面上思想自由多了，多元化了，但也被相对主义搅乱了基本的信仰与标准。我在本书一些文章中提出，儒家思想是否能最终为我们现代社会提供一个有力的信仰系统，这很值得怀疑。我们这代知识分子抱负太大，总觉得自己可以改变社会，实际的情况恰恰是我们对于现状很无奈。如果知识分子太不了解社会，和社会脱节，他们充其量也就只是在报刊传媒上发表某些批评，很难有什么切实的建设性的意见能真正为社会所接受。

从 1995 年起我受命主持北大中文系的工作，至今有十多年了。①北大中文系的学术风气自由而严谨，是一个大气而又和气的系，在这里工作自然会有一种难得的满足感和成就感，当然，也会有一些难以言说的甘苦。无论如何，这些感觉的一部分已经付诸文字了。收在集子中的一些谈论学科建设与人才培养的文章，包括一些总结和发言，都不是一般的应景文章，其中有从实际工作中获取的感受，也有些是联系现实的针对性的意见。我多次强调"守正创新"，并把它作为北大中文系教学和研究的基调。在当今社会大的变革情势下，我觉得不只是北大，其他许多大学中文系都有自己的"文脉"，有自己好的传统，因此也就有如何"守正"的问题。现在讲"创新"比较多，但"创新"不能离开自己的"根"，只有做到既保持和发挥自己的学术传统优势，同时又适应社会需求，在学术和教育上才能不断有所推进。

本书的第三、四两部分较多论及现当代文学研究与教学，专业性较强，但和文学教育仍然有些关系。其中多篇是我为一些书所写的序言，另外则是散发在各类报刊上的短论和札记。这些文章中我谈得较多的是文学教育中的审美能力培养，以及文化研究给文学研究带来的冲击问题。我承认这些年文化研究给现当代文学带来了活力，但成为一"热"之后，也有负面的

---

① 温儒敏 1995 年出任北大中文系副主任和学术委员会主任，1997 年至 1999 年任北大出版社总编辑，1999 年至 2008 年任北大中文系主任。

东西出来了，作为文学研究题中应有之义的"文学性"被漠视和丢弃了，这样的研究也就可能与文学不相干了。对此我提出要警惕这种文学研究被"空洞化"的现象。文化研究在哪些环节能够融入文学研究，真正成为文学研究的新的催化剂，需要谨慎地斟酌试验。

本书大都是短札，唯独一篇《谈谈困扰现代文学研究的几个问题》，长达一万六千多字，是我在最近召开的中国现代文学研究会第九届年会上提交的论文。我曾犹豫这样长的文章是否要收到这个集子中，但最终还是放进去了。文中提出现代文学学科的"边缘化"与"汉学心态"，文学史研究中的"思想史热"，"泛文化"研究的缺失，以及"现代性"的"过度阐释"问题，等等，都是目前现代文学研究中存在比较突出，而又关系学科发展的问题。我认为现代文学面对学科边界极大扩张以及理论方法的泛化，存在自我解构的危险，有必要做做"瘦身运动"。学术界对此还没有充分展开过讨论，有的虽然有一些议论，但也没有相对一致的认识，甚至连"焦点"也没有找到。肯定也有不少学界同仁对我的质疑不以为然。但我想大家还是有共同点，那就是承认现代文学研究的确存在困扰，我们这里也主要是从学科困扰这一角度来思考问题的，希望能够引发大家更深入的探讨。

最近五六年我先后完成了《中国现当代文学专题研究》①《中国现当代文学学科概要》②等几种专著，又连续出版了《文

---

① 与人合作，北大出版社 2006 年出版。
② 2002 年吉林人民出版社出版。

学课堂》①和《文学史的视野》②两本论文集,《语文课改与文学教育》是又一个集子,内容比前两个集子要驳杂一些,但和我这些年实际工作的联系也密切一些。倘读者从中能引发某些思考,那就是我所企盼的幸事。我不病荒陋,检寻这些文字汇集流布,也是有些私心的,因为这于我总有某种留念的意味,我学术生命的一部分已经融会其间了。

2006 年 11 月 14 日于且竹斋

---

① ② 2003 年人民文学出版社出版。

《仿写与导写》① 序

"仿写"需要和阅读积累融会在一起，而不应当沦为那种"临时抱佛脚"的考试准备。

吴昊老师编了这本《仿写与导写》，嘱我写个序。这实在不敢当。这些年我虽然参与过语文教育的一些研究工作，毕竟不在中学教学的一线，我的一些文章和意见不见得符合实际，而且我和吴老师并不相识，也不太了解这本教材的更多情况，写序会不会无的放矢？不过认真读了该书的目录，还是很有兴趣。现今作文教学的书非常多，但明确以"仿写"作为教学基本框架的，还较少见。所以我愿意就"仿写"和阅读问题说上几句。

对以范文分析为核心的文体"套路"的练习，有些老师担心会束缚学生的思维，因此比较反对这种做法。我认为还是要实事求是，不能轻易否定"套路"的模仿训练。这种"仿写"

① 《仿写与导写》(出版时书名改为《名校作文之路：阅读·仿写·导写》)，吴昊著，江西教育出版社出版。

学习如果就是为了考试，而且训练得"过死"，的确容易形成考试的"八股"，束缚个性。但从另一方面看，模仿式的作文教学对于学会一般的文字表达，在开始阶段，也不无好处。那种能充分表达个性和创造性的、不拘一格的文章，自然是写作学习追求的目标，但对大多数学生来说，主要还是要求他们有比较通顺的文字表达能力，而要达到个性化的写作，那恐怕是更高的甚至有些"奢侈"的要求了。

这本教材以"仿写"（还有"导写"）作为一种初级写作教学的办法，通过系统上课和反复练习，让学生熟悉和练习写作的基本技能，一定会有所收获的。不过，如何让学生对这种反复训练有兴趣，能坚持下去，并和现今课改的措施结合，是个关键。我建议在模仿套式、提高技能的同时，引导学生大量阅读，要回到阅读这个"原点"上来。阅读是整个语文教育的基础，也是写作学习的基础，是写作的源泉之一。学生还没有走向社会，他们对生活的了解与感受，很大部分是要通过阅读来达到的。对多数学生而言，阅读比反复模仿写作更有趣。如果"仿写"能引起学生对阅读的兴趣，那就是一种很大的成功。

这里我愿意多说说阅读与写作的关系问题。阅读需要培养兴趣，也需要积累，这和作文能力的提高关系甚大。大量的阅读能启发心智，拓展视野，活跃思维，积累素材，同时"观千剑而识器"，逐步培养起对文字的细腻的感觉，掌握各种文体、风格的表达方式，这自然也就提升了写作能力。所以"仿写"需要和阅读积累融会在一起，而不应当沦为那种"临时抱佛脚"的考试准备。

现在高考压力很大，完全不考虑怎样应对考试，似乎也不太实际；但也要看到，即使要应对考试，也还是要从基本功上做扎实的准备。市面上常见很多作文选析之类的书，对考试不能说完全没有用，但如果满足于读这样一些书，总是停留在作文技法的模仿阶段，那水平终究是很难上去的。应考的"匠气"的书读多了，最终会坏了口味，扼杀了阅读的兴趣，这将是更大的损失，甚至可能是终生的遗憾：因为在人生最美好的时期，你没有享受到接触人类精神高端的愉悦，未能养成良好阅读的习惯。我们准备高考，学习写作，同时也应当是在准备整个人生规划，让自己整体素质有较大提高，养成良好的、高品位的人生追求，包括养成良好的阅读习惯。有了这种自觉，既朝向这个高远的目标，又能比较实际地备考，我们应该可以做到一举两得。

我主张同学们"松松绑"。最好能兼顾一些，除了"为备考而读书"，还要适当保留一点自由阅读的空间，让自己的爱好与潜力在更加个性化的相对宽松自由的阅读中发展。这样自由的阅读可以让自己整体素质提高了，反过来也有利于写作能力的提升。每年高考作文成绩拔尖的同学，他们一般阅读面比较宽，思想比较活跃，底子打得厚实。我们应当从他们的经验中得到启示。

所谓自由阅读也并非漫无目的、随心所欲，最好还是有大致的计划，而且是取法乎上，以经典的阅读为主。经典毕竟和我们有些历史的距离，青少年可能不太习惯阅读。但真正体现人类智慧、能够长远地涵养我们性情和心智的，还是那些经典。也可以依语文课上提示到的作家作品为线索，顺藤摸瓜，找相关的书来看。如课上讲到《诗经》，篇幅是有限的，我们可以再多找一些《诗经》的作品以及评论研究《诗经》的代表性著述来读。这样，既可以加深对语文课中规定内容的理解，又扩大了知识面，更重要的是，可以引起思考和探究问题的兴趣。久而久之，良好的阅读兴趣也就培养起来了。

这本书说的主要是写作练习，而我更多是在谈阅读积累，其实两者不矛盾，目标是共同的，我是在支持吴老师的试验，在肯定"仿写与导写"教学模式的同时，补充一些意见，也给同学们一点学习方法上的参考。

2007 年 3 月 25 日于京西蓝旗营

《中国语文》① 总序

> 《中国语文》希望能重新唤起学生对语文的
> 兴趣，把被"败坏"了的胃口调试过来。

　　最近，中央有关部门建议全国各高校开设"大学语文"课程，以推进素质教育，许多大学近期都准备开这门课。为满足教学的需要，同时也为了改革这门课程，使之更好地适应时代的发展，北京大学语文教育研究所组织编写了《中国语文》系列教材。

　　这套《中国语文》是新型的"大学语文"教材，分为6种，包括：

　　1. "理科本"（适合普通高校各类理科）；

　　2. "文科本"（适合普通高校各类文科）；

----

　　① 《中国语文》分文科、理科、艺术、高职、应用型大学以及应用写作6个版本，温儒敏总主编，何久盈、吴晓东、周先慎、孔庆东、王本朝、肖向东、陈庆元、任鹰等分别担任各版本主编，2006年重庆出版集团出版。2009年修订，由原来6种合做2种，改由北京大学出版社与重庆出版集团联合出版。

3. "应用型大学本"（适合地方应用型大学和大专）；

4. "艺术专业本"（适合艺术院校专业）；

5. "高职高专本"（适合高职高专院校）；

6. 应用写作（供各类院校开写作课选用）。

这套教材的编写有统一的理念与构思，各种版本有部分内容共通，又体现不同层次与各自的特点，照顾到各种类型大学和专业的需要。

为方便选用，这里对教材的编写和使用做些说明。

其一，课程与教材的定位。

《中国语文》以提高学生"语文素养"为主要目标，突出人文性，但不脱离"语文"，不是一般的文学读本或人文读本。现在许多师生对"大学语文"的要求都很实际，主要是希望能"短平快"解决读写能力问题。这种要求可以理解。但大学语文的课时有限，一般只有一学期，最多一学年，每周也就 2 课时左右，要明显提高读写能力，不容易做到，因为语文能力的提高需要不断地积累。所以《中国语文》的定位不宜太实，不设计为"补课"。读写能力培养当然是题中应有之义，但课程设计应当实事求是，考虑到课程性质与课时限制等因素。另外，定位也不宜太虚，不能脱离了"语文"去笼统讲人文性。以大而化之的人文教育取代语文课，也难以取得好的效果。这套教材考虑到了在当前普通高校的基本课程结构中，"大学语文"到底能做些什么，定位在增加学习兴趣和提升"语文素养"，是比较务实的。

在应试教育体制下，一般学生容易失去语文学习的兴趣，读书也比以前少了。《中国语文》希望能重新唤起修课学生对语文的兴趣，激活他们在基础教育阶段母语学习的积累，把被"败坏"了的胃口调试过来。这是"短期目标"，但有利于达到长期效果。学生只要有了兴趣，唤醒了对母语及民族文化的情感与责任心，就能激发无限的潜能，不断主动学习。定位在增加学习兴趣和提升"语文素养"，还考虑到当前多数低年级大学生的知识结构及思维的特点，力争在较高的层次上（相对高中而言），让同学们对语文与中国文化有感性的和一定系统性的了解，学会欣赏文学与文化精品，不断丰富自己的感受力、想象力，进而养成高品位的阅读习惯，让阅读成为一种终生受用的生活方式。总之，我们编这套教材是想从实际出发，又着眼未来，从长计议。

其二，教学的建议。

对于选择了这套教材的老师和同学，建议学这门课，要始终扣着"语文"，重点放在良好的阅读习惯与能力的培养上。经典和学生是有距离的，教学中要想办法缩短这个距离，在师生教学互动的氛围中激发学习与探索的热情。传统的知识灌输型的教学方式，对于大学语文教学恐怕是不适应的，应当调整和革新，强调学生的主体地位和个性化学习。必须联系学生的生活实践，联系变化中的鲜活的文化现象与语文现象，培养开放的创新的思维，让学生学会如何在当代生活中体验传统文化渗透的力量，学会不断修炼和调整自己获取新的语文信息的能力。通过广泛接触中华优秀文化的经典，让学生的情感、态度、价值观得到熏染，文化品位得到提升，这个过程是很自然的，不必刻意追求。人文性不是虚空的要求，要扣着"语文"来实现。能引导多读书，读好书，并对母语和民族文化增加一份感情与觉悟，这门课的基本目标就达到了。

其三，课文选目。

《中国语文》也以文学名篇为主，但适当扩展，增加哲学、历史、艺术、科技等领域的篇目，以引起不同专业学生的兴趣，同时让知识接触面宽一些。选文注重经典性和文字的精美，尽量选适合大学低年级学生"悦读"，又能启迪心智的"美文"。古代诗文与现代诗文两个部分，各占一半左右，现代部分还包括一些西文中译，因为中译本身也已经带上了中国文化的因子。课文的总量按照一个学年72个学时（36次课）来设计，如果只有一个学期的课，可以从中选择部分讲授，其余部分选读。6个版本的课文选目部分是共通的，也有部分不同，这是考虑到不同院校专业的需要，课文设计则尽量体现各自的版本特色。

其四，教材体例和教学安排。

几个版本的体例编排各具特色。"高职高专本"是由古至今的顺序编排，突出文学性，大致按文体划分为15个单元。其余几种版本都是分大的文类，古今混合，安排若干单元。有的版本还专门有阅读、写作和文章修改等知识部分。教学中完全可以按照实际需求，调整组合各个单元的课文。如果考虑到先易后难，授课时也可以先讲现代部分，后讲古代部分；也可以古今杂糅，重新结构。每一课都有"阅读提示"，主要介绍作家作品的背景，引发阅读兴趣，帮助学生掌握课文的要点、难点与方法。"问题与思考"一般有3～4道题，其类型与难易程度可能略有不同，习题以开放性的思维为导向，起码有一道题偏重语文素养。每一种教材都备有"教学用书"，方便教师备课，内容包括教学目标、教学重点、难点与方法提示、问题与思考提要、参考材料，以及参考书目，等等。

其五，教材的学术性。

坊间见到的"大学语文"教材很多，虽不乏较有质量和特色者，但很多都是彼此"克隆"，大同小异。这种状况已经引起大家的不满。"大学语文"要提高教学质量，一定要保证教材编写的学术质量。这套《中国语文》教材由北京大学语文教育研究所牵头组织编写，参与编写的大多是北大中文系教授，也有部分是其他高校的教授，我们是认真把教材编写作为一种严肃的学术工作来做的。这种学术研究不但体现在教材编写的理念、选目、框架和体例，也体现在许多细节的处理上。如几个版本的古代诗文，部分采用了何九盈与周先慎两位教授编撰的成果，他们负责古代诗文的选目和注释，每一文选的确定，都经过悉心研究，决不轻易"克隆"他人的编法。有时查找一个掌故，或者为了一条注释，也要花费半天工夫。两位年届古稀的老教授全力以赴，30 多篇古代诗文的编选和注释，就整整用了 4 个月的时间。其他编者也都以这种认真的态度投入编选工作。《中国语文》的编撰建立在扎实的研究性的基础上，大大增加了教材的原创性与学术含量，也保证了教材的质量。

这套大学语文教材定名《中国语文》，意味着更加强调对母语和民族文化的体认。教材编写力求更加适合当今大学生的新的语文教学结构和学习方式，建立比较可行的大学语文教育模式和教学规范，使这门课日趋成熟，能真正受到大学生的欢迎与重视。我们的教材编写工作还在探索阶段，肯定会有这样那样的不足，希望能得到广大专家与一线老师的批评指正。我们还希望，大家使用新编的《中国语文》，不只把它当作一部教材，也当作一种试验，尝试建立一门富于变革意味的课程，以切实推进现有的"大学语文"的课程改革。

《中国语文》由北大语文教育研究所组编，是集体智慧的产物，其编写理念、原则和体例，由整个系列的教材编委会共同讨论确定。各个版本的编撰采用资源共享，部分选文和内容通用，但又各具特色。

2007 年 5 月 1 日

《一个语文教师的心路历程》^① 序

> 语文老师尽量让自己"浸泡"在一种文化氛围中，就是"语文式地栖居着"。

义务教育语文课程标准的颁布以及课程改革的试行，已经八九年了，高中阶段语文课改也在部分省区试行了五年，可以说阻力重重，举步维艰。现有的人才培养方式的确不能适应社会发展，也不利于学生健全人格的培养，从国家的未来着想，必须推进课程改革，不改是没有前途的。只要课改大方向正确，我们不要否定，要补台。但现在看来，课改的理想和实际操作之间，的确存在较大差距。加上社会转型，竞争加剧，矛盾转移到教育，高考指挥棒的副作用难以抑制，学生的负担也就越来越重，课改面临巨大的困难。说到底，我们是在高考仍须存在的前提下进行课改的，这实在很无奈。课改能否成功，最终还要看操作层面是否可行，看能否处理好课改与高考"相

---

① 《一个语文教师的心路历程》，程翔著，清华大学出版社 2009 年版。

生相克"的关系。这就要靠广大一线老师。他们最熟悉情况，了解在有限的条件下课改到底能走多远，而既要课改又不放弃高考，也是他们要尽量协调处理的头痛事。不过，我们欣喜地看到许多一线老师既坚持课改的理念，又积极面对教学实践中需要解决的具体问题，不断总结经验，切实提高了教学质量。北京大学附中的程翔老师就是其中的一位。

程翔先生是著名的特级教师，也是在中学语文研究领域有建树的专家，他长期在一线教学，是课改的"有心人"。最近他把这些年发表的文章汇集出版，嘱我写序，我感到荣幸。这本书有课改的切身体会，有丰富的教学经验，也有很多对课改的建设性的思考，我很乐意向读者推荐。

本书最有价值的，是用教学实践经验回应了当前课改中出现的问题。例如，如何看待基础训练的问题。课程改革强调人文性，强调情感态度价值观的渗透，是必要的，也是改革的一个亮点，但不能偏至，不能离开语文教学的规律，否则会掏空了语文，适得其反。程翔提出以要读、写为核心，以语言为"抓手"，促进学生语文素养全面、和谐地发展，是有意义的。当前课改中确实出现了某些形式主义的做法，如该书所指出的，有些语文课上得花里胡哨：有人文教育，有创新教育，有合作教育；有探究式，有讨论式，有发现式，等等，唯独没有了语文本色。一节课下来，学生说说笑笑，课堂热热闹闹，若问达到了什么教学目的，完成了什么学习任务，有哪些"干货"，则茫茫然恍兮惚兮，语文课变得好看而不务实。程翔的批评是有根据的，他提醒我们不能忘记，语文课最根本的任务是学习和运用母语来表情达意，人文性虽然是题中应有之义，却也并非刻意凸显，必须和工具性自然融合起来。

课改如果作为一场"运动"，很容易产生形式主义。有些地区检查课改，动不动就是查什么"硬件"是否达标，比如统计做了多少课件，多媒体使用率多高，等等。这种机械的一刀切的要求并不利于教学质量的提升。程翔对此是质疑的。书中对于过分强调语文课的多媒体运用，提出了不同的意见，认为阅读教学主要是以学生对语言文字的直接阅读来完成的，过分依赖媒体中介，可能会破坏阅读中的语感，限制想象力。多媒体的运用必须适度。类似这些的讨论很具体，其实又牵涉到课改的思路以及对语文课本义的理解，读来都很有启示。

这本书还用较多篇幅探讨了语文教学的重要环节，包括阅读、写作、文言文教学，等等，不少新见都触及课改中的困扰。

就拿阅读教学来说，目前争议也是比较多的。传统的教法是把学生对课文的理解归结到教师的答案上来，答案往往是单一的。这容易把学生当成被动接受知识的容器，抹杀了个性和创造性。现在强调要尊重学生学习的主体性和个性，打破了以往比较死板的教学模式，肯定是个进步。不过，在教学实践中，到底如何发挥学生的主体性？如何引导处理学生不同的阅读体验？阅读理解的"多义性"有没有一个度？教师应当起到什么作用？这些问题可能困扰着许多教师，值得深入探讨。从程翔的教学体会看，阅读教学固然要尊重学生的体验，容许多义的理解，但不能"放任"，教师的引导很有必要。程翔借鉴当代西方的读者接受理论，提出一个"基本理解"的概念，来概括阅读教学"放开"所必需的"度"。他认为学生的阅读体验很宝贵，是教师指导阅读的基础，但不要忘了必须将学生的体验感受加以提升。所谓"阅读教学"，就是要指导学生阅读，是一种教学行为。学生的阅读有别于一般的阅读，它必须受教学目标的制约，是一种"不完全自由阅读"。我觉得这种观点有助于课堂教学中处理好阅读理解"多义性"的问题。阅读教学的目的既不是单纯寻找单一的作者"原意"，那容易限定学生的思维；也不能停留于让学生发表各自感受，而是要实现对课文的"基本理解"，既放开，又收拢，最终落实到阅读能力的提高上来。中学语文的阅读教学毕竟有别于文学批评，不能径直把结构主义和解构主义文学批评的理论移植到阅读教学中来。这种提醒是很重要的。这不只是阅读教学的方法问题，也牵涉到对语文教学改革理念某些深层次的理解。

在作文教学、文言文教学等其他方面，本书也都有认真的探讨。程翔老师始终在教学一线，有丰富的教学经验，可贵的是他注意把经验上升到理论层面，并针对课改中的问题发言，显示了现实性与学理性的结合。这并不容易，需要比较深厚的学养支撑。程翔老师从一个普通的中学教师，成长为一个精通语文教学理论的专家，兢兢业业，走过一条艰难的道路。我很赞赏程翔的毅力，赞赏他超越职业要求之上的那种使命感，以及对文化的尊崇与追求。

程翔有一个观点，认为语文教师必定是"文化人"。说来好像很平常，难道语文教师没有"文化"？事实上，不少教师原来也有"文化"，但终日忙于应对"职业性"的教学工作，很难"充电"，无以为继，长此以往，变得没有"文化"了。我就听过一位高中老师抱怨说，一轮一轮地带领学生高考复习，生命都淹没在题海中，完全透支了，有的只是职业性的疲倦，哪里还有"文化味"？所以程翔提出语文教师要做"文化人"，我想主要还不是职业的需要，而是一种坚守，一种生命的境界。程翔建议语文老师尽量让自己"浸泡"在一种文化氛围中，化用海德格尔的话说，就是"语文式地栖居着"。程翔以他的经验建议语文老师，最好把读书作为一种生活方式，还要不时动动笔，保持一种文化人的状态。只有老师自己喜欢读书，有高尚的阅读口味，才能让你的学生养成读书的好习惯；只有老师自己能写，才能有效地指导学生写作。如何帮助教师改变"缺少文化"的状况，不断提高自身素养，这本书提出了不少具体的建议，比如营造教员的读书氛围，教师写"下水文"，等等，我看都是值得大家参考的。这本书再次证明，课改的关键是教师，老师的水平普遍提高了，进入文化人的境界，自然就能提升教学水准。多数老师都能在教学上用心，把自己的学生教好了，这也就是切实的课改了。

2008 年 11 月 9 日

《温儒敏论语文教育》① 前记

> 在中国喊喊口号或者写些痛快文章容易，要推进改革就比想象难得多，在教育领域哪怕是一寸的改革，往往都要付出巨大的代价。

《温儒敏论语文教育》由北大出版社出版，我想先对读者说说这本书的编写背景与心得。

我的专业不是语文教育，是现代文学，主要精力也不在语文研究上，这方面偶有心得，时而提些看法，只能说是"敲边鼓"。如同观看比赛，看运动员竞跑，旁边来些鼓噪，以为可助一臂之力。到底效果如何，那是用不着去计较的。

这年头大学都往所谓"研究型"转，科研数据成了衡量学校与教员"水平"的主要指标，许多学校的特色渐渐消褪，师范大学也不甘心"师范"了。语文教育本是中文系题中应有之义，师范大学更应倾力研究，事实上呢，却很少有人愿意在这

---

① 《温儒敏论语文教育》，北京大学出版社 2010 年版。

方面下功夫。也难怪，现今的学科体制中，语文教育的地位尴尬，甚至没有位子。尽管所有师范大学的中文系（现在全都升格为文学院了）都有一个"语文教材教法"教研室，可是人数偏少（一般不到全院教员人数十分之一），难以支持局面，老师也不安心。因为这不是独立的学科。像古代文学、现当代文学、语言学等，都是二级学科，可以有硕士点、博士点什么的，唯独语文教育没有，教师晋升职称还得到教育学院去评审，在中文系这里就只能是"挂靠"。名不正言不顺，怎能让老师安心？再说学生也不太愿意学师范。全国的师范大学都在大办"非师范专业"，靠这个吸引生源或者创收，考分高的或者有钱买照顾的，都往这里奔。师范教育实际上萎缩了，这直接殃及基础教育。近几年中央领导指示一些师范大学招收免费师范生，试图改变这一状况。学生读师范不用交学费，可是要签下毕业后必须教几年中学的"卖身契"，无形中还是带有歧视。这样即使降低分数都很难招到学生，学校也不太乐意往这方面投入。师范教育"沦落"到如此地步，与之相关的语文教育当然也就没着没落的。

为什么会这样？从根上说，还是因为中小学老师的工作繁重，收入却微薄。在现在这个讲实利的社会里，没有体面的经济地位怎么能指望有社会尊重？又怎么能吸引优秀人才到基础教育这边来？优秀学生毕业了都对基础教育敬而远之，中小学教育水平自然也就难以提高。都在抱怨应试教育如何糟糕，其实教师的水平才是根本。老师有地位，才有水平，有水平就能让学生考得好，又不至于陷入应试的泥淖。这本来是常识，可是要提升教师地位好像很难很难，人们似乎就把常识给忽略了。

师范大学也无奈。他们既然不在语文教育方面多花力气，那综合大学就来凑凑热闹吧。其实像北大这样的学校，过去许多大师级学者，都很重视中小学教育。他们自然不用靠这些来提高"学术分量"，主要就是出于知识者的责任。有北大传统的感召，2003年12月我提议并主持成立了北京大学语文教育研究所，得到校方以及一些校友的支持，这"边鼓"就敲起来了。果然有了一点反响，这几年全国有多所大学相继成立了类似的机构。大家重新看重语文教育了，这是可喜的一步。我想，如果相关部门能着手调整学科结构，把语文教育设定为二级学科，就做了一件实实在在的好事，对重振师范教育，提升语文教育研究的水平，肯定会大有推进。我知道做事很难，很多时候"说了也白说"，但"白说还要说"，一点一点推进吧，相信终究会有些效果的。

说语文教育研究不被重视，好像也不尽然，你看每个省都有很多语文报刊，中小学老师晋升职称，都得在上面发表文章。语文学科文章数量之多，在各个学科中是首屈一指的。但研究水平有多高？不好说。绝大多数语文方面的文章，都是什么教学法、教学模式，以及对课文的各种分析阐述之类。不能说没有用，这类文字对于上课实践还是有帮助的。可是整体而言，语文方面的文章大都是经验性的，很少依据调查做科学的数据分析，研究水平也就打了大折扣。比如，我说文言文重要，你说不见得那么重要，彼此都会有一套一套的"道理"，而且都有观点加例子。可是科学性在哪里？谁也说服不了谁。课程改革推开后，又是语文的争论最多，动不动弄到传媒到处炒作，改革的阻力非常大。语文界争议太多，跟科学思维太少恐怕有关。语文学习带有情感性、体验性，有些方面难以量化测试，但要搞清楚语文教学某些规律，要了解语文教育的某些"稳定部分"，还是可以而且应当进行科学层面的研究的。前不久我参加一个关于语文学习质量检测工具研制的会议，才知道欧美一些国家对于母语教学水平测试是多么重视，检测一个学校甚至一个地区语文教学各个环节的效果如何，他们不全依靠考试分数统计，主要靠诸多相关方面大量的数据分析，有一套可以操作的工具与模本。比如说，各个学段作业量多少为合适？影响学生学习兴趣的主要因素是什么？辅导班对学习帮助是大是小？如果例子加观点，就永远公说公有理，婆说婆有理，终究是糊涂账。依靠调查跟踪分析，靠数据说话，就能得出比较令人信服的结论。类似这样的科学的研究，我们的确太少。中国之大，至今没有一个专门研究语文教学质量的检测研究机构，甚至没有这方面专家。这只是一个方面的例子，说明我们的语文教育研究总体水平，还多在经验层面打转，不能不提醒注意。

这方面我们也想敲敲"边鼓"，以改变语文教育经验性的低水平研究状况。一切先从调查着手。6年前北大语文教育研究所向全国招标，做10个调查项目，包括诸如西部农村中小学语文教师生活状况、农村中学语文课改效果、选修课实施情况、城市中学生课外阅读状况、高考命题与阅卷方式的改革，等等，要求不预设观点，尽可能较大面积调查，取得第一手数据材料，然后做出分析。我们把这叫作"非指向性调查"。目前有的项目已经结项。社会调查是个很专业的工作，光靠中文系出身的人难以做好，必须有社会学、心理学、教育学等学科的介入。目前我们的调查工作可能还不那么如愿，但北大语文所发起调查，是要引起对语文教育研究科学性的重视，提升研究水准。我们自知只是"敲边鼓"，真正做好，还得靠师范大学动员多学科的专业人员投入其中。

除了调查，北大语文所还做了一件事，就是编教材。2002年高中新课标初稿出台，要编新的语文教材。人民教育出版社找到我来搭班子，我意识到这件事重要，很爽快就答应了。我们邀请著名学者袁行霈教授担任主编，我和顾之川先生担任执行主编，语文所和人教社合作，负责具体的工作。我从北大邀请了10多位学者加盟，包括陆俭明、何九盈、陈平原、曹文轩、苏培成、沈阳、刘勇强、吴晓东、杜晓勤、姜涛等，虽然工作量大，报酬甚少，大家都还是非常认真负责参加。这就是北大的传统。这套教材目前在全国20多个省市使用。教材力图体现新课标的精神，和以往同类教材比较，有些特色，但效果如何，特别是选修课效果怎样，还得有一段实践试验再看。我参与教材编写，花费不少精力，也学到很多东西，慢慢进入课改的状况。2006年起，我又受教育部聘请，担任义务教育语文课程标准修订专家组的召集人，常到基层中小学听课，参加教师培训，感受一线教学的甘苦，了解课改的艰难，对中小学老师工作生活状况也有切身体验。收在本书中的许多文字，都和这些工作有关。

我深感在中国喊喊口号或者写些痛快文章容易，要推进改革就比想象难得多，在教育领域哪怕是一寸的改革，往往都要付出巨大的代价。我们这些读书人受惠于社会，现在有些地位，有些发言权，更应当回馈社会。光是批评抱怨不行，还是要了解社会，多做建设性工作。我这本书很多看法不一定成熟，有些就是一时感受，但那也是有切身体验的，是真实的、建设性的。"敲边鼓"的本意，就是呼唤更多有识之士关注基础教育，关注语文教育，为社会做点实在的事情，尽知识分子的一份责任。

现将我最近几年关于语文教育的部分文字汇集于这里，包括一些讲演、访谈，内容涉及五个方面：

一是对语文教育理念与趋向的探讨。我提出语文教育不是文人教育，而是人文教育，是针对那种把语文课等同于文学课的说法，语文教学不能以培养文人、培养作家为目标。(《语文教育是人文教育，不是文人教育》) 我还提出"不要输在起跑线上"是错误的口号，并没有经过科学论证，几乎成为"集体无意识"了。不能让孩子人生伊始就绷紧神经参与快跑竞争。童年的"价值"不只是为将来的生活做准备，童年本身也是"生活"，而且是人生最美好的一段生活；童年如果负担太重，不快乐，就失去了人生美好的序曲，对于将来也会有负面影响的。(《"不要输在起跑线上"是个误导》)

二是关于目前中小学语文课程改革的思考。我认为目前课改的效果不太乐观，原来设计的"亮点"并没有落实。但课改起码激活了问题，让我们看到现有的人才培养方式的确存在许多弊病。从国家的未来着想，必须推进课程改革，不改是没有前途的。(《对课改应当补台，而不是拆台》) 我提出两个理念：一是中小学课改要"从长计议"；二是课改不能不正视高考问题，可以和高考"相生相克"，一起改进。我们是在高考仍然存在的前提下来进行课改的。(《课改和高考的"相生"与"相克"》) 我还认为讲素质教育不能太空，其中也应当包含"生计能力"培养，素质教育是整体性的，提高了生计生活能力，也是素质之一种。(《语文课改的步子稳一些为好》)

三是研究语文教学，特别是阅读与写作教学的方法理路。我提出在阅读教学中尊重孩子的天性，激发学生的好奇心、求知欲，培养想象力。太过功利性的阅读（主要面对考试），目标过于明确和死板的阅读要求（比如一定要求学生做笔记，或者就是为了提高作文成绩，等等），不但不能提升学生的兴趣，反而可能煞风景，扼杀读书兴趣。所谓"闲书"也不必过于强求限制，给学生一点选择的空间。要求太严格就适得其反。(《把阅读放在首位》) 我认为多读比多写更能有效地提高写作能力，阅读量增加，与写作水平提高是成正比的。针对写作训练中偏重文笔，我提出作文教学重在文通字顺，有一定的思考内涵，然后才谈得上其他。"文笔"不是作文教学的第一要义。现在语文教学过于偏重修辞、文采，培养出来的学生思考能力、分析能力不见得好。(《文笔不是作文教学第一要义》)

四是讨论大学语文与大学文化的困扰与新路。面对目前大学语文教学的困境，提出这门课不应负担过重，主要作用就是把学生被应试教育"败坏"了的语文胃口给重新调试过来，然后，让他们用更多的时间去自学。既不能完全顺着中学语文的路子来学习大学语文，必须要有提升；也不能完全放开，不宜讲成一般文学鉴赏或者文化史那种类型的课。(《大学语文：把败坏的胃口调试过来》)

五是涉及高等教育和文学研究等多方面问题。这部分认为目前我国大学普遍存在"官场化""市场化""平面化"以及"多动症"，所谓四大弊病；提出必须多讲点大学文化，当年蔡元培树立的"思想自由，兼容并包"的办学理念，理当成为北大的校训，对"四病"也是良药。(《北大传统与大学文化》)

我的有些文章也是经验层面的，而且这些年参与课改实践，一些看法也在调整，或者可能和某些主流的意见有些距离。有不同的声音是正常的，学者的角度和管理者或其他的人角度有区别也不用奇怪，正好可以达到结构的平衡。我把这些"敲边鼓"的思考呈献于此，就当是和读者诸君的一次真诚对话吧。

2009 年 9 月 19 日于京西蓝旗营

《普通高中语文选修课学生自助餐式学习50法》①序

> 不能以"认知的方式"来对待"筹划问题"，使我们的研究工作沦为"坐而论道"的无效。当然也不能以经验主义遮蔽科学的态度。

这次高中课改，广大师生反映最多的是"观念先进，难以操作"，特别是选修课，本来是课改的亮点，但难度最大，实施起来举步维艰。王土荣老师花了7年时间，在这方面投入大量精力去调查，形成了"普通高中语文新课程选修课的调查与研究"研究课题，并列入北京大学语文教育研究所的研究项目。这本书就是在这项目结项报告的基础上修改而成的。该书主要靠调查数据与案例说话，真实记录和反映了目前一些地区高中语文选修课实施的状况，不回避问题，实事求是地总结经验得失，并尝试提出语文选修课的一些实施方式与方法。我想

---

① 《普通高中语文选修课学生自助餐式学习50法》，王土荣编著，广东高等教育出版社2010年版。

一线老师对此会有兴趣，也值得相关部门制定政策时参考。

全书由两部分组成，其一是基础调研，主要包括不同类型学校选修课实施的实际状况；其二是问题与对策，包括六方面，一是选修课理论观念与现实的关系；二是教材使用；三是常见的问题；四是选修课的评价及其与高考的关系；五是相关的基础性研究；六是教师的业务水平提升。虽然调查的主要是广东地区，但对于其他省市的语文课改也有参考意义。

王老师的调查表明，课改很困难，但很有必要，也很有希望。这些年我接触基层学校，也深有同感：课改能走到现在，不容易，应当补台、支持。"新课标"和现有的课改措施，都并非完美，但起码把改革的方向提出来了，更新了教学观念，有了大致统一的教学目标和标准，并且设计和试验了新的教学框架。课改碰到一些大的困难，可能是整个大环境所致，并不是改革本身的毛病，或者说，问题本来就有，改革一来，活化了这些矛盾，使之显得严重而且突出了。所以，课改应当总结，可以调整，但没有必要停下来。而作为一线老师，我们面临的都是实际问题，一方面，要遵照"新课标"改革的方向指导；另一方面，还应当结合所在学校的实际，结合高考的现实，能改多少就尽量改多少。不必把课改看作只是遥不可及的理想，也没有理由认为实施课改就等于把自己捆绑起来，因为新课标只是从标准上要求，又还处在试验阶段，其中空间是很大的。我常常对一些基层的老师说，什么是课改？既让你的学生学习好，高考成绩上去，又尽量让他们学得活一些，不扼杀兴趣，不用题海战术把脑子搞死。这就是有所改革了。

这次语文课改把选修课的设置作为突破点，从这里突出新的教学理念，就是要尊重学生的学习个性，尊重差异，因材施教，提升学生学习兴趣与主动性，改变以往那种大一统地把学生作为标准件培养的课程、教法与学法。但做起来确实很难。难在如何面对高考这一巨大的现实，也难在如何区分必修与选修，以及选修是否或如何考核等系列问题。

从王老师的调查中可以看到，目前选修课上得好的学校不多，但很可贵，他们在试验，在坚持。方法可能有多种，但基本的一条可能是相通的，就是：不管是必修课还是选修课，都把语文课的听说读写这些"基础性"要求作为原则加以遵循。那种认为选修课只是扩大知识面，放弃基础性要求的，是误解。

现在多数学校选修课存在的最大问题，是"基础性"有所失落。这可能与"新课标"设计本身存在的问题有些关系。表现在：其一，必修课只有 1.25 学年，其余 1.75 学年理论上为选修。必修所占比重太少，又要面对高考，怎么办？有些学校就把选修的一部分作为必修来上，或者必修的 1.25 学年完了，就转向高考复习了。其二，是目前设计的 5 个选修板块、2 个系列（包括校本选修），要求学生从选修一中选 4 个板块的课，但文学赏析占了大半部分，语言运用方面的课程比较少，如果放手让学生来选，可能大都选文学鉴赏类的，这样，表面上有许多选择空间，实际上还是偏向文学，"语言文字应用"的训练不够。王土荣的调查也表明，因为学校条件限制，选修课完全放开让学生选的其实很少，也不切实际。大多数学校都是从 15 种选修课中由学校统一指定其中若干种，而且也有为高考复习准备的强烈意图在里边。比如，有许多学校都选古代诗文、现代诗文，还有语言运用与写作，等等。文化类的如新闻传记、文化论著，选得较少。有些编得很专门化的如《红楼梦》《人间词话》，等等，更是不可能安排。我觉得一线学校这样做有苦衷，也有道理。因为如果完全按照新课标来放开选修，其实很少有学校能够做到。

事实上，现在还很难完全由学生自己来选课。调查表明，目前大都还是学校来安排选修课，也有些是地区、县市统一指定选修范围，这样选修的自由度就大大减少，甚至变为必修了。这个问题不好解决。从王老师的调查看，也有一些条件好的学校自由度会大一些，尽量给学生一点选择权。学校决定选修不是不可以，特别是条件差一些的学校，不可能开那么多课。但是既然有心开点选修，有两个原则还是必须考虑的。一是选修课不能等同于必修，还是要尽量给学生一些空间，让他们有所选择。如果硬性规定所有学生都来上一样的课，那就不叫选修了，又回到从前去了。现在不是有5个板块15种选修教材嘛，可以从中划定一个范围，5个系列都选出主要的一种，而且必须照顾到有些非文学类的，让学生从五六种课中自由选择。这可能比较符合一般学校的条件。

从调查中发现，还有一种办法，是分类打包，也就是以其中一门课为主，同时让学生阅读自学两三种同类教材。比如每一板块选择其中一种，作为核心部分，同时结合两三种，打包成为一门课。比如诗歌散文，可能分为古代、现代和外国三种，干脆就打包成为一门课，或者以其中某一种为主，其余让学生自己阅读。这样，就不至于出现因为太专，几乎是大学课程的微缩，结果反而出现顾此失彼的现象。选修课5个系列，高考命题时都会有所照顾，但的确存在是否对每个系列都公平的问题。比如，诗歌与散文系列，有的学校选学古典诗，有的学校选学现代诗，有的学校选学外国诗。高考时试题若为古典诗歌，学现代诗、外国诗的会嫌不公平。同样，高考时试题若为现代诗，则对学古典诗、外国诗的学生显得不公平。所以打包的办法可能拓展学生视野，同时对于高考准备也不无好处，学生老师都会比较容易接受。

选修课的讲法、学法应当和必修课有区别。区别就是让学生更主动进入，发现和鼓励学生的兴趣、潜力。和必修比，选修可以少讲一点，即使讲授，也是导入式、问题式，多让学生自己自学、阅读、思考。我提出过一种看法，就是把语文选修课教学当成阅读型教学。当然也可活泼一些，插入必要的课堂讨论、课外调查实践，以及写作，等等。

那种打包式的办法，可以弥补单一选课造成知识面偏狭的毛病。现在高中是分文理科的，选修课是否也可以考虑分为文科理科两大部分，分别安排不同系列的选修课呢？北京市就有这方面的试验，他们的做法值得参考。也就是分为侧文和侧理，课程安排三分之一共同必修，三分之一按文理不同必修，其余三分之一学生任选。按照这种分配，高一是共同必修，高二是按照侧文侧理必修加上部分选修，高三复习和任选。这样做好处是既能执行新课程要求，又照顾到实际情况，不会出现全校性"走班制"，避免混乱，可以按照文理分班以及新课程要求，小范围的"走班"，不脱离高考现实，又利于贯彻新课程，利于管理。

现在设计的选修两大系列，让已经选读过选修一，4门8

学分，而对语文又兴趣较大的同学再来选读选修二系列，3门6学分，比较繁琐，不太好操作。其实高中文理分科是现实问题，选修课不能完全避开这一事实。叶圣陶、胡适先生在1923年也曾编制过一个语文课程标准，即把国文分成3个板块：国语（必修）、国文一（文科必修）、国文二（理科必修），同时实行学分制。国语是公共必修课；国文一、国文二虽是文、理科学生的必修课，却是实质上的选修课。这是从学生未来发展的需要而考虑的课程设置。现在的高中文理分科也是无法回避的现实，分科的时间大约与选修课开设的时间同步，而我们提供给学生的选修科目，却是不分文理、不考虑学生未来发展的"一统大餐"。

还有就是选修课如何考核的问题，连带到高考问题。王老师对这方面也有调查及设想。从实质上说，开设选修课同提高学生素养适应高考并不矛盾；但实际操作时不能太随意，不能太宽泛。在高考仍然是社会选择人才的主要方式这一前提下，我们的选修课如果完全不考虑高考，是不现实的。有的学校上完1.25学年必修，就马上转入高考复习。为什么？因为对选修如何上，目标是什么，如何面对高考，都没有把握。我觉得选修课是让学生有自己选择发展的空间，着眼于学生长远发展的目标，这是比较虚的，与此同时，把高考作为其中一个现实目标，我看也无可非议。但在教学方法上，应当告别那种题海战术，告别那种完全为了考试而学习的束缚，比起必修课来，都应当更加开放、自由、活泼一些。从这几年高考命题情况看，越来越注重能力，很少扣住哪一种教材，自主招生更是放得开，主要考知识面、心理状态与能力。所以选修课上好了，学生眼界开阔了，能力增加了，整体素质上去了，应对高考的能力也会增加。

我注意到现在有些进入试验区的高考，对选修部分是有要求的。有的省区的考纲明确提出依据课程标准命题。对于必修内容，着重考查基础知识和基本能力；对于选修内容，着重考查学生对知识的深层次理解能力、应用相关知识解决问题的能力、研究性学习和创造性解决问题的能力。在试题结构上，分为必做题与选做题相结合，涉及选修内容的试卷采取长试卷命题，考生从中选做规定分值的题目。这些规定虽然操作上可能有些问题，但总是一种改革，而且是面对新课标的。所以，我们必须跟上这一改革趋势，对于选修课不能马虎。

选修课的开设，对教师提出了更高的要求，甚至让那些条件较差的学校有些束手无策了，只好应付。这都是现实。课改当然要照顾大多数人大多数学校的利益。以目前高中语文教师的实际状况而言，能上好选修课的只是少数人。特别是农村和西部边远地区，能够按照新课标要求上好选修课的教师更是少数。相当多的教师离开教学参考书和具体教案就无法上课，怎能指望他们承担起更加需要灵活多样方法的选修课？所以，进入试验之后，必须认真帮助这一部分教师逐步提高水平，培训对这些老师尤其必要。目前关于选修课的教学方式方法正在探索中，这方面的教案比较少，有必要认真收集整理，提供给条件比较差的学校。此外，我们注意到了选修课的开设，教学管理必须跟得上，如何排课表、安排教室，都有许多问题和经验。必须实事求是，不搞一刀切，即使一个县，情况也很不同。课改的要点之一是选择性，也应当容许基层学校老师有一定的选择性。当然，大方向必须坚持，就是改革，按照新课标拟定的基本方向迈进。较高水平的学校先动，把较低水平的学校带起来。

王土荣老师曾在山区和沿海地区的小学、初中和高中担任语文教师，也做过校长、教研员，现在是广东省教育厅教研室语文教研员兼语文科主任，特级教师。他对基层中学语文教学有丰富的经验，又参加过新课标语文教材的编写，对课改的情况是比较了解的，也有比较开阔的理论视野。从 2003 年开始，王土荣老师在广东省教育厅教研室的支持下，花了 7 年时间进行选修课实施状况的调查研究。他带领 12 所中学的 20 多位教师，每个月都轮流集中到实验学校听课，并结合课堂教学，就某一重要问题进行专门研讨；取得了成果，就拿到其他学校进行验证和推广。7 年来，他们进行了专题课型课例的设计、实施、研讨，特别探索了"自助餐式教学"，提出许多值得关注的经验，他们的研究成果对高中语文新课程选修课的调整和完善，是有切实的建设性意义的。

几年前，我曾经著文说过，从理论到实践有一个反复验证、调整或弥合的过程，无论制定课标，还是改革课程、编写教材，都是复杂的系统工程，必然牵涉到方方面面，要靠某些"合力"来最终完成。有些东西很理想，但碰到现实，可能是"可爱而不可行"的；有些经验在某一地区或某一类学校实行得很好，到了其他地区或学校，就走不通。所以说不能以"认知的方式"来对待"筹划问题"，否则很容易导致对现实问题的视而不见，使我们的研究工作沦为"坐而论道"的无效。当然也不能以经验主义遮蔽科学的态度。重要的是既实事求是，脚踏实地，又有高远开阔的胸怀，以及必要的理论观照。联系当前语文课改状况来读王土荣老师这本务实、切时、有建设性思考的书，是很有意义的事情，我乐意把它推荐给中学语文老师和所有关心基础教育的朋友。

2010 年 3 月 18 日于京西蓝旗营寓所

《图本传记丛书》总序 ①

> 和那些作家"约会"，感受某种精神的提升，在迷惘中得到启示，寂寞中领略抚慰，失意中获取鼓舞。

"现代作家传记"坊间已有多种，为何还要出这套丛书？和以往的作家传记相比，这套书有什么特色？我看有这么四点。

一是图文互动。这套书命名为"图本传记"，因为有大量的"图"。不是新画的插图，而是老照片。每本书的编写过程，编者都花费很多精力去搜寻有关传主的各种照片资料。这套书在"图"这方面是下了大功夫的。照片在书中不是文字的附庸或者补充，而是经过精心的编排，其本身就构成书的主干部分，和文字同等重要。图与文互动映照，互为阐释，更生动也

---

① 长春出版社出版的《图本传记丛书》，收有鲁迅、郭沫若、茅盾、郁达夫、徐志摩、林徽因、张爱玲、丁玲等作家的传记，这是温儒敏为这套传记图书写的总序。

直观地叙说传主的生平。那些斑驳陈旧的老照片不光为了"好看"，也是为了制造浓厚的历史现场感，给人某种冲击，加上文字的点拨，读者就愈加真切地感受到传主及其所处的时代的那些情味。

二是回归日常。和常见的以褒扬颂赞为主的评传不同，这套传记更注重把作家看作是特定时代中有个性的生命体，是"人间的"作家，而不是超人。编者不拒绝传主的日常表现、轶闻琐事，格外留意捕捉一些生活细节、性格侧面，甚至某些独异的品性。这会和我们通常对这些作家的认识有些"落差"，但阅读的兴趣反而由此生发。即使鲁迅这样的大作家，也不见得老要对他仰视，有时采取平视，会让人觉得亲切，能触摸到他生活化、人情味的一面，也就可以更放松地走近文学巨人。对传主的生活与心性的描写越是具体而丰富，也就越有利于对他们创作的深入了解，帮助读者进入作家的世界。

三是史家笔法。这套丛书虽然面向普通读者，却有厚实的学术支持，有史家的眼光与方法。编撰者都清楚意识到，现代作家传记的写作其实就是文学史研究的一支，内容的真实性与可靠性是前提，而且因为立足真实，还可以纠正或补充文学史之不足。这套书搜求与考证了许多历史资料，补正了以往文学史对相关作家评价上的某些偏失，丰富了对文学史的理解。丛书还吸纳了当前学界对相关作家研究的很多新的成果，显现出鲜明的学理追求。这套丛书既注重对传主创作生涯的轮廓勾勒，又有历史细部的体察，所唤起的是一种知性与感性的交织。读这样的传记能得到灵魂游历的快感，又有睿智的启迪。

四是优美可读。这套丛书各册出自不同编者之手，他们都是有建树的学者，彼此风格不同，共同之处是都很注重和读者平等交流，用比较平实而活泼的笔调去引领读者。这种图本叙述方式既是文学的，又带有浓厚的"科普"特点，文学史研究专深的成果在这里终于转化为平易近人的传记论说。这套丛书总让读者感到一种亲和力，仿佛可以和编者一起，在令人心旷神怡的传记林苑中游逛，触摸那些现代作家非同寻常的生活轨迹，体味他们的苦恼与欢乐，思索他们的经验与忠告，细察各种人生况味，增加生活的见识与乐趣！和那些作家"约会"，不但加深了对他们创作的理解，还能感受某种精神的提升，对应我们自己的生活，也许可以在迷惘中得到启示，寂寞中领略抚慰，失意中获取鼓舞。

现代文学已经成为一种"新传统"。作为文学传统的相当重要的部分，是一代代众多作家的创作积存，保留着社会群体的共同记忆。其中一些作品经过时间的筛选，成为经典，占据着传统中显要的位置，对后世产生持续的影响。无论承认或不承认，现代文学"新传统"已经成为某种常识或某种普遍性的思维与审美的方式，无孔不入，无处不在，渗透到了社会生活的各个方面。我们为何需要阅读现代文学？就因为这是宝贵的资源，因为它在规范和制约我们的思想与感觉，我们必须了解"新传统"，不断从当代的高度去阐释"新传统"。从这个意义上说，阅读现代作家传记，了解现代文学作品，就是认识与理解"新传统"的一种需要。阅读现代作家传记，可以拉近我们与现代经典的距离，更具体地感触已经过往的那个世纪的风云，体验前辈先贤的精神气度。从传记角度去理解和阐释"新传统"，也就是这套图本传记的编撰宗旨吧。

几年前，我为人民教育出版社编写过一本《中外传记作品选读》，作为高中语文选修教材。我在前言中曾写下这样一段话，表示我对传记阅读的期望。现不妨转录于此，贡献给读者，特别是接触到这套丛书的年轻的朋友们：

读传记常常让人陷入沉思：我们该怎样设计自己的人生？从杰出人物和成功者那里吸取经验，可能是最好的途径。年轻人大概都有自己的偶像，这是很自然的事情。如果我们希望自己的人生过得更充实而有意义，不妨就把目标定得高一点，偶像的选择不是追逐时尚，而是取法乎上，把那些真正能在思想、智慧和人格上不断激励我们、完善我们的人物，作为精神上的良师益友，学习的榜样。青少年时期多读一些杰出人物的传记，在接触人类精神高端的过程中张扬我们的灵性，塑造我们健全的人格，那会终身受益。

这就如同英国思想家培根所说过的："用伟人的事迹激励我们，远胜一切的教育。"

2010 年 5 月 5 日

《片羽集》序 [①]

　　　　　可以不写诗，但最好能努力保留一点人生的
　　　"诗意"，要有各自的精神"自留地"。

　　去年 [②] 最热的某一天，有友人来电说有一中学退休教师黄瑞兴从广东紫金来京旅游，知道我在北大任教，希望能见一面。我不认识黄瑞兴，但老乡来了，再忙也得见见。约定在北大东门碰头。我骑车过去，远远就看见熙熙攘攘的校门口，一位老者在静候恭立。天很热，穿短袖都出汗，他却蓝色正装，很斯文，又多少有点矜持。不用介绍，这就是黄老师了。我们到北大中文系五院找间屋子坐了一会。他话少，不会寒暄，三言两语中约莫知道他原在广东省紫金县龙窝镇教中学，有40多年教龄，一多半是当代课的"民办教师"，到90年代才"转正"，不久又退休了。言谈中不觉有些感动：这就是支撑底层基础教育的老师呀！

---

　① 这是给广东省紫金县龙窝中学退休教师黄瑞兴的诗集《片羽集》所写的序言。
　② 即 2010 年 7 月。

我领他去了未名湖，算是到北大一游吧，他显得有些兴奋了，掏出一个老式照相机，刻意要在湖边留影。

匆匆告别后，我和黄老师没有再联系，有时会想到我曾经读书的那间乡村中学，想到像黄瑞兴这样的乡村教师。

后来黄老师托人送来一本小册子，自己印刷的，淡绿色国画风格的封面，用隶书端端正正写着"片羽集"三字。原来是他的诗集。有400多首诗，全是旧体诗，有律诗、绝句，还有赋体，最早一首写于1957年，最近的是去年所作。黄老师小心翼翼托人来问这些诗是否值得拿去出版。我忙于教学，没有完整的时间读，一拖就拖了大半年，没有给他回话。黄老师也不催我，就静静地等待。这倒让我不好意思，终于抽出时间认真拜读了《片羽集》。

说实在的，诗集说不上有多么高妙的艺术，也没有洒脱的游戏之笔，但是那样真切、自然、感人，字里行间荡漾着一种久违了的质朴之风。

看这些文字：

余立教坛兮，四十三年，一觉春梦兮，岁月如烟，吃尽苦辣兮，尝遍酸甜，半生民办兮，辛苦熬煎。微薪糊口兮，缺油少盐，粗衣布履兮，黯淡容颜，苦我慈母兮，菽水承欢，良宵难度兮，寂寞春残，何家有女兮，嫁我颜渊，筑室栖身兮，共苦同甘，生男育女兮，负重肩难，迨至转正兮，始觉心安，既得温饱兮，慰解心烦。

当基层老师真不容易，他们地位低，负担重，谁能体会他们的苦衷？"人群冷落兮，自怜穷酸，弄三寸簧舌兮，殷殷朝暮，摩千支粉笔兮，兀兀穷年。"当然，也有自足与乐趣，对事业的执著成为他们生活的动力："为人师表，言行不偏，爱生如子，情谊拳拳，唇焦舌烂，不改精专，甘为孺子，作牛耕田，教书苦矣，乐亦无边。"

这些浅白有味的描述，读着读着，仿佛走进贫穷的乡村，触摸一位"民办教师"的生活，那些艰辛与寂寞。按说我也是当老师的，可是身在都市和大学，远离基层，处境可谓有霄壤之别，平时很少会想到乡下"同业者"的艰难。

读黄老师的诗等于是一次提醒，让自己重返乡下，体味人生，体味真实中国的一面。

黄老师的诗一写就写了50多年，他在无休止地抒发自己的人生感喟，也辛劳地记录着半个多世纪中国的风云巨变。在诗中可以读到五七年的反右运动（"眼明静看沉浮事"），五八年的"大跃进"（大炼钢铁"挑炭君行苦"），"文革"期间大批判（"竟挥利剑除妖孽"），90年代初的"反贪官"（"骤然一阵罡风至"），以及北京"申奥"成功（"五岳擎旌燃圣火"），等等，几乎每个历史关头都有他的真切的歌唱。也许这位乡村教师声音不够雄强，他的诗歌多是写给自己看的，但真实，可让人感受各个特定时代的情绪与生活样貌。试着把《片羽集》联结起来读，可能就真有一点"诗史"的味道了。

像黄老师这一代教员，虽然"三尺讲台磨瘦骨"，"半生苦尽稻粱谋"，毕竟又还把教师的职业看得重，"学子春风得意，纵我穷困潦倒，一笑破颜愁"。他们主要靠某种大爱与事业心支撑着。这是相当可贵的。但如今光靠精神支撑恐怕不行。都说教育重要，可是老师特别是乡村教师地位低微，报酬又稀少，年轻人都不太愿意当老师，师范大学也不乐意办"师范专业"了。看来还是要加大投入，让教师包括农村教师的职业变得令人羡慕，让老师有地位，有实惠，才有希望。这也是我读《片羽集》，品味黄老师的甘苦之后所引发的感想。

黄老师真是"天性生成偏爱诗"，才数十年潜心磨炼，励志熔锤，裁得数百篇雅联佳句。写诗对他来说不是利益驱动，也不求什么项目职称，要的就是言志寄情，一种生命节律的调谐。写诗是他的"自留地"，也是他的生活方式。那么多年的艰难都挺过来了，还收获了许多自豪，赢得了生命的意义，也因为诗歌输送给黄老师无尽的滋养，不断激发他生活的乐趣与动能。

现代社会竞争剧烈，精神空间日益缩小，焦虑感遍布，很多人陷于职业疲惫的泥淖，这时候"诗意"何在？可以不写诗，但一定努力保留一点人生的"诗意"，要有各自的精神"自留地"——这也是我读黄瑞兴的诗所得到的一点感悟吧。

2011 年 1 月 7 日于京西蓝旗营寓所

《大学语文读本》前言 ①

重新唤起学生对语文的兴趣，激活他们在基础教育阶段母语学习的积累，是短期目标，有利于达到长期效果。

《大学语文读本》是为各类高等院校学生学习"大学语文"课程编写的教材。现在这一类教材出版已经很多，但本书还是有自己的定位与特色。

本教材明确地以提高学生"语文素养"为主要目标，突出人文性，但不脱离"语文"。现在许多师生对"大学语文"的要求都很实际，主要是希望能"短平快"解决读写能力问题。这种要求可以理解。但大学语文的课时有限，一般只有一学期，最多一学年，每周也就 2 课时左右，要明显提高读写能力，不容易做到，因为语文能力的提高需要长时间不断的积累。读写能力培养当然是题中应有之义，但课程设计应当实事

---

① 《大学语文读本》包含"大学本"与"高职高专"两种，都由温儒敏主编，2011 年西安交大出版社出版。这是"大学本"的前言。

求是，考虑到课程性质与课时限制等因素，所以《大学语文读本》的定位不宜太实，不设计为"补课"。另外，定位也不宜太虚，不能脱离了"语文"去笼统讲人文性。以大而化之的人文教育取代语文课，也难以取得好的效果。这套教材考虑到了在当前普通高校的基本课程结构中，"大学语文"到底能做些什么，定位在增加阅读兴趣和提升"语文素养"，是比较务实的。

在应试教育风气之中，一般学生容易失去语文学习的兴趣，读书也比以前少了。《大学语文读本》希望能重新唤起修课学生对语文的兴趣，激活他们在基础教育阶段母语学习的积累，把被"败坏"了的胃口调试过来。这是"短期目标"，但有利于达到长期效果。学生只要有了兴趣，唤醒了对母语及民族文化的情感与责任心，就能激发无限的潜能，不断主动学习。

定位在增加学习兴趣和提升"语文素养"，还考虑到当前多数低年级大学生的知识结构及思维的特点，力争在较高的层次上（相对于高中而言），让同学们对语文与中外文化有感性的和一定系统性的了解，学会欣赏文学与文化精品，不断丰富自己的感受力、想象力，进而养成高品位的阅读习惯，让阅读成为一种终生受用的生活方式。总之，我们编这套教材是想从实际出发，又着眼未来，从长计议。

对于选择了这套教材的老师和同学，建议学这门课，要始终扣着"语文"，重点放在良好的阅读习惯与能力的培养上。经典和学生是有距离的，教学中要想办法缩短这个距离，在师生教学互动的氛围中激发学习与探索的热情。要改变传统的知识灌输型的教学方式，强调学生的主体地位和个性化学习。应当把学生自己的"读"放在非常重要的位置，注意培养学生广泛的阅读兴趣，扩大阅读面，增加阅读量，提高阅读品位。必须联系学生的生活实践，联系变化中的鲜活的文化现象与语文现象，培养开放的创新的思维，让学生学会如何在当代生活中体验传统文化渗透的力量，学会不断修炼和调整自己获取新的语文信息的能力。通过广泛接触中华优秀文化的经典，让学生的情感态度、价值观得到熏染，文化品位得到提升，这个过程是很自然的，不必刻意追求。能引导多读书，读好书，并对母语和民族文化增加一份感情与觉悟，这门课的基本目标就达到了。

这门课除了学习知识、提高能力外，还有更重要的，是培养高尚的读书习惯。一个人成年后不管从事什么工作，无论贫穷富贵，如果没有读书的习惯，甚至基本上不怎么读书，就很难实现终身教育，也很难提升素养。培养阅读习惯是为学生的一生打底子。这套教材定名《大学语文读本》，意味着教学上更强调以学生为主体，多让学生自主阅读。

一般大学语文选本都是以文学类为主，本书也收录很多文学名篇，但不限于此，增加了哲学、历史、艺术、科技、经济等领域的篇目，包括国外的一些人文经典译作，以引起不同专业学生的兴趣，同时让知识接触面宽一些。选文的一个共同标准就是经典性，还要考虑文字的精美，尽量选适合大学低年级学生"悦读"，又能启迪心智的"美文"。选文共75篇，分11个专题单元。其中古代诗文34篇，现代24篇，外国17篇。文学类约37篇，论说及其他38篇。选文分必读与选读（目录中有标明，三分之二篇目为必读）。课文的总量按照一个学年72个学时（36次课）来设计，如果只有一个学期的课，可以从中选择部分讲授，其余部分选读。

本来语文教材应当考虑教学的梯度，单元划分也要照顾语文能力要素的分别训练与逐步提升，不宜以主题来分单元；但大学语文的课时有限，就很难考虑梯度了。为方便学生阅读，本书按主题划分了11个单元。各单元选文则是古今混合，各种文体交叉。教学中完全可以按照实际需求，调整组合各个单元的课文。

每一课都有"阅读提示"，主要介绍作家作品的背景，引发阅读兴趣，帮助学生掌握课文的要点、难点与方法。"问题与思考"一般有2～4道题，其类型与难易程度可能略有不同，习题以开放性的思维为导向，起码有一道题偏重语文素养。另外多数课文后面附有"拓展阅读"，提供有关书目，指导有兴趣的学生延伸学习。

北京大学语文教育研究所这些年致力于基础教育和高等教育的语文课程研究，这本教材也是其中的成果之一。教材编写力求更加适合当今大学生的新的语文教学结构和学习方式，建立比较可行的大学语文教育模式和教学规范。提高语文教学的有效性，教材编写当然重要，更重要的还是课内外的教学。要使这门课讲得好，学生有收获，喜欢这门课，还得从整个教学体制上重视，给这门课必要的空间，充分发挥授课老师各自的创造性。

2011年1月20日于京西蓝旗营寓所

《中外文学作品导读》[①]前言

> 教师是化育人的职业，先要化育自己，让自
> 己具备博雅的气质。

《中外文学作品导读》是小学教育专业（专科）文科组考生的选考课之一。我受全国高等教育自学考试指导委员会委托，编写了《中外文学作品导读》这本教材。

小学老师有相对的专业分工，无论哪个专业，都应当具有较好的语文素养，包括思维能力、表达能力和审美感悟能力。我们在教学中强调培养学生的情感、态度、价值观，对老师自己来说，也是重要的。教师是化育人的职业，先要化育自己，让自己具备博雅的气质。这个"博"可以理解为眼光与气度的开通博大，"雅"就是品位的高雅。小学老师不一定要求知识非常广博高深，但气质风范必定是面向博雅的，这会让他们自己感到人生的充实，同时在孩子们眼中成为值得崇尚的人。在

[①] 《中外文学作品导读》，全国高等教育自学考试小学教育专业的指定教材，温儒敏主编，外研社 2012 年版。

当今趋向物质化、功利化、粗鄙化的氛围中，提倡"博雅"是有现实意义的。我以为在小学教育专业（专科）自考科目中开设这样一门作品导读课，也有这方面的考虑：以这门课来激发学员阅读的兴趣，养成读书的习惯，化育博雅的气质，文学素养有所提高，整体素质也可以逐步得到提升。这也是我们这门课的学习目的吧。

文学素养的培育很难速成，也别无他法，只有靠大量的作品阅读，并多少了解一点文学史与文学理论知识。由于课时有限，不可能也没有必要分头开设文学史、文学理论等课程，因此这门导读课就带有综合的任务，在较短时间内，引导学员阅读中外较有代表性的文学经典，由点及面，对中国古代、现当代文学及外国文学有初步的接触。这本教材就是为学员初步接触中外文学而编写的。

要在 40 万字左右的一本书中囊括古今中外代表性的作品，并非易事，也颇费斟酌。我确定的作品编选原则有三：一是经典性，所选篇目都是文学史上的名篇；二要深浅适度，适合我们这个专业的学员学习；三要文字精美，是适合"悦读"，又能启迪心智的"美文"。本教材选文尽可能不和中学语文教材（特别是流行的版本）的选目重复。这是阅读型教材，为方便学员自学，采取作品、导读与文学史概说三部分结合的方式。

全书分三编：中国古代文学、中国现代文学与外国文学。按照文学史上大致的文类分为 15 章，其中古代文学 8 章，现代文学 4 章，外国文学 3 章。每一章等于一个单元，开头是本单元的"概说"，简要介绍文学的源流与发展，以及各时期重要的作家作品，为阅读本单元作品提供知识背景。对本书无法收录的长篇名著，也叙其梗概。每一篇作品都附有"导读"，主要介绍作者及写作背景，对作品的内容及艺术特色做简要的评述，激起阅读兴趣，引发问题与思考，学习基本的文学鉴赏与评论方法。

学员们可能比较关心课程的考核问题，编者在"概说"部分用黑体字标示知识点，"导读"部分也会说明每一篇作品阅读时所必须注意的知识点与需要重点思考的问题。大家还可以同时参照书末附录的考核大纲。考试不会超出大纲的要求范围。

中外文学作品浩如烟海，如何从中精选最优秀而又适合当代青年阅读的部分，通过一本教材有限的篇幅呈现出来，这的确是很难的事。常用的办法就是以文学史为线索，按照一般文学史公认的经典标准来选编。这种办法的优点是线索较清楚，但照顾文学史的框架要纳入的内容太多，面面俱到，很琐碎，考生更难掌握。其实对于一般非文学专业的学生来说，不可能也没有必要依照文学史的线索系统地学习。过去那种要求考生死记硬背大量文学史常识的办法，并无多少益处，反而扼杀读书兴趣。所以这次修订不再采用文学史的框架，而大致以中外文学的不同文类分若干单元，让读者分单元选读相关的作品。这也可以称之为单元阅读法。比如大家都约略知道"诗骚""宋词""现代外国文学"之类概念，现在就按照这些概念的分类，相对集中阅读一些作品，可以加深对这些文类的感受与了解，以点带面，也会对中外文学史有些感性的印象。更重要的是，把精力更多地放在作品阅读上，而相对弱化文学史的线索，也是可行的，值得的。所谓"导读"，就应当把"读"放到最重要位置，真正提升作品阅读能力和审美感受能力。

顺便和学员说说如何来学这门课。

选考这门课的学员都是在职学习，工作忙，学习时间少，资料收集不容易，考虑到这种情况，教材编写尽量简明，重点突出，一册在手，就可以满足最基本的教学需要。也会考虑本专业方向学员普遍的知识结构特点，让大家学了这门课，的确有所收获。学员最关心的可能就是考试问题。这里先帮大家卸个包袱：只要按照大纲掌握基本的文学史知识，读完教材中选收的主要作品，并在导读的启发下有所理解与思考，就可以考出好的成绩。考试是很现实的目标，但建议大家不要满足于此，最好取法乎上，对自己要求高一点。既然已经花了很多力气，何不在通过考试的同时，让自己的文学素养得到更多的提升？

学习这门课，要把读作品放到最重要的位置，在这方面多花点工夫。教材每一编前头的文学史"概说"，是让大家大致知道有哪些重要作家作品和文学思潮、现象，这是相对稳定的基本的知识，有大致的识记掌握就可以了。这部分的考试也只是作为知识性的考查。"概说"篇幅有限，介绍很简要，就如同给大家一幅地图，接触作家作品时大致知道其所在方位。主要精力不在"概说"的死记硬背，而应当在作品的阅读。所谓"导读"课，定位在"读"，主要功夫就是读作品。

如何去读？作品阅读的"第一印象"很重要，要获取整体感受，相信和珍惜自己的印象，不急于分析寻找什么意义主题之类。导读中所点拨的意见不能代替自己的阅读感受，但可以给自己提示、启发，最好和自己的阅读感受做些比较，看是否吻合，并从中引发某些思考。读完作品，再围绕思考题来展开一些探究，将阅读的感受、体验上升到理性层面来思考，这多少就是鉴赏与评论。还可以按照导读以及概要的指引，找相关的研究成果或者作品来参考，做拓展性的学习。在一个单元（比如唐诗、戏剧小说、外国现代文学，等等）的学习结束后，做个总结，结合作品分析，理一理文学史的线索，思考一下作品鉴赏与评论的方法上自己有哪些心得。无论是教师教学，还是学员自学，都要注意结合阅读印象和问题来分析作品，处处强调发掘与培育对文学的想象力、感受力和分析评判能力。

要重视和相信自己的阅读感受，注意积累不同的阅读体验，善于对不同的艺术风格做比较；对经典作品思想内涵的领会，要有一定的历史感，善于体验那种古今中外可能相通的情思与价值；不要"直奔主题"，也不要什么都用某个固定的概念与思维模式（例如"反封建"，表现"劳动人民品质"，"通过……反映……"）去简单"套解"；不能把鲜活的作品全都做冷冰冰的模式化的"分析"，然后简单而反复地套用某形容词去解释（比如几乎所有的作品全都套上"情景交融"，所有的人物都说成"个性鲜明"，所有的事物都是"栩栩如生"，等等），必须在阅读作品有了自己的艺术感受的基础上去思考分析，把握每篇作品的艺术个性，把思路放开。

阅读作品时放松一点，不要一门心思总想着考试，想着问题和答案。导读中某些指引可以帮助展开思路，但那并非"标准答案"。文学属于精神生产，而精神现象是非常复杂的，文学分析也有多种可能性，不一定非得掌握什么"标准答案"，也不要求读一部作品全都能"通透理解"。读过一篇作品只记得几条干巴巴的主题意义之类，最没有意思了。感受、体验与思考，在不断阅读中不断积累，也不断提升文学素养，这比什么都重要。学习过程中有时会留下某些一时仍不太懂、需要进一步探究的课题，这很自然，不求一步到位。

这门课所需要的是个性化的阅读和浸润式的学习，要发挥自己学习的自主性。在应试教育覆盖下的那种一切指向"标准答案"的学习，在我们这门课中是要努力避免的。学了这门课，对中外文学有了大致的了解，初步接触了许多经典，引发了阅读的兴趣，提升了自己的文学素养，甚至阅读写作能力也长进了，那么考试"拿分"也就顺理成章了。这才真是一举两得甚至一举多得的好事。

这门课学的大都是文学经典。经典是经过历史筛选沉淀下来的，是人类智慧的结晶。年轻时多读一些经典，可以为精神成长打底子。当代青年接触经典会有隔膜，包括语言形式上的隔膜，这是很自然的。这门课就是力图打破隔膜，让学员走近经典。阅读经典需要沉得下心来，需要"磨性子"，是一个涵养的过程。现在那种颠覆经典的东西太多，包围了青少年，他们不可能靠"文化快餐"养成良好的阅读习惯。许多学生在中学阶段除了应付考试，读书其实很少，对经典作品接触相当有限，即使有所接触，也不见得是经典原作，可能也就是上网读一些好玩的轻松的东西，包括"恶搞"的文字，这很容易受到那种价值消解、相对主义甚至游戏人生的思想的影响，而且把阅读品位也败坏了，这真有"终生受损"的危险。我们当老师的，要求学生读经典，有好的阅读习惯，自己必须先要有这种习惯，要多读书，读好书，好读书，读整本的书。我们的习惯行为，将是引导学生的最好的教材。所以学习这门课是很有现实意义的，可以把这门课当作阅读经典的课，精神成长的课。

在一门课中能阅读那么多中外文学经典作品，接触人类智慧的结晶，让自己的气质更加"博雅"，这是多美的一件事情！

本书主编此前编过《中国语文》和《大学语文》等教材，本书部分篇目的选收和导语写作曾参考上述选本。另外，1999年全国高等教育自学考试指导委员会曾组织编写过一本《中外文学作品导读》（中国人民大学出版社出版）。由于考纲的规定，本教材在体例、选目、知识点设定等方面和1999年的教材有所承接，部分内容采用或参照了1999年的版本。这要特别说明，并对1999年的版本主编叶鹏教授及其编写团队表示感谢。

《义务教育语文课程标准（2011年版）解读》① 前言

> 帮助一线教师更好地学习领会"课标"的内容，对课程性质、目标、内容、方法等诸多方面，尽量结合实际做出阐说。

义务教育语文课程标准的实验稿早在 2001 年研制成稿，随后在全国多个省、自治区、直辖市试验推行，同时试用多种按照"课标"编写的新的教材，也就是所谓新课程实验，或称"课改"，至今 10 年了。从 2007 年 4 月开始，教育部组成"课标"修订组，着手修订。先对 29 个省、自治区、直辖市课改情况进行大面积调查，征询对"课标"的内容及试验结果的各种意见。然后修订组用了近 4 年的时间，反复调研，反复学习，反复修改，数易其稿，最终形成定稿。

---

① 《义务教育语文课程标准（2011年版）解读》，教育部基础教育课程教材专家工作委员会、义务教育语文课程标准修订组编，温儒敏、巢宗祺主编，高等教育出版社 2012 年版。

语文课程标准的研制修订努力坚持正确的方向，体现新的教学理念，概括起来有这么几点是始终比较关注的：一是以人为本、全面实施素质教育，在教学中渗透社会主义核心价值观，培养学生的社会责任感、创新精神和实践能力；二是倡导自主、合作、探究的学习方式，培养学生学会学习，学会合作，学会创新；三是重视语文课程人文性与工具性的统一，注重积累、感悟、实践和综合学习，注重语文的熏陶感染作用；四是遵循语文教育规律，体现学科目标和内容的循序渐进；五是合理地设计课程目标和内容，减轻学生过重的负担。

语文是一门主课，在小学与初中阶段到底应当学什么？怎样来教？又怎样来学？可能有各种各样的意见，围绕语文的争议也特别多。义务教育语文课程标准的研制和修订，当然也会注意到各种争议，吸纳那些比较切合实际的意见，但更主要的工作，是针对长期以来语文教育方面存在的普遍性问题，总结这十多年来课改的经验，同时按照国家教育中长期规划的总体要求，面向未来，提出语文课程的基本标准。

十年课改很艰难，原先"课标"实验稿的试行，可以说举步维艰，但成绩还是显著的。就语文教学而言，"课标"提出的许多先进的理念、方法，在课改中已逐步沉淀下来，即使很多学校和老师一时实施不了，也已经承认这是方向。所以这次"课标"修订，特别注意把课改中实施并逐步得到认可的那些新的理念和做法，体现出来。我们希望这个语文"课标"的基本理念是先进的，又是基本的，相对稳定的，有可行性。全国的教育不均衡，学校情况不一样，但在这些基本标准和要求上，应当都能共同遵循，"课标"是能面向全体学生的。

什么是语文？很难下定义。有人说是语言文字，或者语言文学、文化，等等。这次"课标"研制和修订也没有做概念论述式的定义，而是从课程性质角度做简明的说明："语文课程是一门学习语言文字运用的综合性、实践性课程。义务教育阶段的语文课程，应当使学生初步学会运用祖国语言文字进行交流沟通，吸收古今中外优秀文化，提高思想文化修养，促进自身精神成长。"所谓工具性与人文性的统一，也就体现在这里。

关于工具性与人文性的问题，曾经引起一些讨论。"课标"坚持"工具性与人文性的统一"这一理念，是为了更好地体现素质教育的精神，更加丰富语文课程的价值追求，促进学生在语文知识、能力和情感态度、思想观念多方面和谐地发展。

这次"课标"的研制和修订，比较引人注目的是提出"语文素养"的概念。过去语文课一般只讲语文能力，比如听说读写能力，现在提出"语文素养"，涵盖面大一些，既包括阅读写作能力、口语交际能力，又不只是技能性的要求，还有整体素质的要求。也就是说，语文课程在语文基本能力培养的过程中，必然要注重优秀文化对学生的熏染，学生的情感、态度、价值观，以及道德修养、审美情趣得到提升，良好的个性和健全的人格得到培养。这一切不应当是附加的，不是一加一，更不是穿鞋戴帽，而真正是有机结合，自然而然展开的。比如小学生识字写字，既是一种能力训练，又是一种文化熏陶，还是一种习惯、修养的生成。"语文素养"这个概念，体现一种新的更阔大的教育视野。课程标准所说的"语文素养"，是指中小学生具有比较稳定的、最基本的、适应时代发展要求的听说读写能力以及在语文方面表现出来的文学、文章等学识修养和文风、情趣等人格修养。

"课标"如何表述"能力训练"问题，也是一线教师比较关注的。"课标"倡导的是启发式、探究式、讨论式、参与式的教学，帮助学生学会学习，激发学生的好奇心，培养学生的兴趣爱好，营造独立思考、自由探索的良好环境，所以不再把"训练"作为唯一的教学实施方式，也不再作为语文课程的核心概念。但这不等于排斥训练，语文学习肯定还是要有必要的训练的。在"课标"的表述中，"训练"往往被包含在新的"语文素养—养成"的课程模型中，这个词没有频繁出现。

这次"课标"修订在课程目标方面下了一些功夫，更明确强调语文课要培养正确的价值观，培植热爱祖国语言文字的感情，发展个性，尊重多样文化，提高文化品位。落实到教学上，则有更具体的分学段的要求。和实验稿比较，"课标"的定稿有一些突出的变化：

一是适当减负。这个减负不完全是学习负担的减少，而是追求学习效率的提高，以及激发兴趣，教学生学会学习。比如小学生的识字写字教学，过去一二年级就要求 2000 多个字，而且"四会"。现在减少识字量，改为认识常用汉字 1600 个，其中会写 800 个。提倡"多认少写"，不再要求"四会"。还请专家对儿童认字写字做了专门的字频研究，从儿童语文生活角度提出先学先写的 300 个字，附录有字表。

二是更加重视写字与书法的学习。针对目前电脑化之后，写字能力普遍下降，这次修订特别加强了写字教学的分量，从小学一年级到初中三年级都有相关规定，明确写上"在小学每天语文课都要求安排随堂练习，天天练字"。

三是阅读教学也有新的理念，那就是强调阅读是个性化行为，尊重学生阅读的感受，老师应加强指导，但不应当以教师的分析代替学生的阅读实践，不要以模式化的解读代替学生的体验与思考。特别是提出了这样几句话：少做题，多读书，读好书，读整本的书。增加阅读量，提高阅读品位。

特别要提到，这次修订对于传统文化的继承是格外关注的。"课标"列出优秀诗文推荐背诵篇目，小学到初中，背诵古诗文135篇，其中小学背诵75篇。对课外阅读文学作品也有数量要求。

四是写作教学。"课标"将一二年级写作定位为"写话"，三年级开始是"习作"，初中才是"作文"。另外强调作文教学一定要减少对学生写作的束缚。现在作文教学那种完全面向考试，只教套题作文、馅饼作文、宿构作文的做法，不但助长假大空的文风，助长文艺腔，对学生的人格成长也是有很强的负面作用的。所以这次"课标"修订特别注意引导鼓励学生自由表达和有创意的表达，写真话、实话、心里话，不说假话、空话、套话。

五是关于语文知识的问题，也是有些争论的。现在老师们受制于应试教育，很注重做题，注重讲授和操练所谓系统性的语法修辞知识，这并不利于学生自主学习，发展个性，而且容易让学生对语文产生厌烦情绪。这次修订特别强调要摆脱对语法修辞等概念定义的死板记忆，不要照搬大学那一套，必要的语文知识的学习还应当保留，但不强调系统性，注意随文学习。

六是关于教材。最近关于语文教材的争议不断，很多都是传媒炒作，对于语文课改以及教学是有负面影响的。这次修订对于编写教材也提出一些建议，其中提到教材要符合学生的心理发展特点，有助于激发学习兴趣，选文要文质兼美，有典范性，还要给地方、学校、老师留有开发选择的空间，等等。

这次语文"课标"的研制与修订，希望在语文教育思想、课程目标、内容方面能为小学初中语文教学提出基本的要求，也提供一些具体的实施建议。总的是要尽量往素质教育靠拢，同时遵循语文教学规律，注意激发兴趣，保护天性，学会学习。"课标"提出的目标很鲜明，就是打好"三个基础"：为学好其他课程打好基础；为学生形成正确的人生观，形成健康的个性与人格打好基础；为学生的终身发展打好基础。

语文课程标准通过评审即将正式颁布，为了帮助一线教师更好地学习领会"课标"的内容，修订组又组织专家编写了这本"课标解读"。对"课标"所论及的课程性质、目标、内容、方法等诸多方面，特别是一些新的理念，都会尽量结合实际做出阐说。"课标"所涉及的问题很多，有些只能从原则上提出要求或建议，不可能展开具体论述，"课标解读"可以在这些方面做一些补充。但"课标"是国家颁布的课程标准，体现国家教育指导思想，并非个人的学术专著，即使是参加"课标"研制修订工作的成员，他们对"课标"的理解与阐说也不等于就是最终结论。所以在"课标"的学习贯彻过程中，还是要充分发挥一线教师的积极性，用他们的经验与智慧去丰富对课标的理解，只有紧密结合实际，课程改革的理念才能真正转化为教师的教学行为。

《名师成长丛书》① 总序

> 无论多么忙，最好有自己的精神家园，哪怕
> 是一块不大的"自留地"。

长春出版社推出《名师成长丛书》，是很有意义的。这些语文名师大都出于基层，在教学一线摸爬滚打一路走过来，很不容易。他们成长的十多年，正是课程改革启动与深化的时期，其经验得失，和课改的命运息息相关，是课改的宝贵资源，值得认真总结推广。我看了这几位语文老师的文稿，深感语文课改的艰难。但无论如何，课改取得了显著的实绩。特别是一些新的教学理念，包括以人为本，尊重天性，以学生为主体，重视情感、态度、价值观的养成，学会学习，工具性与人文性统一，以及强调多读书，读好书，打好终身发展的底子，等等，这些理念也许有的一时难以落实，但正逐步沉淀下来，成为大家认可的方向。从这些语文名师的成长中是可以看到这

---

① 《名师成长丛书》，长春出版社 2011 年版。

种巨大的变化的，许多新的教学理念已经转化为新生代优秀教师的教学行为，而他们又在影响和导引着更多的老师前行。

这套丛书的定位是展现"成长"。书中最感人的也是这些新生代优秀教师回忆各自成长过程的部分。每个人的经历不同，却又有共通之处，我看主要是这么几点。

一是都很有朝气，有理想，以教师为"志业"。在当今比较浮躁和势利的时代，年轻人好像都不怎么喜欢谈理想，愿意把当中小学老师作为毕生追求的人也少了。而这批优秀教师几乎全都觉得当老师是值得骄傲的事，这不只是"稻粱谋"的职业，更是一种可以充分张扬自己生命意义的"志业"。尽管在一线当老师比较艰苦，很多人陷于职业性疲倦，但这些优秀者有理想的导引，又能在"志业"中享受成就感，不管多难都始终保持高扬的精神。

二是在实践中大胆摸索，不断进取。俗话说教无定法，特别是语文教学，实践性很强，没有放之四海而皆准的捷径。成功的教学都是因地制宜、切合实际的。从书中看到这些优秀教师的很多教学经验，都是来自实践，具有很强的可操作性，又有一定的理论观照，不是那种纯粹为博取喝彩的花架子。

三是有明确的专业发展方向，善于学习，不断"充电"提高。

我觉得这几点对于大多数中小学老师，特别是青年教师，都会有启发的。这里不妨稍微展开一点，说说语文教师的素养问题。

当老师最重要的是课要讲得好，怎样才能做到？大家都很重视收集模仿优秀的课例，注重教学技巧。这当然有必要，可以参考，但光是下这些功夫恐怕不够。课要讲得好，得靠学养。所谓厚积薄发，有足够的学养根基，才能持续提升教学水准。

现在社会心态浮躁，拜金主义流行，大家都没完没了地忙，难以沉下心来读书做事。但教语文是要有心境的，语文课人文性很强，教师的学养以及人格素养就格外重要。讲学养，既是教书的需要，也是教师自身精神成长的需要。因此，无论多么忙，最好有自己的精神家园，哪怕是一块不大的"自留地"。不要一窝蜂都在应对现实需求，评级呀，教学检查呀，还有没完没了的各种事情。当然这些都要应对，谁也不可能完全超越，但要保留一份清醒、一点距离，免得被动地全部卷进去。在这套丛书中我们也已经感受到学养的重要，学术"自留地"的重要。有自己某一方面的专业爱好，能多少进入相关领域，有一定的研究，有些发言权，这太重要了。你在这状态中，会有成就感，同时也让自己保持思想活力。"在状态中"，还能帮助抵制职业性疲倦。最好的老师都不会满足于当一个"教书匠"的。

时间与精力有限，大家都忙，但只要有心，总能挤出时间给自己充电加油。这比短期进修培训更重要。特别是青年教师，要有读书充电的三年、五年或者十年计划，有大致方向，持之有恒，可能就"终成正果"，就像这套丛书的作者那样，当个研究型的中学老师，学者型的语文老师。这是值得追求的目标。有一句话"取法乎上"，给自己定位高一点，保留一点理想主义，那么学习、教学、生活就有目标感，就更有意思。

这套丛书的作者都把教师作为理想的"志业"，这很值得尊崇。现在教师的社会地位没有过去那样高，但我们有理由相信会逐步提高，物质上也会得到较高的回报。再说教师是稳定的职业，是创造性的职业，一定会重新成为令人羡慕的职业。要鼓励青年教师树立长远的目光。

这套丛书描述的是"成长"，涉及教师专业发展问题。所谓专业发展，不要理解为就是职业培训，应当有更高远的目标。培训进修当然必要，而且这也牵涉到一些实际问题，比如考级、职称晋升等，但培训进修不要全都"直奔主题"，免得老师自己也卷入"应试教育"。重要的是在整体素质提升方面下功夫，在志向和事业心方面下功夫，要培养专业兴趣与专业敏感，拓宽视野，不断更新知识。现炒现卖，只关注与教学直接挂钩的东西，甚至只关注考试的效果，并不利于教师长远的发展。专业发展是人生事业发展的一部分，要有一点理想主义。

记得二十世纪五六十年代看过苏联电影《乡村女教师》，女主人公瓦西里耶夫娜是个年轻的老师，在艰苦的环境中教学，带领孩子们快乐成长，她自己也获得非常幸福的成就感。这位女教师教孩子们读诗，有这样几句，我至今还记得：

> 挺起了胸膛向前走，
> 天空、树木和沙洲，
> 崎岖的道路。
> 嘿，让我们紧拉着手，
> 露着胸膛，
> 光着两只脚，

身上披着破棉袄。

向前看，别害臊，

前面是——光明大道！

当年我们上学也是那样艰苦，却又是那样充实，因为总有一些像瓦西里耶夫娜那样富于朝气的老师引领着我们。可喜的是，在这套丛书的作者身上，也能看到"乡村女教师"那样孜孜不倦"向前看"的精神。我们的时代、我们的教育事业太需要这种"向前看"的精神了。

2011 年 4 月 7 日于京西褐石园

《温儒敏论语文教育二集》^① 前记

> 我的一些看法可能和某些主流的意见有些距离。有不同的声音是正常的，正好可以达到结构的平衡。

2010 年初，《温儒敏论语文教育》出版，其中汇集了笔者关于语文教育的一些驳杂的文字。不料该书问世，居然有些影响，一些地区中小学语文教师培训，还特别指定其为参考书。近年来，我在本专业的教学研究之外，用较多精力关注和参与基础教育的语文课程改革，主持义务教育语文课程标准的修订，担任北大"国培计划"教师培训的首席专家，又陆续写了一些和语文教育有关的文字，再次结集出版，就叫《温儒敏论语文教育二集》。

"二集"收文 60 篇，包括 6 部分。一是有关中小学语文的阅读教学、高考作文、课改，以及课程标准的思考研究等，有

---

① 《温儒敏论语文教育二集》，北京大学出版社 2012 年版。

24 篇，是本书的主干；二是关于大学语文的教学及教材编写，有 3 篇；三是谈教师的读书与修养，有 5 篇；四是讨论大学教育，包括通识教育，以及对目前大学普遍存在的弊病的反思，等等，有 11 篇；五是有关现代文学研究的一些短论，也有 11 篇；六是随笔与访谈，多和笔者的学术生活有关，有 6 篇。

《温儒敏论语文教育》出版后，有人称之为"语文课改的一个标志性成果"，我明白这是过奖之词，不过，书中撮录的文字确也记录了语文课改的艰难行进。现在"二集"又要出版，仍然是访谈、对话、序跋、随笔之类，纸札丛杂，然而旨意未变，和"一集"是贯通的。不妨把"一集"中的两段话重复记录于此，作为向读者的交代：

"我深感在中国喊喊口号或者写些痛快文章容易，要推进改革就比想象难得多，在教育领域哪怕是一寸的改革，往往都要付出巨大的代价。我们这些读书人受惠于社会，现在有些地位，有些发言权，更应当回馈社会。光是批评抱怨不行，还是要了解社会，多做建设性工作。"

"我的有些文章也是经验层面的，而且这些年参与课改实践，一些看法也在调整，或者可能和某些主流的意见有些距离。有不同的声音是正常的，学者的角度和管理者或其他人角度有区别也不用奇怪，正好可以达到结构的平衡。我把这些'敲边鼓'的思考呈献于此，就当是和读者诸君的一次真诚对话吧。"

2012 年 4 月 8 日于唐宁 one 寓所

《民国时期中学国文教科书研究》^① 序

> 语文教育走向理性的科学之路，需要更多扎实的研究，首先就要弄清"家底"。

李斌先生的博士论文《民国时期中学国文教科书研究》即将出版，邀我写篇序言，我当即就答应了。这是一个重要的课题，以往还很少见到这方面的研究成果。我知道人民教育出版社正承担关于"百年语文"的课题，也苦于这方面缺少殷实的成果可作借鉴。这个题目做好了，对于当下的中小学语文教科书的编写，也有参考意义。

由于政治和战争等原因，民国时期的国文教科书出版情况非常散乱，要进入这方面研究，必须先做资料清理工作。该书作者查阅了清末直至 1949 年半个多世纪的中学国文教材，还从晚清及民国时期的报刊、名家的书信日记和后人的回忆中，钩稽出了大量有关中学国文教科书的相关信息，在此基础上逐

---

① 《中学国文教科书研究 1912—1949》（原名《民国时期中学国文教科书研究》），李斌著，台湾花木兰文化出版公司 2012 年版。

一清理出民国各时期国文教材的编写情况和教学实践的不同反应。现在喜欢说什么都是"工程",我觉得李斌这种研究才是工作量极大的"工程"。本书第一次全面而清晰地把民国时期中学国文教科书的面貌呈现出来。仅此一点,该书就在学界站住了。

我比较感兴趣的是该书所发掘的早期一些重要的国文教科书,如林纾、吴曾祺、刘宗向等在清末民初编辑的中学国文教材。这些教材当时就有很大影响,甚至为此后百年的教科书选文(主要是古文部分)奠定了基础。作者对这些教材的定位,是比较公允的。该书下功夫的还有教科书编写背后的思想资源。如五四时期的教科书,就受到《新青年》相关讨论的影响,胡适、刘半农等对教科书编写是有过很大支持的。在讨论《国文百八课》时,作者关注到这套教材对语文作为一门"科学"的界定,以及这一界定在教育史上的意义。前一阵《国文百八课》成为传媒的"热点",似乎还很少有人注意到这一点。此外,对1940年国民政府编定的"国定本"初中国文教材与开明书店的4套新编国文教科书的研究,也是这本书的一个亮点。

应该指出,中学国文(语文)教材的设置和编写,与整个国民教育的总方针是分不开的,并且是教育方针实施的一个重要部分。由于教育方针具有一定的时代性和政治性,中学国文(语文)教材也必然具有一定的时代和政治色彩。对此,论文作者在缕析民国时期中学国文教材演化递变时,始终注意到了这一点(如说到清末的教育改制,新文化运动的影响,以及后来的国民党的"党化教育"等)。另外,又注意到当时中学国文教育毕竟和后来国民党加强控制时有所不同，国文教材的编写还具有相当的独立性，编写单位和个人以及社会舆论有着相对的自由度。从这样的实际情况出发，作者在按史的发展框架下，有条不紊、层层深入地分析考察民国时期的中学国文教材，基本勾勒出那一段历史时期中学国文教材演进、演化、演发的情况。

李斌先生对民国时期中学国文教材历史的整理，始终有一条线索，就是"语文教学内容"四个方面（思想教育、技能训练、知识灌输和文学教学）的"纠缠""冲突"，他试图从这些纠缠和冲突中（实际指它们之间轻重主次的"排序"和"关系"），总结出一些规律性的东西，以回应近年来关于语文教学的某些讨论。

由于民国时期中学国文教材包容的时间跨度长，教材总量多，内容驳杂，想建构一个很好的论文框架，选择话题，进行明晰的论述，并非易事。但从已成论文看，由于作者做了大量的资料搜寻、研读工作，弄清了教材编写的总体面貌，洞烛幽隐，多有辩证，新见迭出。这些富于启示的见解比较集中体现在结语部分，我们列数一下看看：

语文天生就有思想教育的功能，所以语文教育要讨论的不是有无"人文性"的问题，而是什么样的"人文性"的问题。

无论哪个时期，都不可能把中学语文仅仅作为一门工具学科，无不融入和体现出教科书编者的价值观念及政治立场。

语文教学中的"人文性"并不等于思想政治教育，将工具性混淆为知识教学是不适宜的。

语文教育应当突出培养和训练学生的读写能力。

语文教育中的知识教学必须为提高学生的读写能力服务。

我很惊讶，这些观念，都和现在课改的理念不谋而合。该书不仅具有重要的学术价值，而且对当下的语文教学具有鲜明的现实意义。

关于语文，我们已经有太多的争议和讨论，有太多的文章和所谓"成果"，但始终还是经验性的纠结为多，学理性的总结较少，通常就是观点加例子，难得见到严密细致的量化分析与科学的论证，往往就是公说公有理，婆说婆有理。如果要让语文教育走向比较理性的科学之路，我们需要更多扎实的研究，首先就要弄清"家底"。百年来尤其是最近 20 多年来我国语文教学的历史经验，就是"家底"。尽管人们对语文教学状况有这样那样的不满，甚至有些激愤，但无可否认，以往的语文教学成绩巨大，经验丰富。当我们进入研究，就必须对此保持一种温情与敬意，当然还要加上分析的态度，守正创新，把以往语文教学好的东西继承下来，决不能搞虚无主义，一切推倒重来。

这也是李斌这本书给予的另一个启示。

是为序。

2012 年 4 月 28 日于历下南院

《魏丽君与童化语文》^① 序

> 现在的儿童不快乐，成人世界对他们的要求过于"严酷"，不尊重儿童的天性，很多孩子过早告别了童年。

杭州魏丽君老师把她的《童化语文》的稿子寄给我，嘱我写篇序言。我不敢马上答应，因为和魏老师并不相熟，也顾虑自己对小学语文缺少研究，没有这方面的经验，怕说不到点子上。但读完稿子，就决定要写点感想了，只是不一定适合作为序言。

从书稿的语言表述看，比较追求抒情，比较华丽，大概有意要成就一本书，有些章节设计就稍显做作。但不妨碍这是一本有心得、有经验、有价值的书。特别是关于小学低年级教学的专著并不多，魏老师从一线积累的经验出发，努力在理论上总结提升，这种努力是很值得赞佩的。

---

① 《魏丽君与童化语文》，魏丽君著，北京师范大学出版社 2014 年版。

　　这本书提出"童化语文"的概念，是可以成立的，也是有理论意义的。低年级语文教学存在很多问题，比较突出的就是过于"教化"，不够尊重儿童的天性，不注重兴趣的焕发与培养。在急功近利的氛围中，一切面向考试，小学语文教学失去梯度，往往都在搞"提前量"，不断加重学业负担，最终让孩子失去学习的兴趣。魏老师提出"童化语文"，并非标新立异，而是要重返教学规律。所谓"童化语文"，魏老师有很多论述，最基本的，就是三句话："让儿童成为儿童"，"让童心回归课堂"，"用母语滋养童年"。我觉得这种教育观念很有现实针对性，值得大家认真体会。

　　我体会魏老师"童化语文"的用心，是要"发现儿童"。现在的儿童很金贵，但是他们普遍不快乐，因为成人世界对他们的要求过于"严酷"，不尊重儿童的天性，很多孩子过早告别了童年。读魏老师的书，我不禁想到五四。我曾在一次会上说过，五四时期鲁迅、周作人等一些先驱，破除封建礼教对人的精神束缚，实行思想启蒙，提出过一个鲜明的口号，就是"发现妇女和儿童"。在古代中国，妇女和儿童不被看作完整独立的人，特别是儿童，并不受到普遍的人格的重视。即使看重，也只是作为传宗接代光宗耀祖的工具。五四"发现儿童"，其实是发现"人"，是中国迈向现代社会的一大进步。七八十年过去了，我们的儿童是否被"发现"了呢？是否得到人格上的尊重呢？存在很大的问号。现在的家长都很紧张和焦虑，他们在随大流，勒紧裤腰带，也要送孩子上重点校和各种课外班。他们几乎一刻不停紧盯着孩子的学习，可是孩子的天性和感受并没有被"发现"。

面对这种集体无意识和普遍的焦虑，我愿意重新提到我在《"不能输在起跑线上"是误导》（见《人民日报》2010年6月4日）一文中的那句话：童年的"价值"不只是为将来的生活做准备。童年本身也是"生活"，而且是人生最美好的一段生活，童年如果负担太重，不快乐，就失去了人生美好的序曲，对于将来也会有负面影响的。

我想，魏老师提倡"童化语文"，核心也是要强调童年的"价值"，以及童年本身就是"生活"。如果一位小学老师有这份心，就肯定能教好语文，让孩子们喜欢，又能在快乐中成长。

魏老师这部书的后半部分多是一些具体的教学案例分析与展示，其中包括"童化语文"课堂的构想，"童化语文"的教学设计，以及如何成就"趣化课堂""动化课堂"，等等，都是来自一线教学的经验之谈。其基本精神是和义务教育语文课程标准的要求相吻合的，又有自己的发挥与创造，是非常可贵的。最后部分是魏老师几十年语文教学经历的介绍与总结，读来很让人感动，里边包含的许多启示，可以为年轻的教师提供参照。

我和魏老师未曾谋面，但从书中可以感受到她的热情与敬业，特别是那种童心，那种博雅的气质。教师是化育人的职业，先要化育自己，让自己具备博雅的气质。这个"博"可以理解为眼光与气度的开通博大，"雅"就是品位的高雅。小学老师不一定要求知识非常广博高深，但气质风范必定是面向博雅的，这会让他们自己感到人生的充实，同时在孩子们眼中成为值得崇尚的人。在当今趋向物质化、功利化、粗鄙化的氛围中，提倡"博雅"是有现实意义的。

我相信这本书会受到小学语文老师的欢迎。

2012 年 6 月 10 日于历下南院

《大师美文品读书系》① 总序

> 养成阅读的兴趣与习惯，可能是终身受益的好品位，一种可以不断完善自我人格的生活方式。

处在成长过程中的年轻人既要接触时尚，又要尽量把持自己，而不是被动地卷进流行文化，这样才能逐步培养纯正的阅读口味和良好的习惯。读书还是要以读经典和格调高雅的作品为主。

和以往相比，现今中小学生的阅读趋向已大不相同，很多学生感兴趣的可能是当下的流行读物，如某些靠商业运作包装起来的明星作家的著作。流行读物大都像是冰淇淋，给人娱乐和刺激，适当读一些是可以的，甚至是有益的。如果完全不让孩子们读，会把读书搞得很功利，也会扼杀孩子们的阅读兴趣。另外，流行文化的适当消费，也有利于青年人了解社会，

---

① 《大师美文品读书系》收录多位经典作家的作品，附解读，分辑出版。第一辑，天天出版社 2012 年版。

融入社会。要求年轻人不去接触这些流行文化是不现实的，也是不必要的。因此应当给孩子们一点自主选择的阅读空间，容许他们读一些包括流行读物在内的"闲书"。

但这应当是适度的"消费"，毕竟冰淇淋代替不了主食，不能拿冰淇淋当饭吃，流行时尚的阅读也不能代替高雅的经典的阅读。有的学生或许会说，现在干扰实在太多，静下心来读书不容易。其实读书是一种习惯，一种生活方式，一种可以不断滋养人生提升精神的方式。只不过国人太过忙乱，太过浮躁，缺少读书的氛围。记得早些年我旅居欧洲时，时常坐地铁或者火车，很多人一上车就非常安静地掏出书本来读，很少有人大声谈话或者打手机，和咱们这里的情况很不一样。这是习惯问题，也可以说是文化素质问题。读书是需要氛围的，学校里老师让大家读书，可是很多学生回到家里，氛围就不太好，家人整天不是看电视就是打麻将，孩子们要在这样的环境中读书，还真的需要有些"定力"。

我常为某些年轻人虚掷光阴感到可惜。我住的小区附近有个群租的院落，夏天晚上，总见到许多青年人坐在院子里，各自埋头玩手机游戏，一玩就是几个小时。休息时玩点游戏可以放松身心，无可非议；但乐此不疲，太沉迷了，对身心不利，而且也太可惜了时间。何不利用这大好光阴给自己充电，学好本事？还有，很多中学生抱怨课业重，时间少，可是一上网就下不来，读书要是有这份痴迷劲，那就不得了了。看来不能全抱怨环境，自己能珍惜时间，有意识地培养读书的心境，就很好，也很重要。

就学生而言，养成阅读的兴趣与习惯，是发掘学习主动性与创造性最重要的途径，这可能是终生受益的好品位，一种可以不断完善自我人格的生活方式。读书的兴趣需要长期培养，需要磨性子，是一个漫长的涵养过程。现在的情况是，小学生读书的兴趣很浓，刚上初中也还可以，可是上到初三，特别是高中，就很少读书，全在应付中考和高考了。许多"90后""00后"读书的兴趣可以说是每况愈下。所以，我很赞成新的语文课程标准中提出的那句话：多读书，读好书，好读书，读整本的书。我想，天天出版社"大师美文品读书系"这套鉴赏性质的书的出版，是符合新课标的精神与要求的。

我在大学教书，发现许多同学在中学阶段除了应对考试，读书其实很少，对经典作品接触相当有限，即使有所接触，也不见得是经典原作，可能也就是上网读一些好玩的轻松的东西，如"恶搞"文字，这很容易受到那种价值消解、相对主义甚至游戏人生的思想影响，而且把阅读品位也败坏了，这真有"终生受损"的危险。当今许多人都在抱怨风气不好，物质上虽然比较富足了，可是整个生活品质未见得提高，虚无、玩世、粗鄙的空气弥漫周遭。那些肆意颠覆和解构经典的垃圾出版物和传媒作品，在造成社会生活粗鄙化方面难辞其咎。

我们需要经典，是因为经典作品积淀了人类的智慧，可以不断启示人们对文化价值的理解，这也是经典能够代代相传的原因。正因为经典能不断注入不同时代人们的阐释，所以能成为寄植民族精神的某种象征，显示某种文化价值的存在。没有自己经典的民族是可悲的，没有经过经典熏陶的人生是可惜的，因为有了经典，人们才更感觉到文化的存在与分量，更富于智慧。经典作为一种文化积淀存在物，对于民族精神的建构有极端重要性。当然，经典都是在某一特定时代产生的，会带有特定时代的烙印，甚至可能有局限性，有不适应现在社会发展需要的成分。我们接受经典，要有感情，还要有理性，对经典中某些不适合当今社会的部分，应当采取批判的眼光，吸纳经典中那些体现人类智慧的部分。这套书选收的是现代经典名篇，那么让我们珍惜、尊重，并从中获取智慧吧。

《语文素养读本》① 前言

在浮躁的时期孩子们能读到这套高尚而又妙趣横生的书，也许会让他们终生难忘。

按照国家"语文课程标准"要求，语文课要突出"语文素养"的培育，除了课内教学外，必须尽量引导学生的课外阅读，扩大阅读面，养成阅读习惯，提升阅读品位。"课标"规定小学初中课外阅读量400万字以上。为此，由北京大学语文教育研究所牵头，组织编写了这套《语文素养读本》。这套读本由原"义务教育语文课程标准"修订组组长温儒敏教授担任主编，由北大、人大、首都师大和相关研究单位及中小学的十多位专家、作家、诗人和教师组成编写组。这套读本的定位是：课外读物，分级编写，与各个学段年级的语文教学相呼应，重点是引发阅读兴趣，全面提升"语文素养"。

《语文素养读本》从小学到高中，每学年2册，共24册。

---

① 《语文素养读本》由北京大学语文教育研究所编写，温儒敏总主编，人民教育出版社出版。从小学到高中，每学年2册，共24册。

其内容安排与编写方式充分照顾到各年级学生语文水平和"课标"的学段目标，但又大体上略高于这个标准。

选文充分体现经典性、可读性和语文性。小学阶段主要有童话故事、寓言、童谣、儿童诗、科幻作品等。初中阶段仍以文学作品为主，包括散文、小说、诗歌、传记、科幻作品，以及议论文、说明文等。高中的选文范围更广，涉及中外文学作品、历史、哲学、政治、经济、科技等领域。整套读本比较注重古典传统，古诗文所占比重较大，从小学低年级开始就有古诗文。

选文安排照顾到学习的梯度，尽量不和"课标"建议书目——同时也是主流教材必选书目——重复。

每册分若干个单元，便于按类型（主题或其他）组合选文。每单元三五篇作品。单元开头有简短的导语，说明本单元内容主题。每篇选文附设"阅读提示"，指明作品特色，引导阅读，有的偏重人文性解释，也有的偏于艺术或者语文性分析，贴近学生接受心理，要言不烦。和一般教材有所不同，读本主要是学生自读，激发阅读兴趣，注重情感教育、审美教育与思维训练，注重读写能力培养，每文一得，可与主流教材及教学计划配合使用。

小学低、中年级有较多的"亲子阅读"的内容，建议父母陪伴子女阅读，大人小孩同读一本书，可以交流和增进感情，又能借助阅读形成两代人对话的氛围与习惯，这会让孩子终身受益。

目前坊间流行的同类读本有多种，各有特色，但普遍偏重人文性，选文的量大面宽，或者就是人文读本，与语文教学有些脱节。这套《语文素养读本》吸收了既有的读本编写的经验，又形成自己的特色，那就是往"语文素养"靠拢，与正式教材及教学计划有所呼应。对写作、阅读训练、口语交际，都有适当关注，有所体现。

中考与高考是所有学生必须面对的巨大的现实，我们编写这套读本也考虑到学生参与中考、高考的需要，但主要是在引导阅读和拓展思维方面提示，力求从根本上整体上提升素养（包括能力），不重复应试教育的方法。让我们的中小学生既考得好，又不陷于题海战术，不把脑子搞死，兴趣全无，这好像有点难。其实"鱼"和"熊掌"是可以兼得的，关键在于提升教学水平，包括能让学生有较多自由的课外阅读。

在应试教育的大环境中，语文课常受到挤压，很多学生和家长并不重视语文。这是极其短视的行为。许多人上了大学还没有阅读的习惯，要读也就是读一些流行的娱乐搞笑的东西，他们的思维和表达能力必然受到限制。这是语文课的失败！学语文不能只考虑应对考试，更重要的是提升语文素养。语文素养包括语言文字运用能力，以及其所体现的学识、文风、情趣等人格涵养。这是现代社会公民必须具备的综合素养。语文课的重要性，在于它能打好"三个基础"：为提升综合素养，学好其他课程打下基础；为形成正确的世界观、人生观、价值观，形成良好个性和健全人格打下基础；为全面发展和终身发展打下基础。而要学好语文，光靠做题是不行的，局限于课内也学不好，办法只有一个，就是把课内学习与课外阅读结合起来，多读书，好读书，读好书，读整本的书。

这套书的阅读或许是个契机，就此带动我们，所有的家长、孩子和老师们，大家都能把读书的习惯与爱好当作一种人生方式，让孩子们从小就喜欢读书，有纯正的阅读品位，让读书伴随和滋养他们的一生。

这比任何物质财富的赐给或拥有都更重要。

在浮躁的时期孩子们能读到这套高尚而又妙趣横生的书，也许会让他们终生难忘。

2013 年 1 月 25 日于南院

《语文课改调查报告》^① 序

> 语文学科改革难度很大，重要的不是去争
> 论，不是只提印象式的、情绪性的批评与设想，
> 而是要认真做一些调查研究。

语文新课程的实施，也就是课改，已经有十多年了。对课改有各种评价，但有一点是共同的，就是承认一些新的教学理念得到普及，语文教学原本有的一些问题被激活了，课改在艰难的跋涉中前进。不少学校的探索已经为语文新课程蹚出了可行之路，积累了经验，也面临不少困扰与问题。应试教育的局面依然严峻，语文教学有些偏向仍未得到纠正，学生过重的学业负担未减反增了，对新的教学理念，很多老师既欣赏，又感到无奈。对语文课改的成效恐怕不能高估，但毫无疑问，课改

---

① 《语文课改调查报告》是北京大学语文教育研究所关于语文课程改革的调查报告的汇集，笔者与蔡可主编，2013 年北京大学出版社出版。由于出版的疏忽，这篇序言未能收进书中。本序曾发表于《课程教材教法》2013 年第 2 期，题为《语文课改要摸清底细，直面问题》。

的方向要肯定，对课改要坚持和补台。再难也不能走回头路。当务之急是要认真总结十年来课改的经验，正视那些老的、新的问题，包括可能短时期难以解决的问题，在深入调查的基础上做些科学的研究。这些总结不应停留于一般的经验描述，也不只是向上的汇报，应当有一些专门的研究，能把课改问题提升到教育科学的层面，前提就要有调查研究，摸清楚情况，还要有开阔的视野和清醒的理论参照。当前课改的实践经验以及所需解决的问题，是研究的出发点和生长点，也是研究的"归宿"：我们的研究终究还要解决语文教学的实际问题，推进学科的发展。我们总是听到太多对语文教学的批评，每隔一段时间就会出来某个热点争论或炒作，这或许与语文学科的社会性有关，谁都插得上话。但认真研究会发现，这些周期性的争议和炒作对于语文学科的建设并没有多大的推进，往往还可能会拖后腿。其实语文学科的学术性很强，改革难度很大，现在重要的不是去争论，不是只提印象式的、情绪性的批评与设想，而是要让一部分专家和一线的教师坐下来，认真做一些调查研究。

语文界不缺文章，不缺所谓的流派主张，缺的是科学的发现和切实可行的建议。现今关于语文课程和教材的讨论非常多，许多意见都是公说公有理，婆说婆有理，争论难以"聚焦"。翻开各种语文刊物，课改的文章多如牛毛，可是绝大多数仍然停留于经验描述，通常就是观点加例子，很少有严密细致的量化分析与科学的论证。课改中需要解决的问题很多，如果停留于经验层面，光是靠观点加例子的争论，是解决不了的。我们学中文出身的老师，长处可能在感性，会写文章，短处是缺少科学的方法训练。所以语文课程改革的确任务很重，除了激情，还需要实事求是的态度，以及科学的方法，特别需要相关学科研究方法的介入。

近年来，北京大学语文教育研究所持续关注有关课改的基础性研究，强调实事求是，不搞"主题先行"，我们把这种调查研究称之为"非指向性"调研。我们试图通过扎实的"田野调查"，搞清楚当下的教育教学现状，为政策的制定与调整提供专业的支持。摆在大家面前的这本《语文课改调查报告》，就是北大语文所的成果之一。这是在《课堂内外》杂志社资助下，由北大语文所面向全国招标，选出 9 项课题研究成果。这些调查结项已经有一两年时间，现在才汇集出版，不过也不算迟。这些调研所显示的当下语文课改推进中存在的问题和经验，这里略加概述，主要有五个方面。

一、师资成为制约农村课改实施的关键问题

语文所的调查有多项与农村特别是西部地区农村的课改有关。课改十年，争议最大的恐怕是两极分化问题。没有农村的课改是不全面的课改；农村的教育面貌没有本质改变，课改也很难说成功。调查表明，师资仍是制约农村课改推进的重要问题。"内蒙古自治区中小学语文教师现状调查研究"（主持人王朝霞）样本涉及内蒙古自治区 11 个盟市的 135 所城乡学校。调研结果显示，内蒙古自治区的中小学教师学历基本达标，对语文课改基本了解，但大多数教师认为新课程的培训不能满足自己的教学需要，他们渴望得到专家的指导，认为通过观摩与交流有助于自己迅速提高教学水平与研究水平。然而大多数中学

语文教师每天的工作状态是早出晚归，班额超大，课时超标，兼任班主任，职业生涯疲惫不堪，没有时间与精力去学习和补充。

在"义务教育新课程实施状况县域考察"（主持人蔡可）的调研中，这一问题也突出存在，尤其是在乡镇，中心校、教学点已经成为制约县域教育均衡发展的短板。在县以下的乡镇区域，教师负担过重，收入普遍偏低，工作生活条件急需改善。首先，大班额、寄宿制带来工作量的增加；其次，在课改新的质量观下，教师面临着新理念、新教材、新方法，需要不断提升自己，工作量上不断做加法，调研中义务教育阶段每天加班2小时以上的教师达到了62%。教师不适应、办学条件薄弱、专业支持不到位、课程资源匮乏等诸多问题，已将农村教育置于生死存亡的关口。而"青海省中学语文教学状况及改革研究"（主持人赵成孝）的调研显示，西部地区的师资问题尤为严重，教师的地区结构、专业结构不尽合理，优秀教师外流现象严重，在县乡一级甚至教师严重缺编。由于扩招直接关系经济利益，师范专业的收费比起其他新设专业来低将近50%，各个学校对师范专业积极性不高。新专业的急剧增加影响师范专业的教学质量，也影响新进教师的整体素质水平。其实说到底，课改就是想办法提升一线教师的水平，包括更新教学观念，提高教学水平。只要老师有水平，他们就有办法去切实改进教学。在应试教育的大环境下，有水平的老师总还是能够有所超越，懂得必要的平衡，可以让学生考得好，又不至于被扼杀兴趣，更不至于完全屈从现实。他们懂得如何稳步推进课改。调查也足以说明，现在推行"国培"计划是必要而适时的，这是带动课改的大好时机。

二、应试导向的评价机制和专业支持匮乏，制约着教师的专业发展

　　课改的实施虽然存在着一些条件性的制约，但中小学语文教师对于正在实施的语文课程改革已经有了基本的了解，在内蒙古，小学、初中、高中教师对《语文课程标准》比较了解，比例分别为：95%、89.74%、80%。有意思的是，调研主持人王朝霞发现，小学和初中语文教师比较认同新课改背景下学习方式的转变，而高中语文教师还没有把转变学习方式作为课堂教学的重要部分，他们更加注重知识的讲授；随着学段的上升，教师对新课程改革的了解程度和信心却呈下降趋势。主要原因在于以考试为主要方式的终端评价，始终是制约课程改革的瓶颈。考试内容过于注重书本知识与解题技巧，忽视学生的全面素质和个体差异；考试评价方法单一，过分注重结果而忽视学生的学习过程；考试评价功能错位，考试后给学生排位，把学生分成三六九等，严重打击学生的学习积极性，也影响着教师的教学。为此，王朝霞建议，上级教育部门应建立相应的课改发展性评价考核体系来考核学校；学校领导也应制定以教师发展为目的的评价性标准体系来考评教师。调研主持人赵成孝对青海省一所重点中学和青海师大的三所附中高一、高二年级学生进行了问卷调查，在"你认为以下选项哪些切中语文教学之痛"问题中，选择"使学生想象力僵化"的占到56.45%。这反映出一个突出问题，由于标准化试题和标准答案的存在，教师会不自觉地将学生的思维引向看似正确无误的答案，而忽

略了语文学习的熏陶以及文学作品鉴赏过程中最为宝贵的主体独特阅读体验和感受。引人关注的还有 39.52% 的学生认为课程改革"应围绕考试和大纲展开",说明考试成绩依然是学生关注的焦点。

蔡可在江西、河南两省县、乡的实地调研、访谈与问卷调查结果表明,伴随着课改理念被越来越多的老师、学生所接受,理念转化为教育教学行为也存在着一定的偏差,例如课改提出"全面提高学生语文素养",偏差表现为受应试影响,教学简单变为知识点分析、脱离文本的机械记忆,忽视真实情境运用,甚至以"考点"贯穿课堂教学,谈不上能力培养与素质提升。

面对严峻的形势,教师培训工作责任重大,教师们也普遍表示出对于获得更多更好培训的强烈愿望,但如果内容一味"凌空蹈虚",或是像 10 年前那样只进行理念冲击,将很难收到实效。在江西龙南县的调研中,针对培训是否有收获的问题,竟有高达 43% 的老师认为没什么收获。教师的培训模式决定着未来的课堂形态,教师培训形式相对呆板,需要创新培训模式,增强教师参与,注重生成性资源开发与地方能力建设;教师在岗专业发展制度更是有待深化,地方专业支持体系建设有待加强。

三、学生阅读缺乏有效指导,教师自身阅读状况不容乐观

听说读写,阅读最重要,阅读教学称得上语文教育的第一要务。而阅读教学是否成功,不能只看课内,很大程度上要看课外,没有课外阅读的语文课是不完整的,只能说是半截子

的。这批调查对学生的阅读状况很关注。"北京市中学生课外阅读状况调查"（主持人张杰）课题组对北京市 19 个区县的部分中学生和部分中学语文教师进行了相关调查，调研显示中学生的阅读缺乏有效指导。学生选择读物主要是依据自己的兴趣、课内学习需要、同学间和媒体的推荐。老师推荐排在同学间相互推荐之后，家长推荐的更少。不仅如此，受社会上阅读材料肤浅化和娱乐化趋向影响，大多数学生喜欢轻松的、消遣性强的课外读物或网络阅读，对经典名著的兴趣还远未达到理想的状态，高中生教辅的阅读占较大比例。调查认为，社会、学校、教师、家长的支持和指导不足制约了中学生的课外阅读。值得注意的是，中学教师阅读现状不容乐观，除去"职业性阅读"，或者纯粹就是为了备课的阅读，几乎很少花时间与精力去自由读书。自己都没有阅读兴趣，那就很难让学生喜欢阅读。为此，调查认为，要为教师最大限度减负，为教师提供有保证的读书自修时间，多为教师提供自我发展的空间和人文关怀。

"四川省少数民族地区义务教育阶段学生汉语阅读能力现状分析"（主持人靳彤）课题在凉山彝族自治州抽取了 11 个样本班级进行了相关调研。凉山州义务教育阶段学生汉语阅读能力基本达标，但在需要综合各种信息作出推理或联系生活解决问题时表现出较明显的不适应性，形成解释和作出评价的能力稍弱。另外，调研显示中小学生阅读的城乡差异显著，城市学生阅读能力整体上远高于农村学生。即使在北京，城区和郊区也差距明显。张杰的调查还显示，农村学生有浓厚的课外阅读兴趣，但他们的课外阅读资源严重不足。

四、教师知识结构迫切需要更新

现在的语文教学普遍效果不太好，不能吸引学生，学生缺乏兴趣，除了应试教育的制约，也跟老师讲课有关。由于教师知识结构的陈旧和单一，他们很难进入学生的语文生活，也很难让学生学会欣赏优美的作品。"中学语文与中国现代文学"（主持人吴福辉）的调查研究，给人们以不同的视角来观察语文课改。吴福辉在中学生中进行问卷调查的结果显示，中学生最喜爱的作家依次是：鲁迅、冰心、朱自清、老舍、徐志摩、余光中。中学生对以下7部现代文学经典的喜爱程度依次为：《阿Q正传》《围城》《雷雨》《骆驼祥子》《家》《女神》《子夜》。在问卷提出的"在55篇进入教材的现代文学作品中选出最喜欢的5篇作品"一题中，依次排在前5位的是：《再别康桥》《乡愁》《从百草园到三味书屋》《茶馆》《边城（节选）》。吴福辉认为，鲁迅既是中学生最热爱的作家，也是最受部分学生冷淡与批评的作家。这其实是学术界和社会上面对鲁迅经典化的复杂反应而在中学的具体表现。那么，在教材中怎么选鲁迅的作品，需要认真研究。这个课题还呈现出一些很新鲜的调查结果，如对近年来学术界评价渐高的胡适，中学生却未见得喜欢，而冰心、朱自清两位当年文学地位并不算最高的作家，其作品却受到中学生稳定持续的喜爱。在诗歌受到冷遇的今天，中学生最喜爱的作品却是两篇现代诗歌，诗歌所具备的培养审美能力、语感的特殊功能看来应该得到教材编写者的重视。

从现代文学研究来看中学语文教学，启发我们认识到语文教学中知识更新已非常迫切。当前教师知识结构陈旧，大部分一线教师接受本科教育是在 20 世纪 90 年代，甚至 80 年代。职前教育与在职培训存在诸多问题，必须与时俱进，方能教好语文，做好课改。

五、部分课改难点问题，如选修课设置、教材编写取得了一定突破

教育是一门实践性很强的学科，这些调研报告中有的直接介入了教学实践，如"广东普通高中语文新课程选修课的调查与研究"（主持人王土荣），全面调查研究了选修课实施过程中遇到的各种问题，对问题产生的原因进行了比较深入的分析，提出了具体有效的解决办法。在此调研基础上，广东省出版了《普通高中语文选修课优秀教学实例选评》，完善了课程标准和选修课的理论，如探索以"文言、文学、实用"设置系列，以解决五个选修系列中的分类不当（如诗歌与散文、小说与戏剧分属不同系列）；对目前不同选修模式进行了比较与创新，形成了新的有效模式；对具体的调查研究进行了理性思考和抽象概括，形成了"自助餐式"教法 60 种和学法 50 种；设计了与新课程理念相适应的高考内容，出版了《普通高中语文模块教学与考核要求》。尤其值得注意的是，课题还探索了体现选修课教学的评价方式，如研制了高中教学水平评估的实施方案，并经受了 235 所学校的评估检验，出版了《普通高中语文教学与评价指导》。高中语文课程如何体现"选择性"既是亮点，也是难点，本课题的调研及其后续工作，为突破传统高中教学评价提供了很好的借鉴。

"中学语文教材编写研究"（主持人顾之川）的课题调研则认真总结了新课程高中语文教材的编写经验。在"守正出新"原则指引下，人教版这套新的高中教材继承了"文道统一"、弘扬传统文化、重整体感知等传统，强调语文能力培养的科学性。同时又在如下几方面出新：一是倡导多元文化观念，教材渗透富有时代特征的人类共同价值观；二是联系学生的经验世界和生活体验，使语文教材具有丰沛的生活气息和亲和力；三是考虑学生的兴趣爱好，教材选文更加符合学生身心特点；四是设计"梳理探究"，旨在全面提高学生的语文素养。这套教材以过程与方法作为教材编排线索，借鉴了多国母语教材编排的经验，由过去的知识编排到后来的能力编排再到现在的按过程与方法编排教材的尝试；开发课内外语文课程资源，处处渗透"实践"的理念。目前这套人教版高中语文教材正在全国大多数省区使用，其得失经验都值得下一步新教材的编写所借鉴。

一切教育研究都始于调查，这些调研报告调查面广，问题全面，数据准确，不搞主题先行，所有分析都建立在客观事实上，虽然部分结论与大家的印象契合，但这种研究方法，体现了科学研究的意义，我认为是值得提倡的；这种研究方法还摸清了"家底"，对实事求是地制定政策也是有帮助的。

北京大学语文教育研究所成立 8 年来，充分利用北大多学科的优势，整合校内外相关资源，在中小学以及大学语文教育方面发挥作用，通过参与课程标准修订、召开专项学术研讨会、承办国家教师培训、发布课题研究等，已经成为国内语文教育学术交流和教师培训的重要平台。今后，对于有助于语文课改的研究课题，包括能为课改提供决策参照的调查报告，语文所还将通过各种方式给予支持。语文所也希望能与有实力的单位合作，筹措和设立更多的科研基金，支持语文教学科研活动。

本文写作得到蔡可先生的鼎力支持，特表谢忱。

《简洁语文教学》^① 序

> 语文课要"消肿""减肥""瘦身",要上干
> 净洗练的语文课,着眼语文,着力语文,直奔语
> 文教学的核心。

我和梁增红老师未曾谋面,他寄来书稿,邀我作序,一时未敢承命。但看到《简洁语文教学》这个书名,阅读兴趣就来了。细加拜读,激发许多思绪。我乐意和一线语文老师说说这本书。

该书开宗明义指出,现在有些语文课"迷失了方向"。他批评说,有些老师"把注意力放在了语文课以外的各种活动上,语文课逐渐式微,买椟还珠,语文课堂教学是伴娘拐着新郎跑。繁花似锦的形式如雨后春笋,什么课前三分钟演讲,什么拓展延伸,什么课本剧表演,什么语文综合活动,吹拉弹唱进课堂,声光电齐上武装到牙齿,一时满目生机盎然,一派欣

---

① 《简洁语文教学》,梁增红著,现代教育出版社 2014 年版。

欣向荣。可是，妖艳无比的打扮，却没有改变语文教学令人尴尬的处境"。梁老师把这些现象归纳为"外延无限延伸，内涵不断虚脱"。批评很尖锐，但恐怕不无现实所指。不久前，我在河南、山东和北京先后听了几堂课，包括有些"公开课"，程度不同地存在梁老师批评的这些"繁琐病"。所以梁老师主张要回到语文本身，让语文课简洁，我很赞成。

其实，除了梁老师指出的这种"形式大于内容"的"繁琐"，还有另一种"繁琐"，大家也是见得多的，那就是：无论精读、略读，也不管文体、内容，全都有一套几乎固定的程式去套解，诸如背景介绍、字词解释、段落大意、中心思想、表现手法等，通常都是把课文"大卸八块"，进行僵化的"满堂灌"，然后就是题海战术，反复操练，应对考试。这种陈陈相因、繁复琐碎的语文课实在是折磨人，把鲜活的语文弄得面目可憎，学生也就被败坏了胃口，毫无兴趣。所以修订后的语文课程标准才提出要建设"开放而富有创新活力的"课程，强调"学生是学习的主体"，"鼓励自主阅读、自由表达，充分激发他们的问题意识和进取精神，关注个体差异和不同的学习需求，积极倡导自主、合作、探究的学习方式"。可是这种应试式的教学，在新课程实施之前很普遍，之后呢，也还是司空见惯。改革不容易呀。无论是由来已久的"程式僵化"，还是近年来新出现的那种"内涵虚脱"，共同的病症都是"繁琐"。梁老师提出的"简洁语文"，对两种"繁琐"都有针砭意义。

不过，对现有的语文教学的"繁琐病"，也还是要有"了解之同情"。其病因主要在社会，是伴随社会转型而来的激烈的竞争，特别是对优势教育资源几乎"惨烈"的争夺，造成普遍的焦虑与浮躁。语文教学上的那种应试式的繁琐，归根结底也是源于实用主义的"时代病"。当高考和中考的分数排名事实上仍然作为教学业绩硬指标的时候，"应试式的繁琐"就难以祛除。因此，"繁琐病"的存在不能全怪老师，现在社会上有太多对语文教学的抱怨，这并不公平。人人抱怨，又人人参与，能不焦虑繁琐吗？

当然，作为老师，我们又不妨换个角度来想想：如果应试教育大环境未能根本改变，难道就坐以待毙？就放任语文课被"繁琐病"所缠绕？我们还能做些什么？其实外界压力再大，总还有自己的空间，我们不指望能改"一丈"，那就实实在在去改"一寸"好了。我曾主张课改和高考"相生相克"，老师要懂得一些"平衡"，努力做到既能让学生考得好，又不把他们的脑子搞死，兴趣搞没。看来，对那种僵化而繁琐的应试式教学，是应当也能够做出一些改变的，关键是"有心"，有责任感。

至于那种追求形式主义的"繁琐病"，同样也是心态浮躁的表现：未能正确理解和运用新课程的要求，为显示"课改"，却走了歪路；或者因为环境所迫，比如受制于某些检查评比，要追求"课改"的气氛，却卷入了形式主义泥淖。梁老师书中对此多有批评。他尤其反感那种空洞的"大语文"，认为"大语文"错就错在漫无边际，天马行空。有时我们走得太远，而忘记了当初为什么出发，忘记了语文课的初衷。所以他提出要为语文课"消肿""减肥""瘦身"，要上干净洗练的语文课，着眼语文，着力语文，直奔语文教学的核心。少一些浪费时间的插科打诨，少一些非语文的左顾右盼，少一些无聊肤浅的机械重复，要努力做到教学目标明确，方法有效，形式活泼，学生参与度高，练习精致扎实。

我理解，一些专家和老师提倡"大语文"，也是为了改变语文教学被应试教育捆绑而过于僵化的状况，希望语文课更贴近生活，更生动活泼，并能往课外延伸，激发阅读兴趣。"大语文"的初衷没有错，只是如果被形式主义牵引过了头，就会出现空洞化的问题。"大语文"如果空洞化了，当然要警惕，也应当批评，但不要全盘否定。把"大语文"的贴近生活、激发学生学习主动性，以及拓展阅读等合理的科学的因素保留吸收，又坚持语文课的简洁扎实，两相结合，岂不更好？我们总不能扬弃了"大语文"的"空"，绕个圈，又回到原先僵化狭窄的境地。

"简洁语文"并非新主张，但梁老师在当前提出，有特别的意义。梁老师是一线的语文老师，他用自己的实践去证明"简洁语文"的好处和魅力。这本书中除了问题的讨论，还有许多教学的案例分析，也都是值得参考的。

"简洁"是一种品格，也是一种艺术。语文课如何做到简洁？梁老师有他的坚持，书中也有多种方法的展示。我为他"点赞"。读梁老师的书我心有戚戚焉，不禁想起自己最近在一次评课时说过的两段话。这里引用一下，作为对梁老师"简洁语文"的支持，同时也向读者诸君求教，看如何让语文课变得"简洁"。

一段话是主张语文课要聚焦"语用"。

"语用"就是语言文字运用，这是义务教育语文课程的基本目标。语文课的目标可以罗列很多，包括人文教育，传统文化熏陶，有利于学生整体素质的发展，等等，但核心是什么？基本目标是什么？就是语言文字运用。语文课，就是学习语言文字运用的课，同时把文化修养呀，精神熏陶呀，很自然地带进来。"语用"和其他几方面是自然融合的，不是一加一或一加几的关系。有些老师备课，要罗列哪些属于工具性，哪些属于人文性，割裂了，没有这个必要。

有"聚焦"，语文课才有主心骨，也才能克服焦虑和繁琐。第二段话，是建议语文课少用或者不用多媒体，其意图也在于驱除虚浮的形式主义。

现在的语文课不断穿插使用多媒体，虽然很直观，可是把课文讲解与阅读切割得零碎了。多媒体给学生提供了各种画面、音响与文字，目迷五色，课堂好像活跃了，可是学生的阅读被挤压了，文字的感受与想象给干扰了，语文课非常看重的语感也被放逐了。这样的多媒体对语文学习并没有好处。（以上两段话见温儒敏《语文课要聚焦"语用"》，载《语文教学通讯》2014年第4期）

要让语文课"简洁"而且"高效"，老师们肯定还有很多办法，我贡献给大家这两个建议，不知是否管用？

2014年5月1日于历下南院

《温儒敏论语文教育三集》^① 前记

> 收在这集中的文字，都和这些年我所参与的
> 课标修订、教材编写、课程改革，以及"国培"
> 计划等工作有关。

2007 年《语文课改与文学教育》出版，随后又有《温儒敏论语文教育》一集、二集陆续问世，现在第三集又将付梓，这是我第四本有关语文教育的论集。文章写得不少，但大都是报刊上的访谈、评论、讲演稿之类，并非严格意义上的学术论作。我不病其浅陋，汇编出书，且连出几本，也是受众多一线语文老师的谬奖与支持，他们似乎更喜欢这类不那么"正式"却比较"接地气"的文字。有些学校甚至还把拙著作为教师培训的参考，这对我自然是莫大的鼓励。

我曾说自己介入基础教育，只是"敲边鼓"，希望"鼓吹"一番，就能有更多有学问有理想的人加盟此道。可是这些年我

---

① 《温儒敏论语文教育三集》，北京大学出版社 2016 年版。

的"边鼓"越敲越放不下，不能不用许多精力投入中小学语文，一边学习，一边思考和研究。收在这本论集中的许多文字，都和这些年我所参与的课标修订、教材编写、课程改革，以及"国培"计划等工作有关。虽多为应时之作，却也有对语文教育的思考与探究，有的曾引起热烈的讨论，不应是明日黄花。它的结集出版，也许还能继续引发语文界的关注，特别是其中所谈论的那些关于语文课程及高考改革的话题。

论集共收文 64 篇，为方便检索阅读，大致分为 7 辑。一是"课标与课改"。其中多篇涉及对课标的理论阐释，也有对十多年语文课改得失的回顾。二是"教材编写"，谈到新的部编本语文教材的编写理念及设计意图，包括有些"背景材料"的介绍，也许会引起那些即将使用部编本教材师生的兴趣。三是"高考语文"，特别是高考作文，每年刚刚考完，就有报纸要求评点，多是急就章。不过有关高考改革的一些建议，以及改革趋向的分析，都曾引起过广泛注意。四是"语文教学"，有比较具体的一些建议，特别是主张把培养读书兴趣放到首位，以及阅读教学"1+X"的方法，鼓励"连滚带爬"读书、多读"闲书"等，都意在纠正当下语文教学的偏颇。五是"研修文化"，主要和一线老师讨论如何减缓"职业性倦怠"，以及营造"自己的园地"，等等。对"研修文化"的倡导，也有现实的考虑。六是"大学本义"，有对目前大学普遍存在弊病的担忧，亦有对人文学科包括中文系出路的探讨。七是"文学生活"，是近几年我在主持的一项大型调查项目的某些侧影，也和语文教育有点关系。最后还有 2 篇附录，是报刊上对我的语文教育研究之反响，收在这里，也凑个热闹吧。七个方面分得有点碎，但主旨还是语文教育。

几天前，我到珠海参加新教材试教的会议，顺便为那里正在举行的小学语文教学观摩会讲一次课。讲课在市体育馆，6000多名小学老师坐得满满当当，我一上台就让那个"气场"震撼了。我原本准备了两小时的讲稿，可是主办方只给我一小时，我只好匆匆"过"一遍。到时间了，满场掌声雷动，希望我再多讲一会儿。我知道，不是我讲课多么吸引人，而是一线老师们实在太渴望学习、渴望提高专业素养了。我似乎从老师们渴望的眼神中得到了启示，更加认识到这些年所做工作的方向与意义。这些具体工作和贴近现实的研究，不只是满足社会的需求，也能给人文学术研究带来活力，让我们这些容易在象牙塔里讨生活的学者，获得一般纯学术研究所难于企及的那种充实感。所谓"荒郊老屋中二三素心人商量培养"，的学问固然令人羡慕，而贴近现实的研究和探求也自有其价值。我打心里感谢众多一线的老师。

2015年12月9日

《欲觅金针度与人
——语文教育与高考论集》[①] 序

> 读这本书，心有戚戚焉。我们都比较倾向于
> 让语文教学朴素一点，简洁一点，回归常识，实
> 实在在推进改革。

漆永祥教授是我的同事，他从 2008 年起担任北大中文系副主任，主管本科生教学管理工作，每年高考到来，还担任北京市语文高考阅卷组的组长。这是非常烦琐辛苦的工作，很多教员不见得愿意做的，他却做得很投入很认真，而且一做就是七八年。他是"有心人"，有学者的慧眼，在阅卷工作中，总能发现很多问题，包括阅卷中暴露出来的教学和高考命题的问题。他一样样去调查思考，写下很多文章。这些文章和他从事的古典文献专业关系不大，也不能填表当作"成果"，但他认为有意思，是实实在在的事情，值得做。这些文章陆续发表，

---

① 《欲觅金针度与人——语文教育与高考论集》，漆永祥著，人民教育出版社 2018 年版。

影响很大。现在汇集出版，竟让我也有些感动和赞佩。语文界是需要这样的文章的，我非常乐意推荐。

他的《欲觅金针度与人——语文教育与高考论集》书稿我读了一部分，印象较深的有这么几点。

一是对高考作文的研究和建言。包括高考作文评阅的标准如何制定，阅卷组怎么看待和处理"套式作文"，为什么模式化的套路作文得不了高分，写作教学应当如何处理好和应试作文的关系，等等，都有细致的解说；甚至还透露了某些"内幕"，打破那种把高考作文阅卷妖魔化的传说，让人们比较理性看待高考问题，并且能从中获取很多有利于改进教学和备考的启示。

二是对北京市这些年高考阅卷工作的经验总结。他肯定了阅卷员的选拔、培训制度，以及阅卷过程某些必要规定的落实，也对某些存在的通病顽疾提出批评。他把阅卷弊病的改进说成是所谓"续命的一环"，也可见其重要和紧迫。我多年前也指出高考作文评分中的二等分畸高现象，认为必须加大改进的力度，克服随意性，拉开分距。否则，一线写作教学亦将崩溃。这些年北京市开始重视这项改进，其中漆永祥老师也起到推进的作用。书中的一些相关经验，是值得许多地区考试管理部门参考的。

三是主张语文教学不能满足于"花式改革"，要朴素一点，保留传统的好的方式方法。比如他提出"十请"，包括请重新拿起粉笔，请少用多媒体和道具，请少用教辅，请少开书目……，等等，要让语文教学回归本源。这些观察与建言，对当前语文教学也是有针砭意义的。

　　四是从文献学者角度看语文教育。比如强调"咬住一部经典读懂读透"，虽然对中学生有点难，但其精神是应当领会的——那就是要读整本的书，基本的书，改进浮光掠影的不读书少读书倾向；他特别重视熟读背诵，尤其是读古书重记诵的做法，我也是赞成的。现在课堂教学比起以前活跃许多，但也可能天马行空，脱离了语文教学的宗旨，"语用"这一本质规定性反而可能旁落。漆永祥的提醒有意义。

　　读漆永祥教授这本书，心有戚戚焉。大概我们都比较倾向于让语文教学朴素一点，简洁一点，回归到常识，实实在在推进改革。我们俩同在北大中文系，都想在自己专业研究之余为语文教育"敲敲边鼓"。这是责任，也是老北大的传统。读读这本书，也许能听到一些很来劲的鼓声吧。

2017 年 9 月 20 日

《通识简说》① 丛书总序

> 这是"通识"类的书，可以顺藤摸瓜，引发
> 不同领域探究兴趣，挺有意思的。

互联网的出现，尤其是智能手机的使用，让现代人获取知识的方式有了翻天覆地的改变。我当学生读书的那个时候，是真的每天在"读"书，通过大量的阅读，获取第一手的资料，不断思考探究，构建自己的知识体系。而今天呢？一个孩子获取知识，首先想到的是动动手指，问问百度。

学习的方式便捷了，确有好处，但少了探寻、发现和积累的过程，学得快，忘得也快。已有研究表明，过于依赖互联网会造成思维的碎片化，大脑结构也会发生微妙的变化，如注意力不集中，记忆力减退。看来除了网络阅读，还得适当保留纸质书的阅读，用最传统的、最"笨"的方法来学习。这也是我一直主张多读书，特别是纸质书的缘故。读书必然伴随思考，

---

① 《通识简说》丛书，分科学系列、国学系列等多种，广东教育出版社 2018 年版。

由此获取知识，这个"过程"本身在"养性和练脑"，是经过耕耘到收获的"享受"，不是立竿见影的网上获取所能取代的。另外，我也主张别那么功利地读书，还是要读一些自己不真正喜欢的书，也就是闲书、杂书，让我们的视野开阔，思维活跃。读书多了，脑子活了，眼界开了，反过来也有助于考试取得好成绩。

有的小读者可能会说，我喜欢读书，但是学校作业很多啊，爸爸妈妈还给我报了很多课外班，我没有那么多时间读"闲书"呀！这个时候，找个"向导"，帮你对阅读书目做一些精选就非常必要了。比如你喜欢天文，又不知道如何入门，应当先找些什么书来看？又比如你头脑中产生了一个问题——为什么唐代的诗人比别的朝代要多很多呢？你希望能先了解一下唐诗的概况，好进一步探究问题。碰到诸如此类的小课题很多，如果有一种书，简单一点，好懂一点，能当我们在知识海洋里遨游的向导，那就太好了。广东教育出版社出的这套"通识"类图书，就是你们的"向导"。

这套书全都叫"简说"，特点就是简明扼要，生动有趣，一本薄薄的书就能打开一个学科殿堂的大门。这是"通识"类的书，也是可以顺藤摸瓜，引发不同领域探究兴趣的书，挺有意思的。丛书计划出一系列，覆盖文学、历史、社会和自然科学的方方面面。第一套先出十种，文科和理科都有所兼顾，《回到远古和神仙们聊天——简说中国神话传说》《从古人那里借鉴作文功夫——简说古文名篇》《动物大咖的生存奥秘——简说动物学》《"外星人"为何保持沉默？——简说天文学》……看书名就想读了吧。选择读其中某一本书，说不定真的就引起你对一门学科的兴致，起码也会多接触某一领域的知识，很值得去尝试哟。每本书都 10 万字左右，读得快的话，半天就能读完，读起来一点都不累。图书配的漫画插图风趣幽默，又贴合主题，也很有味道。

也希望出版社接下来能再出 10 本、20 本、50 本，让更多的孩子都来读这种简明、新颖又有趣的书。

2017 年 3 月 15 日

"常春藤传记馆"丛书[①] 序

> "常春藤传记馆"丛书的特色，是传主覆盖范围广，和课程教学有呼应，内容安排注重励志及健全的人格心理培养。

十多年前，我主持人民教育出版社高中语文教材的编写，其中选修课就专门设置有《中外传记选读》一种，我自己还动手编写了这本教材。因为受高考"指挥棒"影响，一般学校的选修课未必真能让学生自主选修，很多选修教材编出来都没有使用，但《中外传记选读》一直很受欢迎，每年有重印。这让我对传记的阅读推广有了特别的关注。

我还注意到最近三四年高考语文试题命制的一种趋向，无论全国卷还是其他省市卷，阅读题往往都选传记作为材料。比如今年（2016 年）全国卷的甲乙丙三个卷子，文言文阅读的材料全是传记，包括《明史·陈登云传》（甲卷）、《宋史·曾

---

① "常春藤传记馆"丛书，温儒敏策划并主编，第一批 12 册，长春出版社2017 年出版。

公亮传》（乙卷）和《明史·傅珪传》（丙卷）；现代文阅读的实用类文本也多用传记，节选了《吴文俊传》和《陈忠实传》。可见传记阅读越来越受到重视，考试也有意往这方面引导。

中小学语文教材也应当多选一些传记。现在教育部正组织编写一套新的义务教育语文教科书，聘我担任总主编，这套新教材就选了不少名人传记，并鼓励学生多读传记。

为什么中小学生要多读传记？我曾在《中外传记选读》的前言中说过理由，这里不妨转述一下：

同学们都渴望能拥有健全、快乐和成功的人生，现在的学习阶段就在做准备，而且其本身就已经是你人生经历的一部分。我们该怎样设计自己的人生？当然最重要的还是学习。除了学习文化知识，还要从历史人物或者成功的人物身上学习宝贵的生活道理、人生哲学以及获取成功的途径。这就是励志教育，是人生教育中非常重要的部分。人都需要不断添加生活的动力，特别是在年轻的时候，要有偶像和楷模，有高远目标的激励。如同英国思想家培根所说过的："用伟人的事迹激励我们，远胜一切的教育。"让同学们从那些杰出的成功的人物身上吸取人生的经验，从前人多种人生道路的选择中寻找我们各自的"契合点"，这就是我们设立这门课的主要目的。

这里说的"设立这门课的主要目的"，其实也是我们推出这套"常春藤传记馆"丛书的目的。

"常春藤传记馆"丛书由北京大学语文教育研究所组织编写，长春出版社出版。全套丛书初步设定为 100 种，每本 10 万字左右，其选目、内容和写法都是为中小学生"量身定制"的。我们希望这套丛书能作为基本图书进入中小学图书馆。和其他同类传记图书相比，"常春藤传记馆"丛书有4个特色：

一是传主覆盖范围广。包括中外古今各个领域的名人，涉及政治、军事、科学、实业、社会活动、文学、艺术、革命等领域。重点考虑有代表性的、在精神层面可以给学生激励的那些名人。

二是和课程教学有呼应。中小学除了语文，各个学科的教材和教学都会涉及中外古今各个领域的著名人物，传主选题首先考虑这一情况，选取学生有所接触又可能希望进一步了解的那些名人。这可以满足学生不同的兴趣爱好。

三是专门为中小学生编写。不是专业性强的评传，而是重在勾勒传主生平事业贡献的小传，内容和文字力求深入浅出，生动形象，有趣有味。阅读对象接受水平可以定位在初中程度，也可以稍高一点。特别是有些理科方面的传记，主要面对高中生。其实，小学生的课外阅读也要取法乎上，他们可以读这套为中等文化水平设计的书。

四是内容安排上特别注重励志及健全的人格心理引导培养，在叙说传主生平事迹时，适当地自然地凸显这些方面的思考。

丛书取名"常春藤传记馆"，有特别的含义。"常春藤"是一种多年生常绿藤类灌木。美国哈佛大学等几所著名的私立大学，组成体育联盟，叫"常春藤盟校"，其起名是因为这些老校的校舍墙上常攀援有常春藤。本丛书以"常春藤传记馆"作为标识，是虚拟的意象，可以联想到著名的学府，也可以联想到古代的书院，从而营造浓郁的阅读氛围和宁静的心境。另外，"常春"和"长春"同音，暗含这套丛书是由长春出版社出版的。

但愿广大师生喜欢这套书，也期盼大家提出批评建议，共同来经营好这套书，让"常春藤传记馆"更好地满足广大读者，特别是中小学生课外阅读的需求，满足语文教学的需求。

2016 年 6 月 30 日于济南历下

《中学整本书阅读课程实施策略》[①] 序言

> 新教材的编写是重视读书的。有一则报道说新教材"主治"不读书，少读书，起码说出了编者的心愿。

培养读书兴趣，让学生多读书，读好书，好读书，是语文教学的"牛鼻子"。强调读书对于学好语文的重要，大家不会有什么疑义。但在实际教学中，这个理念却又难于落实。很多学校的语文课堂还是精读精讲加反复操练，课改之后则又加上太多的"活动"，但读书还是太少，课外阅读量得不到基本的保证。一个中学生每学期就学那么一二十篇课文，无论再"高明"的教法，恐怕也难于提升语文素养。为什么会这样？是什么阻碍了语文课的拓展阅读？

有人说，是中考高考和各种考试的压力制约了语文教学，捆住了手脚，学生没有时间去读书。这种说法有部分道理，但

[①] 《中学整本书阅读课程实施策略》，倪岗著，商务印书馆 2018 年版。

不是充足的理由。我们不能把学生不读书、少读书的原因，全都推给高考或者中考，就是不从自己教学上找原因。

在应试教育的大环境中，我们肯定会受到制约，但也总还会有些空间。我在不同场合说这句话——我们可以让学生考得好，但又学得不那么死板。如果一个学生阅读面广，视野开阔，语文素养一般也会比较高，考试也不会差到哪里。

不要把一切负面的东西全都归咎于应试教育，我们要面对应试教育这个现实，采取某些必要的平衡，既照顾考试升学等现实的利益，更要从长计议，着眼于给学生的终身学习做准备，为他们走向社会之后的发展，以及生活质量的提升打底子。所以我们讲语文课要培养读书兴趣与习惯，把这当作头等大事。

倪岗老师所带的团队做的关于中学读书会实施策略的研究，就已经把培养读书兴趣与习惯，当作语文课的"头等大事"，他们抓住了语文教学的"牛鼻子"，为应对"不读书少读书"现状而提出了切实可行的方案，值得我们参考。

倪岗团队的做法好，好在能落实。他们把课外阅读课程化，构建了包括目标、内容、实施、评价四个要素在内的初中语文课外阅读课程系统，而"抓手"就是组建"语文读书会"。这个"读书会"不是应景之作，他们在组织阅读、共读与自读、文体阅读、读书活动安排等几方面都有一套策略。这样，课外阅读就不再是可有可无的，而真正能落到实处。这本书就是倪岗团队试验的结果。

书中所提供的课外阅读"课程化"的方案是亮点。课外阅读不再是一般理解的放到课外让学生随意去读，而是作为语文教学课程的一部分。他们提出的"三三三制",即课文教学、课外阅读和写作大致按各占三分之一比例安排,课外阅读也就有了课时的保证。他们所理解的课外阅读不完全是"课外"的,也可以说是延伸阅读,可以把其中一部分安排在课内。这和我提出的"1+X"办法(每讲一课,附加自主阅读若干篇作品)是类同的,而倪岗的方法更加具体、可操作。倪岗所提供的多个读书会操作案例,其中不少是极富创造力的,可供许多学校参考。

既然是一种试验,就还有继续探究的可能。比如课外阅读的实施的关键还要有相应的评价,但如何评价?是难题。倪岗团队提出要把过程性评价和终结性评价结合,这是一个好的思路。但还需要把握好分寸,避免让课外阅读沦为考试的"附庸"。另外,课外阅读除了规定性内容,还应当适当鼓励读"闲书"。课外阅读的课程化,还需要照顾到个性化阅读和自由阅读。这里怎么平衡?也还需要研究和试验。

我曾在不同场合说过,不应当硬性地布置学生去读经典,更不能简单地制止学生读他们喜欢的"闲书"。读"闲书"能激发读书兴趣,对阅读能力也有很大帮助。而经典和青少年总是有隔膜的,他们"不喜欢"也属正常反应。读经典只能慢慢引导,要用青少年能够接受的方式去接近经典。其实不同年龄段喜欢读的书会有变化,也会自我调整。老师的责任就是引导,而不是强制,要珍视和鼓励学生读书的独特感受、体验和理解。倪岗团队的试验已经触及这些很实际的问题,需要进一步探究的是课外阅读实施"课程化"的同时,怎样处理好规定性和自由阅读的关系。无论如何,激发和培养读书兴趣最重要，有兴趣就好办。

部编本语文教科书就要成为全国统编教材了，大家要注意，新教材的编写是重视读书的。有一则报道说新教材"主治"不读书，少读书，起码说出了编者的心愿。新教材设立了许多读书的栏目，每个单元都有延伸阅读，还格外注意多种读书方法的传授，包括浏览、检索、跳读、猜读、群读，以及各种文体的阅读、整本书的阅读和非连续文本阅读，等等，都有所交代，而不满足于精读精讲。我希望在教学实践中，新教材关于读书的这些内容和措施，能和课外阅读很好地融为一体。这里边自然还有很多"课题"要做。

倪岗团队的老师们处于教学一线，对学生的读书情况了解得比较清楚，除了基于经验进行教研思考，也有基于科学实证研究的分析。更重要的是，他们在培养学生读书兴趣这一关键问题上做了大量的实践探索，在读书方法的教学上想了很多办法。可以说，他们在语文课和学生的"语文生活"之间疏通了一条通道，肯定能加倍引发学生学习语文的兴趣，培养起读书的习惯。

改进语文教学，重视课外阅读，前提是教师的阅读。最近我参加了北师大一个会议，是关于教师阅读和基础教育关系的，我在会上做了发言。我愿意把其中一段话放在这里，和老师们共勉，也借此表示对倪岗团队试验的支持。

语文界有太多的流派、太多的经验、太多的"改革"，老师们有些目迷五色，很累，很焦虑，现在需要安静一点，能静下心来读书。这比什么改革模式都更实际，也更重要。不要再坐而论道了，不要再争论不休了，能改进一寸就是一寸，逐步让更多的语文老师成为"读书种子",从根本上来提升语文教学的水准,也许还能多少带动改变国民不读书少读书的糟糕的状况。

2017 年 5 月 8 日

《中小学古诗文分级读本》^① 序

> 愿广大师生使用这套古诗文读本，能放松一点，审美一点，真正是"读书以养性"。

山东大学文学院联手江苏凤凰教育出版社编写出版的《中小学古诗文分级读本》，是值得推荐的。

这套读本有这么几点给我的印象颇深。

一是努力配合教育部组编的小学到高中语文统编教材，选目尽量考虑和教材中的古诗文"搭配"，有利于学生学好课文，增加阅读量。

语文与其他学科不同，它靠"慢功夫"，要长期的熏染、积累、习得，这就必须大量读书，没有别的捷径。培养读书的兴趣和习惯，以至成为一种生活方式，这本身就是语文。而目前语文教学费力多，效率低，主要因为没有抓住多读书这个"牛鼻子"。光是围绕教材那数量有限的课文精读细讲，反复操

---

① 《中小学古诗文分级读本》，孙之梅主编，江苏凤凰教育出版社 2018 年版。

练，而缺少由课内到课外的拓展阅读，那么无论如何，也很难提升语文素养。所以要把课内和课外打通，扩大阅读面和阅读量。为此我提倡要"1+X"，即每讲一课（主要是精读课），就附加若干篇同类或者相关的作品，让学生自己去读。可以在课内安排读，也可以在课后读。老师稍加点拨，但不要用精读课那一套去要求和限制学生，也不要全都指向考试，只要学生能读、有兴趣去读，就好了。这套分级读本正好可以用作"1+X"。

二是这套读本称之为"分级阅读"，和教材配合，每个年级都有对应的读本。教学中可以根据教材中古诗文教学的需要，从读本中找到相应的阅读材料。读本还试图根据不同学段学生心智发展的程度来编写，由浅入深，逐步扩大范围，这也是一种"分级"，符合教学规律。当然，这种"分级"是相对的，有个大致的梯度。需要注意的是，与中学生阅读比较，小学生的阅读分级要有更细致的指导。到了中学阶段，则可以鼓励读一些"深"一点，甚至不太懂的书。有时，让孩子适当读"深"的书，反而可以避开流俗文化，促生学习的"向上力"。到了中学特别是高中，阅读分级的梯度可能就不那么明显，选择使用这套书也可以更灵活。也不一定非得对应教材，学生拿到这套读本，有兴趣挑选来读，或者从头到尾读一遍，也都是值得鼓励的。

三是这套读本的编写努力做到深入浅出，生动有趣。古诗文产生的年代久远，和当代青少年会有隔阂，适当的解释和引导是必要的。读本的注释和导读转为学生设计，较关注如何保护孩子的天性，激发好奇心、求知欲和想象力。导语没有照搬一般的赏析的套路，努力避免以概念和分析来代替学生的阅读实践，注意发掘和鼓励学生独特的感受、体验和理解。这都是符合课改精神的：阅读教学要重视学习过程中学习者的主体性。坊间类似的读本不少，但在发掘学生阅读接受主体性这一点上，做得好的并不多，这套读本想在这方面多加努力，令人赞佩。

作为中华传统文化的优秀组成部分，古诗文有丰富的人文内涵与情感表达，有精致的语言形式和文人意趣，那些不可重复之美，是穿越时代，古今共享的。传统的语文教育很重视以诗文诵读来"开蒙"，这的确是中国特色的教法，在诗文诵读中让学童得到人文熏陶，还有语言能力和审美品味的提升。现在提倡中小学生多读古诗文，本身就是一种文化传承，是登临中华文化殿堂的台阶，还可以帮助学生建构自己的语言运用机制，增进语文素养。

古诗文怎么学？反复诵读和背诵，是最好的办法。诵读不一定是现在用得很多的朗诵，也可以采取吟诵。朗诵一般是读给别人听的，还可能带有表演的腔调；而吟诵主要是自己读给自己听，大致按照作品的节律来读就可以，方式不拘，能达到"进入状态"和"自我陶醉"就好。有时候甚至用方言来读也未尝不可。

学习古诗文不必像学其他课文那样过多地关注和概括什么主题思想之类，不必做琐碎的分析，我们要的是"浸润式"学习，通过诵读，努力将整个身心沉浸到作品的氛围节律中，去感悟、体味和想象，就能达到审美的境界，理解那些普世而又独特的情感表达，欣赏那些音韵节奏之美。读古诗文不能很功利，如果处处想着如何写作文，或者如何应对考试，那就"煞风景"了，千万别这样。

但愿广大师生使用这套古诗文读本，能放松一点，审美一点，真正是"读书以养性"。反过来，对古诗文的兴趣激发起来了，读书多了，素养提高了，考试拿到好成绩也就顺理成章。更何况如今高考中考都在改革，越来越注重考阅读视野和阅读品味了。

2018 年 4 月 11 日于京西且竹斋

《读懂古诗文，吃透现代文》① 序

> 本书采用古今连读的办法，为每篇课文选编对应的古诗文或现代文，形成一个个"1+2"的"连读"任务单元。

新的统编语文教材已经使用了一段时间。新教材强调把课外阅读纳入教材和语文教学体制，把语文教学从课堂延伸到课外，形成教读——自读——课外阅读三位一体的阅读教学体系，努力做到"课标"要求的"多读书，读好书，好读书"的要求。

教材只是"例子"，为学生提供少量的课文，只读课文是远远不够的。所以我们建议学生在进行阅读时采取"1+X"的办法，即学一篇课文，附加若干篇泛读或课外阅读的文章。基于这种方法，出现了一些与语文教材相关联呼应的读本，《古今连读》就是其中很有特色、颇具创意的一套书。

---

① 《读懂古诗文，吃透现代文》，温沁园主编，浙江教育出版社 2021 年版。

　　《古今连读》从教材中分单元选择课文，为每篇课文选编一篇对应的古诗文、一篇对应的现代文，由此形成一个个"1+2"的"连读"任务单元。我也看到一些"群文""类文"读本，这些读本往往是围绕内容主题或文体类型，把一些阅读材料组织在一起。而《古今连读》更突出了"连读"的概念。我认为这套书独特的组织结构和编写方式，有这样几个好处：

　　第一点，最直接的价值，当然是扩展阅读面、增大阅读量。学生在语文教材中接触到一篇课文，在读本中发现与它相关的主题，这种关联很可能是跨越时代、跨越国界的。语文教材作为例子、引子，这套书提供的古诗文和现代文作为拓展，孩子在阅读中发现相同，体会不同，这种连读的过程是很有意思的，更容易激发阅读兴趣。例如，《古今连读》三年级第7个"连读单元"，主题是"发现美好的事物"。对应的课文是《搭船的鸟》，作者是中国现代作家郭风；连读的古诗文是唐代诗人杨巨源的《翠鸟衔鱼》；连读的现代文是选自法国作家儒勒·列那尔《自然纪事》中的《翠鸟》。这三篇内容都描写了翠鸟绚丽的色彩和迅捷的动态，却是古今中外三位不同作家和诗人所写，观察视角、表达方式有同有异，连续阅读，妙趣横生。

　　第二点，这套书有助于学生了解和学习传统文化。要加强中华优秀传统文化在语文教学中的分量，这已经是国家和社会的共识。但不是说语文学习要"复古"，而是要适应现代社会的需求，在继承的同时，要转化、创新，服务于当代，着眼于未来。《古今连读》对古诗文的选择和阅读方式，就体现了这种转化和创新。在"古"与"今"的连接、交织和比对中，消除了传统文化的时代隔膜。例如，六年级第 11 个"连读单元"，从课文梁晓声的《慈母情深》延展，节选归有光《项脊轩志》，以亲情的相通，帮助学生降低理解文言文的难度，达到一种跨越古今的"共情"。

第三点，这套书有助于学生掌握不同的阅读方法。传统的语文教学中，突出精读、朗读，这实际上是"教读"，除此以外，学生还应该进行更多的"自读"，学会使用多种方法，如默读、浏览、跳读、比较阅读等。《古今连读》中，古诗词的内容适合独自忘我地诵读、唱读；而现代文，可以略读、浏览；三篇内容相结合，又可以进行比较阅读。这种"连读"实际上提供了一种新颖的思维训练，帮助学生提升阅读素养，同时也能提升阅读速度。

第四点，这套书还有个值得赞赏的地方，是与教材中的"语文素养"线索呼应。教材采用"双线组织单元结构"，有"内容主题"和"语文素养"两条线索，"语文素养"包括基本的语文知识、必备的语文能力、适当的学习策略和学习习惯、读写能力训练等。《古今连读》的阅读内容不仅和课文的"内容主题"关联，在选文和"连读"方面，还考虑到了"语文素养"这条线索。例如，三年级第 26 个"连读单元"，对应课文《我变成了一棵树》，"语文素养"的学习目标是让学生发挥想象力，想象自己变成什么、会发生什么奇妙的事，这个单元选择了郑板桥的古诗《题画兰》和加拿大诗人丹尼斯·李的儿童诗《我躺在床上想心事》，主题是"你想要变成谁呢"，和"语文素养"的要求非常契合，对学生完成这一课的学习目标也会有些帮助。

最后一点，这套书能帮助学生提升写作和表达能力。从小学中高年级开始，教材更重视写作，和课文单元有更多的关联，重视"读写结合"。《古今连读》在篇目选择、"连读"分析和"读了就写"等方面，兼顾了写作学习的指向性。例如，教材五年级上册第三单元主题是"民间故事"，这单元写作学习的重点是提取信息、复述和缩写故事。《古今连读》在两个"连读单元"中，引导学生从故事阅读中提取主要信息，进行复述、缩写和再创作。这相当于为学生写作提供了更多阅读材料和针对性指导。

语文教学，应当把"读"放在首位。从课内到课外，以课外为主，把课文教读、关联性扩展自读、整本书阅读贯通起来，让学生接触丰富的阅读内容，掌握不同的阅读方法，建立阅读思维、培养高尚的阅读习惯，这是给一生打底子的事情。《古今连读》这套书，对阅读从课内到课外的扩展做出了比较新鲜的尝试，也比较贴近语文阅读教学的理念。因此，我乐于向大家推荐这套书。

帮助他们对课文、古诗文和现代文进行比较深入的串联和比较。除此以外，还会在阅读内容中提取一些有意思的知识点作为"点读"，并且在每个任务单元最后设计"读了就写"，以"连读"中的关键内容作为参考，让学生进行相关的微小写作训练。

《情境教育理论探究与实践创新》^① 序

> 这些文章可以让我们看到一位当代教育名家
> 的成长史。

这是李吉林老师多年来在各个报刊上发表的散文短论，大都在叙写她的教学生活，很多论及她倡导的"情境教学"，现在结集出版，我认为很有价值，值得一读。

这些文章可以让我们看到一位当代教育名家的成长史。

这位老师半个多世纪坚守在小学语文的讲台上，是那样痴迷，那样执着，那样专注，她是用整个人生的投入去成就一件事，一份教化育人的有功德的事，越做越有味道，越做越有成就，可是这多么不容易！看了她这些文章，我们更了解教育事业为何是带理想性质的职业，也更了解当老师为何是一种"志业"、而不仅仅是"职业"。

在浮躁的气氛中读这本带有理想色彩的纯粹的书，会格外

---

① 《情境教育理论探究与实践创新》，李吉林著，北京师范大学出版社 2018年版。

感到职业操守的可贵、教师的可敬，特别是小学老师。

读这本书，还可以更多了解何谓"情境教学"，这是李吉林老师的一大贡献，是她生命的结晶。

我曾在另外一篇文章中谈到李吉林的"情境教学"，这里不妨转引一下，以表达我对李吉林教学实践与学术贡献的理解与敬意。

我认为李氏情境教育特别强调激发儿童的学习兴趣，把儿童带入情境，在探究的乐趣中，发挥学习的主动性，强化学习动机。在李老师的课中，我们看到学生如何在教师的引导下一步步进入课文描写的情境，他们入境后，焕发了丰富的想象与感受，反过来又营造了课堂的情境。教学就成为学生乐于参与的、有趣的、有意义的活动。情境教学不仅帮助学生更好地感受与理解课文，有效地完成教学任务，还可以更好地训练感受，培养直觉，发展创造。

李氏"情境教学"的创立，有现实的意义，可以对目前的应试教育弊端起到某种纠偏的作用。目前常见的那种偏于注入式的课堂教学，以及单纯面对考试的"题海战术式"的机械训练，是有负面作用的，不但会磨损学习的兴趣，而且因为多依赖复现式的记忆，造成儿童大脑左半球的过度使用，而导致大脑右半球的弱化，这种不平衡，可能会阻碍儿童潜在的创造才能的发展。而李氏情境教学注重形象思维和情感焕发，有利于激活右半脑的功能，平衡发展儿童的脑力，从长远看，更符合发展心理学规律，也更有利于培养健全的心智。

李氏"情境教学"不只是普通的教学方法，它已经有比较系统的理论架构，有一定的学理性。情境教育特别注重在教学中调动儿童的观察、体验、想象、思维，以及某些潜在的非智力因素，促进儿童智能、情感和品质的全面发展，这是符合儿童认知规律，又能充分适应素质教育要求的。李老师提出以"儿童—知识—社会"这三个维度去建构情境教育的课程，又概括出"美的境界""情为纽带""思为核心"等要义，使情境教育具有可操作性。从情境教学，到情境教育，再到情境课程，这"三部曲"，经过二三十年的艰苦摸索，终于形成了李氏情境教育独特的体系。

当然，李氏情境教育的成型，也得益于她的团队的同心协力，还有从地方到中央许多领导的始终关心。当李老师的研究初显端倪，就得到各方面的扶持与鼓励，多年的雨露甘霖，使一棵稚嫩的幼苗长成了大树。李老师毕竟是幸运的。李氏情境教育体系既是李吉林老师的成果，也可以说是近三十年中国小学语文教育经验的结晶。

如果大家读了这本书，再找李吉林有关情境教学的那些论作来看看，就会更有体会：一个小学老师，数十年兢兢业业地投入教学，不满足于当教书匠，而不断总结经验，上升到理论层面去反思、提炼与阐释，终于成就了一种中国特色的语文教学理论。这多么难能可贵！

2018 年 2 月 8 日

《经典咏流传》① 序

> 如果有 20% 的家庭有读书的氛围，整个社
> 会的文明程度也就可能大大好转。

我平时是个不太关注电视的人，但是在看过《经典咏流传》之后，身为一名教育工作者，内心十分感动。据我了解，从节目里走出来的《明日歌》已经成了很多校园的班歌，《苔》《墨梅》《木兰辞》《定风波》等歌曲都有很高的传唱度。

用广大观众尤其是年轻一代喜闻乐见的方式来传播经典，这是值得肯定的尝试。客观来说，传统经典与当代读者存在隔膜，尤其对于尚有理解障碍的孩子们来说，许多经典需要"导读"才能辅助他们进入阅读状态，否则容易形成他们对经典的抵触情绪。从这个层面来说，《经典咏流传》不是一档简单的

---

① 《经典咏流传》是 2018 年中央电视总台推出的一档大型文化音乐节目，将古诗词和部分近代诗词配以现代流行音乐，让观众在歌手的演绎中领略古诗词之美。本文系笔者为根据该节目所整理出版的书《经典咏流传》所写序言，该书由人民文学出版社出版。

音乐节目，它创造性地嫁接当下的语言、吻合当下的语境，对古典诗词进行谱曲、传唱，在普及的基础上进行传承，让年轻一代感受到优秀传统文化的美感，是很有意义的"导读"工作。

现在，整个社会、整个生活都太闹了，许多人完全没有办法静下来，15分钟阅读的耐性都没有。实话实说，电视节目不能解决教育问题，音乐也替代不了文学，《经典咏流传》的创新普及只是第一步，现代流行音乐的改编有助于他们去接触和感知，但不能仅仅依赖于此，真正的阅读需要更进一步，抛开这种形式自己沉浸到书籍中去。《经典咏流传》现在的传播影响力很大，大量作品被许多孩子哼唱，他们之中或许有5%、10%乃至更多会因为音乐的牵引去自发寻找原著拜读，而这些孩子未来又会长成我们未来极具阅读素养的国民。我想，这就是节目最大的意义所在。

传统经典文化的学习，越来越重要了，这不只是学习语文的需要，也是为学生的一生"打底子"的需要。全新的"部编版"语文教材有一个非常明显的变化，传统文化篇目大幅增加。可以说，新编语文教材在激发阅读兴趣和拓展课外阅读方面下了很大功夫，专治"不读书"和"少读书"，以前的课文都是一篇一篇讲，但是到了高中阶段我们设计了很多整本书的阅读，以后都是一组一组来讲，还不光是读，更要求学生参与一些创造性的活动。

年轻一代的书香之气，需要整个社会的氛围营造。如果我们有20%的家庭有些读书的氛围，整个社会的文明程度也就可能大大好转。在我看来，《经典咏流传》让中国的传统文化多了一种普及渠道，也让中国音乐多了一份文学底蕴，值得继续做下去。

　　这些年来，我由衷希望带动大家回到教育的本义上去理解语文教学，把学生被应试式教育"败坏了的胃口"调试过来。如果仅仅限于语文教材，不做课外阅读，无论怎么操练都无法提高语文素养。语文教学的"牛鼻子"，就是培养读书兴趣。我多次表达过，要让中小学生"海量阅读"，学会"连滚带爬"地读。在阅读兴趣的培养上，我提倡语文教学采取"1 加 X"的思路，教一篇古文连带让学生读四五篇古文，所增加的"X"部分不一定读那么精，有了足够的阅读量，语感才能出来。

　　为了能让学生亲近文化，领悟经典，只要不恶搞，各种方式都可以尝试。举个例子，选入高中语文必修的《离骚》，被很多人称为"最难背的古文"，我注意到《经典咏流传》也将这首古典诗词和编钟之音一起呈现于舞台之上，创作了一首大气磅礴的《上下求索》。有网友就说，"因为编曲工整，旋律简单，所以让《离骚》的接受度反而高了起来"。通过这样的改编，哪怕多一个人愿意去亲近和了解屈原的心声，它就是积极而有效的。

　　读经典是"磨性子"，也是思想爬坡，虽然有些难和累，但每上一个高度，都能有所收获。年轻人总是比较喜欢流行文化，这可以理解。但有一条，人不能光是消费，要有积累，要多去获取那些经过时间筛选的精美的东西。读书养性，写作练脑。现在这个社会太浮躁，应该有一个空间让自己沉下来，抚慰自己的心灵，读书就是一种好的方法。

2016 年 2 月 1 日

《春泥：纪念叶启青校长诞辰百年文集》序 [①]

> 发自教师职业良知的温情，就如同火种，曾
> 经点燃无数学生的心智，催促他们勇敢地走向
> 未来。

一个普通的中学校长，没有轰轰烈烈的事迹，也没有什么豪言壮语或政绩工程，逝世多年后，还有那么多学生时常在怀念，时常提起他的名字，这本身就是令人感动的。

这位校长就是叶启青先生。

最初提议要编这本纪念集的校友，都是七八十岁的老人了，他们离开紫金中学也有几十年了，对老校长还有那么念念不忘的深切感情。文集中很多回忆，那些温馨的生活片段，充溢着叶校长对学生的关心、呵护和激励，显现叶校长的人格魅力，以及为人师表的风范与气度。这些从记忆中抄下的文字，平凡、质朴，甚至有些琐碎，所诉说虽然是半个多世纪前的旧

---

① 本文系笔者为《春泥：纪念叶启青校长诞辰百年文集》（羊城晚报出版社2019 年版）所写序言。

事，读来却仍然那么亲切而新鲜，让人感怀不已。因为其中凝聚有一种温情，发自教师职业良知的温情，就如同火种，曾经点燃无数学生的心智，催促他们勇敢地走向未来。

20世纪五六十年代紫金中学毕业的校友，不管是哪一届的，只要想起母校，想起"紫金山的钟，戴角坑的风"，脑海里就会同时浮现叶启青校长的形象。在我们的心目中，叶校长就是紫中，紫中离不开叶校长，在相当程度上，叶校长成了紫金中学的象征，也可以说，他是20世纪五十年代到九十年代紫金山区基础教育的象征。这种"象征"不是谁颁发的，而是在成千上万学生不约而同、自然心生的，它的"含金量"远高于现在五花八门的许多奖项。作为一个教师，一个"级别"并不高的中学校长，叶启青先生能赢得众多学生长久的由衷的爱戴，在乡梓父老中拥有极好的口碑，这真是至高的奖赏。

叶校长的人生事业是充实而成功的。

1945年，叶启青先生从广西大学经济系毕业，除了很短时间在广西兴业县兴德中学任教，以及在东江纵队古竹游击队当过几个月的政治文化教员外，他一生大部分时间都一直在家乡紫金教书。他曾在紫金的几所中学辗转任教，在紫金中学任教的时间最长，有40多年，主要教语文。在人们印象中，叶校长戴一副宽边眼镜，穿一套不怎么合身的蓝色中山装，有点传统文人的"夫子气"，又有点"文艺范"；和学生交谈时喜欢双手交叉胸前，说话有板有眼，不时可能有一两句"格言"，让你心扉开启。叶校长饱读诗书，课上得很活，因材施教，照顾到不同个性爱好的学生；他经常嘱咐学生多读书，拓展视野，树立为国家社会做事的志向。从文集中也可见到，许多出身农村的贫寒的学生之所以能在这所学校潜心磨炼、励志熔锤，都曾经从叶校长的教导和激励中得到过启示。

在上世纪后半叶，紫金的大学生并不多，像叶启青先生这样受过正规高等教育的知识分子更是凤毛麟角。叶校长是当时紫金的屈指可数的"大儒"。照理说，他有学历，有能力，有经验，又有威望，如果当时他走出紫金山区，到一些"大地方"去发展，应当也有另一番境界吧。但是叶启青先生却几十年"不动窝"，就扎根在紫金山区当老师。他在紫金中学断断续续当过 19 年副校长，对紫中贡献巨大，却一直不能"扶正"。回想起来，在那个"政治运动"此起彼伏的年代，知识分子不断接受"改造"，叶启青先生一定也遭遇过很多苦难与委屈。但他无怨无悔，一直坚守在教学一线，默默地耕耘。直到 60 岁那年，就是 1981 年，这位老资格的教育家才"升任"紫金中学校长。而就在他担任正校长这 3 年，紫金中学加快了改革的步伐，进入她的一段辉煌时期，成为省重点中学。

用一个常见却又贴切的比喻来称赞我们的叶校长吧：他真的就是一支蜡烛，燃烧自己，照亮了他人。我们这些出身紫金中学的校友，有谁不曾受惠于这位可爱可亲的老校长？"教书育人"对于叶校长来说，并不只是一个口号，而是值得用一生去实践的使命，一种职业良知，一种生活方式。那么多年的艰难，他都挺过来了，还收获了许多自豪，赢得了生命的意义。

叶校长出生于 1920 年，很快就是他的百年诞辰了。许多校友写了这些回忆文章，汇成文集，准备呈现在敬爱的叶校长灵前，表达深切的怀念。与此同时，也表达对母校紫金中学的敬意。

　　前不久，紫金中学现任校长送学生来北京参加清华大学的自主招生面试，顺便来家里坐坐。我们又谈到叶校长，谈到紫中。我说，叶启青校长得到那么多人的尊重，真正是"桃李满天下"。这"桃李"可不只是在叶校长教导和支持下走向全国的那些有成就、有地位的校友，更是包括成千上万在叶校长门下读完中学的紫金人。几十年来，正是这些人成了紫金建设的中坚。紫中的传统，叶校长的精神，让一所学校和当地"民生"有如此紧密的关联。

　　叶校长，您是紫金中学的象征，是扎根基层的有"真材实料"的教育家，现在像您这样有使命感、有大爱之心和扎实学问的老师比较稀缺，您的为人师表就愈加显得可贵，您所参与铸就的"紫中传统"也愈加值得珍惜。

　　您的学生永远怀念您！紫金人民永远怀念您！

2018 年 7 月 5 日

《温儒敏语文讲习录》^① 前言

多年来，我在所从事的专业研究之外，有部分精力放到语文教育方面，修订课标、编写教材、主持"国培"、专题调研、授课讲座，等等，日积月累，留下许多文字，曾汇成《语文课改与文学教育》、《温儒敏论语文教育》（一至三集）、《温儒敏谈读书》等书出版。这大都是急就章，回头读来，难免自惭形秽，可是出版后却曾有过较大的反响，其中多篇文章被媒体辗转传播，论集也曾被举荐为教育界的"年度好书"。这确实是有些意外的。我自知这未必因为文章怎么好，而是比较"接地气"，不端着架势做论文，反而会受到一线老师及读者的错爱与欢迎。这确实是有些意外的。今有出版社希望能愿意把我已发表的语文教育的文章选一选，做成一本书出版。虽然有"炒冷饭"之嫌，可是毕竟有读者需要，也就应允。如今就从三集《温儒敏论语文教育》中选出若干，加上一些未曾出版的，编成这本《温儒敏语文讲习录》。

---

① 《温儒敏语文讲习录》，浙江人民出版社 2019 年版。

　　本书主要选讲座、访谈之类，所以书名叫"讲习录"。全书分六辑。第一辑主要谈语文课改和课程标准，包括如何认识语文学科的功能特点，如何看待十多年来实施的课改等；第二辑关于教材编写，对如何用好统编本语文教材，有较多的说明；第三辑讨论教学，谈得较多的是要"聚焦语用"，要抓住培养读书兴趣这个"牛鼻子"，还谈到教师要当"读书种子"；第四辑集中探究语文高考，对于高考的命题改进的趋向的分析，以及高考作文、高考改革等，都有涉及；第五辑有意选录文学课的几篇讲稿，都是和中学语文教学有些联系的；第六辑探讨中文学科的历史、现状与困境。还有一篇附录是《光明日报》所载报道，可看作是笔者的学术评传，也一并收入，意在让读者了解某些思想背景，也许可以更好地探讨语文教育的论题。

　　有些篇什发表时间较早，但其中提到的问题和困扰仍然很有现实性，就还是选入了。全书内容涉及面很广，但大都聚焦于中小学语文教育的核心问题。有些内容有重复，是因为不同场合的演讲，这要请读者体谅的。

　　我的专业是中国现代文学史研究，关注语文教育是最近十多年的事。原来给自己"定位"，是为语文课程的改革敲敲"边鼓"，回馈社会，做一些实事。没想到就"陷进去"，很难脱身了。

　　这些年教育部聘我担任中小学语文教科书（部编本）总主编，自知才疏学浅，难于胜任，特别是编高中语文，我曾几次婉拒；最终想到这毕竟是淑世之举，也许在一些空间能如易经所说"举而措之天下之民"，就还是承担了。但这是众口难调、

"吃力不讨好"的工作，容易被抛到风口浪尖上。语文教材要体现国家意志，同时又是公共知识产品，有很强的社会性，和民众的生活关系密切，网络和媒体关注度极高。社会上许多对教材的批评意见，我们理当从善如流，虚心接受，这是教材完善的良药；但也有些炒作，接二连三地干扰教材编写的学术氛围。几乎平均两三个月就会有一次关于语文教材的炒作，有时会"炒"得天昏地黑，好几回我莫名其妙就首当其冲。我的有些话是在特定的语境中说的，炒作者就用"摘句法"歪曲原意，用"标题党"夸大其词，耸人听闻；有的观点根本不是我的，甚至是我所质疑的，炒作者也移花接木，当作我的主张而大张挞伐，反正要找个"靶子"，以博取眼球。对此我很无奈，一般是不予回应的，因为深知网络的"脾气"，只好随他说去。

出版这本"讲习录"，也有"立此存照"的意思，把我的探求、思考、困扰、毛病等全都袒露于此，是非曲直，请大家评判。

这几天正在过春节，鞭炮禁了，拜年也多用微信，难得清净，让我编好了这本书。我在写这篇前言，书房外隐约传来电视新闻播报，说有些小学从三年级就开始上计算机编程的课，什么人工智能、云计算，也都接踵而来。我们这些人文学者、语文教师，对于世界上日新月异的变化，能有多少关注和了解？又是否有应对或跟进的精神准备？很多情况下，我们都比较倾向于精神层面的需求，对科技和经济的发展似乎总有本能的质询。无论从社会的健全发展，还是从语文学科的特点出发，有些坚守显然是必要的。这本书很多内容都在强调坚守，我谈的很多的一个词是"守正创新"——其实也是我多年前率先提出的一个概念。这是我们这种"角色"的要求吧。似乎有些"无奈"，又有些"悲壮"，但愿不是"自恋"。世界很大，很多变化简直迅雷不及掩耳，根本不以人的意志为转移，我们不能不用积极而务实的态度去面对这个世界。语文课在坚守和张扬传统的同时，恐怕也不得不考虑如何面对三年级就要学编程的新生代了。

拙著编定，越发感到自己学问的荒陋，许多言论未见得适时，也许还有"专业偏执"。

还是请读者诸君去明察郢正吧。

写于 2018 年 2 月 18 日，2019 年 3 月 23 日修改

《温儒敏谈读书》[①] 后记

> 本来是想为基础教育"敲边鼓"，不料十多
> 年下来，也做了不少事情。

多年来，我在本专业研究与教学之余，用很多精力关注语文教育，包括大学语文和中小学语文。创办北京大学语文教育研究所，推动多项关于语文教育的调查和研究，承担培训语文骨干教师的"国培"计划，率北大中文系教授团队和人民教育出版社合作编写高中语文教材，主持义务教育语文课程标准的修订，编写大学语文和系列语文读本，最近几年，又担任总主编，领衔编写部编本中小学语文教科书。本来是想"敲边鼓"，不料十多年下来，也做了不少事情。

我常在不同场合和中小学语文教师交流，上课，做讲座，接受媒体采访，日积月累，亦有不少文字发表。其中一部分已经收入《温儒敏论语文教育》（一至四集）和《语文课改守正

---

① 《温儒敏谈读书》，商务印书馆 2018 年版，增订本又有篇目增加。

创新》等书。现有商务印书馆希望能结集一本谈读书的，这也是有读者需求吧，于是就从《温儒敏论语文教育》等书选文若干，加上一些新的篇目，"凑"成这本书。对于已经读过我论语文几本书的读者来说，这就有些"炒冷饭"了，还请见谅。

本书所选文章，有一部分是讲座、发言、访谈之类，现场发挥，不像论文那样严谨，个别之处还难免重复。就请读者当作面谈交流，多加批评指教吧。

2018 年 3 月 12 日于京西且竹斋

《温儒敏论语文教育四集》^① 前记

> 语文教育"改革"频频，"动作"很多，基础性的研究非常缺乏，很多社会性的因素又制约了语文教育的正常发展。

此前《温儒敏论语文教育》已经出版过 3 集，现在又要出第四集。

这一集收文 54 篇，大都写于 2016 年年初至 2020 年。这期间我除了教学和专业研究，最重要的工作就是主持中小学语文统编教材的编写。收在集子里的大部分文章也都和教材编写使用有关。全书分为 4 辑。

第一辑"用好统编教材"，主要是有关语文统编教材如何使用的讨论，包括小学、初中和高中语文，其体例、特色和使用的建议，都有比较详细的说明。有多篇是教材投入使用前教师培训的讲座整理稿。

---

① 《温儒敏论语文教育四集》，北京大学出版社 2021 年版。

第二辑"教材编写叙录",包括编写过程的一些思考、争议和探究。从小学、初中到高中,整个语文统编教材编了7年,经过几十轮评审,有些篇章写了几十稿。这个"公共知识产品"到底是怎样"炼"成的?其间的确枝节繁杂,所涉及的文稿、纪要、笔录等材料盈箱溢箧,这里选取若干,从个人角度去回顾教材编写的意图和过程,可谓"弱水三千,只取一瓢"。我曾几次建议人民教育出版社(以下简称人教社)把相关的档案做好,否则,日后若有人想研究教材编写史,无从了解其底细,也只能凭心逞臆,做些表面的描述罢了。

第三辑"新高考 新课改 新教法"。因为统编教材是根据课程标准来编的,特别是高中,课型与教法有很大的变化,新高考也给一线教学提出挑战,我尽可能结合一线教学的问题做一些探讨。这一部分文章多是讨论教学的,其实和教材的使用也密切相关。

第四辑"读书为本,读书为要",所收的文章比较杂,但也大都和读书有关。我总是固执地以为,提升学生的阅读兴趣,是语文教学的"牛鼻子"。据说我的有些"说法"已引起某些一线老师的兴趣,并试图实施到教学中,我为此感到欣慰。

因工作的关系,这些年各种媒体有关我的报道很多,这里选择2篇,附录书后,自知过奖,抱愧实多。还有王彬在《传记文学》上发表的我的传记,聊复存此,希望能为关心我的读者提供一些"背景"材料。对这些记者和传记的作者我深表谢忱。

我的本业是中国现代文学研究,关注并参与语文教育,只能算是业余，本意是鼓动更多的学人一起来为基础教育做点事情。后来发现，语文教育"改革"频频，文件和"动作"很多，其实基础性的研究非常缺乏，而很多社会性的因素又制约了语文教育的正常发展，想做点事情其实是很难的。我虽然出版了多种有关语文教育的文集，其实心里明白斤两，真正有学理性的研究并不多，终究也还是"敲边鼓"而已。

这次新冠肺炎疫情袭来，半年多困瘁宅家，只能采掇旧篇，稍加次第，成此集子，以消磨时光。虽无精彩，曩曾用心，芹献同好，或能得些许切磋与指教也。

书中所收很多是不同场合的讲演或者访谈，有些内容难免重复，这是要特别说明，敬请谅解的。

2020 年 9 月 6 日

《语文课改守正创新》^① 题记

> 语文教育要摆脱困境也难，空喊口号无济于事。有一份清醒，着眼未来，稳步改革，能改一点就是一点。

这本书是山东教育出版社和曹明海教授促成的，感谢他们的抬爱。我已经出版过《温儒敏论语文教育》（一至三集，第四集也即将面世）、《温儒敏语文讲习录》、《温儒敏谈读书》等书，这本书多数篇什是从已出版的几本拙著中选的，虽然也有几篇是头一次发表，但书的内容难免重复，有"炒冷饭"之嫌，这让我感到歉疚。已经读过上述几种书的读者，就不必再掏钱买这本书了。

不过从一二百篇论作、讲座、访谈中重新选择整理成这本书，也是一个反思和清理的过程。我始终说自己是为语文教育"敲边鼓"的，因为我的本业不是语文，也没有当过语文老

---

① 温儒敏《语文课改守正创新》，山东教育出版社 2021 年版。

师，当初只因为看到基础教育问题很多，而那时的师范大学也都朝着综合大学发展，研究语文课程教法，在大学里边好像没有"搞专业"的受到重视，我就和一些同仁发起成立北京大学语文教育研究所，希望借这个平台唤起更多的学者，为语文教育做点实事。十多年过去了，语文教育开始在许多大学得到重视，我们"敲边鼓"的目的也就大致达到了。这是值得欣慰的。至于我本人，虽然对语文教育似乎"介入"很深，甚至还主编教材，但也知道自己的斤两，真正殷实的研究并不多，许多文章都还是经验性或者印象式的。我也想静下心来，像以前做文学史研究那样认真扎实地钻研几个问题，可惜年岁大了，编教材又花费很多时间和精力，也就始终未能写出自己满意的论著。大家读我书中的文章，如能注意到其中的"问题意识"，甚至引发若干可以进一步去研究的题目，我就有理由感到一点满足了。

我还希望关注我的读者，不止于读我的关于语文教育的这些言论，若有兴趣，还不如看看我专业方面的著述。就在这本书结集前后，我完成了《温儒敏讲现代文学名篇》（将由商务印书馆出版）和《鲁迅经典选读》（将由人民文学出版社出版）两书，都是偏于文学史专业的，但又处处关心中小学语文如何解读。我想这两本书对于老师备课教学可能有些帮助。但愿不会以为我是在做广告吧。

本书选文 45 篇，分为 5 辑。第一辑主要讨论语文学科定位、核心素养和课改等问题，认为还是要务实一点，稳步推进改革，尽可能避免"多动症"。第二辑涉及语文统编教材的编写，过程很复杂和艰难，其中有些认识也在各种观点的碰撞中平衡。日后有人若要研究教材，光是看出版的课本恐怕难于了解背景与真实，我这里也只能提供几篇材料。另外还有几篇关于教材使用的讲话，对于当前语文教学可能是有些帮助的。第三辑围绕教学，突出的是如何激发阅读兴趣，把课堂教学延伸到课外阅读，有两个关键词："读书为要"与"聚焦语用"，对于教学中存在的描写偏向是有针对性的。第四辑是有关"读书生活"的问题，特别强调语文老师要当"读书种子"。第五辑关于高考语文的改革，多是一些会议上的建言，不必看作权威的论定。

书名"语文课改守正创新"是曹明海教授起的。似乎有点"张扬"，但也大致能反映本书的内容指向。"守正创新"这个说法，是我 1999 年担任北京大学中文系主任时提出的，希望能把北大好的传统和学风继承下来，作为创新的基础，让创新有根，而不是随波逐流，天天追逐新潮。几年前北大校长认可这个说法，在人民日报发文提出北大的发展应当秉持"守正创新"精神。后来这个词便在社会上传开，中央领导也用了"守正创新"了。最近北大中文系庆祝建系 110 周年，有学生采访我，我也谈起这件往事，认为"守正创新"还是可以作为"系格"的。其实不光是大学教育要"守正创新"，语文课改同样也要"守正创新"。

课改虽经多年，新观念新方法也人人皆知，但实际效果仍不容乐观，甚至可以说倒退了。无论学生、家长还是老师，焦虑感都比前些年重，多数学校仍摆脱不了应试教育的泥淖。谁都知道这样不好，又谁都参与。我所居住的北京海淀区，有所谓"海淀妈妈"一说，指的是在对稀缺教育资源的极致竞争中，那种每分必争，恨不得把孩子未来人生每一步都设计好的家长。这就是社会现实啊！对于很"物质"的一代，买车买房买教育都存在"鄙视链"，链条上的每个人都有强烈的竞争欲望。在这种大环境中，家长其实也挺无奈的。但一个社会多数人将提高未来的收入视为教育的唯一目标时，这个社会必然陷于无休止的零和博弈，那是更糟糕的。语文教育要摆脱困境，也很难，空喊口号无济于事。我们当老师的，只能是尽可能保持良知，有一份清醒，着眼未来，稳步改革，能改一点就是一点。世界很大，不确定的东西太多，很多变化简直迅雷不及掩耳，根本不以人的意志为转移，我们不能不"守正创新"，用积极而务实的态度去面对这个世界。

2020 年 10 月 27 日

《古诗词超有趣》[①] 序言

> 让孩子多读一些古诗词，会加强对汉语语言之美的感觉，开拓想象力，激发语文学习的兴趣。

我想给孩子们和家长、老师推荐《古诗词超有趣》这套书。其所选收的古诗词都是小学语文统编教材中的，但采用了我提出的"三步读诗法"，引导和帮助孩子更好地欣赏和理解诗歌，同时为每首诗提供了拓展内容——"讲个故事""学个成语"和"说段历史"，内容丰富，很有意思。该书可以辅助学生学好相关课文，提升古诗词鉴赏能力，而老师和家长也能从中获得某些"诗教"的启示。

几年前，我在北大附小一次会上，提出了要重视"诗教"。中国古代就有"诗教"的说法，意思是通过学诗、写诗来进行启蒙教育，通过诗歌来教化民众。"诗教"这个词最早出现在

---

① 《古诗词超有趣》，温沁园，张敬峰主编，浙江教育出版社 2021 年版。

《礼记》中，其中提到"温柔敦厚，诗教也"，用诗歌，主要是用《诗经》来化育民性，使之性情和善、有教养。后来，孔子更是把"诗教"纳入了他的教育体制。汉代，《诗经》成为"六经"之一，是古代士子的"必读书"。到了宋代，以朱熹为代表的理学家，进一步强调"诗教"的核心是吟咏性情、导化人心，所谓"得其性情之正"。

可见，中国古代是很重视"诗教"的，当然，其教育目标完全服务于当时的时代需要。对于现代人来说，这不再是适合的东西。但是，我们强调传承古代优秀的文化，"诗教"是传统文化很重要的一部分。因此，把"诗教"这一传统和现在的语文教育打通，是顺理成章的。

提倡现代意味的"诗教"，让孩子在小学阶段多读一些古诗词，会加强孩子对汉语语言之美的感觉，培养精练的、多义的语言感觉，同时加强对于祖国传统文化的感性了解，开拓想象力，这对于激发语文学习的兴趣、打好汉语学习的基础，是非常有帮助的。另外，孩子在小学阶段记忆力最好，即使对一些诗词的含义不是很懂，但多读多背、记牢，也是为一生的语文素养打好底子。

课标和新教材对传统文化特别是古诗词的教学非常重视，除了适当增加课文和"日积月累"的诵读篇目以外，教学方式也更注重"整体渗透，润物无声"，引导学生全方位认识优秀传统文化。吸收传统"诗教"的方法，重视诵读、会意与感悟，让孩子感受汉语和古诗文之美。

在语文课堂教学中，老师们常常会为了完成教学任务，习惯于以某种既定的套式去设计教学，侧重思想内容的分析、字词句和修辞等手法的学习，要求读通读懂，能回答几个问题，也就完事。这样的教学操作性较强，但容易把诗歌阅读碎片化，难于引导学生获得对于诗歌的整体感悟和个性化的审美，还可能败坏学生读诗的兴味。

我对于小学语文古诗词的教育有这样几点建议：

第一，要以诵读为主。反复诵读，读得滚瓜烂熟，最好有自我陶醉式的诵读、独处式的诵读，甚至可以唱读。这样，学生才能把古诗词的韵味读出来，感受音韵之美、汉语之美。

第二，要注意引发兴趣。可以结合诗词的内容，给孩子介绍一些有趣的背景材料，比如诗人写这首诗的故事。注意不是照搬文学史的内容，而是结合孩子的认知特点来讲与诗词有关的历史和故事。

第三，重视会意与感悟。对诗歌的词句内容，不必做出特别明确的解释，小学生理解能力有限，但想象力却比大人丰富，要珍视孩子的独特感受、体验和理解，培养他们的直觉思维和形象思维，办法就是激发想象力。

第四，不要过多使用多媒体。诗歌是语言的艺术，诗歌的语言除了精练、形象，还可能有变异、陌生化、超越平常的语言。我们读诗，每个人想象的画面可能都不太一样。可是如果采用多媒体，把这首诗转化为几个画面，虽然形象，但这种"定格"就破坏了对诗歌的欣赏，对阅读能力的培养是不利的。

第五，不要布置太多的"任务"和"讨论"。在任务的指使下去阅读，反而可能让学生感到被动，降低他们阅读和学习的兴趣，老师教某一首诗，预先设定的任务不能太细，要留给学生自由、开放、创造性的阅读空间。

对于诗歌的阅读，我曾经提过"三步阅读法"，第一步是"直观感受"，在反复诵读的基础上，用直觉感受，获得整体印象；第二步是"设身处地"，尽可能与你想象的"历史现场"融合起来，进入诗歌的境界，甚至把诗中描写的情景变成自己身历的情景；第三步才是"名理分析"，比较理性地思考，同时和"第一印象"进行比对。"三步阅读法"适用于阅读现代诗、儿童诗，也可以在古诗词的阅读中加以应用。

《古诗词超有趣》这套书以语文教材中出现的 112 首古诗词为基础，融合、改造了"三步阅读法"，这种阅读思路，有点像引导孩子做一种"心灵的探险"，由直觉到体验、再到审美鉴赏，把"直觉思维"和"形象思维"联系起来，实际上是一种思维训练的过程。又从每首古诗词扩展出相关的故事、历史和成语，其中内容的选择和整理，是比较精心的，不仅增加了传统文化元素，给学生日积月累的熏陶，也有助于引发学生对古诗词的兴趣，增加他们对诗词意境和意蕴的会意与感悟。可以视为"诗教"中"转化"和"创新"的一种尝试。

2021 年 4 月 12 日

《编教材的语文人》[①] 序

这本书将新中国成立初期的一批"语文人"汇聚在一起，以他们编课本为主线，梳理他们的人生道路和学术成就，突出其对语文教材发展的贡献，以此回顾总结那段历史时期语文学科的发展，这既是一种纪念，也是一种学科史、语文教育史的书写。

1952 年我上小学，当时年纪小，不太注意是谁编的语文课本，后来才意识到，自己的童年生活与精神成长竟然和语文课本编者有如此紧密的联系。当时的语文课本自是找不到了，但看到郭戈研究员这本论述编课本的"语文人"的著作，仿佛又回到了儿时读语文课本的场景，同时也感到人事的机缘，当时万万没有想到，几十年后自己也成了编课本的"语文人"，而且三度参加编写中小学语文课本。

———————————

① 本书即将出版

第一次是 2003 年我当北大中文系主任时，人民教育出版社中语室和北大中文系合作编写高中课标实验教材，由袁行霈先生领衔主编，人教社的顾之川和我当执行主编，历时三年编了高中必修 5 册、选修 15 册。第二次是 2012 年，我受教育部聘任担任统编义教语文教材总主编，和编写组用了四年时间编小学和初中语文教材。第三次是 2017 年到 2019 年，接着小学和初中的工作，继续编写高中语文统编教材。在这三次编写教材的经历中，我学到了很多书本上学不到的东西，更感到编教材如履薄冰、责任重大，想要编好并不容易。

我常说编教材是专业的事情，光靠外请专家是不够的，很多实际工作需要由专业的机构和人来做。新中国初期成立人民教育出版社，就是为了专门编写供全国使用的通用教科书，并建立教科书统一编写出版制度。在这个与共和国基础教育事业特别是教材编研出版事业融为一体的文化单位，叶圣陶、宋云彬、魏建功、朱文叔、刘松涛、刘御、吕叔湘、吴伯箫、张志公、陆静山、陈伯吹、计志中、霍懋征、王微、隋树森、王泗源、张中行、杜子劲、姚韵漪等一大批语文先贤辛勤耕耘，不仅编课本，更团结、培养了一批语文教材编写专业人员，夯实了新中国语文学科发展的基石。时至今日，人教社语文学科的编辑仍是统编语文教材编写的中坚力量，可以说是继承并发扬了老一辈的光荣传统。

一代有一代之语文，一代有一代之"语文人"。这本书将新中国成立初期的一批"语文人"汇聚在一起，以他们编课本为主线，梳理他们的人生道路和学术成就，突出其对语文教材发展的贡献，以此回顾总结那段历史时期语文学科的发展，这既是一种纪念，也是一种学科史、语文教育史的书写。在论述上，全书爬梳剔抉，考证翔实，注重史论结合，把重点放在一个个语文人鲜活的个案研究上，力图在大量材料构建的历史语境中开掘出一段教材史的横截面，从而体认学科传统、丰富学科内涵。同时，该书还评述了手书课文的书法家邓散木，参与语文课本装帧和插图的古元、丁井文、戴泽、靳尚谊、刘继卣、阿老等画家，以及民国时代对语文教学有突出贡献的"平民教育家"李廉方等，体现了作者跳出学科、时段的开阔视野与学术志向。

作者说这本书是学术性人物传记，从这个角度说，该书非常实用，学术研究者和普通读者可以顺藤摸瓜，从中获取许多关于语文学科和语文教材的信息资源。同时，这本书又具有深刻的问题意识，对教材场域内的"语文"概念作了充分的论述，对课本编制机制有透辟的认识，这些对摸清家底、回应学界和社会关切都具有重要意义。读这本书，可以获得历史与现实的对话感，这使我们在对前辈先贤心生敬意的同时，也对当下语文界层出不穷的各种新思想新概念保持一份清醒。

2023 年 5 月 8 日

《用好语文统编教材》^① 前记

> 统编教材编写的过程艰难而复杂，若能记录下来，对于后人研究教材或者教育史，将是有价值的资料。

前几年新冠疫情肆虐，蛰居简出，反而多写了几种书。其中包括《鲁迅作品精选及讲析》《温儒敏讲现代文学名篇》和《为精神界之战士者安在（自选集）》，还有《温儒敏论语文教育四集》与《语文课改守正创新》两种。可能用力过猛，眼疾发作，毕竟年岁也大了，早该搁笔退休，多陪伴家人，疫情过去，就决心不再写书了。可是，近日又有出版社"动员"我把有关语文统编教材的讲座和文章，编成一本书。呆坐书房，旧习复发，我又有些心动了。

语文统编教材推开使用后，我为教师培训做过多次讲座，也写过多篇谈课标与教材的文章。这些材料网上大都可以找

---

① 《用好语文统编教材》，温儒敏著，即将由商务印书馆出版。

到，可是以讹传讹挺多的。如果整理一下，汇编成书，既可以纠正错讹，又方便读者，未尝不是好主意。于是，便动手翻检材料，冀图成集。

所收的讲座记录稿和一些文字，大都是即时漫谈随笔，不同于严谨的讲章法的学术论文，展读之余，愧学识荒陋；究有用心，亦同鸡肋，取舍难定。不过犹疑之间，又不时联想起这些文字生成之语境，不禁感慨当日教材编写的艰难。于是又心生一想：何不在收编有关"如何用好新教材"之文章的同时，也把教材编写过程的某些材料收集存留呢？

语文统编教材从 2012 年启动编写，小学到高中，编了 7 年，现在这事还未"消停"，还在修订。我这几十年写过很多书，做过很多事，编这套教材，是最难的，简直用得上"煎熬"二字。教材编写现在提到"国家事权"的高度，要求很高。教材又是公共知识产品，尤其是语文，社会关注度极高。编写组常感叹的一个说法就是："如履薄冰"。

小学和初中语文编了 4 年多，还算比较顺利。2016 年开始编高中语文，就麻烦得多。我是主张要稳一点的，既要推进课程和教材的改革，又要考虑大面积使用的可行性，以前的教材教学也有很多经验积累，不能推倒重来，做颠覆式的改革。但也有不同的意见，急于采用新的教学理念，下猛药救治语文教学存在的偏颇。因此争论就难免，会议一个接一个，举棋不定。光是体例和样章，就来来回回起草了七八遍。好在大家都是为了推进课程改革、立德树人这个目标，彼此妥协、平衡，努力寻求最大的共识，高中语文就成了现在大家看到的这个"样子"。应当说，高中语文教材改革的力度还是很大的，呈现了崭新的面貌，也有老师们可以发挥的空间，可是教学效果到底如何？还得看实践。

比较而言，小学初中语文更受欢迎，几年的使用实践后，有数据说明，绝大多数一线老师对于新的义教语文教材，还是充分肯定的。义教语文统编教材还受到中央领导的批示表彰："此乃铸魂工程，成功编写，功不可没"。2021年，义教语文统编教材获得了国家首届教材建设特等奖。

统编教材编写的过程艰难而复杂，若能记录下来，对于后人研究教材或者教育史，将是有价值的资料。而让一线老师多少了解一下教材是怎样"炼"成的，对于理解教材编写的宗旨、理念，用好教材，也不无裨益。因此，就决定在本书添加一个部分，即有关语文统编教材编写的"叙录"内容，包括一些讲话、信件、批语、札记之类。

之前曾建议人教社为教材的编写做"起居注"，记录每天发生的有关教材的事情，收集相关的资料，留档妥存，以备日后之需。而我个人这方面的材料则未留意保存，这次勾稽搜集，也只得九牛一毛。其中以讲稿提纲之类较多，稿件的修改、讨论记录、旁批笔记之类较少。现将这些杂乱的文字收在书中，多少增加某些"历史氛围"吧。

本书分为上下两辑。上辑是"如何用好语文统编教材"，收文19篇，主要是笔者有关教材使用以及课标落实的一些讲座和文章，有些建议还比较具体，帮助一线老师理解和用好教材。下辑是"教材是怎样炼成的"，这个"炼"字，意味着教材编写的艰难，也从中看到教材编写理念、框架、体例，以及选文等方面的"用心"。收文20篇，大都是教材编写过程中的讨论、争议、修改、研究、平衡等方面的文字，比较杂，但总算呈现了教材编写过程的某些原生态。有些材料考虑属于"内部参考，不宜公开"的，则没有收入。

此外，还有一个"附录"，是有关人教版"新课标高中语文"（2003年）的编写资料。这个版本是由人教社与北京大学中文系合作编写的，袁行霈教授领衔主编，顾之川和我担任执行主编。之所以附录于此，也是考虑到"教材是怎样炼成的"。实际上，语文统编教材也并非从天而降，它是多年来课程改革的沉淀，也是以往既有的教材编写经验的传承与发展。在新编教材中，总是能够看到旧版教材某些根须的连接和伸展的。

小学初中语文统编教材是2016年批准推开使用的，有些地区才用了二三年，刚刚进入状态，尝到甜头，可是教材又要改动了——因为2022年义务教育语文课程标准已经颁布，教材必须往课标靠拢，重新修订。好在原来编小学初中语文时，已经接触和了解新课标实施"语文核心素养"的趋势，教材编写基本上是体现了课标精神的，所以这次小学初中语文统编教材的修订，应当是"小改"，不是"大动"。

书中有些篇章是不同场合的讲稿，涉及某些相同话题，部分内容难免重复。而许多文章都已经发表过，或者收在我之前出版的书中，此次复采录载，便于观览，也是要请读者谅解的。

2023年6月28日初稿，12月2日修改

《语文方法性知识研究》① 序

> 我们常说，教无定法，如果有定法，那
> 一定是语文教学中必须抓住、夯实的最基本
> 的东西，比如听说读写的训练。

靳彤是我指导的博士，《语文方法性知识研究》这本书是在她的博士论文基础上修改完成的。

这是涉及语文教学的很实际的话题，一直争论不断，却又始终未能从学理上给予充分的解释。靳彤和我都觉得，与其做四平八稳的论文，不如直面这一现实的语文教学课题，肯定有难度，也有理论上探究的空间，问题解决一点是一点，哪怕推进一小步也是有价值的。好在靳彤长期从事中小学语文教育研究，本科学习的是汉语言文学专业，硕士学习的是课程与教学论专业，这样的学习经历为她的研究奠定了很好的基础。

---

① 靳彤著《语文方法性知识研究》，即将由商务印书馆出版。

语文学习当然要学语文知识，有什么好争论的？问题和分歧就在于到底应当学哪些知识？这些知识跟语文素养的提高有什么关系？还有，就是如何教这些知识？

其实古代传统的语文教学，"开蒙"也就是认字之后，就是一本一本地读书，大同小异都是经书，一直读下来，其间还会模仿做些诗词文赋之类，很少（也不是没有）专门的知识传输。古人绝大多数不识字，读书是很奢侈的事，目的除了所谓修身，主要是功名。对所谓语文知识的觉悟和争论，是晚清开办新式学堂之后才有的事情。为什么近代以来关于语文知识会引起注意？原因简单，现代人不可能再像古人那样"奢侈"地读书，新式学堂要学的科目多了，语文（国文）只是其中一部分。这就只好采取文选讲读，举一反三的办法，也就是现在常用的教科书的方式。这种方式试图更加"科学"地学习语文，就很注重抓住一些"规律"，提炼出一些基本的必备的"知识"，希望能帮助学生在较短时间内能达到较高的语文水平。这样看来，"语文知识"纳入语文教学，是很自然而且必要的事情。

争论从何而来，又因何而起呢？靳彤在提出"语文方法性知识"之前，用了几章篇幅回顾晚清以来语文课程（特别是教科书）对于"语文知识"的安排处理情况，这对于我们了解关于语文知识教学的争论焦点，是有帮助的。

靳彤的回顾提到了语文课程设置"语文知识"的"初心"，也就是动机。语文独立设科之初，将《马氏文通》的文法知识纳入国文国语课程，其目的是帮助学生"会通""析文""作文"，这是一种方法性的追求。至二十世纪四十年代语文知识从"文法知识"逐渐分化为文法、修辞、文体、论辩术等多个知识板块，其中文体知识、论辩知识也已经有了"方法性知识"开发的意味。新中国成立后的五十年代又提出语文教学的"八字宪法"，作为教学的纲领，也是为了帮助学生"逐步完成培养与提高阅读和表达能力"，本质上仍是方法性知识。也要看到，随着语文知识教学的系统性增强，加上应试教育的制约，无论是语文教学实践还是相关的教学研究，对语文知识的阐述和运用，越来越偏离其"用"的基本功能，不是利用这些知识帮助学生提高语言运用能力，而可能纠缠于"知识的获得"本身。这的确也是应当警惕和纠正的偏向，关于语文知识的争论亦与此相关。但不能为了避免死记硬背反复训练的应试式知识灌输，而放弃必备的基本的语文知识教学，把婴孩和脏水一块泼到门外去了。

靳彤的回顾梳理在证明，"语文方法性知识"的探求始终贯穿在语文教学中。那种认为过去的语文知识教学都是静态的知识灌输的观点，是对语文教育历史经验的误读。这种误读导致教学中不敢理直气壮讲知识，甚至不敢提"训练"二字，当然，也就越来越远离了对语文知识本义的理解——知识的获取是语文学习的主要任务之一，特别是"方法性知识"。该书认为课程改革若要走向正轨，当务之急还是要重视"语文方法性知识"的开发。而无论语文课标还是教材，对于"语文方法性知识"的提炼与开发，还是很薄弱的环节。

靳彤对于"语文知识"教学的历史回顾，以及对近百年来设置"语文方法性知识"之"初心"的总结，不是一般的学科史叙述，而是指向关于语文知识争论不休的"症结"。我觉得这很有现实针对性，会促进我们对近二十多年来的语文课程改革进行反思。

新世纪以来，语文课程改革力度逐渐加大、节奏逐渐加快，大致每十年进行一次课程标准的修订，教学实践中一些好的做法在课标修订时得到了吸纳，推进了语文课程建设。但改革中也提出了一些前期研究和实验都不充分的理念或概念，造成一线语文教师的困惑，对教学形成一定的干扰。二十一世纪初启动第八轮基础教育课程改革，有意为日益陷入应试教育怪圈的现况纠偏，强调中小学语文教学"不宜刻意追求语文知识的系统和完整"，"语法修辞知识不作为考试内容"。其动机无疑是好的，建议也不无道理。但也引起一些质疑，争论从语文知识"怎么教"转向"教什么"，"要不要教"。靳彤文章的针对性即在此，希望能在总结历史经验，温习设置语文知识之"初心"的同时，去研究和讨论究竟什么样的语文知识，对提高学生的语言文字运用能力才是真正有效的？靳彤的文章已经在尝试寻找并炼制能直接帮助学生提高语言文字运用能力的知识——"语文方法性知识"，期望为突破语文课程知识建设的瓶颈做一点贡献。

关于"语文方法性知识"的研究过去少有人做，她在研究中明确提出的"语文方法性知识"概念具有正本清源的意义。该书提出的概念"语文方法性知识"，是想回到"方法"，即指导学生听说读写的"方法"，这一概念的提出和辨析，直接指向利用语文知识提高学生听说读写的能力，将语文知识的功用还原。

靳彤的研究还提出了一个重要的概念"阅读知识"，这也是一个既有理论价值也有实践价值的概念。我国语文教材历来是以文选为主，阅读也一直是语文教学的重要内容。但我们的语文知识体系中，有语法知识、修辞知识、写作知识、文体知识、读写知识等，唯独没有明确提出过"阅读知识"，更没有进行过自成体系的"阅读知识"的开发。靳彤的研究明确提出"阅读知识"概念，并对"阅读知识"的核心内容"阅读方法"进行了系统的开发和炼制，搭建了阅读方法炼制的"松塔"模型，将阅读方法分为基础性阅读、检视性阅读、鉴赏性阅读、研究性阅读、批判性阅读。在该框架下，尝试进行具体的阅读方法的炼制，炼制出 19 种具体的阅读方法，并以《紫藤萝瀑布》进行"比较式阅读"的知识匹配示例，以帮助教师备课时有效进行知识匹配，以真正实现课程标准所要求的知识的"随文学习"。我认为这种尝试是有价值的，对语文课程建设和语文教学实践也有指导意义。

我们常说，教无定法，如果有定法，那一定是语文教学中必须抓住、夯实的最基本的东西，比如听说读写的训练。可惜现在有些人连"训练"二字都不敢提了，好像提"训练"就等于死记硬背，等于应试教育。这是误解。"方法性知识"的获得，总还是要有一定训练，才能内化为一种熟练的能力。目前语文教学改革出现一种趋势，即走向综合，强调在综合实践活动中获得语言运用能力的全面发展，理论上讲没有错，一旦走向极端就值得警惕了。听说读写是语文学习的主要内容，也是语文教学的主要活动形式，学校教育中的语文学习，价值就在于在语文方法性知识的支持下，有针对性地对学生进行听、说、读、写的专门训练，从而更有效地提高其语言运用能力，如果一味地强调综合，将学校教育中的语文学习与生活画等号，必然会导致学生语文学习效果、效率的下降，这样的探索在语文教育史上已有教训。

随着时代的发展，社会生活和科学技术发生了深刻的变革，语文独立设科也已近一百二十年，但有一些基础性的问题，仍然没有得到很好的解决。目前语文课程改革面临的困境和出现的混乱，一个重要的原因就是基础性研究的薄弱，很多问题没有搞清楚就急于推进，比如包括语文知识在内的语文课程内容的问题，比如新概念"语文学习任务群"的问题，等等。

统编语文教材在编写之初，做过一些基础性研究，其中包括对以前各版教材中语文知识的梳理，对二十一世纪课程改革以来，语文知识的争论及语文知识在教学中的体现也做了研究。教材编写时也非常重视语文知识在教材中的呈现方式的研究，它是一个隐在的体系，镶嵌在各单元，包括练习题中。这需要教师在教学时把教材中隐在的必备知识、关键能力点梳理出来，并灵活运用于教学之中。语文方法性知识在语文教材编写过程中也是得到强调的，比如名著导读中关于阅读方法的提示，通过读一本书教给学生读一类书的方法，这些都是方法性知识。

目前，在中小学课程体系中，语文已成为一门社会参与度最高的课程，无论是知识体系建构、教学及评价方式改革，还是教科书编写，话语权逐渐社会化。当然，这一定程度上显示了社会的进步和公民素质的提高。但语文建设更需要的是踏踏实实的、专门的、科学的基础性研究；语文课程改革更需要重视前车之鉴，以实验为基础，一步一步审慎往前走，否则，耽误的就是一代人。

顺便提到，靳彤博士论文答辩时，参与评审的专家"阵容"可谓强大，包括袁振国、刘正伟、姚晓雷、郑春、张学军、贺仲明、丛新强等七位教授，大家给予这篇论文的评价是很高的，认为该研究"面对的是当前语文教育的'瓶颈'问题，是一项跨学科的研究。该研究的选题有很高的学术价值，问题意识强，难度也很大"。"论文在'语文方法性知识'概念的提出，'语文方法性知识'内在结构的探究，'阅读方法'体系的建构等多个方面均有创新；在史料的梳理中也有新的发现。研究得出的结论对于国内相关课题的研究，有明显推进"。

在热闹而浮躁的当下，靳彤潜心所做的这项基础性研究显得难能可贵。现在靳彤的论文即将出版，我为她感到高兴，也乐意把这本书推荐给关注语文教育的读者。

2023 年 12 月 19 日

四辑

北大文脉及其他

《北大风——北京大学学生刊物百年作品选》^①前言

> 北大的校友，不论是毕业于哪个时代的，大概都可以从中闻见自己所熟悉的声音，勾起往事的回想，重温北大校格的魅力。

一夜寒潮，未名湖就白花花地冻上了。冰层还薄，可是同学们已经迫不及待，勇敢地下到冰面上滑起冰来了。

这是年年都有的风景。上点岁数的人会感到隆冬的逼近：又一年光景过去了。

有友人来北大，总以为在校园里工作，会常有一种年轻的感觉，因为成天习染青春的风景。这固然有些道理。然而大学也真像一艘大船，春去秋来，年复一年，学生们上船又下船，而留在船上的教员，看着一批批学生进来出去，会感觉季节的轮换特别快，对时光流逝的感触也就特别强烈。尤其在这世纪之交，而北大百年校庆又将到来之际。

---

① 《北大风——北京大学学生刊物百年作品选》，李宪瑜编，北大出版社1998年版。温儒敏曾在该书选题确定以及编选框架等方面给予指导。

未名湖畔那些老旧斑驳的大屋顶建筑物，忽然全都油漆一新。多少年都没有这么排场过了。扎眼的"新"在郑重地表示着喜庆，却也时时提醒人们记住北大的岁数，让人联想到北大的光荣和骄傲，北大的曲折和艰难，有一种沧桑之感。

从红楼到燕园，触目之处无不融注着厚重的历史。正是百年校庆唤起的历史感，促使我们决定编这一部书，以展示北大的历史风情，期盼这多少能留住一点北大百年变迁的时光，和校友们一起重新分享大学时代那些生命中的好日子。

那一代代在北大进进出出的学生，都曾经在校园里留下脚印。他们满怀青春的热情创办过许多刊物，在上面发表过许多作品，时过境迁，大多数作品都已经淹没在岁月之流中，甚至可能连作者自己都遗忘了。不过这毕竟都是他们青春的脚印，收集起来展示，也许很有趣。这可以视为一道青春的画廊，当历史原生态的某些细节重新显现时，就会引发对北大百年历程的回顾。

这是一件难以做好的工作。北大建校百年来，学生办的刊物不计其数，大都非正式出版，保留下来的并不多。费力去寻找，从图书馆，或者一些师生尘封的书柜里，能找到的只有百来种。不过，比较重要的大都找到了，而且每一个历史阶段的几乎都找到了一些。限于篇幅，收到本书中的只是其中一小部分，挑来挑去，一共得107篇。

以什么标准选编呢？大都是文学创作，自然要考虑艺术性。不过，学生的作品一般都很幼稚纯真，形式技巧说不上圆熟。也许读者更感兴趣的，还是其所体现的特定历史条件下独有的青春姿态和审美追求。因此本书将选择的重点放在时代习尚方面。所选的作品大都较能反映不同时代北大人的思想品貌，体现不同时代的校园文化心态。若以当今的眼光来看，书中有许多作品及其所表现的审美时尚，是奇异或偏激的，但可以说都是真实的过来人的足迹。其中有些作者后来成了名家，若悔其少作，真不该将他们这些习作翻出来发表，何况有些就是穿"开裆裤"的作品。但征求有些校友的意见，还是容许将他们的少作收到本书中。无论幼稚还是时代局限，读者都会理解，因为凡是愿意翻开这本书的人，大概都想进入北大历史的氛围，领略不同时期的青春风采。

一百年了，北大常常充当新思潮的发祥地，又总是作为中国教育和学术现代化的试验场，众多知识精英汇集于此，真是一块藏龙卧虎的地方。谈到中国现代教育和文化建设，北大这名字就几乎是一个象征，北大的魅力在其对民族和国家命运的高度关切，在其生生不息的变革精神，在于自由、民主、创新的学术风气，这已经成为值得永远珍视的"校格"。从本书所收的作品中，也可以约略看到北大代代薪传的校格。读这些作品，回想它所根植的年代，会发现北大不同于其他许多大学的特点之一，那就是始终有极为活跃的校园文化。北大的校友，不论是毕业于哪个时代的，大概都可以从中闻见自己所熟悉的声音，勾起往事的回想，重温北大校格的魅力。

当这本书出版时，未名湖该是冰雪消融，春光明媚，北大百年校庆已经拉开帷幕。愿这本为北大百年校庆而编印的书，能陪同校友们回到美好的青春的岁月，并给他们以及千百万关心北大的朋友们捎去诚挚的祝福。

1997 年冬

《百年学术：北京大学中文系名家文存》^① 序言

本集选取中文系最有成就和学术影响的52人，

每位先贤只选一篇，大都是成名作和代表作。

北京大学中文系正式建立是在 1910 年，迄今 98 年。如果从 1898 年京师大学堂创办、开设"中文""文学"等科目算起，则有 110 年了。我们把 1910 年作为北大中文系创立之年，这一年 3 月 31 日京师大学堂分科大学成立，"中国文学门"作为一个独立的教学建制，这就有了我国最早的中文系。其建立标志着中国语言文学开始形成现代的独立的学科。其后，北大中文系历经 1919 年废门改系（改为国文系）；1925 年的"分科专修制"（分为文学、语言文字和整理国故三大学科）；抗战西南联大时期；1952 年院系调整（清华、燕京国文系、新闻系与

---

① 《百年学术：北京大学中文系名家文存》，温儒敏、费振刚主编，北京大学出版社和江西教育出版社 1997 年联合出版。2008 年增订版，改由北京大学出版社出版。

北大国文系合并，成为北大中文系，分设中国语言文学和新闻两个专业；1954 年中山大学语言学系并入，设立语言专业)；1964 年增设古典文献专业，形成文学、汉语、文献三个专业鼎足而立的格局；2001 年试验增设本科中文信息处理专业。此外，与中文系相关的单位有 1953 年组建的北大文学研究所（即现在的中国社科院文学研究所前身)，1983 年教育部所属高校古籍整理工作委员会秘书处机构挂靠中文系。1984 年和 1985 年先后成立北大古典文献研究所和比较文学研究所，1998 年这两个所归入中文系建制。2001 年汉语语言学和古典文献学 2 个教育部科研基地挂靠中文系。目前北大中文系已经发展成为有 4 个专业（文学、汉语、古典文献与应用语言学），包括 6 个全国重点学科（同时是一级重点学科）和 8 个博士点的系，其学科构设之齐全，特色之明显，在全国也是首屈一指的。

近百年来，北大中文系和所属的北大一起，历经风雨坎坷，始终关怀民生，关注现实，和祖国同呼吸共命运。在五四新文化运动中，在各个历史转折关头和革命大潮中，北大中文系师生常常站在时代前沿，肩负先锋的使命，倾情奉献她的心血、智慧乃至生命，建树卓越的功勋。中文系光荣的革命传统和学生传统，都是我们极其宝贵的精神资源。

作为一个教学和学术单位，学术为本，育人为本，始终是北大中文系坚持不懈的方向。中文系的每一代师生，都努力适应时代的需求，协调西方学术方法与中国传统固有学术的关系，建立和遵循现代学术规范，在中文学科教学体制、课程设置以及研究方法的建立与完善等方面，在探求文科人才培养的规律方面，不断取得卓越的成绩，对全国同一学科乃至整个人文学科的建设产生辐射性的良好的影响。北大中文系是现代中国学术建立和发展的一个缩影，每个阶段都吸纳和涌现出许多在学界领衔的著名学者，有的属于大师级人物。一个又一个时代过去了，仰望北大中文系近百年的历史星空，我们为她的璀璨辉煌而骄傲。

北大中文系学术鼎盛的时期是二十世纪二三十年代，以及院系调整，清华、燕京等校中文系合并到北大后的那一段时期，其在中文学科的学术建树上对全国相关的系科有过辐射性的影响。北大中文系的学科特色，也主要在这些时期形成。北大中文系在其发展的各个阶段，那些著名学者的学术理路和风格可能彼此不同，甚至互相对立，但都对学术抱有严肃诚挚的态度，共同形成了严谨和创新的学风。这是北大中文系极为宝贵的精神财富，是值得彰扬和继承的优良传统。北大中文系在本学科的形成和发展中始终是站在前沿位置的，其经验得失可以隐现一门学术史的脉络。我们编这部文集，首先也是看重学术史的意义，试图以此概览北大中文系的学术变迁，同时也可以从一侧面探究中文学科近百年的历史足迹。

近百年来，先后在北大中文系任过教职的学者有数百人，这本文集只选取了其中最有成就和学术影响的 52 人，都是已经逝去的先贤。包括：林纾、严复、马其昶、陈衍、姚永朴、姚永概、黄节、陈独秀、鲁迅、刘师培、吴梅、马叙伦、周作人、黄侃、沈兼士、钱玄同、刘文典、杨振声、刘半农、胡适、胡以鲁、赵阴棠、孙楷第、罗常培、杨晦、游国恩、王力、冯沅君、俞平伯、唐兰、魏建功、废名、沈从文、袁家骅、岑麒祥、浦江清、吴组缃、杨伯峻、齐佩容、林庚、高名凯、季镇淮、周祖谟、王瑶、朱德熙、阴法鲁、冯钟芸、赵齐平、陈贻焮、褚彬杰、林焘、徐通锵等。一看目录上所排列的名单就可以知道，他们不但是北大中文系不同历史阶段的学术代表，也是对本学科的建设作出过巨大贡献的先驱，其中不少人的影响远远超出了本学科范围。限于篇幅，每位先贤只选取其一篇论作，大都是他们的成名作或代表作，有的为了照顾篇幅，则选收了文字较短的篇什。论文的选择曾反复征询有关专家的意见，并经过系学术委员会和部分资深教授的讨论。

中国语言文学是一个宽泛的学科，其实又可以分出古代文学、现代文学、汉语史、现代汉语、古典文献和文字学等不同的分支学科，也就是通常说的二级学科。本书所选的论作涉及所有这些分支学科，许多文章的论述又非常专门化，因此一般读者读起来可能会觉得庞杂，但这种"杂"的印象也可以帮助人们了解本学科发展的多种纹理。和当今常见到的那些大而无当的高头讲章比较起来，本书所选的众家先贤名作显得那样殷实，别有一种学术的尊严气度。如果读者特别是青年学生能从这本文集中领略到那种严谨求实而又不乏创新锐气的学风，多少识得什么是真正的大家风范，那么我们编书的第二个目的也就达到了。

当然，编这本文集还有更主要的目的是为了一种纪念，我们要以这种普通的形式纪念所有那些为北大中文系的创建和发展献出过智慧与辛劳的先哲前贤，当然也包括那些文章未能被收集进这部文集的前辈老师。还当感谢所有从中文系毕业的校友以及所有关心北大中文系，为中文系建设作出过贡献的人们。

这部文集初版是在 1998 年，北大正值百年校庆。现在又过去了 10 年，北大正迎来 110 周年华诞，我们增订再版这部文集，增加了 8 位学者的论作。他们都是近十年间离开我们的，借此对他们表示深切的怀念。

北大中文系人才济济，大家云集。如今还健在，并在教学岗位或科研领域持续发挥大的影响的学者有数十人之多，其中包括：袁行霈、葛晓音、费振刚、孙静、钱志熙、严家炎、孙玉石、钱理群、温儒敏、陈平原、谢冕、洪子诚、曹文轩、吕德申、张少康、董学文、王岳川、段宝林、乐黛云、严绍璗、孟华、戴锦华、蒋绍愚、郭锡良、唐作藩、何九盈、朱庆之、陆俭明、王福堂、王洪君、袁毓林、陈保亚、李家浩、李零、安平秋、孙钦善、陈晓明、张颐武、孔庆东等。此外，还有一批发展势头劲健的年轻学者。按说"名家文存"也应当收入这些著名学者的作品，但篇幅所限，在此只能罗列一下他们的大名了。

编就这部书，我们有一种历史的沧桑感，同时也有一种学术的自豪和自信：前辈学人给我们留下如此丰富的学术遗产。温习光荣的历史也使我们产生一种紧迫感：在新的形势下，北大历来作为"新学之冠"的地位面临挑战，北大中文系的优势地位也不可能总是无可争议的，我们没有理由不兢兢业业，适应新的时代，发扬优良的学统，把前人所建树的学术事业继续向前推进。

我 1996 年担任北大中文系副主任，1999 年至今担任系主任，十多年过去了，这期间我一直主张以"守正创新"作为办学的思路，也得到全系师生的认可与支持。我们这个有近百年

"文脉"的中文系，如何既保持自己的学术传统优势，也就是"守正"，同时又适应社会需求，在学术和教育上不断有所推进，是值得认真探索的。能在当前这种浮躁的环境中"守住"良好的学统，也就是属于"正"的那些优势，这本身就是保值和增值，当然，这也需要创新才能保得住。或者说，"守正"是"创新"的前提，"守正"过程也需要"创新"。现在"守正"可能比"创新"更难，需要更多关注，下更大力气。这些年人文学科越来越受到挤压，北大中文系能取得一些成绩，在全国同一学科中仍能居于整体领先地位，主要也是靠"老本钱"，是在"守正"方面多下了一些功夫，我们有"创新"，那也是在"守正"基础上实施的"创新"，绝不是甩开传统盲目跟进那些好看而无根的"新潮"。所以我又愿意把"守正"的意义理解为继续保持严谨而又宽松自由的学术氛围，让中文系的"文脉"生生不息，让每一位师生都能从中获益。拜读先贤的著作，感受北大中文系的传统，我们有理由相信，北大中文系只要珍惜文脉，守正创新，就能克服各种困难，继往开来，以更加青春而又雄健的姿态，领衔学界，冠冕芳林，谱写绚丽夺目的新篇章。

2008 年 3 月 6 日

《北京大学中文系简史》^① 序言

> 北大中文系走过许多曲折坎坷的道路，那种
> 自由、严谨、求实的学风，是一种生生不息、代
> 代薪传的"系格"。

北京大学中文系终于有了一本系史，而且能赶在百年校庆的热闹氛围中出版，是值得欣慰的事。

这个系从 1910 年正式设立，至今已有 88 个年头，无论在本校或在全国，都算是"老资格"了。近一个世纪以来，这个系涌现出许多大师级的学者，取得了丰硕的学术成果，无论是最早把中国语言文学作为独立学科而创设的教研体系，还是后来几经变迁的系科设置，对于现代中国的语言文学教育，都产生过巨大的影响。先进的北大中文系拥有中国语言文学的 3 个专业和 5 个重点学科，还有 7 个博士点，在全国相关的中文系科中仍然起着排头兵的示范作用，在国际上也享有很高的学术

---

① 《北京大学中文系简史》，马越编著，北京大学出版社 1998 年版。

声望。所以北大中文系系史的出版，不仅有纪念意义，更有学术价值；不仅本系的师生校友会关注，相信诸多关心中文系科乃至关心现代教育史、学术史的朋友也会有兴趣。

这部系史篇幅不长，材料也不够齐备，有待补充的地方还很多，但北大中文系88年来的历史发展轮廓第一次呈现出来了。这部简史的特色在于其紧紧围绕教学与科研这条线索，理清在系科发展过程中所体现出来的学术倾向、教研模式的变迁及其得失。这又可以看作是一部学术史和教育史，而不是一般意义上的系科沿革史。通常说，一本好的传记，往往可以通过一个人看一个时代；那么，这部系史所追求的似乎是通过一个系来透视一门学科的历史变迁。细心的读者也许会发现，北大中文系的每一个历史发展阶段，包括几代学人的学术命运，都折射出特定时代的政治、社会和文化思潮的嬗变景观。北大中文系走过许多曲折坎坷的道路，她的历史图景中也曾有过不光彩的暗影，但那种自由、严谨、求实的学风，始终未曾放弃，可以说这是一种生生不息、代代薪传的"系格"。而这种"系格"也是源于北大"兼容并包，科学民主"的学术精神。读这部系史，会引发历史的厚重感和传统的延续感，并且不能不认真思索今天，强烈感受到中文系乃至人文学科所面临的历史挑战。

系史的写作并非易事，因为有许多具体事件的评述可能引起不同的意见，牵扯到这样那样的关系。沉淀了的东西比较好处理，因为可以较为冷静地使用历史的眼光，而当历史的距离未能拉开时，评述起来就比较困难。这本系史的前半部分写得比较完整，后半部分有些粗放，也许就是这个原因。例如，五六十年代教育体制的弊病及其根源，"文革"及其后影响中文系学科发展的诸多大事，简史都来不及展开。八九十年代的部分大都只是记载而避开议论。我对这部分也不满意，但能体谅其写作的困难。这部小册子出版后肯定会有各种批评，我想这总比没有反响要好，已经有一部系史也总比没有要好。如能从建设性的角度来看问题，容忍不完善，就比较好办。集体编写历史的方式往往很难实施，为什么不能鼓励个人写作呢？

这部系史的编著者马越同学 1995 年从北京大学中文系本科毕业后，因成绩优秀，被推荐面试攻读硕士学位，我是她研究生阶段的指导教师。两年前，在一些老师的支持下，我建议她以北大中文系史作为学位论文的题目。马越同学是现代文学专业的研究生，选择系史作为学位论文，超越了其所属的专业，而系史的写作，涉及文学史、语言学史、文化史、教育史、学术史等诸多方面，也可以说是跨学科的研究，这对于她来说，是有些吃力的。我自己虽然在中文系任教多年，其实对系史也不甚了解，只是相信这个选题很有价值，而跨学科的"越轨"，对于训练学生的研究方法与眼光，也可能大有好处。马越同学非常合作，她的学风严谨扎实，思路也比较开阔。在写作过程中，她搜集了大量的第一手资料，做了许多重要的史料梳理工作，并有幸得到陈平原、孙玉石、钱理群等老师的指导和帮助，所以一开始这部系史的写作目标就比较明确，方法也比较对头。尽管有些地方写得比较简略，可议之处也不少，毕竟已大致达到了原先所设定的目标和要求。这部系史作为马越同学的硕士论文，在答辩时得到了答辩委员会（由费振刚、孙玉石、陈平原、王景山、温儒敏 5 位教授组成）一致的好评，此后又作了一些删改。应该感谢北大中文系领导以及诸位老师对马越这部系史写作的关照。

马越同学已经顺利完成硕士研究生阶段的学业，很快就要告别燕园，赴美继续攻读学位。她说还有兴趣围绕现代学术史做些研究。我祝愿这位诚挚聪明的女孩在学业上能取得更出色的成绩，也期待着今后有人能超越这本简史，对北大中文系的历史做出更完整的总结。

最后需要说明的是，这部系史的初稿答辩后，因考虑还要作较多的补充与修改，曾打算先内部少量印行，但北大百年校庆在即，许多中文系的校友将返校聚会，不如改为公开出版，也算作是献给百年校庆的一份礼物，同时可以让更多的朋友能藉此回顾北大中文系的历史途程，还可以更广泛征求修改的意见。读者不妨把这本小册子看作是一种"征求意见稿"。

1998 年 4 月 18 日于镜春园且竹斋

《高校文学经典读本丛书》① 总序

> 高校文学具有一种"潜在写作"的性质。它像一块苗圃孕育了未来茂盛的文学森林。

作为校园文化中一道亮丽的风景，高校之中的文学创作一直十分繁盛。年轻的心灵是敏感而多思的，本来就是文学的近邻，加之高校浓郁的人文氛围的熏陶，使得许多大学生都曾拿起纸笔，书写自己的感悟和激情。他们组织社团，编辑刊物，彼此交流，薪火相传，构筑了"高校文学"这一独特的文学样式。

现在，中国少年儿童出版社编选出版的这套《高校文学经典读本丛书》，便集中展示了近20年来高校文学的创作实绩。据我所知，这样大规模地推介高校文学作品，尚属首次，它为读者了解、体味高校文学的整体风貌及变化轨迹，提供了一个难得的机会。

---

① 《高校文学经典读本丛书》，按大学分为多卷，中国少年儿童出版社 2001 年版。

这件工作的价值，我想大致有以下两个方面：首先，校园之中的文学创作凝聚了一代又一代年轻学子的希冀、想象、感受和经验，他们对生活的渴望、对未知世界的探索以及对急速变化的时代的思考，都直接见诸文字。因而，20年来校园文学的演变也从一个侧面生动地记录了校园生活多姿多彩的现实，反映了大学生丰富的心灵变奏。阅读这些作品，有助于理解时代浪潮之下年轻人精神趋向的演变，它们在社会史、文化史方面无疑具有一定的参照价值。

其次，也是更为重要的，高校之中的文学创作并不仅仅局限于校园的围墙之内，它具有一定的延发性，与当代文学的发展息息相关。虽然很多作品没有发表，只在校园之中流传、阅读，没有形成广泛的社会影响，一些作者在告别大学生活后也可能已放弃了写作。但应该看到的是，还是有不少人坚持了自己的理想，经过潜心的实践，终于成为作家、诗人，活跃于文坛，使早年的文学之梦变成了现实。他们大学时代或稚拙或激进的文学实验，也没有被岁月湮没，而是不断生长成为新的文学可能性。在这个意义上，高校文学具有一种"潜在写作"的性质，它像一块苗圃，孕育了未来茂盛的文学森林。

其实，如果稍加回顾的话，我们会发现，新文学的历史一直与校园文学有着千丝万缕的联系。五四时期十分著名的刊物《新潮》就是出自当时一群北大学生之手，二十世纪二三十年代的清华、四十年代的西南联大、抗战时期的延安鲁艺，都对新文学的展开产生过一定的影响，这方面的例子不胜枚举。大学不仅向文学输送着充满活力、具有较高文化修养的年轻作家，还是文学的观念和技巧建构、传播和实验的场所，同时它的氛围也体现出一个时代的文化追求和精神品格。正是在这些因素的彼此互动中，一幅崭新的新文学发生图景正若隐若现。现在，已经有不少学者开始关注这个问题，尝试描述 20 世纪文学与大学文化的关系，这是一个颇有意味、尚待开掘的课题。

要简单地概括高校文学的特征，不是一件容易的事。不同的学校拥有不同的文学传统，不同年代的文学追求也迥然不同，这使得校园之中的写作呈现出纷繁的多元局面，甚至还交织着冲突与论辩。但是，有一点可以肯定，那就是它具有一种非功利的原发性，既不接受既定指令的约束，也没有过多地受到商业因素、文坛势力的影响，而是本然地源自创作的冲动，较为贴近文学的本位，更多地体现出纯文学的立场。不仅如此，年轻人的思想还十分活跃，容易接受新事物，不愿循规蹈矩地沿袭前人的思路，因而他们的写作往往勇于实验，先锋性较强，总是打破传统的阅读期待，构成对文学成规的挑战，而这正是校园文学清新的活力所在。

另外，他们的作品，有的可能颓唐消沉，有的可能激昂愤世，有的可能玩世不恭，但无论其内容、情调如何，一种理想主义气质总是贯穿其间。这种理想主义并不等同于肤浅的乐观主义，也与对复杂的历史现实的无知无关，它是一种热情的有关未来的想象，是对生活意义、价值的执著追求，是青春天然的底色，即便它是以一种曲折或隐晦的方式来表达的。或许，这样的说法有点过时，但在当下这个价值尺度失落的多元社会里，我相信，理想主义仍是一个不能丢弃的资源，它不仅是高校文学的特征，也应实践于大学教育的理念当中。

最后，还有一点要补充的是，这套丛书的时间跨度为 20 年。20 年的时间虽然不长，但已经有了某种历史的反观距离，在作品的选编中也会处处渗入选家的目光。哪些作品被选中，哪些被忽略，暗示了当下的美学尺度对往昔创作的评判。在今天看来，有些作品或许粗糙幼稚、技法简单，在文学观念上或许较为陈旧，不能满足今天的阅读口味，但它们都构成了高校文学发展中不可或缺的环节。从这个角度出发，阅读这些作品，做同情的理解，可能会别有一番风味。

2000 年冬

《名家通识讲座书系》① 总序

> 所邀请的大都是真有学术建树，又能将学问
> 深入浅出地传达的重量级学者，是"大家"讲
> "通识"。

《名家通识讲座书系》是由北京大学发起，全国十多所重点大学和一些科研单位协作编写的一套大型多学科普及读物。全套书系计划出版100种，涵盖文、史、哲、艺术、社会科学、自然科学等各个主要学科领域，第一二批近50种将在2004年内出齐。北京大学校长许智宏院士出任这套书系的编审委员会主任，北大中文系主任温儒敏教授任执行主编，来自全国一大批各学科领域的权威专家主持各书的撰写。目前为止，这是同类普及读物和教材中学科覆盖面最广、规模最大、编撰者阵容最强的丛书之一。

本书系的定位是"通识"，是高品位的学科普及读物，能

---

① 《名家通识讲座书系》(通称"十五讲丛书")，是多学科通识教材，计划100种，温儒敏执行主编，北京大学出版社出版。

够满足社会上各类读者获取知识与提高素养的要求，同时也是为配合高校推进素质教育而设计的讲座类书系，可以作为大学本科生通识课（通选课）的选修教材和课外读物。

素质教育正在成为当今大学教育和社会公民教育的趋势。为培养学生健全的人格，拓展与完善学生的知识结构，造就更多有创新潜能的复合型人才，目前全国许多大学都在调整课程，推行学分制改革，改变本科教学以往比较单纯的专业培养模式。多数大学的本科教学计划中，都已经规定和设计了通识课（通选课）的内容和学分比例，要求学生在完成本专业课程之外，选修一定比例的外专业课程，包括供全校选修的通识课。但是，从调查的情况看，许多学校虽然在努力建设通识课，也还存在一些困难和问题：主要是缺少统一的规划，到底应当有哪些基本的通识课，可能通盘考虑不够；课程不正规，往往因人设课；课量不足，学生缺少选择的空间；更普遍的问题是，很少有真正适合通识课教育的教材，有时只好用专业课教材替代，影响了教学效果。一般来说，综合性大学这方面情况稍好，其他普通的大学，特别是理工医农类学校因为相对缺少这方面的教学资源，加上很少有可供选择的教材，开设通识课的困难就更大。

近年来，各地也陆续出版过一些面向素质教育的丛书或教材，但选题偏窄，内容又可能偏深，无论数量还是质量，都还远远不能满足需要。到底应当如何建设好通识课，使之能真正纳入正常的教学系统，并达到较好的教学效果？这是许多学校师生普遍关心的问题。从 2000 年开始，由北大中文系主任温儒敏教授发起，联合了本校和一些兄弟院校的老师，经过广泛的调查，并征求许多院校通识课主讲教师的意见，提出要策划一套大型的多学科的青年普及读物，同时又是大学素质教育通识课系列教材。这项建议得到北京大学校长许智宏院士的支持，并由他牵头，组成了一个在学术界和教育界都有相当影响力的编审委员会，实际上也就是有效地联合了许多重点大学，戮力同心来做成这套大型的书系。北京大学出版社历来以出版高质量的大学教科书闻名，由北大出版社承担这样一套多学科的大型书系的出版任务，也顺理成章。编写出版这套书的目标是明确的，那就是：充分整合和利用全国各相关学科的教学资源，通过本书系的编写、出版和推广，将素质教育的理念贯彻到通识课的知识体系和教学方式中，使这一类课程的学科搭配结构更合理，更正规，更具有系统性和开发性，从而也更方便全国各大学设计和安排这一类课程。

2001 年底，本书系的第一批课题确定。选题的确定，主要是考虑大学生素质教育和知识结构的需要，也参考了一些重点大学的相关课程安排。课题的酝酿和作者的聘请反复征求过各学科专家以及教育部各学科教学指导委员会的意见，并直接得到许多大学和科研机构的支持。第一批选题的作者当中，有一部分就是由各大学推荐的，他们已经在所属学校成功地开设过相关的通识课程。令人感动的是，虽然受聘的作者大都是各学科领域的顶尖学者，不少还是学科带头人，科研与教学工作本来就很忙，但多数作者还是非常乐于接受聘请，宁可先放下其他工作，也要挤时间保证这套书的完成。学者们如此关心和积极参与素质教育之大业，应当对他们表示崇高的敬意。

本书系的内容设计充分照顾到社会上一般青年读者选择阅读，适合自学；同时又能满足大学通识课教学的需要。每一种书都有一定的知识系统，有相对独立的学科范围和专业性，但又不同于专业课，不是专业课的压缩或简化。重要的是能适合本专业之外的一般大学生和读者，深入浅出地传授相关学科的知识，扩展学术的胸襟和眼光，进而增进学生的人格素养。本书系每一种选题都在努力做到入乎其内，出乎其外，把学问真正做活了，并能加以普及。因此对这套书作者的要求很高。我们所邀请的大都是那些真正有学术建树，有良好的教学经验，又能将学问深入浅出地传达的重量级学者，是"大家"讲"通识"。命名为《名家通识讲座书系》，意在精选名校名牌课程，实现大学教学资源共享，让更多的学子能够通过这套书，亲炙名家名师课堂。

本书系由不同的作者撰写，自然会有不同的治学风格，但又都注意知识的相对稳定性，重点突出，深入浅出，又能适当接触学科前沿，引发跨学科的思考和学习的兴趣。

本书系大都采用学术讲座的风格，有意保留讲课的口气和生动的文风，有"讲"的现场感，比较亲切、有趣。

本书系适合作为提高文化素养的普及性读物，如果用作教材，教员上课时可以参照其框架和基本内容，再加以补充发挥；或者预先指定学生阅读某些章节，上课时组织学生讨论；也可以把本书系作为参考教材。

本书系每一本都是"十五讲"，主要是要求在较少的篇幅内讲清楚某一学科领域的通识，如果选为教材，十五讲又正好讲一个学期，符合一般通识课的课时要求。同时这样做也有意形成一种系列出版物的鲜明特色，一种图书品牌。

我们希望这套书的出版能够有效地促进全国各大学的素质教育和通识课的建设，从而联合更多学界同仁，一起来努力营造一项宏大的文化教育工程。

《牵梦北大：北大新生畅谈中学
学习与成长》[①] 序

> 人的一生总要干几件事，最好能有自己的专
> 业和事业，对国家民族做一些贡献。这样的要求
> 不过分，因为这里是北大。

《牵梦北大：北大新生畅谈中学学习与成长》这本书汇集
了今年新考入北京大学的新生的数十篇文章，作者大都是高考
的尖子生，他们在迈进燕园，开始一个崭新的人生新阶段时，
有那么多美丽的梦想，那么多学习与成长的新鲜感受。读这
些文章，我很感动。虽说他们是幸运儿，是"天之骄子"，其
实他们又都是普通的孩子，在过去十多年的生活中，有过拼
搏，有过艰难，有过欢乐，也有过曲折。他们的经历折射出这
些年我们国家与时代的巨变，也表现出"90后"新生代的优
长与困扰。我的感动还在于这些年轻学生对北大的追梦，以

---

① 《牵梦北大：北大新生畅谈中学学习与成长》，北京大学出版社 2009 年版。

及他们对北大的许多新的理解与期望。这里我很愿意也来说说北大，就算是和这本书的作者的对话。这个话题对于那些还在上中学，并希望了解这个大学的年轻学子，也一定是有兴趣的。

关于北大，大家已经听说过不少传说，包括那些诱人的校园传奇，对北大也许已经有大致的印象。在全国上千所大学中，北大的确很特别，有她的个性，她的格调，她独特的气质。有一位诗人曾经用这样一些话来描写他心中的北大：

这真是一块圣地。近百年来，这里成长着中国数代最优秀的学者。丰博的学识，闪光的才智，庄严无畏的独立思想，这一切又与耿介不阿的人格操守以及勇锐的抗争精神相结合，构成了一种特出的精神魅力。科学与民主，已成为这圣地的不朽的魂灵。①

这就是北大精神的魅力。

110多年来，北大经历了风风雨雨，有太多的坎坷与磨难，有光荣与辉煌，也有负面的缺失。一个大学，在一个多世纪时间里，对国家、民族的思想、文化、政治及社会变革多次产生如此巨大影响的，在世界上并不多见。北大作为一个教育机构和思想库，是成功的。北大对民族解放和国家建设做出过巨大的贡献，北大特色已经成为一种象征，一种传统，一种极其宝

---

① 谢冕语，见赵为民等主编《精神的魅力》，北京大学出版社1998年版。

贵的精神资源。

对北大的成功，可以从不同角度阐释，但从教育角度看，最重要的，在于她非常注重为学术的发展创造良好的氛围，为人才的成长提供丰饶的土壤。北大办学的理念，是力图让学生学会寻找最适合自己的人生之路，打下厚实的学业基础，使整体素质包括人格精神都有健全的发展。同学们进北大来，我建议首先要好好了解北大的传统学风与理念。传统所馈赠给我们的那些东西，正在时代的转型中发生变化，出现了各种解释的可能，但是对北大特色的基本认识，我想大多数北大人还是有共同点的。同学们应当在认识和理解北大的基础上，充分利用这里优越的条件与氛围，力争在几年内，使自己的人生追求、理想建树、身心素质、学问根底，都得到健康的培育。

北大的文科名气很大，以致在社会上产生某种印象，以为北大就是文科拔得头筹。其实北大是真正文理并重的综合大学，她的理科也堪称一流。文史哲数理化，这些基础学科至今在全国仍冠冕学林，是北大的品牌，也是支撑北大教学科研的顶梁柱。而其他学科也各有千秋。特别是近十多年来，北大拓展了许多新的领域，加强了生物医学、信息科学与技术、环境科学、材料科学等学科建设，正在朝世界一流大学迈进。北大的多学科办学结构，加上她作为中国高校向世界开放最有代表性的平台，使这所大学具有得天独厚的学术资源和最有利于人才成长的条件。当然，北大还有一点非常诱人，那就是"思想自由，兼容并包"的校风。北大的学科多，名人多，讲座多，社团多，各种各样时髦的思潮都在这里汇集。北大很自由，有太多的选择空间，非常适合个性化学习，如果方向明确又有把持力，在这里就可以如鱼得水，寻找和发挥自己的潜能，最大限度充实和发展自己。

我也不能抱着北大的"优越主义"，应当承认，受整个大气候影响，北大也免不了受到干扰，传统精神也有流失。但在"守正创新，坚持北大办学特色"这一点上，北大师生还是比较清醒的。无论怎么"折腾"，北大都不应当也没有丢掉原有的特色去急功近利，北大还是研究型大学，不是职业培训所，也不是留学辅导班。北大仍然比较看重本科生的培养，注重学生的基本学术训练，这里出去的毕业生，一般都学问根基比较扎实，视野比较开阔，思想比较活跃，也比较有后劲。

这本文集处处绽放着理想的光华，处处能感受到青春的脉动。这很难得，和北大也很合拍。北大从来就是富于理想的，使命感是北大的标帜。新"北大人"定能不断跟进北大理想的步伐。我常常和我的学生说，大家希望上好大学，找好工作，日后个人的生活能富裕舒适一点，这种追求是现实的、正常的，我们的家长也大都朝这些方面为我们着想。但踏入燕园，就意味着接受了崇高的使命，要有更大的志向、更强的抱负与事业心，有独立的思想和不断创新的能力。如果真正了解中国的国情，我们就会感到历史责任的重大；如果理解国家为何给北大那么多的投入，广大人民为何对北大有如此高的期望，那种超越个人的使命感就会转化为巨大的学习动力。人的一生总要干几件事，不只是房子、车子、出国之类，最好能有自己的专业和事业，对国家民族做一些贡献。即使在这个越来越物欲化的现实里，这样的要求也不过分，因为这里是北大，我们是北大人，北大本来就是定位于要培养民族的精英与希望的。北大学生比一般年轻人应当有更阔大的气度与胸襟。

读了这本书，我们更有理由相信，北大的确是"常为新"的，新来燕园和那些即将来到燕园的年轻人，都必将给北大这个百年名校持续带来崭新的气象。

2008 年 1 月 29 日

《书香五院——北大中文系叙录》^①前记

> 但愿这些零碎的篇什能多少呈现我们这一代
> 人问学北大的脚印，同时能带去对北大的一份感
> 激，一份祝福。

不久前，北大出版社编审高秀芹女士跟我说，北大校庆
110 周年快到了，能否写点纪念性的文字出版。我有些犹豫，
因为写这类文字需要安静的心态，而我一直俗务缠身，难得有
闲。接着就过春节了。我在享用几天清净的时候，翻阅了近年
来我散落在报刊和文集上的一些文字，发现不少都涉及我在北
大中文系学习与工作的经历，也可看到近二三十年中文系的变
迁，多少都和"纪念性"搭得上界。于是一时兴起，从中选择
了 20 多篇，临时又写了几篇，凑成这本小书。

书中主要是这几方面的文章。开头几篇是对中文系历史的
回顾，以及七八十年代笔者求学生活的描述，其中包括对中文

---

① 《书香五院——北大中文系叙录》，温儒敏著，散文随笔集，北京大学出版
社 2008 年版。

系许多名家的怀念。第二部分是一些讲演、访谈、随笔，涉及中文系的教学、人才培养、学科发展，以及中小学课程改革等问题，跟笔者近十年来主持北大中文系的工作相关，可从某些侧面看到中文系的学术面相。第三部分是笔者几种编著的序言，记载了这些年我学术探求的某些思索。本书以随笔杂论为主，不选学术论著，唯独《王瑶〈中国新文学史稿〉与现代文学学科的建立》是一篇长文，收在这里，表示对导师王先生特别的尊重。

近 30 年来，燕园的五院一直是北大中文系所在地，许多鼎鼎有名的学问家，以及来自世界各地的诸多大家名流，都在五院留下足迹。五院的书香味浓，文化积淀厚，五院承载着沉甸甸的中国文化分量，我们对五院有一种难以割舍的感情。过一段时间，中文系就要从五院搬家，迁到新的人文楼去了。这本小册子取名《书香五院》，也是一种纪念吧。

我是 1978 年到北大中文系上研究生的，1981 年留校任教，一晃，30 年都过去了。我生命中非常重要的一段是和北大中文系联结在一起的，其中有那么多的希望、追求、艰辛与欢乐，都融会在五院、融会在燕园中了。但愿这些零碎的篇什能多少呈现我们这一代人问学北大的脚印，同时能带去对北大的一份感激，一份祝福。

2008 年 2 月 10 日

《北大中文系系友名录（百年版）》^① 前记

> 一个又一个时代过去了，仰望北大中文系
> 的历史星空，我们为她的璀璨辉煌而骄傲，为
> 千百万校友而骄傲。

1898 年京师大学堂创办，开设"中文""文学"等科目，此为北京大学中文系前身。至今 110 年了。1910 年 3 月 31 日京师大学堂分科大学成立，"中国文学门"成为独立的教学建制，这是我国最早的中文系，其建立标志着中国语言文学开始形成现代的独立的学科。其后，北大中文系历经 1919 年废门改系（改为国文系）；1925 年的"分科专修制"（分为文学、语言文字和整理国故三大学科）；抗战西南联大时期与清华、南开中文系的联合；1952 年院系调整（清华、燕京国文系、新闻系与北大国文系合并，成为北大中文系，分设中国语言文学和新闻两个专业；1954 年中山大学语言学系并入，设立语言专

---

① 《北大中文系系友名录（百年版）》，北大中文系编，2008 年内部印行。

业）；1964年增设古典文献专业，形成文学、汉语、文献三个专业鼎足而立的格局；2001年试验增设本科中文信息处理专业。1984年和1985年先后成立北大古典文献研究所和比较文学研究所，1998年这两个所归入中文系建制。目前北大中文系已经发展成为一个文科大系，拥有4个专业（文学、汉语、古典文献与应用语言学），6个全国重点学科（同时是一级重点学科），8个博士点，2个国家级重点科研基地，其学科构设之齐全，特色之明显，在全国首屈一指。

近百年来，北大中文系和所属的北大一起，历经风雨坎坷，始终关怀民生，关注现实，和祖国同呼吸共命运。在五四新文化运动中，在各个历史转折关头和革命大潮中，北大中文系师生常常站在时代前沿，肩负先锋的使命，倾情奉献她的心血、智慧乃至生命，建树卓越的功勋。中文系光荣的革命传统和学术传统，都是我们极其宝贵的精神资源。

学术为本，育人为本，始终是北大中文系坚持不懈的方向。中文系的每一代师生，都努力适应时代的需求，协调西方学术方法与中国传统固有学术的关系，建立和遵循现代学术规范，在中文学科教学体制、课程设置以及研究方法的建立与完善等方面，在探求文科人才培养的规律方面，不断取得卓越的成绩，对全国同一学科乃至整个人文学科的建设产生辐射性的良好的影响。北大中文系是现代中国学术建立和发展的一个缩影，每个阶段都吸纳和涌现出许多在学界领衔的著名学者，有的属于大师级人物。而北大中文系作为一个教学单位，最重要的产品就是学生，就是人才。据不完全统计，自建系以来到2007年，北大中文系培养出8200多名本科生，2000多名外国留学生与进修生，2200多名硕士生和600余名博士生。其中不少成为学术名家、国家栋梁与社会中坚。

一个又一个时代过去了，仰望北大中文系近百年的历史星空，我们为她的璀璨辉煌而骄傲，为中文系的千百万校友而骄傲。

为了庆祝北大建校110周年，我们特别编印了北大中文系历届学生名录。编这本名录是对历史的回顾，是一种纪念，纪念所有那些在北大中文系学习过的学生，同时也希望以此和广大校友取得更紧密的联系。

衷心祝愿我们这个有近百年"文脉"的中文系，继往开来，守正创新，以更加雄健的姿态领衔学界，冠冕芳林，谱写绚丽夺目的新篇章。

学生名录以年级先后排序，再以每个班级的学号顺序编排。

1998年北大百年校庆期间，我们曾编过一本历届学生名录。这次名录编印，是在前一本名录基础上进行的。系党委书记蒋朗朗亲自主持这项工作，周昀、桂馨疑、唐璐璐、李国春、马千、耿葳、阎婕等许多同学负责资料收集整理等具体事项，还得到各位老师和系友的热心支持，谨表谢忱。

2008年3月27日

《我们这一代》^① 序

> 世事如螺旋，共和国这一个"甲子"的喧
> 嚣与动荡，成就与辉煌，都折射在普通的生活
> 记忆之中。这是鲜活的个人生活史，也是社会变
> 迁史。

正是三伏天，收到邓锦才先生《我们这一代》的书稿，一口气就读完了。这部书吸引人，是因为写了"我们这一代"的许多事情，不矫情，不炒作，非常真实，读来引发很多回忆和联想，也颇有兴味，似乎可借此驱除纷扰与炎热了。

邓先生出生于1948年8月，新中国成立前夕，比我小几岁，我们大致上也是同一代人。"我们这一代"是"长在红旗下"的，伴随着共和国诞生、成长，风风雨雨，历经坎坷，一路走过来的，基本上就是共和国的同龄人。今年是新中国成立60周年，料想会有各种各样的庆祝，那么这本书以共和国"同

---

① 《我们这一代》，邓锦才著，人民日报出版社2009年版。

龄人"身份，写一个甲子以来的种种生活阅历的书，其实就是个性化的"共和国生活史"。这是很有意思的书，可以作为礼物献给祖国的 60 岁生日。

邓锦才先生出身农家，"文革"期间没有读完高中，就参军，担任过军队的文职干部，参加过对越自卫反击战，后来转业，已经改革开放了，他投身中国人寿保险公司，担任中国人寿珠海分公司总经理有十多年之久，到 2005 年才退居二线。从农家子弟、学生、军人、干部，到总经理，虽然好像比较顺畅，但也有不少艰辛，是平凡的人生，在一代人中他的经历有些典型性。书中回忆了土改、合作化、"大跃进"、人民公社、三年困难时期、"文化大革命"，一直到改革开放、90 年代市场经济大潮，等等。世事如螺旋，共和国这一个"甲子"真是几千年未有之"大变局"，其间的喧嚣与动荡，成就与辉煌，现在都折射在普通的生活记忆之中，通过一个公民的经历与体验来呈现，这是鲜活的个人生活史，也是社会变迁史。

从一个人看一个时代，是这本书的价值。

该书前半部分回顾二十世纪五六十年代粤北农村的许多事情，写到很多客家人的风俗民情，有许多旧的意味留存；我作为同乡，阅读中每每唤起思乡情。那时生活艰苦，上小学要自带干菜、粮食与木柴，经常半饥半饱，有几块咸鱼就算"改善生活"；但孩子们也有他们的快乐，用"笐子"捕鸟，放黄蜂，打"铳叭子"，放牛，打猪草，等等，这些都是我熟悉的。作者回想童年往事，说"心中没有苦涩，没有后悔，没有遗憾，更没有因为童年生活太土而觉得有什么不好意思，相反，充溢心间的始终是甜甜的回味和深深的怀念"。读到这些回忆，我也回到几十年前，有深深的感动。我们这一代很多人都经过艰难岁月的淘洗，现在看来未免太苦了。可是每一代人都有他们的生活。与现在的孩子相比较，当年我们"虽然少了锦衣玉食，少了高级玩具，少了学前培训，少了百般呵护，但却也得到了快乐与健康"。返观五六十年代，运动不断，"人整人"是常见的，的确有很多教训；以现在的想象，那时好像整个社会都反常而冷酷，可是本书的回忆也让人感受到另一面：那时的干部一般都清廉，干群关系还融洽，民间的人情物理不见得就是完全颠倒失序的，甚至还有现今难得的许多真实、温情与诚恳。当回顾过往的世事时，书中不时插入某些感慨，颇能代表一代人的体验，虽然其他不同"代际"的读者不见得感同身受，却也可能引发某些人生思索。

书的后半段主要叙述作者八九十年代投身经济大潮的经历。其中有许多"商场故事"，包括中资保险公司第一张个人寿险在珠海诞生的故事，让我这个不懂市场的外行读了也有兴趣。书中写到不少经营之道，是过来人的体会，对于当下也许有些借鉴意义吧。不过最令人注意的，可能还是那些"商场故事"，尤其是故事背后的人事关系、观念与行为方式的变化；还有就是作为一个国企的老总，在"风光"背后的那些苦涩与无奈。这一切作者都坦诚地披露出来了，书中不但能看到我国中资保险业诞生发展的曲折历程，也让人感慨，近30年经济发展带来的社会心理变迁，竟如此巨大。

这部书质朴无华，基本上是用一种浅易、放松的语言来叙说，径直从往昔的追忆中抄下这些文字，不太考虑什么"文章轨范"，没有故作惊人的包装，也没有传奇与刺激，正好符合

"一个普通人写普通的生活史"的内容，同时也就形成了比较难得的简单味。以前看过不少名人回忆，有些是太沉重，或过于文饰，难免有些隔膜；这回读了邓先生的回忆，回到了普通人生活本身，自有一种清凉明快的感觉。这也是我愿意推荐此书的原因吧。

2009 年 8 月 8 日于蓝旗营寓所

《北京大学中文系百年图史》^① 序

> 为一个系专门编一本历史，可作为个案，窥斑见豹。何况在北大，中文系是举足轻重的，在全国也是一个人文科学的重镇。

北京大学的前身是京师大学堂，成立于 1898 年，建校之后时运多蹇，一度濒于停办，到 1910 年，才正式开办"分科大学"，也就是本科。全校 7 个分科，其中"文科"属下设"中国文门"，为一级教学机构。这就是北京大学中国语言文学系的前身。若追溯源头，在京师大学堂建立之时，就有供全校选修的"中国文学门"，但那只是一类课程，还不是教学机构。"中国文门"作为一个教学机构成立，意味着中国语言文学开始成为独立的学科，这件事很重要，带有标志性。所以要记住北大中文系的生日，就是京师大学堂分科大学开学典礼那一天——1910 年 3 月 31 日。

---

① 《北京大学中文系百年图史》，温儒敏主编，北京大学出版社 2010 年版。

　　我们编好这本书，北大中文系已经 100 岁了。为一个系专门编一本历史，有点"小题大做"。不过，有时"小题"也可以作为个案，窥斑见豹。何况在北大，中文系是举足轻重的文科大系，在全国也算是一个人文科学的重镇。她的 100 年，可能浓缩中国学界一个世纪。研究晚近学术史、文化史或者教育史，绕不开北大中文系。我们相信，梳理总结北大中文系的历史，是一件有意思有价值的事。

　　100 年的历史，说长不长，但太多风风雨雨，太多曲折坎坷了。当我们埋头那堆积如山布满尘灰的档案旧刊，尽量回到历史现场时，对"百年艰辛"这个词真有了血肉的感受。人们心目中的大学往往就是"象牙塔"，但北大不是这样的，北大中文系的 100 年也不是这样的。20 世纪的中国充满战争、动乱与灾难，远没有足够的条件去培植一个"象牙塔"。新中国成立前 40 年是战乱频仍，新中国成立后 60 年两段，前半段政治运动一个接一个，后半段开头好一点，但随后就是市场化带来的学术焦躁。北大中文系的成长有太多"非学术因素"的干扰，要静下心来享受学问的乐趣是很奢侈的。当然，从另一个角度看，北大中文系又是历史的宠儿，历史之母给了很多机会让他们在社会变革的舞台上表演，他们也的确为现代中国命运的转变贡献过智慧与心血。有些海外学者研究北大的历史，很难理解我们曾经有过的那种喧嚣和苦难，他们可能更多是从"他者"的立场去议论评说。但是世界上恐怕很少有大学能像北大这样，与民族荣辱与共，对整个社会产生如此巨大的影响，而不只是学术影响。

　　北大中文系有两个传统，一是关注和参与社会的传统，二是学术自由的传统。我们清理北大中文系的历史，主要还是从教学与科研的角度，是一条学术史、教学史的主线，功夫下在这里，但这并不意味着可以脱离特定的历史环境。两个传统往往纠结缠绕，不刻意去剥离，也许更接近真实。

回顾北大中文系 100 年的历程，化繁为简，大致有几个比较重要的段落。第一段，五四时期，国文系在新文化运动中光芒四射，中西学术仍处在激烈碰撞的时期，还有就是"废门改系"，教学模式的初步建立。第二段，二三十年代，注意协调西方学术方法与中国传统固有的学术方法的关系，力促教学与研究往现代化的方向转换，教学格局与课程体系形成，产生一批高水准的专著，也培养了许多功底扎实的学者。第三段，西南联大时期，和清华中文系合作，挺过艰难的战争时期，维护了一批"读书种子"。第四段，50 年代初院系调整，清华、燕京和中山等几所大学中文系与北大中文系合并，一时名家林立，成为学术界的"巨无霸"，是鼎盛时期，学科建设对全国有辐射性影响。尽管 50 年代如此艰难动荡，还是培养出一批学术骨干。第五段，"文革"时期，也是北大中文系受到摧残的"非常时期"。第六段，80 年代前期，有难得的思想解放氛围，无论教学还是科研，都达到良好的水平，是中文系又一个兴盛期。第七段，90 年代以降，市场经济大踏步前来，学术与学科的规模扩大，中文系"守正创新"，积极应对挑战，用流行语言来说，也有"新的机遇"。

百年中文系，五四时期的社会贡献与影响最大，二三十年代以及 80 年代前期，是做学问与人才培养最下功夫，而且成效也最显著的时期。当然，这只是粗略的印象，其实每一历史阶段都有不同的条件与环境，都有人在努力做学问，即使在严酷的"文革"时期，工农兵学员中也出了一些优秀的人才。中文系的每一个历史阶段，包括几代学人的学术经历，都折射出特定时代政治、社会和文化思潮的嬗变景观。北大中文系走过许多泥淖与弯路，她的历史图景中也有过不光彩的暗影，但那种自由、严谨、求实的学风，那代代薪传的"系格"，始终没有中断或放弃。

所谓"系格"是什么？北大中文系的传统何在？魅力何在？这是我们治史过程中常常思考的。答案好像感觉得到，是一种实有，却又难以具体表述。"系格"是由某种主导性的氛围长期熏陶而成，是一种生生不息的风气与习惯，一种共识与游戏规则。这里说说我们所理解的北大中文系的"系格"，主要是两方面。

一是思想活跃，学风自由，环境宽容。北大中文系历来人才济济，每一阶段都拥有许多名家大师，中文系靠他们出名。为何有这么多大师名家汇聚？不见得都是北大自身培养的，相当一部分是吸引进来，或者合并过来的。不过大多数都还愿意来，冲着北大中文系的牌子以及它自由的学风来，有吸引力。北大中文系以学风自由闻名，有人可能觉得"很难搞"，其实是弥足珍贵的传统。这里不是没有纷争，矛盾不见得比别的单位少，但她自己能够调和、消解、转化，这不简单。回想五四前后国文系"章门学派"与新派的分歧，即"文白之争"，其激烈程度往往被后来掩盖了。但这里有游戏规则，有共同点，就是尊重学术，尊重自由。只要学术上有专长或特色，能成一家之言，无论其在思想上是何主张，甚至性格上生活上不无可议，都可以上中文系的讲台。有许多回忆文字都说五四之后"新派"占上风，但其对手"章门学派"的学术理路也延续下来，并成为主流：事实上"新派"也多少接纳并融汇了它对手的路数，你中有我，我中有你了。这就是宽容大度的学术襟怀。

我对必要的宽容很有一些体验。前些年我担任系学术委员会主席，委员会成员大都是来自5个不同学科的老先生，学科的"性格"和各自的理路很不同，开会也往往有激烈的争论，有时甚至面红耳赤的，但终究不伤和气，很少有"一言堂"或者"武大郎开店"的现象。实在说服不了别人，甚至矛盾很难解开了，那也给别人一点空间，大不了就是"君子之交"罢了。北大中文系教员多，专业多，历史积累下的矛盾也不少，但极少闹得剑拔弩张的，大家也不愿在这些方面消耗精力。这些年实行科研成果量化管理，系里有条例，事实上很少靠条例来"制约"人，把人逼到墙角的事情是没有的。这种风气，能让大家比较放松，也比较适合做学问。三四十年代乃至新中国成立后，中文系多经磨难，在特定时空中也出现过荒唐事，但总的来看，始终是人才荟萃，思路活跃，这跟相对宽松自由的学术风气是互为因果的。这种自由宽容的风气或"系格"，是极为重要的资源，应好好利用和发扬。办好一个系，尤其是文科系，非得努力营造这种好的空气不可，这比任何"硬件"都更要紧。

当然，在宽松、自由的另一面，又还有严谨求实的风尚。前面讲到，不同的观点、理路完全可以在这里并存，但有个前提：必须有真才实学，做学问要严谨认真。否则，在中文系很难待下去的。从二三十年代到 90 年代，都发生过学术上的"二把刀"被学生哄下台的事。中文系的"王牌"学科，如文学史、汉语史、文献学等，接受传统朴学的影响较深，注重材料，析事论事力求准确有据，一直是主流学风，也是相对稳定的学术"游戏规则"。如果有个别教员学风浮泛，乐于"作秀"，即使被外面传媒弄得名气很大，在系里也不见得就有市场。所以这个"系格"，在宏放自由之外还要严谨，两者相辅相成，蔚成风气。讲求严谨，也就是讲求学术上的尊严，这方面理应从传统中发掘精神资源。当前，在比较浮躁功利的社会风气之中，做到这一点似乎是越来越难了。唯其如此，严谨的学风更显得宝贵，更要大加彰扬。

二是教学。北大中文系的办学理念并没有清晰的表达，但感觉得到，这里注重为学生打厚实的基础，然后放手让他们各自寻路发展，而不是常见的那种教给学生怎样做，总希望他们今后能照章办事。中文系的学业比较轻松，"师傅领进门，修行在个人"，拿到毕业证不难，真正上路并不容易。中文系培养了众多人才，他们发展的路向宽广，不只是学术圈子，做各行业的都有，而且都可以做得不错。100 年来，从北大中文系毕业的本科生有 7000 多名，硕士生 1200 多名，博士生 800 多名，量不算大，现在很多学校扩招几年也就赶上这个规模了；但这里比较接近精英教育，注重基础扎实，眼界开阔，发展的余地与后劲就可能比较大。我们在整理历届毕业生名册时，很多熟悉的名字让人眼睛一亮：原来有这么多中文系毕业生成为各个学科的骨干、带头人或者顶尖的学者，还有就是在其他领域做出显著成绩的人物，所谓人才培养的"成功率"比重是很大的。特别是二三十年代形成的北大研究所制度，培养研究生的模式很注重因材施教，出来不少杰出的学者，其经验值得现在借鉴。

另外，有意思的是，北大中文系的旁听生、访问学者、进修生数量巨大，甚至超过本科生。这在其他学校少见。旁听生有不少认真学习，学出名堂的。如作家沈从文、丁玲等，都是来国文系旁听的常客，听来听去，有大受用，逐渐成学者名流，甚至站到北大讲台上当教授了。这种对旁听生来者不拒的风气北大历来都有，如今再度兴盛。至于进修教师与访问学者，光是1978年到2009年，中文系就接纳过1840多人。现今全国多数大学中文系的学术骨干和一些学术名家、学科带头人，当年都曾经在北大中文系访学或进修。这也是北大中文系人才培养不可忽视的实绩。

多年前我为中文系招生小册子写过一句话，想要表达北大中文系的教学特色，颇费思量，那句话是："中文系魅力何在？在传统深厚，在思想活跃，在学风纯正，更在于其办学理念：不搞急功近利的职业培训，而是力图让学生学会寻找最适合自己的人生之路，打下厚实的基础，使整体素质包括人格精神都有健全的发展。"前面几句说的是学问，后面说的主要是教学，其实也都包含一种学术精神，一种"系格"。在编这本系史的过程中，我们深深感到这种办学理念有其特色，难能可贵。

一本史书的完成，会有一些过滤，过滤了的历史总是比较"干净"的。北大中文系虽是学术高地，许多学人羡慕的地方，却也并非完全"净土"，她有她的矛盾和问题，有负面的东西——本书没有刻意去回避这些历史的负面。而今整个社会大变局，许多原来意想不到的新问题和老问题纠缠在一起，成为发展的困扰。面对市场化大潮，身处传统价值崩溃的浮躁年代，北大中文系想做到守正创新，并不是一件容易的事。编这本系史，回顾中文系100年的历程，我们对"困扰"的感触格外强烈，唯其如此，也就格外珍视中文系的"系格"。

本书分两部分。前一部分是"史事述要"。从中文系100年历史中选取93个"史事"，包括重要的事件、人物传略、代表性著述、教学的变革等，诸如"废门改系""吴梅的戏剧史研究""系主任胡适""从红楼、文史楼到五院"等，都以专题的方式叙说评述。可以说这些都是北大中文系历史长廊中一些闪亮的"景点"，以点带面，可以比较深入了解她的精神气度。后一部分"编年叙录"，是以年表方式编写的《北大中文系100年纪事》，下的功夫也最多。"纪事"逐年记载北大中文系的大事要事，以获得史的连贯了解。专题的"史事述要"所不能顾及的更多史事，这里也有简略的叙写。这前后两部分可以采取互文阅读。

全书采取"图史"的方式，前半部分穿插安排有近300幅资料图片，相当一部分是首次发表，很珍贵。"图史"不光为生动好看，也是让读者可以更直观地进入历史现场，激发想象，感受氛围。

编这部图史，围绕教学与科研这条线，理清在系科发展过程中所体现出来的学术倾向、教研模式的变迁及其得失，以此概览北大中文系的学术变迁，也可以从一侧面探究中文学科近百年的流变脉络。

历史不好写，尤其是近代学术史，尘埃尚未落定，评价也言人人殊，何况又是牵涉北大，历来争议最多的地方。书中所述名家，多系当代之人，偶一不慎，即谬误丛生。有许多具体事件的评述也可能引起不同的意见，牵扯到这样那样的关系。还有就是材料缺乏，特别是近半个世纪的档案资料，保存反而不比上个世纪初的完整。10多年前成立一个什么机构，现在的说法就可能彼此不一样了。但我们还是努力了，希望能尽量从学术的立场，用史实与史识说话。

促使我们大胆动笔的还有一个原因：北大已经过了110岁生日，可是至今没有一部完整的历史，各院系的历史更是罕见。如果总盼望"公家"来修史，难度更大，很可能就是一种专讲平衡讲"关系"的历史，那是很难反映真相的。我们编这部"图史"，真的是为了引起更多有心的史家关注，往后能有更全面更细致的系史出来。这本书肯定有很多遗漏和不足，好在有了一个框架，大家就有了话题，可以围绕它来批评、议论和补充了。

编就这部书时，感到历史的沧桑，一种传统的厚重感和延续感，也感到当下整个人文学科面临挑战的紧迫。当然也有学术的自豪和自信，前辈学人毕竟给留下了"系格"，留下那么丰富的遗产，情不自禁就会认真思索：

我们应当并且能够做点什么？

2010年3月9日于蓝旗营寓所

《紫邑丛书》① 总序

> 《紫邑丛书》把紫金历代散轶的史志典籍、诗文著述等汇编成大型综合丛书，使本县民国之前的历史文献首次得以集成值。

粤东紫金，古称永安，丘陵之地，山水幽美，客家人居此千年，人文亦盛，然位处偏僻，远离都阜，厥美弗显。自明季开邑至今四百余载，相继有先贤命笔，记载紫邑兴废沿革，地域社会，俊异名德、民情风物。这些史志典籍与诗文著述，沉淀有紫邑地域文化形成的年轮，可感客家古邑历史的血脉。惜经历代云扰，先贤溃著旧籍，或毁损湮没，或公宬私藏，旧闻故事，孑遗殆尽。除民国十年（1921年）钟闲云删定再版的《钟义士文集》外，未见有紫金其他旧籍付梓。永安文献承载乡梓的历史影像，零落至今，令人感慨不安。

今有紫金县文化馆供职的黄海棠先生，花多年精力，博采

---

① 《紫邑丛书》，华东师范大学出版社 2012 年版。

旁搜，钩稽永安旧籍文献，多获珍奇。经校订辑佚，汇编《紫邑丛书》，谋求付梓，使一批佚书重现，先贤遗著得以保存，紫邑典实略有纲纪可寻，可谓功德无量。

近一二十年，紫金经济发展，社会转型，斗转星移，日新月异，物欲愈丰，而灵明需彰，人们渴求追寻传统根由，张扬地域文化，以充实当代精神。《紫邑丛书》的编刊，实为紫金乃至南粤的文化建树助一臂之力。

《紫邑丛书》所收录起始明隆庆三年（1569年）置县断至公元1949年前的著作，包括紫金人的著述和紫金的事物记载，着重收集历代学术成就卓著、影响广泛的著述，务期反映紫金文献之全貌，采用底本多系有学术价值之稿本、钞本、孤本、善本、罕见本，整理方式为校点、汇编、辑佚等。

《紫邑丛书》把紫金历代散轶的史志典籍、诗文著述等汇编成大型综合丛书，使本县民国之前的历史文献首次得以集成，具有很高的学术价值、史料价值、民俗价值。该丛书对紫金典籍的抢救、收集、整理和出版，挖掘紫邑文化历史内涵，展示本县的历史沿革、社会政治、风物民情、自然资源，不只存留旧文，得稍流布，使后人追根溯源，穆然有思古之情；亦有现实意义，可藉此了解认识紫金，感受紫邑文化的魅力，传承人文精神；而丛书所彰显客家古邑的历史底蕴，也有助于塑造紫金形象，扩大紫金的对外宣传。

黄海棠先生是有心人，在当下浮泛的环境中能埋头旧刊，从事这种寂寞的工作，且大有所成，值得感佩。紫金典籍旧刊的收集整理与历史的撰述，都是德泽后世的义举，也是费力的大工程，需要上下协同，不断追加人力物力，持续进行。愿今后紫金县的党政领导更加关注此事，更多有识之士支持这一工作，继续收集整理紫金的典籍著述，包括所有其他记载或涉及紫金历史的文献整理研究，早日写成完整的紫金历史，让紫邑文化发扬光大。

是为序。

2011 年 10 月 2 日于历下南院

《有来有路客家话》[①] 序言

> 这是一本有趣的书，特别是客家人，随意翻
> 到该书某一页，都会被吸引，有一种熟悉而又陌
> 生的感觉。

深圳海天出版社把刘锦堂先生所著《有来有路客家话》寄给我，让我写几句话，我很有兴趣。首先书名就让我感到亲切——"有来有路"即是客家话的说法，大意是客家话很"土"，但历史悠久，很多词语的口音和语义，都可以从古汉语中找到渊源"来路"。这是一本有趣的书，特别是客家人，随意翻到该书某一页，都会被吸引，有一种熟悉而又陌生的感觉。熟悉，是因为书中列举的1000多个客家方言词语，都是客家话中常见的，客家人从小习得自己族群的母语，对这些词语都是再熟悉不过，但也可能不会写，很多客家话词语或读音很难"落实"到文字上，也可能从来不曾考究过这些词语的来源。

---

① 刘锦堂《有来有路客家话》，深圳海天出版社2016年版。

现在这本书对这些熟悉的客家方言词语一一进行考证，让你突然发现客家话居然这样"有来有路"，和古汉语有如此密切的关联，那又突然变得"陌生"起来，不禁要重新打量一番，掂掂这些方言土语的文化分量。

例如，客家人称呼母亲，往往叫"阿嬷"。这个"嬷"字读 mi，极少见，我从小就这样称呼妈妈，可是从来都不知道"嬷"字怎么写，更不知道为何会这样称呼母亲？据我所知，客家人称呼母亲，还有叫"阿娘""阿奶"的，不一而足。客家话很多都是有音无字，一些词语要追溯源流，从古书的"密林"中搜寻考证，找出其和古音古义的关联，是件烦琐细腻的工作。刘锦堂先生就从《广韵》《通雅》等古籍中查到"阿嬷"原来是"齐人呼母也"。原来早在先秦就有这种称呼。还查到一直到宋元，都有诗文记载"阿嬷"这个词语。可见在古代这是个很普通的称呼。读来这些考释，我才恍然大悟，了解自己叫了几十年的"阿嬷"的缘起，更增一份亲切感。对普通读者，特别是客家人来说，读这本书，可以重新温习自己的方言母语，了解我们熟悉的客家话语的来源，真让人见识增广，能触摸到母语中的文化脉动，对母语的体验更有某种"质感"了。

其实不只是客家人，其他方言区的读者，或者从来不说方言的读者读这本书，也会有兴趣，不觉得枯燥。因为它能唤起语言历史的感觉。

众所周知，客家人的祖先最早是居住北方中原地区，因为战乱等原因，历经千年，数次南迁，多定居在南岭山脉一带。因是外来的侨居者，当地的土著称之为"客家人"。客家人多居山区，世代过着相对封闭的生活，也就较多地保持了古代中原的生活形态。又由于客家人是外来的族群，格外注重族群的维系，特别在意语言的传承，客家话等于是维系族群世代繁衍的纽带，也是客家族群最显著的表征。客家人始终恪守"宁卖祖宗田、不忘祖宗言"的族训，客家话也就得于保留许多先秦的词语和音韵，甚至可以称之为语言"化石"。

学界认为客家人可能是汉族"血统"最纯的一支民系，晚清以来众多著名的学者，包括梁启超、章太炎、罗香林等，都特别关注过客家人和客家话的研究。北大教授、著名的语言学家王力先生，在法国留学时所做的博士论文，就专题研究广西博白的客家方言。博白客家话又叫新民话，源出商周官话，在唐末宋初从中原汉语分出，至今仍保留着大量的先秦语言的成分，我想肯定也有许多是和紫金客家话相通的。

刘锦堂这本书主要是做客家话词语探源，读者拿起这本书，就仿佛走进语言博物馆，透过那些语言的"化石"去观察古代汉语的依稀原貌。这是美妙的汉语史的巡视，是通过语言"自我审视"的精神还乡，无论是否客家人，都是非常有意思的事情。

这本能引起普通读者兴趣的书，又是一本有学术价值的著作。对研究汉语史、现代汉语、方言学及语言学的学者来说，书中提供大量有关客家话词语和音韵的语料，将引发一些新的研究题目，方便做更深入的专题研究。

我特别还要说说方言的问题。我指导的博士后王中，写过一本专著《方言与20世纪中国文学》。我在评论她这本书时，有感于方言和地域文化的日益式微，专门转引了著名历史学家顾颉刚的一段话，来说明方言的魅力与意味。就用这段话来做这篇序言的结束吧：

我们的精神用在修饰文字的功夫上的既多，我们的言语自然日趋钝拙、日趋平淡无奇，远不及一般不识字的民众滑稽而多风趣。我每回到家乡，到茶馆里听说书，觉得这班评话家在说话中真能移转听者的思虑，操纵听者的感情，他们的说话的技术真是高到了绝顶。所以然者何？只因他们说的是方言，是最道地的方言，所以座上的客人也就因所操方言之相同而感到最亲切的刺激。

的确，方言的气息、韵味对于生活在都市中的我们来说，往往是一个"陌生的带着泥浆的梦"。读刘锦堂这本书，我们也许就在领略这样的"梦"，约略找回一点"亲切的刺激"。

2015 年 10 月 29 日

《燕园困学记》① 前记

> 子曰，"困而学之，又其次也"。自知学无建
> 树，总也勤勉经过，把这些随笔杂感汇集付梓，
> 也是对似水流年的一种怀想吧。

收在本集的文字，是笔者学术撰著之外的余兴之作，一些散文随笔之类，随写随弃，委之蟫尘，历时既久，所积甚多。这几天翻箱倒柜，从杂乱的剪报中翻检搜罗，找到的就有二三百篇。不揣谫陋，从中选了81篇，汇成一册，聊当闲谈，亦作芹曝之献。

书分三辑。

一辑"说事"，数十年间的北大见闻，学界故记，事虽琐屑，亦可见时代面影。另有几篇论及大学人文教育，指斥流弊，评说时事，多为演讲笔录，有的曾广为流布，也一并杂陈于此。

二辑"写人"，亲人、老师、同事、友朋等，零星记忆，模模糊糊，属印象式速写，总渗透某种精神气象，甚至某些诗

---

① 《燕园困学记》，温儒敏著，新星出版社2017年版。

意。为何只选这十多位？没有什么标准。所写的都是曾令我感动，至少是觉得有情趣的。其中多位亲友都已经过世，收编这些文字，颇有伤逝之感。

三辑"聊书"，多为读书杂感，大抵是报纸上的短制。20世纪90年代前期写得最多，以书为话题，或发抒情志，或记录世态，亦有为"稻粱谋"之意。部分曾结合自己从事的现代文学史教学，碰到某些问题，发现某些史料，猜想读者亦有兴趣，遂率尔成文。另有一二记述文化潮动的文章，发表于境外报刊，居然"出口转内销"，被参考消息转载，亦足称奇也。

前年编过一本序跋集，今年又编随笔集，多少就是怀旧吧。到了有"旧"可"怀"之时，已经老了。日月除矣，韶华远去，逝者如斯！

20世纪八九十年代，我曾在北大未名湖畔镜春园82号寓居，小四合院，有古柏两棵，幽篁一丛，极幽静。收入本书的《北大"三窟"》就曾写到这处居所。因书房（兼客厅）的窗外是小竹林，就附庸风雅，起室名"且竹斋"。本无深义，却有象形："且"字像许多书摞在一起，加上"竹"影婆娑，可想象为读书之佳境，亦心境也。本书所收篇札，大都和北大的人事相关，有半数以上又是在我住过的那个湖畔书斋写的，原想就以"且竹斋随笔"作书名。但编辑建议书名最好能一看就是写北大的，我说那就叫《燕园困学记》好了。子曰，"困而学之，又其次也"。自知学无建树，总也勤勉经过，把这些随笔杂感汇集付梓，也是对似水流年的一种怀想吧。

2016年1月21日编定，10月21日又记

《师友感旧录》^①弁言

> 本集大部分是"写人"，写到 30 多位学界人物，大都是我所敬佩，让我感怀，或觉得有情趣的。

笔者在学术撰著之余，不时也写些随笔小品之类，有的发表在报刊上，有的则随写随弃，丛残多失。近得河南文艺出版社垂爱，要给我出个随笔集，我不揣谫陋，选其五十三篇，缀辑为一册。

收在本集的文字大部分是"写人"的，写亲人、老师、同事、友朋，等等。其中写到有 30 多位学界人物，主要是北大学者，是我曾聆教或共事过的。写作和编辑这些篇札，总会想起许多旧事，不免感怀，所以起名《师友感旧录》。

年岁大了，记性又不好，对故旧的回想难免零星而模糊，亦限闻见所及，撮其要略，写出来也只是印象式的短制，并非

① 《师友感旧录》，温儒敏著，河南文艺出版社 2024 年版。

242

全人的评说。许多篇目又都是即兴之作，并无预定的计划。最早的写于 1990 年，最晚的，写于几天前，本书即将交付出版之时。选择写谁，怎么排列，也没有一定标准。不过所写的人物大都是我所敬佩，让我感怀，或觉得有情趣的。其中写到的许多老师和亲友都已经过世，收编这些文字，颇有时光流逝，日月其除之感。

因为所写人物大都是北大中文系的学者，编集时又补充了几篇与北大中文系有关的史述性文章。这些文章有的是根据讲座整理的，还有的是十多年前主编《北京大学中文系百年图史》时所写，收进本书时做了些许修改和补充。这些"记事"和"写人"配合，也许能呈现数十年来学界与北大的某些光影。

还有几篇"自叙"，包括篇幅较长的《我的问学之道》，别次于后。这几篇收进本书时有过犹疑，我本人的经历很普通，实在没有什么可以称道的。但文中写到我的成长，以及我向前辈学人请益求教的一些情形，庶几符合"感旧录"的题中之义。

我学识荒漏，这些文字也未必多么好，却也自勉无须汗颜，写作过程自有怀想、感恩、寄托或抒情，所谓负日之暄，自足之外，亦可作闲聊之谈资吧。

本集少数篇章曾收在《书香五院》和《燕园困学记》两集中，有炒冷饭之嫌，若读者已经读过，觉得重复累赘，那我是要表示歉意的。

2023 年 11 月 29 日